DECEPTION
by Amanda Quick
translation by Haruna Nakatani

隻眼のガーディアン

アマンダ・クイック

中谷ハルナ［訳］

ヴィレッジブックス

ロマンスを理解している編集者、
レベッカ・カバザに捧ぐ
あなたと働くのはわたしの喜びです。

隻眼のガーディアン

おもな登場人物

ジャレッド・ライダー	チルハースト子爵
オリンピア・ウィングフィールド	旅行探検協会に所属する25歳の女性
マグナス	ジャレッドの父親
タデアス	ジャレッドの叔父
ロバート	オリンピアの甥
イーサン	〃
ヒュー	〃
ミセス・バード	オリンピアの家政婦
フェリックス・ハートウェル	ジャレッドの実務係
デミトリア・シートン	以前ジャレッドと交際した女性。レイディ・ボーモント
ギフォード・シートン	デミトリアの弟
コンスタンス	デミトリアの友人。レイディ・カークデール
トーバート	旅行探検協会の会員
オールドリッジ	〃

プロローグ

「守護者《ガーディアン》に気をつけるようにと、あの子に伝えてください」アーテミス・ウィングフィールドは酒場のテーブルに身を乗り出した。ふさふさした灰色の眉の下の、淡いブルーの目が真剣だ。「おわかりですかな、チルハースト？　あの子は、ガーディアンに気をつけなければならんのです」

チルハースト子爵、ジャレッド・ライダーはテーブルに両肘をついて左右の指先を突き合わせ、片方だけの目で話し相手を見つめた。この二日で、ウィングフィールドはずいぶんと私の姿に慣れたようだ、とジャレッドは思った。すっかり見慣れて、ジャレッドの見えないほうの目を覆っている黒いベルベットのアイパッチをじっと見つめることもなくなった。

ウィングフィールドがジャレッドを、彼がなりすまそうとしていたとおりの人物――ウィングフィールドと同様、ナポレオンとの戦いがようやく終わったいま、旅に出ようとしている冒険心旺盛なイギリス人――と見ているのは明らかだった。

フランスの陰気で小さな港町で、それぞれの目的地へ向かう船を待っている男たちふたりは、この二晩、同じ宿屋に泊まっていた。

ウィングフィールドの額から汗が流れ落ちて、頰髭に吸いこまれた。晩春の夜は生暖かく、煙草の煙でむせかえるような酒場は人でごった返している。気の毒に、ウィングフィールドはいかにも暑そうだ、とジャレッドは思った。顎に届くほど高いシャツの襟、優雅に結んだクラヴァット、体にぴったりしたチョッキも、仕立てのいい上着も、彼の不快の種であることは疑いようがない。

ここまできちんとした服装は、暖かい夜にも港町の酒場にもふさわしくない。しかし、ウィングフィールドは自分の居心地のよさよりもはるかに、身なりにこだわるタイプのイギリス人だった。この新たな知り合いは、旅行中ずっとテントで料理を食べるはめになろうと、夕食の席にはきちんと正装して現れかねない、とジャレッドは思った。

「あなたがおっしゃったことはわかります」ジャレッドは左右の指先をとんとんと突き合わせた。「しかし、意味がわかりません。そのガーディアンというのは、だれ、あるいは、なんなのでしょう?」

ウィングフィールドは頰髭をぴくっとひきつらせて苦笑した。「はっきり言ってしまえば、取るに足らない戯言です。私がイギリスの姪《めい》に届けようとしている日記にまつわる、古い言い伝えの一部にすぎません。その日記を私が買い求めた、年老いた伯爵から言われたことです」

「なるほど」ジャレッドは失礼にならないように言った。「〝ガーディアンに気をつけろ〟と？　興味深い」

「先ほども言ったように、日記にまつわる古い伝説の、たんなる残骸にすぎません。しかしながら、ゆうべの妙な出来事をおもんぱかるに、用心するに越したことはないと思われます」

「妙な出来事といいますと？」

ウィングフィールドは目を細めた。「ここの宿屋の私の部屋ですが、私が食事に出ているあいだに、何者かに物色されたようなのです」

ジャレッドは眉をひそめた。「今朝、食事をしたときにはなにもおっしゃらなかったではありませんか」

「あのときはまだたしかではなかったので。なにも奪われていなかったことでもあるし。しかし、一日じゅう、だれかに見張られているような、なんともいやな心持ちがします」

「それはご不快でしょう」

「まことに。むろん、そのことと日記になんらかかわりはないと確信しています。それでも、少々気がかりになってきました。あの子を危険に巻き込むわけにはいきません」

ジャレッドは突き合わせていた左右の手を離して、気の抜けたエールをひと口飲んだ。

「あなたが姪ごさんに送られるという、その日記はどういうものなのですか？」

「ある淑女の日記なのです」と、ウィングフィールドは説明を始めた。「クレア・ライトボーンという名の女性が書いたものらしい。私にわかるのはそれだけです。書いてあることは、ほとんど読解不能なので」

「というと？」

「どうやら、ギリシャ語とラテン語と英語が無秩序に使われているらしいのです。自分だけの暗号のようなものでしょう。私の姪は、ライトボーンの日記には途方もない宝の隠し場所が記されていると信じています」ウィングフィールドはふんと鼻を鳴らした。

「あなたは、その話を信じてらっしゃらない？」

「私ですか？　露ほども信じてはいません。しかし、オリンピアは日記を解読して楽しむでしょう。そういうことが大好きなのです」

「ずいぶんと変わった女性のようですね」

ウィングフィールドはくっくと笑った。「そのとおり。しかし、あの子の責任ではないと、私は思っています。なんと申せばいいのか、かなり奇矯な叔母とその友人に育てられましてな。私は、あちらの親戚とはまったくと言っていいほどなじみがないのだが、その叔母と友人は自分たちでオリンピアを教育したという話です。あの子の頭に妙な考えを詰め込んでしまったのです」

「どのような考えです？」

「オリンピアは世間の常識というものにまるで無頓着なのです。まったく、教育が聞いてあきれます。いやいや、誤解しないでください。あの子はほんとうによくできた娘です。評判もすこぶるよろしい。しかし、若い娘が興味を引かれるはずのものにまるで興味がないのです」

「たとえば？」

「一例を挙げるなら、おしゃれ、でしょうか。着るものにまるで興味がありません。その叔母というのはあの子に、ダンスやら、恋の駆け引きやら、好ましい求婚者に愛想よくするといった、レディが知っていてしかるべき実用的なあれこれをまったく教えなかったのです」

ウィングフィールドは首を振った。「常軌を逸した教育と言わざるをえません。あの子が夫を見つけられない原因はそれに尽きると、私は思っています」

「姪ごさんはどんなものに興味をお持ちなのでしょう？」ジャレッドは思いもよらずひどく興味をそそられた。

「あの子は、外国の習慣や伝説にかかわるいっさいに目がないのです。旅行探検学会ですか、そこの活動にも積極的にかかわっています。本人は生まれてからこのかた、一度もドーセットを離れたことがないというのに」

ジャレッドはウィングフィールドを見つめた。「ご本人が旅行されないのに、どうやって学会の活動に積極的にかかわれるのですか？」

「旅行や冒険に関する古い書物や文献や手紙を調べるのです。そして、新たに見出したことを詳しく研究して、自分なりの結論を導き出す。この三年間に、学会の季刊誌に数回、あの子の論文が掲載されたのですよ」

「姪ごさんは論文を？」

「そうなんです」一瞬、ウィングフィールドは誇らしげに目を輝かせた。

「論文には、外国人の習慣に関するありとあらゆる有益な情報が盛りこまれているとかで、とても評判がいいそうです」

「ライトボーンの日記なるものの存在を、姪ごさんはどういういきさつでお知りになったのですか？」ジャレッドは慎重に尋ねた。

ウィングフィールドは肩をすくめた。「調査中に見つけた手紙のやりとりから情報を得たようです。一年近くかかったそうですが、ついに、その日記がここに、フランスの沿岸地方の小さな港町にあると突きとめたのです。もともとは大邸宅の図書室におさめられていたのですが、その邸《やしき》は戦争で焼けてしまったとか」

「あなたは、姪ごさんに日記を買われるためだけに、ここまでいらしたのですか？」

「通り道だったのです」ウィングフィールドは言った。「私はイタリアへ向かう途中です。日記はこの数年のあいだに、おおぜいの人の手を渡ったようです。私に日記を売ってくれた老人は、金銭的にせっぱ詰まった状況でした。どうしても金が必要だそうで、蔵書の一部に買い手がついて、それはもう大喜びでした。私は、オリンピアのために、かなりの本を選んで買い込みました」

「その日記はいまどこに？」

「ああ、ご心配にはおよびません」ウィングフィールドは自信満々だった。「きのう、荷造りをして、オリンピアに送るほかの荷物といっしょに〈海炎〉号に無事積み込まれるのを、この目で確認しましたから」

「船で運ばれるあいだ、その荷物に万が一のことがありはしないかと、ご心配ではないのですか？」

「心配など、とんでもない。〈海炎〉号は〈フレームクレスト海運〉の船です。あの会社の評判はたいへんなものです。しっかりした船員に、経験豊かで頼りになる船長。積み荷にはすべて保険もかけられています。航海中、私の荷物がどうにかなるなど、ありえないことです」

「それでも、イギリスに着いてからの陸路については、少しはご心配でしょう？」

ウィングフィールドはことさら真剣な表情で言った。「その点につきましては、あなたがドーセットのアッパー・タドウェイまでいらして、荷物が無事に送り届けられるのを見届けてくださるとうかがって、もうあまり心配はしていません」

「信頼していただいて、感謝します」

「信頼していますとも。日記を見たら、姪はそれこそ小躍りして喜ぶでしょう」

オリンピア・ウィングフィールドというのは相当な変わり者だ、とジャレッドは密かに決めつけた。変わり者なら、この私はいやというほど知っている。なんといっても、華麗な超変人一族に生まれ育ったのだから。

ウィングフィールドはすっと背筋を伸ばして、酒場のなかを見回した。隣のテーブルにいる、傷のあるでっぷりした男に目を留める。いかにも残忍そうな顔をして、ナイフまで身につけている。だれもあんな男と同じテーブルにつきたいとは思わないだろう。しかし、酒場の客を見ると、男と同じようなタイプはいくらでもいる。

「ずいぶんと柄の悪い連中ですな？」ウィングフィールドは居心地悪そうに言った。

「今夜、ここにいる半分は海賊よりちょっとまし、という程度の男たちです」ジャレッドは言った。「とうとうナポレオンが敗れて行き場を失った兵士たち。船を待っている水夫たち。相手をしてくれそうな田舎娘や喧嘩《けんか》相手を探している男たち。どこの港町にも、こういうどうしようもない連中が集まってくるんです」

「で、残りの半分は？」

ジャレッドはちらりと笑みを浮かべた。「たぶん、本物の海賊でしょう」

「なるほど。あなたもずいぶんとあちこち旅をなさったというお話でした。こういった場所にもよくいらしたんでしょうな。いろいろと危ない場面も切り抜けてこられた、と」

「ご覧のとおり、なんとかここまで生き延びてきました」

ウィングフィールドは、ジャレッドの見えなくなった目を覆っている黒いベルベットのアイパッチを意味ありげに見つめた。「まったくの無傷で、というわけにはいかなかったようですな」

「おっしゃるとおりです」ジャレッドは唇を曲げたが、ほほえんだわけではない。

私の風貌を見て安心する人はまずいない、とジャレッドは重々承知していた。人に警戒心を起こさせるのは、アイパッチばかりではない。これ以上はないというほどきちんとしているときも、つまり、髪を短くととのえ、いまよりもっと質のいいしゃれた服に身を包んでいてさえ、身内である家族の者から、海賊そっくりだとしょっちゅう言われた。

家族にとって残念なのは、彼の振る舞いが海賊らしからぬことだ。

とどのつまり、私は実務家であり、父親が望んでいたような、人をはらはらさせる血気盛んな息子ではなく、一族の伝統を受け継ぎもしなかったのだと、ジャレッドはわかっていた。

最初のうち、ウィングフィールドはジャレッドに警戒感を抱いていた。しかし、そのうち、彼を自分と同じ紳士と認めて受け入れたのは、風貌に似合わず彼の態度が物静かで、教養のにじむ話し方をするせいだと、ジャレッドは気づいていた。

「さしつかえなければ、そのお目をどうなさったのかお聞かせいただけますか？」

「話せば長くなります」ジャレッドは言った。「しかも、ひどく退屈な話です。いまは、そのような話はお聞かせしないほうが賢明かと思います」

「まことに、おっしゃるとおりです」ウィングフィールドはみるみる顔を赤黒く染めた。

「とんだ不作法をいたしまして、申し訳ありません」

「どうぞ、気になさらないでください。人に見つめられるのは慣れていますから」

「すみません。それはそうと、夜が明けて〈海炎〉号が港を離れれば、私としてはひと安心です。あなたが船に乗っておられる、私の荷物に付き添ってアッパー・タドウェイまで行ってくださる、とわかっているのは、ほんとうに心強いものです。骨折りを引き受けてくださり、ほんとうにありがとうございます」

「ドーセットへの帰り道ですし、お役に立てれば私としても幸せです」

「正直申し上げて、そうしていただけると、少しばかり節約もできるのです」ウィングフィールドは打ち明けた。「これまでずっと、荷物の取り扱いはウェイマスの業者に委託し、オリンピアの手元に届くのを見届けさせていたのですが、今回はその必要もありません。賃金を払わなくてすむ、というわけです。これがなかなか高くつきましてな」

「外国から商品を運び入れるとなると、相当な費用がかかります」

「ええ、しかも、運の悪いことに、前回とその前の船荷で、オリンピアは私が望んでいたほどは金が得られなかったようなのです」

「輸入品の相場はなかなか予測がつきませんからね」ジャレッドは言った。「姪ごさんは、商売に目先が利く女性なのでしょうか？」

「それが、まったくだめなのです」ウィングフィールドはうれしそうに忍び笑いを漏らした。「オリンピアには商才のかけらもありません。頭は剃刀《かみそり》のように切れても、金銭にかかわることにはまるで関心がないのです。残念ながら、そういうところは、一族でも私たちの側の血を引いてしまったようで。あの子は、私のように旅がしたいのですが、むろん、それはかなわぬ夢です」

「女性がひとりで旅をするとなれば、世界じゅうどこへ行っても、たいへんな思いをするのは目に見えています」ジャレッドは言った。

「不便や不安くらいで旅をあきらめるような子ではありません。さっきもお話ししたとおり、あの子はあなたが考えてらっしゃるような、いわゆるイギリス人の未婚女性とはちがいます。年ももう二十五ですし、自分なりの考え方をしっかり持ってしまっています。これでたっぷり収入があって、いたずら盛りの甥《おい》っこ三人の世話を背負い込んでいなかったら、なにをしでかしていたことか、想像もつきません」

「甥ごさんを育てていらっしゃるんですか？」

ウィングフィールドの頬髭がぴくりと動いた。「あの子は甥っこと言っていますし、子供たちも〝オリンピアおばさん〟と呼んでいますが、ほんとうのところは、もっと遠い親戚です。従兄弟《いとこ》の子供で、その従兄弟と妻は、二、三年前に馬車の事故で亡くなってしまったのです」

「なぜ、あなたの姪ごさんが子供たちを引き取られることに？」

「よくある話です。両親が亡くなったあと、子供たちはあちこちの親戚をたらい回しにされたあげく、六か月前に一方的にオリンピアのもとへ送りつけられました。それで、あの子が子供たちを引き取ったというわけです」

「若い女性が男の子三人の面倒をひとりでみるのは、並みたいていではないでしょう」

「とくに、異国の地や古い伝説の調査のことでいつも頭がいっぱいの娘にとっては」ウィングフィールドはいかにも困ったものだと言いたげに顔をしかめた。「おかげで、三人とも手のつけられないいたずらっ子になってしまいました。私が知っているだけでも、つぎつぎと三人の家庭教師をひどい目に遭わせてやめさせています。根はいい子たちなんですが、とにかくいたずらが過ぎて困ります。そういうわけで、家のなかはいつも蜂の巣をつついたような騒ぎでして」

「なるほど」ジャレッドも、永遠に終わらないお祭り騒ぎを思わせる家庭で育った。決して自慢したくなるような経験ではない、と本人は思っていた。求めているのは、秩序ある落ち着いた生活だ。

「もちろん、私もオリンピアの力になろうとはしているのです。イギリスにいるあいだは、できるだけのことをしています」

でも、男の子たち三人を引き取れるほど長くはイギリスに腰を落ち着けられない、そうでしょう？　ジャレッドは心のなかで問いかけた。「ライトボーンの日記のほかに、姪ごさんにはなにを送られるんです？」

ウィングフィールドは残っていたエールを飲み干した。「織物と香辛料、それから、安物の装身具をいくつか。あとは、もちろん、本ですな」

「姪ごさんは、そういった商品がロンドンで売られるように手配されるわけですね？」

「本のほかはすべて。本は自分の図書室に並べるのです。残りはすべてロンドンへ送ります。それで得た金の一部を、自分たちの生活費に使い、残りはきちんととっておいて、私の旅行費に使わせてくれるのです。おたがいにとって、なかなか具合のいい取り決めだったのですが、先ほどもお話ししたように、最近ではなかなか思うほど儲《もう》けが得られなくなりました」

「収支の流れをしっかり把握して、注意深く見守っていなければ、商売で儲けを得るのはむずかしいものです」ジャレッドはきっぱりと言った。

そして、この六か月、ずっと気になっている自分の商売上の問題を思い出した。あの件に関しては、さらに徹底した調査に乗り出さなければ、と思う。莫大な財力を誇る〈フレームクレスト海運〉から数千ポンドを横領した者がいるのは、すでに疑いようがない。ジャレッドは、だまされていたという感覚が気に入らなかった。知らないあいだに道化役を演じさせられるのは、まったくもって我慢ならない。

気を散らしてあれこれ考えるものではない、とジャレッドは自分をいましめた。一度に片づけるのはひとつだけだ。いまは、日記に気持ちを集中させよう。

「おっしゃるとおり、金の出入りは注意深く見守らなければなりませんが、実際のところ、オリンピアも私も、そういった退屈でこまごましたことにはなかなか関心が向かないのです。それでも、なんとかかんとかやってはいけています」ウィングフィールドはじっとジャレッドの目を見つめた。「もう一度うかがいますが、ほんとうに、私たちのためにこのような骨折りを引き受けてくださるのですか？」

「もちろんです」ジャレッドは窓ガラスに目を向け、その向こうの夜の港に目をこらした。錨《いかり》を下ろして、明朝の出航のときを待っている〈海炎〉号の、巨大な船体がぼんやりと黒く見える。

「ありがとうございます。フランスのこんな辺鄙《へんぴ》な港町で、あなたのような紳士にめぐり合えて、私はほんとうに運がよかった。しかも、あなたは〈海炎〉号でイギリスへ向かうところというのですから、私にとっては幸運のきわみと言わざるをえません」

ジャレッドはかすかにほほえんだ。「ええ、ほんとうによいめぐり合わせでした」私が〈海炎〉号ばかりか〈フレームクレスト海運〉のすべての船舶を動かしていると知ったら、ウィングフィールドはなんと言うだろう、とジャレッドは思った。

「まったくです。積み荷と日記が無事、姪の手に渡るのを見届けていただけるかと思うと、ほんとうに心強い。これでまた旅をつづけられます」

「これからイタリアへ向かわれるとおっしゃっていましたね？」

「ええ、そのあとさらにインドへ向かいます」生まれながらの旅人らしく、ウィングフィールドは期待感に目を輝かせた。「インドの地を踏むのは、昔からの夢でした」

「どうかよい旅を」ジャレッドは言った。

「あなたもよい旅を。そして、もう一度、ありがとうと言わせてください」

「どういたしまして」ジャレッドはポケットから金時計を引き出し、時間を見た。「では、私はそろそろ失礼いたします」時計をポケットにしまって、立ち上がる。

ウィングフィールドはジャレッドを見上げた。「部屋にもどって休まれるのですか？」

「いいえ、それはまだ。二階の部屋に引き上げて眠る前に、岸壁沿いに少し歩いて、頭をすっきりさせようと思います」

「どうかお気をつけて」ウィングフィールドは声をひそめて忠告した。「店のなかでさえ、これだけ怪しげな連中がうようよしているんです。この時間、おもてにどんな悪党がうろついているか、わかったものではありません」

「私のことならどうぞご心配なく」ジャレッドはうやうやしく頭を下げ、別れの挨拶をした。くるりと背中を向けて、扉に向かって歩き出す。

ビールジョッキを抱えこむようにしてテーブルに向かっていた男たちのうち、抜け目なくジャレッドの高価なブーツに気づいた者も、ひとりやふたりはいた。男たちのなめるような視線は、やがて、彼の腿《もも》に下げられたナイフと、さらにその上の黒いアイパッチをとらえた。

立ち上がって、ジャレッドを追って外に出る者はひとりもいなかった。

夜のなかに足を踏み出したとたん、沖合から吹いてくる穏やかな風が、ジャレッドの長く伸びた髪を揺らした。ウィングフィールドとちがって、彼の装いは涼しげだ。首にはなにも巻いていない。うっとうしいクラヴァットのたぐいは大嫌いだった。質のいい綿のシャツの襟ははだけ、腕まくりをしている。ジャレッドは石造りの岸壁に沿って歩きはじめた。頭では目先の仕事についてあれこれ考えながら、感覚という感覚で夜を味わう。一方の視力を失った者がそれ以外の感覚を研ぎ澄ますのは、当然のなりゆきかもしれない。

岸壁の先のほうでランタンが揺れた。ジャレッドが近づいていくと、物陰から男がふたり、姿を現した。ふたりとも大柄で、背丈は長身のジャレッドと大差なく、肩幅も同じくらいがっしりしている。ともにいかつい顔は銀色の頬髭と、たてがみのような白髪で縁取られている。ふたりとも六十歳を超えていたが、のしのしと肩で風を切るようにして歩く。初老の海賊ふたりか、とジャレッドは思ったが、不快に感じたわけではない。

　ふたりのうち先に近づいてきた男が、暗がりでも光り輝くような笑みでジャレッドを迎えた。より年長の男の目は、月明かりを映して白っぽく見えたが、ジャレッドはその奇妙な色合いのグレイにはなじみがあった。毎朝、髭を剃《そ》るとき、鏡のなかに同じ色の目を見ているのだ。

「こんばんは」ジャレッドは父親に丁寧に挨拶をした。そして、もうひとりの男に会釈をした。「タデアス叔父さん。気持ちのいい夜ですね？」

「遅かったじゃないか」フレームクレスト伯爵、マグナスは額に皺《しわ》を寄せた。「おまえの新たな知人は、夜通しおまえと話しこむ気なのかと思いかけていたぞ」

「ウィングフィールドはじつに話好きです」

　タデアスはランタンを高く掲げた。「それで、どうだった、坊主？　なにかわかったか？」

　ジャレッドは三十四歳だ。とっくの昔にもう坊主ではなくなったと、自分では思っている。それどころか、家族のだれより百万年も年を食っていると感じることさえしょっちゅうだ。しかし、タデアスに異議を唱えてもいいことはなにもない。

「ウィングフィールドは、クレア・ライトボーンの日記を手に入れたと確信しています」ジャレッドは静かに言った。

「おお、なんと」ランタンのほの暗い明かりでもはっきりわかるほど、マグナスは満足げな表情を浮かべた。「では、ほんとうだったのだな。長年探し求めていた日記がようやく見つかったのだ」

「ちくしょうめ」タデアスはわめいた。「どうしてウィングフィールドが先に見つけてしまったんだ？」

「実際に日記を探し当てたのは、彼の姪のようです」ジャレッドは言った。「なんでもフランスにあったらしいですよ。二か月前、日記を探してスペインの丘陵地帯まで出かけていった、わが従兄弟たちの努力は明らかに無駄だったというわけです」

「しかしだな、ジャレッド」マグナスがなだめるように言った。「戦争中に日記がスペインに持ち去られたと聞いて、若いチャールズとウィリアムが信じてしまったのも無理はないのだ。ふたりとも、あんな胸くそ悪い盗賊につかまったりして、おまえは多少とも腹を立てているだろうが」

「まったく、あのときのことはなにからなにまで不愉快と言わざるをえません」ジャレッドは苦々しげに認めた。「しかも、身代金を二千ポンド近く払ったんですから。もちろん、時間もたっぷり取られ、骨折りも強いられて、仕事のほうがすっかりおろそかになってしまいました」

「やめないか、息子よ」マグナスが声を張り上げた。「おまえにはそれしか考えられないのか？ 仕事だけなのか？ おまえの体には海賊の血が流れているというのに、心も魂もまるで商人そのものだ」

「あなたにとっても、家族のほかのみんなにとっても、私が失望の種だということはよくわかっています」ジャレッドは、港と海を隔てている岸壁に寄りかかった。「しかし、その問題についてはこれまでにもさんざん話し合っていますし、今夜また蒸し返す必要はないかと思います」

「坊主の言うとおりだ、マグナス」タデアスは息もつがずに、たたみかけた。「いまは、片づけなければならないもっと大事な問題がある。日記はもうわれわれの手中にあるも同然だ。いや、もうわれわれのものだと言ってしまおう」

ジャレッドは一方の眉をつり上げた。「ゆうべ、日記をわがものにしようと試みたのは、ふたりのうちどちらなんですか？ ウィングフィールドは部屋を物色されたと言っていましたよ」

「やってみる価値はあったのだ」タデアスは平然と言いのけた。

マグナスもうなずいた。「ちょっと見て回っただけだ」

ジャレッドは腹立ちのあまり毒づきそうになるのをやっとの思いでこらえた。「日記はきのうの午後、〈海炎〉号に積み込まれたそうです。取り出すには、船荷をすべていったん陸揚げしなければなりません」

「残念至極」タデアスはがっかりしてうめいた。

「いずれにしても、日記はドーセット州メドウ・ストリーム荘の、ミス・オリンピア・ウィングフィールドのものです。彼女が金を払って買ったものですから」

「ばかな、日記はわれわれのものだ」マグナスはぴしゃりと言った。「わが一族に代々伝わる家宝なのだ。その娘に日記を所有する権利はない」

「お忘れのようですが、たとえわれわれが日記を手に入れたとしても、読み解くことは不可能なのですよ。しかし……」父親と叔父の関心がこちらへ向くまで、ジャレッドはたっぷり間を置いた。

「なんだね？」マグナスがじりじりしながら訊いた。

「アーテミス・ウィングフィールドは、自分の姪ならその日記に使われている暗号を解読できると信じています」ジャレッドは言った。「ミス・ウィングフィールドはその方面に秀でているらしいのです」

タデアスはみるみる元気を取りもどした。「では、坊主、おまえがこれからやるべきことは決まったではないか？　日記が送られる先までついていって、なんとかミス・ウィングフィールドに取り入り、日記の内容についてわかったことをすべて教えてもらうのだ」

「上出来ではないか」興奮したマグナスの髭がぴくぴくとはねた。「彼女の心を奪うのだ、息子よ。うまくたらしこめ。彼女がおまえの腕のなかでとろけたのを見計らい、日記になにが書かれているのか聞き出すのだ。日記はあとで失敬すればいい」

ジャレッドはため息をついた。奇人変人だらけの一族で、ただひとり、常識あるまともな考えの持ち主でいるのは、なんと厄介なのだろう。

ライトボーンの日記の捜索には、ジャレッドを除くフレームクレスト家の男たちが三代にわたって取りつかれてきた。ジャレッドの父や、叔父や、従兄弟たちだけでなく、祖父や大叔父たちもつねに日記を探していた。本物の海賊の末裔《まつえい》にとって、財宝の魅力はどうしようもなく抗《あらが》いがたいものらしい。

しかし、ものには限度がある。この前、ジャレッドの従兄弟たちは日記のせいで危うく命を落とすところだったのだ。そろそろもうこんなばかげた探索は終わりにするべきだと、ジャレッドは思った。しかし、残念ながら、終わりにするには日記を探し出して、失われた財宝にまつわる秘密がほんとうに記されているのかどうか、たしかめるしかない。

百年近く前に消えてしまった謎に満ちた財宝を、つぎは私が探す、とジャレッドが宣言しても、だれも文句は言わなかった。それどころか、彼が財宝に興味を示したと知って、家族はみんな喜んだ。とりわけ父親の喜びは大きかった。

ジャレッドは、商才にたけた自分は家族にとって便利な存在だと知っていた。しかし、そんな才能は、さっそうとした熱血漢ぞろいで有名な一族では、たいして評価されないのもわかっている。

親戚たちはジャレッドを、救いがたいほど退屈な男だ思っている。フレームクレスト家の炎に欠ける男、というわけだ。一方のジャレッドは、そういうみんなは自制心と常識に欠けていると思っている。なにか問題があったり、金が必要になったりすると、大急ぎで助けを求めにやってくる要領のよさもある。

ジャレッドがフレームクレスト家の人びとの問題を解決したり、日常のこまごました退屈な作業を肩代わりするようになったのは、十九歳のころからだ。そういう作業に関して彼の右に出る者はいない、と一族のみんなは思っていた。

自分は死ぬまでずっと、つねに一族のだれかを助けつづけるはめになるのかもしれない、とジャレッドは思う。

たまに、夜遅く机に向かって、予定帳に書き込みをしながら、だれか自分を助けに駆けつけてくれる人はいないのだろうかと、ぼんやり考えたりもする。

「うっとりさせる、口説く、といった話なら、おふたりは得意中の得意でしょうが」と、ジャレッドは言った。「家族のみんなも知ってのとおり、同じフレームクレスト家の人間でも、私はその手の才能は受け継いでいません」

「ふん」ジャレッドの言葉をはねつけるように、マグナスはさっと片手を振った。「おまえは、一度だってそういうことに取り組んでいないからいけないのだ」

タデアスは急に不安そうに表情を曇らせた。「いやいや、マグナス、その手のことにまったく無関心というわけじゃないだろう。三年前、坊主は妻《めと》を娶ろうとして、思わぬ不運に見舞われたのだ」

ジャレッドは叔父を見つめた。「その問題も、ここで話し合うにはおよばないと思いますが。私はミス・ウィングフィールドだろうとほかのだれだろうと、誘惑して日記の秘密を聞き出すつもりはありません」

タデアスは眉をひそめた。「では、どうやって秘密を聞き出すんだね、坊主？」

「情報を売ってもらえないかどうか、訊いてみるつもりです」

「情報を買う」マグナスは目を丸くした。「伝説としてのちの世に受け継がれるような秘密を、買ったりできると思っているのか、おまえは？」

「私の経験からして、たいていのものは買えます」ジャレッドは言った。「現実を踏まえて率直に働きかければ、想像しうるどんな状況でも、たいていは驚くほどよい結果を得られるものです」

「坊主、なあ坊主、だから、われわれにどうしろと言うんだ？」タデアスはうめくように言った。

「この問題を私のやり方で処理させていただければ、それでけっこうです」ジャレッドは言った。「では、ここではっきりさせておきましょう。私は彼女から日記を買います。それまで、私たちの取り決めを忘れないでいただきたい」

「取り決め？」マグナスはぽかんとして訊いた。

ジャレッドはぐっと顎の筋肉を引き締めた。「私がこの問題に取り組んでいるあいだ、おふたりはどんなかたちであれ、〈フレームクレスト海運〉の業務にはいっさい手を出さない、という取り決めです」

「なにを言い出すんだ、息子よ、タデアスと私はおまえが生まれる前から、家業を取り仕切っていたのだぞ」

「はい、それは知っています。おふたりが経営しているあいだに、家業は一気に倒産寸前まで追い込まれたのです」

こみ上げる怒りといっしょに、マグナスの口髭が跳ね上がった。「それはわれわれのせいではない。ちょっとばかり運が悪かっただけだ。ちょうど景気の悪い時期だったのだ」

賢明なジャレッドは、それ以上、問題を突き詰めてはいけないと判断した。そろって商才に恵まれない伯爵と弟がいっしょになって、かろうじて残っていたフレームクレスト家の財産をもう少しですべてなくすところだったのは、三人ともよく知っていた。

そんな家業をジャレッドが十九歳で引き継いだとき、一家の財産と呼べるのは、一艘《いっそう》のおんぼろ船だけだった。彼は母親のネックレスを質に入れて必要な金を調達した。そんな非情な振る舞いにショックを受け、母親を含めて一家のだれひとりとして、いまにいたるまでジャレッドを心から許してはいない。実際、二年前に亡くなった母親は、死のまぎわにもそのことを口にした。悲しみに打ちひしがれたジャレッドには、生まれ変わった〈フレームクレスト海運〉から得られる富で、一族のほかのみんなと同様、母親もさんざんいい思いをしたことを、思い出させる気力は残っていなかった。

ジャレッドは、残されたおんぼろ船一艘から、フレームクレスト帝国を再建したのだ。今回の首を傾げたくなるような務めを終えてから、またあんな離れ業をやってのけなければならないはめになるのはごめんだと、心底思う。

「長い歳月を経てようやく、フレームクレスト家の失われた富をこの手につかみかけているとは、とても信じられん」タデアスは勝ち誇ったようにぎゅっと拳を握りしめた。

「私たちはもう、富を得ています」ジャレッドは指摘した。「百年近く前に、キャプテン・ジャックと相棒のエドワード・ヨークがどこかから盗んできて、どこだかよくわからない島に埋めた財宝など、必要ありません」

「盗んできた財宝ではない」マグナスがわめいた。

「お忘れですか？　西インド諸島に住んでいたころ、曾祖父さまは海賊だったのですよ」ジャレッドは片方の眉をつり上げた。「曾祖父さまとヨークがまともな形で財宝を手に入れたとは、とても考えられません」

「キャプテン・ジャックは海賊ではないぞ」タデアスも声を張り上げた。「誠実なイギリス人で、きちんと許可を得て航海していたのだ。神にかけて言うが、財宝はスペインの船から合法的に得た戦利品なのだ」

「相手のスペイン人に訊いたらなんと答えるでしょう。興味のあるところです」ジャレッドは言った。

「ふんっ」マグナスはジャレッドをにらみつけた。「いま、こんなことになっているのは、やつらのせいなのだ。あのいまいましいスペイン人たちが追ってこなければ、キャプテン・ジャックとヨークも、どこだかわからん島に戦利品を埋めるはめにはならなかったし、われわれも今夜、こんなところに突っ立って、財宝をこの手に取りもどす方法をあれこれ考えずにすんだのだ」

「はい」ジャレッドはうんざりして同意した。その話なら、耳にタコができるほど聞かされ、そのたびに退屈な思いをさせられている。

「エドワード・ヨークこそ、ほんものの海賊なのだ」と、マグナスはつづけた。「あの、嘘つきで凶暴なごろつき野郎は、おまえの曾祖父さんを裏切って、スペイン人に寝返ったのだ。キャプテン・ジャックがなんとかやつらの術中にはまらなかったのは、神の情けとしか言いようがない」

「なにもかも、百年近くも前のことです。ヨークがキャプテン・ジャックを裏切ったかどうか、たしかなところは私たちにはわかりません」ジャレッドは静かに言った。「いずれにしても、いまとなってはどうでもいいことですし」

「どうでもいいわけがあるか」マグナスが嚙《か》みつくように言った。「おまえは名誉ある伝統に従うのだ、息子よ。失われた財宝を見つけるのは、おまえの義務なのだぞ。財宝はわれわれのものであり、われわれにはその所有権を主張する権利があるのだ」

「とにもかくにも」タデアスが厳かに言った。「おまえは新たなガーディアンなのだ、坊主」

「ばかな」ジャレッドは声をひそめて言った。「それが愚にもつかない戯言だということは、おふたりもご存じのはず」

「戯言ではない」タデアスは言い張った。「十数年前のあの夜、おまえはキャプテン・ジャックの剣を抜き、密輸業者の手から従兄弟たちを救って、ガーディアンの肩書きを勝ちえたのだ。忘れたのか？」

「忘れるものですか。あの夜の出来事のせいで、私は一方の目を失ったのですから」ジャレッドは小声で言った。しかし、これ以上、一家のばからしい伝説を持ち出してあれこれ議論する気はなかった。どこかに埋められた財宝の伝説に片をつけるだけで、もう手いっぱいだ。

「おまえが新たなガーディアンだということは、動かしがたい事実なのだぞ」マグナスは取り澄ました顔で言った。「おまえは剣を血に染めた。しかも、若いころのキャプテン・ジャックに生き写しだ」

「もうたくさんです」ジャレッドはポケットから時計を引き出してランタンにかざし、文字盤を見た。「もうこんな時間です。あすの朝、私は早く起きなければならないので」

「おまえとその懐中時計は切っても切れない仲だな」タデアスが不満そうに言った。「賭けてもいい。予定帳も持ってきているだろう」

「もちろんです」ジャレッドは冷ややかに言った。「あれは私の心のよりどころですから」

私の日々の生活でなにより大切なのは、懐中時計と予定帳だ、とジャレッドは思った。これまで何年も、なにをしでかすかわからない放埒《ほうらつ》な家族に振り回され、不規則と混沌の波にもまれながらも、この二つがあるからこそ規律を守り、日々の予定をこなしてこられたのだ。

「信じられん」マグナスは悲しげに首を振った。「謎に包まれた財宝を探して、いままさに大海原にこぎ出そうとしているときに、時計をのぞきこんだり予定帳を確認したりして、まるで退屈な実務家ではないか」

「私は退屈な実務家ですから」ジャレッドは言った。

「それ以上、父親を泣かすでない」マグナスはうめいた。

「少しはフレームクレスト家の炎を見せてはくれまいか、坊主」タデアスがせき立てる。

「わが一族の失われた遺産が見つかるかどうかという瀬戸際なのだ、息子よ」マグナスは岸壁のへりをつかみ、まるで水平線の向こうまで見透かせるように、夜の闇に広がる海に目をやった。「骨の髄に感じるぞ。長い年月を経て、フレームクレスト家の財宝はいままさに、われわれの手に落ちようとしている。そして、おまえは、一族の代表としてそれを見つけるという、このうえない栄誉に浴するのだ」

「だいじょうぶですよ、父上」と、ジャレッドはうやうやしく言った。「期待感に、私の胸はこんなに高鳴っています」

1

「もう一冊、あなたが興味をお持ちになりそうな本があるんです、ミスター・ドレイコット」オリンピア・ウィングフィールドは室内履きをはいた一方の足を図書室のはしごにかけてバランスを取り、もう一方の足のつま先を棚の端に引っかけてふんばった。手を伸ばして、いちばん上の書棚から一冊の本を引き抜く。「この本にも、黄金の島の伝説にまつわる興味深い情報が記されているんです。それから、ぜひ読んでいただきたい本がもう一冊あって」

「どうぞお気をつけてください、ミス・ウィングフィールド」レジナルド・ドレイコットは、はしごの両端を握って、動かないように固定していた。見上げると、オリンピアは高い段にあるまたべつの本を取ろうと、身を乗り出している。「気をつけないと、ほんとうに落ちてしまいますよ」

「まさか。こういうことには、ほんとうに、慣れていますから。さあ、これです。すばらしい本ですよ。わたしも、学会の最新の季刊誌に掲載された論文を書いたとき、参考にしました。南太平洋のある群島に住む人びとの、とても変わった風習について記されていて、とても便利なのです」

「そのようなご本を貸していただけるとは、ありがたいことですが、ミス・ウィングフィールド、そんな高いところにいつまでもいらっしゃっては、ほんとうに危険です」

「どうか心配なさらないで」ドレイコットを安心させようと、オリンピアが笑みを浮かべて見下ろすと、そのドレイコットがなんとも言えず妙な表情を浮かべている。淡い色のぼんやりした目をことさらどんより曇らせ、口をぽかんと開けている。

「どこか具合が悪いのですか、ミスター・ドレイコット?」

「いいえ、まったく、そんなことはありません」ドレイコットは唇を湿らせ、じっと上を見つづけている。

「ほんとうに、だいじょうぶですか? ご気分が悪そうなお顔だわ。ご本をお貸しするのはこんどにしても、わたしは少しもかまいませんのよ」

「もう一日たりとも待てません。ほんとうに誓ってもいい、私はだいじょうぶです。いずれにせよ、あなたのお話をうかがって、黄金の島の伝説にまつわる詳細な情報をすべて、すぐにでも知りたくてたまらなくなりました。新たな研究資料も持たず、この場を離れるようなことはとてもできません」

「あなたがそうおっしゃるなら。さっきのつづきですけれど、この本には、黄金の島に伝わる魅惑的な習慣について書かれているんです。わたしも、見知らぬ島々の習慣やしきたりには、いつもたまらなく興味を引かれるんです」

「あなたが？ ほんとうですか？」

「ええ、それはもう。わたしはもううぶな娘ではありませんから、そういった事柄にはとても想像力をかき立てられるんです。黄金の島の住人が結婚式の夜に行う儀式は、とくにおもしろいんですよ」オリンピアは古書のページをぱらぱらとめくり、はずみでまたふと、ドレイコットの顔を見た。

まちがいなくなにかがおかしい、と思った。ドレイコットの表情を見たら、なんとなくいやな気持ちがこみ上げてきた。彼の目はオリンピアの目を見ていなかった。視線はもっと下のほうに吸い寄せられているようだ。

「結婚式の夜の儀式、とおっしゃったんですか、ミス・ウィングフィールド？」

「ええ。とても変わった儀式なんです」オリンピアは眉をひそめ、まじまじとドレイコットを見た。「花婿は花嫁に、男根にそっくりな大きな金の置物を贈るんですって」

「男根、と、いまそうおっしゃったんですか、ミス・ウィングフィールド？」だれかに喉を締めつけられているような声だ。

ようやく、それもいきなり、オリンピアは気づいた。いま、はしごの真下にいるドレイコットが見上げれば、スカートのなかは丸見えにちがいない。

「いやだわ、もう」急に体がぐらつき、オリンピアははしごのいちばん上の横棒をつかんだ。抱えていた本のうち一冊が、床の絨毯《じゅうたん》の上に落ちた。

「どうかなさいましたか？」すかさずドレイコットが訊いた。

ストッキングをはいた脚をドレイコットにまともに見られたかと思うと、くやしくて体がかーっと熱くなった。

「なんでもありません、ミスター・ドレイコット。探していた本はすべて見つかりました。もう降りますから、脇によけてくださってけっこうです」

「お手をお貸しいたしましょう」ドレイコットのぽっちゃりとしたやわらかい手がモスリンのスカートのなかに伸びて、オリンピアのふくらはぎをかすめた。

「けっこうですから。だいじょうぶです」オリンピアは息を切らして言った。男性の手に脚を触られた経験は、これまで一度もない。ドレイコットに触られ、ぎょっとして思わず飛び上がった。

オリンピアはまたはしごを上って、ドレイコットの手から逃れようとした。ところが、一瞬遅く、片方の足首をしっかりつかまれてしまった。

強く脚を引いたが、ドレイコットは手を離そうとしない。当惑は不快感に変わった。「手を離してくださったら、ミスター・ドレイコット、ひとりで無事に下まで降りられますから」

「この手を離したら、あなたは落ちてしまうかもしれません。そんな危険は冒せません」ドレイコットの指先が脚をはい上がり、またぎゅっとつかんだ。

「手を貸してくださらなくてもだいじょうぶですから」抱えていた本がまた一冊、腕からこぼれて、どすんと絨毯に落ちた。「脚から手を離してください」

「私は、ただあなたが心配なので、こうして支えているのですよ」

もう頭にきた、とオリンピアは思った。レジナルド・ドレイコットとは数年来の知り合いだ。その彼が、彼女の願いを聞き入れようとしないのが、信じられない。オリンピアは思いきり脚を蹴り出した。つま先がドレイコットの肩に食い込んだ。

「うーん」ドレイコットはよろりと一歩、あとずさった。恨みがましい目でオリンピアを見つめる。

ドレイコットの非難するような目つきを、オリンピアは無視した。あたふたとはしごを降りていく。結い上げた髪が乱れるのがわかる。白いモスリンのキャップは、傾いていた。

室内履きのつま先が絨毯に触れたちょうどそのとき、ドレイコットは背後から両手で、オリンピアのウエストをつかんだ。

「愛しいオリンピア、あなたへの思いをこれ以上、押しとどめるのは無理です」

「もうたくさんだわ、ミスター・ドレイコット」レディらしく難局を切り抜けようとがんばるのを放棄して、オリンピアは彼のみぞおちに肘を突き当てた。

うめき声をあげたものの、ドレイコットはまだオリンピアを離さない。彼女の耳元ではあはあとあえいでいる。息がタマネギ臭い、とオリンピアは思った。つい吐きそうになる。

「オリンピア、かわいい人、あなたは大人の女性で、学校を出たばかりのうぶな小娘とはちがいます。あなたは生まれてからこれまでずっと、このアッパー・タドウェイに生きながら埋もれていたのです。熱情の喜びを知る機会に恵まれなかった。さあ、これからは存分に生きなければ」

「あなたの足元に吐いてしまいそうだわ、ミスター・ドレイコット」

「ばかな。肉体の要求に応じるという喜びに不慣れでいらっしゃるから、ちょっと緊張しているのでしょう。どうか恐がらないでください。知らなければならないことはすべて、この私が教えてさしあげます」

「離してください、ミスター・ドレイコット」オリンピアは持っていた最後の本を床に落とし、ドレイコットの両手に爪を立てた。

「一度として情事《アムール》を味わったことのない美しい人。究極の官能的経験を味わえるというのに、まさか、拒絶なさるのですか？」

「ミスター・ドレイコット、すぐに離さないなら、大声をあげるわ」

「お宅にはだれもいませんよ」ドレイコットはオリンピアを抱えるようにしてカウチに近づいていった。「甥ごさんたちはお出かけです」

「ミセス・バードがどこかにいるはずよ」

「家政婦は庭に出ています」ドレイコットはオリンピアに頬ずりしはじめた。「恐がらないで、かわいい人、ふたりのほかにだれもいません」

「ミスター・ドレイコット。しっかりしてください。自分がなにをしているのか、わかっていないんだわ」

「私のことはレジーと呼んでください」

オリンピアは、自分の机に飾ってある銀のトロイの木馬像をつかもうと、必死で手を伸ばした。が、つかみそこねた。

ところが、驚いたことに、ドレイコットはいきなりあっと声をあげて、オリンピアを抱えていた手を離した。

「なんたることだ」ドレイコットはあえぐように言った。

ようやく自由の身になったものの、体がふらつき、オリンピアはよろめいてころびかけた。なんとか机につかまって、体勢を保つ。背後で、ドレイコットがふたたび叫び声をあげた。

「おまえは何者だ？」ドレイコットが怒ったような声で訊いた。

肉が肉に叩きつけられるいやな音がして、どすんとなにかが倒れたのがわかった。脱げてしまった白いモスリンのキャップを片方の耳に引っかけたまま、オリンピアは振り返った。目にかかった髪の房を押し上げ、ぎょっとしてドレイコットを見つめた。おかしな格好に体をねじって、床に倒れている。

見えないなにかに急かされるような妙な気持ちがして、オリンピアはドレイコットの横で絨毯を踏みしめている黒いブーツに視線を移した。それから、ゆっくりと目を上げた。

気がつくとオリンピアは、男の顔を見つめていた。埋蔵された宝や、海図に載っていない謎の島々をめぐる伝説から抜け出てきたような男だ。長い黒髪は風に乱れ、ベルベットのアイパッチで一方の目を覆って、短剣を革ひもで腿に取りつけた姿は、つい息を呑んでしまうくらい迫力がある。

彼ほど強そうな男を、オリンピアはこれまで見たことがなかった。長身で、肩幅が広く、筋肉の引き締まった体から、強くてもしなやかで優雅な男らしさがほとばしっている。緻密《ちみつ》さと洗練を軽蔑《けいべつ》する彫刻家の、恐れを知らぬ大胆な手で刻まれたような風貌だ。

「ひょっとして、ミス・オリンピア・ウィングフィールドでいらっしゃいますか?」男は静かに尋ねた。足元で男が伸びているのは、いつものことでもあるかのように。

「はい」とても声とは思えないかすれ声だ、とオリンピアは自分で思った。咳払いをして、もう一度言う。「はい、そうです。どちらさまでしょう?」

「チルハーストです」

「ええ」ぼんやりと男を見る。名前に聞き覚えはなかった。「はじめまして、ミスター・チルハースト」

男の乗馬用の上着もズボンも体にぴったりしていたが、田舎で生まれ育ったオリンピアでさえ、ひどく流行遅れの服だとわかった。あまり裕福な人ではないにちがいない。実際、首回りになにもつけていないのは、クラヴァットを買う金もないからだろう。男はシャツの胸をはだけていた。喉元がむき出しなのは、ちょっと野蛮で、粗野な感じと言えなくもない。わずかだが胸まで見えている、とオリンピアは気づいた。縮れた黒っぽい胸毛もかすかに見えているようだ。

オリンピアはかすかに背筋がぞくぞくするのを感じたが、ドレイコットに足首をつかまれたときの不快な感覚とはまるでちがう。刺激的で心地いい震えだ。

「チルハーストというお名前の知り合いに心当たりはないのですが」なんとかよどみなく言えた。

「あなたの叔父上の、アーテミス・ウィングフィールド氏に遣わされた者です」

「アーテミス叔父さま?」安堵感が体を駆けめぐった。「旅行中の叔父と、どこかでお会いになったのね? 叔父は元気にしていました?」

「とてもお元気でしたよ、ミス・ウィングフィールド。叔父上とは、フランスの港町でお会いしたのです」

「すてき」オリンピアはうれしそうにほほえみかけた。「すぐにでもいろいろなお話を聞かせていただきたいわ。アーテミス叔父さまはいつも、そんなおもしろい冒険をしてらっしゃるんです。わたしはうらやましくてたまりません。今夜は、わたしたちといっしょに夕食を召し上がって、なにもかも話していただかなくては、ミスター・チルハースト」

「だいじょうぶですか、ミス・ウィングフィールド?」

「なんでしょう?」オリンピアは訳がわからず、男を見つめた。「もちろん、なにも問題はありませんわ。でも、なにがだいじょうぶなんでしょう? わたしはこれ以上はないほど健康ですわ。いつもそう。お気遣いいただいてありがとうございます、ミスター・チルハースト」

チルハーストはよいほうの目の上の黒い眉をつり上げた。「私は、この、床に伸びている男にあんな目に遭わされ、だいじょうぶだったかとうかがったのですが」

「ああ、そうでした」オリンピアははっとして、ドレイコットがいたことを思い出した。

「いやだわ、わたし、すっかり忘れていました」オリンピアはドレイコットのまぶたがぴくぴくするのを見て、これからどうすればいいのだろうと思った。人付き合いで厄介な状況に出くわしたとき、うまく切り抜けるのはあまり得意ではない。叔母のソフィーもアイダも、そんな細かいことを教えてはくれなかった。

「こちらはミスター・ドレイコットです」オリンピアは紹介した。「ご近所に住んでらっしゃるの。もう何年も前からのお付き合いです」

「いつもレディの家に押しかけてきて、襲いかかる男なんですか？」チルハーストは冷ややかに言った。

「なんですって？　まあ、ちがいます」オリンピアはぱっと顔を赤らめた。「少なくとも、わたしはそう思っています。気を失ってらっしゃるようね。うちの家政婦を呼んで、気付け薬を持ってこさせたほうがいいと思われます？」

「気にすることはありません。すぐに気がつきますから」

「そうでしょうか？　拳闘がどれだけ威力のあるものなのか、わたしはよく知らないんです。甥たちにとって、そういったスポーツはあこがれの的ですけれど」オリンピアは不思議そうにチルハーストを見つめた。「あなたは拳闘がお得意なんですね。ロンドンの学校で習われたの？」

「いいえ」

「わたしはてっきりそうだと。いいんです、気になさらないで」オリンピアはふたたびドレイコットを見下ろした。「ほんとうに、困った方だわ。少しは身にこたえたらいいんだけれど。これから先もあのような振る舞いをされるなら、もうわたしの図書室は利用していただかないつもりです」

チルハーストは、ちょっと頭がどうかしているのではないか、という顔でオリンピアを見つめた。「ミス・ウィングフィールド、差し出がましいようですが、この男があなたの家に出入りするのは、金輪際、お許しになるべきではありません。それに、あなたくらいの年齢の女性なら、図書室でふたりきりになって男性客をもてなすべきではないと、知っていて当然だと思いますが」

「冗談をおっしゃらないで。わたしは二十五歳ですよ。男性のお客さまをお迎えして、不安に思うようなことはほとんどありません。いずれにしても、わたしはもう世の中のいろいろなことを知っていますから、ふつうではない状況や、突拍子もない状況に立たされても、めったなことでは動揺しませんわ」

「ほんとうでしょうか、ミス・ウィングフィールド？」

「もちろんです。古代の伝説に強く興味を引かれている方には珍しくないんですが、かわいそうなミスター・ドレイコットは、激しい知的欲求というか、そういったものに襲われて自分を見失っただけだと思いたいですわ。失われた財宝だとか、そんなものにまつわるすべてに、激情をかき立てられる人って、たまにいるんです」

チルハーストはオリンピアを見つめた。「あなたも激情をかき立てられるのですか、ミス・ウィングフィールド?」

「ええ、もちろん」ドレイコットが身じろぎしているのに気づいて、オリンピアはいったん口をつぐんだ。「見て、目を開けようとしているわ。あなたにひどく殴られたせいで、彼、意識を取りもどしてから頭が痛むかしら?」

「運がよければ、痛むでしょう」チルハーストは小声で言った。

「なんということだ」ドレイコットがもごもごつぶやいた。「なにがあったのだ?」そう言って、ぼんやりとチルハーストを見上げた。つぎの瞬間、驚いて両目を見開いた。「だれなんだ、あんたは?」

チルハーストはドレイコットを見下ろした。「こちらのご家族の友人です」

「私に襲いかかったりして、どういうつもりだ?」ドレイコットは詰め寄った。おそるおそる自分の顎に触れる。「こんなことをして、訴えられても文句は言えまい」

「訴えるだなんて、とんでもないわ、ミスター・ドレイコット」オリンピアはぴしゃりと言った。「もちろん、自覚しておいででしょうけれど、口では言えないほど下劣な振る舞いをされたのはあなたのほうです。どうか、いますぐお引き取りください」

「その前に、この男からあなたに謝罪があるものかと思いますが、ミス・ウィングフィールド」チルハーストは穏やかに言った。

オリンピアは驚いて彼を見つめた。「謝罪？」

「はい」

「ばかばかしい。私はなにも悪いことはしていないぞ」ドレイコットは不満をあらわにした。「ミス・ウィングフィールドがはしごから降りるのを手伝っていただけだ。こちらがお礼を言われて当然なのだ」

チルハーストは腕を伸ばしてドレイコットのクラヴァットをつかみ、ふらつく体を引き上げて立たせた。「謝るんだ、たったいま」と、ゆっくり言う。「そして、ここから出ていけ」

ドレイコットはぱちぱちと目をしばたたいた。チルハーストのまばたきひとつしない目を見て、おどおどと宙に視線を漂わせる。「そうですな、もちろんです。すべて私の不徳と致すところ。まことにもって申し訳ない」

チルハーストはクラヴァットをつかんでいた手をいきなり放した。ドレイコットはぐらりとよろめき、すぐに一歩退いた。露骨に不快そうな顔をオリンピアに向ける。

「私たちのあいだに考え方の相違があったとしたら、残念と言わざるをえません、ミス・ウィングフィールド」冷ややかに言った。「しかし、あなたの気分を害するつもりはなかったのです」

「もちろんですわ」チルハーストの隣に立つと、ドレイコットはなんと小さくひ弱に見えるのだろう、とオリンピアはしみじみと思った。ほんの数分前、あんな貧弱な男の振る舞いに危機感を覚えていたのが信じられない。「おたがい、きょうのことはきれいさっぱり忘れてしまうのがいちばんだと思いますわ。なにもなかったことにいたしましょう」

ドレイコットはちらりと横目でチルハーストを見た。「あなたのお気に召すように」上着の裾《すそ》をぴんと引き、クラヴァットの位置を正す。「では、私はこれで失礼させていただきます。家政婦はお呼びにならなくてけっこうです。ひとりでおいとまいたしますから」

ドレイコットが図書室の扉を開けて足早に出ていき、あたりはしんと静まりかえった。ふたりきりになると、オリンピアはチルハーストを見た。彼もオリンピアを見つめていたが、その表情から感情はまったく読みとれない。ふたりはそのまま黙りこくり、やがてドレイコットが玄関から出ていって、扉が閉まる音が聞こえた。

オリンピアはほほえんだ。「助けに来てくださって、ありがとうございます、ミスター・チルハースト。勇敢な方ですのね。わたし、こんなふうに助けられたのは初めてです。ほんとうに、珍しい経験をさせていただきました」

チルハーストはおどけて会釈をした。「取るに足らないことです、ミス・ウィングフィールド。お役に立てて光栄です」

「ほんとうに助かりましたけれど、ミスター・ドレイコットはせいぜいわたしの唇を奪おうとしただけだと思います」

「そう思われますか？」

チルハーストの疑わしげな目を見て、オリンピアは眉をひそめた。「そんなに悪い方ではありません。わたしがこのアッパー・タドウェイに住むようになって以来のお付き合いですし。でも、六か月前に奥さまを亡くされてから、あの方の振る舞いがどことなくおかしくなったのはたしかかもしれません」オリンピアはいったん言葉を切り、さらに言った。「最近、急に古い伝説に興味を持たれるようになって、それがたまたま、わたしのもっとも興味ある分野と重なっているんです」

「そんなことだろうと思っていました」

「え？　わたしが伝説に興味を持っている、ということですか？」

「いいえ、ドレイコットが急にその分野に興味を持ったということです」チルハーストの表情は真剣そのものだ。「あなたを誘惑するための口実にちがいありません、ミス・ウィングフィールド」

オリンピアはあっけに取られた。「まさか、そんな、きょうの午後、ここで起こったことが計画的なものだったなんてありえません」

「前もって計画されたことと考えてまちがいないはずです、ミス・ウィングフィールド」

「そうですか」オリンピアはじっと考えてから言った。「そんなこととは思ってもいませんでした」

「そのようですね。あの男とふたりきりで会うのは、おやめになったほうがいい」

オリンピアはろくに取り合わなかった。「いずれにしても、たいしたことではありません。

終わったことです。それに、わたしったら、礼儀知らずもいいところだわ。お茶を召し上がられるでしょう？　長い旅をしていらしたのですものね。家政婦を呼びましょう」オリンピアが呼び鈴を鳴らしてミセス・バードを呼ぶ間もなく、外の扉がバタンと勢いよく開く音がした。けたたましい犬の鳴き声が玄関の間に響きわたる。しばらくして、図書室の外の廊下で、犬がしきりに木の床をひっかく音がした。ブーツのドスンドスンという足音。元気のいい子供たちの声がいっせいにわき上がった。

「オリンピアおばさん？　オリンピアおばさん、どこ？」

「ただいま、オリンピアおばさん」

オリンピアはチルハーストを見た。「釣りに出かけていた甥たちがもどってきたようです。あなたにお会いできて、あの子たちも喜びますわ。アーテミス叔父さまが大好きでたまらないんです。叔父さまとごいっしょされたときの話を、どうか聞かせてやってください。それから、拳闘の話も。きっと質問攻めに遭いますわ」

そのとき、なんだか種類のわからない毛むくじゃらの大きな犬が、図書室に飛び込んできた。チルハーストを見て、一度だけワンと声をかぎりに吠えてから、オリンピアめがけて突進してくる。犬は全身ずぶ濡れで、大きな泥の足跡が図書室の絨毯に残った。

「あら、まあ、ミノタウロスはまた引き綱をはずしてきちゃったのね」オリンピアは足を踏ん張って身がまえた。「お坐り、ミノタウロス。お坐りなさい。いい子にして」

ミノタウロスは立ち止まらず、弾むように前進しつづける。にこにこ笑っているような口元の端から、だらりと舌を垂らしながら。

このままでは飛びかかられる。オリンピアは必死の思いで後ずさった。「イーサン？　ヒュー？　犬を呼んでちょうだい」

「来い、ミノタウロス」玄関の間でイーサンが怒鳴った。「おいで、こっちだ」

「もどってこい、ミノタウロス」ヒューが声を張り上げる。

ミノタウロスはまるで聞く耳を持たない。とにかくオリンピアに挨拶したいらしく、立ち止まる気配もない。犬は、見た目はびっくりするほど大きいが人なつこく、捨てられていたのを甥たちが拾って家に連れ帰って以来、オリンピアは少しずつミノタウロスが好きになっていた。しかし、悲しいかな、巨大なむく犬は行儀の悪いことはなはだしい。

ミノタウロスはオリンピアの目の前で立ち止まり、後ろ脚で立ち上がった。オリンピアは払いのけようと片手を伸ばしたが、無駄な努力だとわかっていた。

「待ちなさい、いい子だから。待て」オリンピアはあきらめ半分で言った。「坐ってちょうだい。お願い」

自分の優位な立場を感じて、ミノタウロスはワンワンと高らかに吠え立てた。オリンピアの清潔なドレスの前面に向かって、泥だらけの前脚をゆっくりと降ろしていく。

「もうたくさんだ」チルハーストが声をあげた。「躾《しつけ》のなってない犬にそばに来られるのは、我慢ならない」

オリンピアは前を向いたまま、チルハーストの動きを横目で追った。チルハーストはミノタウロスに向かってなめらかに一歩踏み出し、革製の首輪をつかんでぐいと押さえつけて、床に這いつくばらせた。

「待て」チルハーストは犬に言った。「お坐り」

ミノタウロスは、犬なりの驚いた表情で彼を見上げた。しばらく、犬と男は見つめ合った。やがて、オリンピアがびっくり仰天したことに、ミノタウロスは素直に〝お坐り〟をした。

「信じられない」オリンピアは言った。「どうしたらそんなことができるんですか、ミスター・チルハースト？ ミノタウロスはけっして命令に従わない犬なのに」

「しっかりとつかまえて、きっぱり命じればいいのです」

「オリンピアおばさん？ 図書室なの？」八歳の幼い顔をいきいきと輝かせながら、イーサンが部屋に飛びこんできた。薄茶色の髪は濡れて頭に張りついている。服は、ミノタウロスに負けないほど濡れて泥だらけだ。「車寄せにへんな馬車が止まってたよ。すっごく大きくて、トランクがぎっしり積んであるみたいだった。アーテミスおじさんがまた来たの？」

「いいえ」イーサンの服からしたたるしずくを見てオリンピアは眉をしかめ、どうして服を着たまま泳いだのか訊こうとした。

ところが、その暇もなく、イーサンの双子の弟、ヒューが部屋に駆け込んできた。イーサンに劣らず泥だらけだ。そのうえ、シャツが破れている。

「ねえ、オリンピアおばさん、お客さんが来たの？」ヒューが勢いこんで訊いた。期待感に青い目がきらきら輝いている。

チルハーストの姿に気づいたとたん、少年ふたりはぎょっとして立ち止まった。水と泥を絨毯にしたたらせながら、じっとチルハーストを見つめた。

「あなた、だれ?」ヒューがぶっきらぼうに尋ねた。

「ロンドンから来たの?」イーサンが真剣な面もちで訊いた。「馬車になにを積んできたの?」

「その目、どうしたの?」ヒューが無遠慮に訊く。

「ヒュー、イーサン、そんなお行儀の悪いことではだめでしょう?」穏やかに諭《さと》すような表情で、オリンピアは男の子ふたりを見た。「そんな格好でお客さまをお迎えしてはいけないわ。階上《うえ》へ行って、着替えてらっしゃい。ふたりとも、小川に落ちてしまったみたいよ」

「イーサンがぼくを川に落っことしたから、ぼくも落っことしたんだ」ヒューが手短に説明した。「そうしたら、ぼくたちの真似をして、ミノタウロスも飛びこんできたんだ」

イーサンがいきなり怒って声を張り上げた。「おまえなんか落っことしてないよ」

「落っことしたじゃないか」ヒューもあとに引かない。

「落っことしてないよ」

「したよ」

「もういいから」オリンピアはふたりをさえぎった。「階上《うえ》に行って、人前に出てもはずかしくない服に着替えてらっしゃい。そうしたら、きちんとミスター・チルハーストに紹介してあげます」

「あーん、オリンピアおばさんってば」イーサンが、最近になって覚えた気持ちの悪い甘ったれ口調で言った。「そんな野暮なこと言わないで。先に、この大将がだれなのか教えてよ」

イーサンはこんな俗っぽい言い回しをどこで覚えてくるのだろう、とオリンピアは不思議だった。「なにもかも、着替えてきたら話してあげますから。ほんとうに、ぞくぞくするようなお話よ。でも、ふたりともそんな泥だらけのままではだめ。先に階上で着替えてらっしゃい。絨毯が泥で汚れているのを見たら、ミセス・バードはかんかんになるって、知っているでしょう？」

「ミセス・バードなんか関係ないね」ヒューが言った。

「ヒュー」オリンピアは息を呑んだ。

「だって、あの人、いつもなにかしら文句を言ってるんだよ、オリンピアおばさん。知ってるでしょ？」ヒューはチルハーストを見た。「おじさんは海賊なの？」

チルハーストは答えなかった。また玄関でバタンと耳障りな音がしたせいだろう。しばらくして、二匹のスパニエル犬がころがるように図書室に入ってきた。ただいま、と言いたげにうれしそうにワンワン吠えながら、そこらじゅう全速力で駆け回っている。そのうち、二匹は図書室を横切り、なおもチルハーストの足元におとなしく坐っているミノタウロスに近づいてきた。

「オリンピアおばさん？　どうしたの？　車寄せに見慣れない馬車が止まってたけど。だれか来たの？」双子より二つ年上のロバートが戸口に姿を現した。髪は弟たちより濃い茶色だが、目の色は兄弟三人そろって明るいブルーだ。兄はずぶ濡れではなかったが、ブーツにはべっとり泥がこびりつき、顔も両手も泥だらけだ。

ロバートは一方の脇に大きな凧《たこ》を抱えていた。汚いしっぽが垂れ下がり、背後の床に長々と伸びている。もう一方の手に握った釣り糸には、小さな魚が三匹ぶら下がっている。チルハーストに気づいたとたん、ロバートはぴたっと立ち止まった。目が大きく見開かれる。

「こんにちは」ロバートは挨拶した。「あの、だれなの？　外の馬車はあなたの？」

チルハーストははね回っているスパニエル犬を無視して、返事を待ちわびている少年三人を静かに見つめた。「私の名はチルハーストだ」と、ようやく口を開く。「きみたちの叔父上に言われて、ここへ来た」

「ほんとうに？」ヒューが訊いた。「アーテミスおじさんとはどうやって知り合ったの？」

「最近知り合ったばかりだ」チルハーストは言った。「叔父上は私がイギリスへ向かっているのを知って、アッパー・タドウェイに立ち寄ってほしいとおっしゃったのだ」

ロバートは満面に笑みを浮かべた。「ってことは、おじさんからぼくたちに贈り物があるんだね。馬車に積んであるの？」

「アーテミスおじさんはいつもぼくたちにプレゼントを送ってくれるんだ」ヒューが説明した。

「そうなんだ」イーサンが横から言った。「ぼくたちへのプレゼントはどこ？」

「イーサン」オリンピアが言った。「長い旅をしてきて、まだくつろいでもいらっしゃらないお客さまにプレゼントをねだるなんて、お行儀が悪いにもほどがあるわ」

「かまいません、ミス・ウィングフィールド」チルハーストは穏やかに言った。イーサンに顔を向けて、つづける。「贈り物といっしょに、叔父上は私をここへ送りこんだのだ」

「あなたを？」イーサンはぎょっとして声をあげた。「どうしてあなたをここに？」

「私は、きみたちの新しい家庭教師だ」チルハーストは言った。

驚きと静寂が図書室を支配した。オリンピアは、三人の幼い甥たちの期待にあふれる明るい表情がみるみる曇って、不快感があらわになるのを見守った。三人は、茫然としてチルハーストを見つめている。

「まさか」ヒューが吐き出すように言った。

「もう家庭教師なんかいらないよ」イーサンが鼻に皺を寄せた。「最後のやつは退屈なんてもんじゃなかった。ずーっとラテン語とギリシャ語でぼそぼそなにか言ってるんだから」

「ぼくたち、家庭教師はいらないよ」ヒューはきっぱりとチルハーストに言った。「そうだよね、ロバート？」

「そうだ」ロバートはすかさず同意した。「必要なことはなんでも、オリンピアおばさんが教えてくれるから。家庭教師はいらないって、この人に言ってよ、オリンピアおばさん」

「事情がよくわかりません、ミスター・チルハースト」オリンピアは、自分の家の図書室に立っている海賊を見つめた。「叔父が甥たちに家庭教師を雇うなら、あらかじめわたしに相談してくれないわけはないと思います」

チルハーストは、銀色にきらめくような不思議な視線をオリンピアに向けた。「しかし、叔父上はそう決められたのです、ミス・ウィングフィールド。それであなたがお困りになるようなことがなければよいのですが。私は、家庭教師になれると固く信じて、はるばるここまでやって来たのです。かならずやあなたのお力になれます」

「うちには、新たに家庭教師を雇う余裕はないんです」オリンピアは嚙みしめるように言った。

「私への報酬のことなら、ご心配にはおよびません」チルハーストはなだめるように言った。「前払いしていただいていますから」

「そうですか」オリンピアは言った。ほかになんと言っていいのか見当もつかなかった。

チルハーストは、落胆と不安の塊のようになって彼を見つめている男の子たちを見た。

「ロバート、きみは階上へ行く前に、そのみごとな魚を持ってキッチンへ行き、はらわたを抜きなさい」

「そういうのは、いつもミセス・バードがやってくれるんだよ」ロバートはあわてて言った。

「自分で釣った魚は自分で処理するんだ」チルハーストは静かに言った。「イーサン、ヒュー、きみたちは犬をすべて、家から出しなさい」

「でも、犬はいつも家に入ってくるんだ」イーサンは言った。「少なくともミノタウロスはそうだよ。スパニエル犬は近所の人が飼ってる犬なんだ」

「これからは、ミノタウロス以外の犬を家に入れてはならない。ミノタウロスを家に入れるのも、きれいで濡れていないときだけだ。スパニエル犬を飼い主の家に送り届けて、自分たちの犬をきれいにしてやりなさい」

「でも、ミスター・チルハースト」イーサンが、覚えたばかりの甘ったれ声で切り出した。

「情けない声を出すんじゃない」チルハーストは言った。「癇に障る」そう言って、ポケットから金時計を引っぱり出し、時間を確認した。「では、いまから三十分で、全員、風呂に入って清潔な服に着替えること」

「風呂なんか入りたくないや」ロバートが不満そうにつぶやいた。

「入るんだ。ぐずぐずしないでさっさと行きなさい」チルハーストは金時計をポケットに滑りこませた。「三人とも着替えを済ませたら、また集まりなさい。私がどういうやり方できみたちの勉強をみるか、あらましを説明しよう。わかったかね?」

「信じらんない」ロバートは声をひそめて言った。「この人、完全に頭がどうかしてるよ」

イーサンとヒューはあいかわらず、ぽかんとした表情でチルハーストを見つめている。

「訊いているんだ。わかったかね?」チルハーストはすごみのきいた静かな口調で繰り返した。

「わかりました」イーサンは急いで言った。

イーサンとヒューの視線は、チルハーストの腿に留められたナイフに吸い寄せられた。

ヒューもぼそっと言った。「わかりました」

ロバートは不満げにチルハーストを見たが、文句は言わなかった。「わかりました」

「では、行きなさい」チルハーストは言った。

男の子たち三人はくるりと背中を向け、扉を目指して駆け出した。犬たちがいっせいにあとを追う。一瞬、戸口で押し合いへし合いしてから、三人と三匹は廊下に飛び出していった。

すぐにまた、図書室は静寂に包まれた。

オリンピアは、驚き恐れ入って、がらんとした戸口を見つめた。「すばらしすぎて言葉になりません、ミスター・チルハースト。あなたを雇わせていただきます」

「ありがとうございます、ミス・ウィングフィールド。職を失うようなことがないよう、努力いたします」

2

「正直にお伝えしなければなりません、ミスター・チルハースト」オリンピアは机の上で両手を組み合わせ、ジャレッドを見つめた。「わたしはこの六か月に三人の家庭教師を雇いました。けれども、二週間以上つづいた人はひとりもいません」

「私は、必要とされるかぎり、こちらにとどまるとお約束します、ミス・ウィングフィールド」ジャレッドは椅子の背にゆったりと体をあずけ、布張りの肘掛けに肘をのせて、突き合わせた両手の指先越しにオリンピアを見つめた。

なんということだ、とジャレッドは思った。彼女から視線をそらせないのだ。図書室に一歩足を踏み入れた瞬間から、彼はオリンピアに心を奪われていた。

いや、そうではない、とジャレッドは気づいた。あの晩、フランスの港町の薄汚れた酒場で、アーテミス・ウィングフィールドから、一風変わった姪の話を聞かされたときから、オリンピアに心惹かれていたのだ。海峡を越える旅のあいだ考えたのは、ライトボーンの日記の在処《ありか》をやっとの思いで突き止めた女性のことばかりだった。彼の家族の多くは、日記の探索に何年も費やしたが、見つけられずにいた。そんな彼らを打ち負かすとは、いったいどんな女性なのだろう？　と考えつづけた。

それは好奇心のなせるわざとしても、ドレイコットがオリンピアに抱きついているのを目にしたとたん、体を駆け抜けた奇妙な衝撃には説明がつかない。その瞬間、ジャレッドが感じた深刻で不穏な感覚は、獰猛と言っていいほど激しかった。

部屋に入ったら、自分の恋人がほかの男に犯されているのを見てしまったような思い、と言えばいいだろうか。ジャレッドはドレイコットを絞め殺してやりたかった。同時に、どう考えても非常識なオリンピアに腹が立った。彼女の体をつかんで揺さぶり、そのまま絨毯に押し倒して愛を交わしたいと思った。

その思いのあまりの激しさに、ジャレッドはとまどった。許嫁《いいなずけ》のデミトリア・シートンが恋人の腕に抱かれているのを見てしまった日、自分はどんな思いだっただろうと振り返った。しかし、あのときの反応は、きょう味わった暴力的な気持ちの高ぶりとはくらべようもないほどおとなしいものだった。

ばかげている。まるで筋の通らない話だ。

しかし、そうわかっていてもなお、ジャレッドはすぐに無分別な決意を固めてしまった。冷静に練りに練った、このうえなく論理的な計画を、すぐさまぽんと捨て去った。日記とそれにしたためられた秘密を買い取り、自分の仕事にもどるという考えは、一瞬のうちに霧散した。

驚いたことに、まったく彼らしくもなく常識を無視して、彼はライトボーンの日記の件はあっさり忘れた。オリンピアと実際的な取引をめぐってやりとりするのだけは避けたかった。まったく、そんなことは考えるだけでも耐えがたい。

彼はオリンピアがほしかった。彼女がほしくてならなかった。

そんなあからさまな思いに気づいて愕然《がくぜん》とした彼には、魅惑的なセイレーン（歌で船員を惑わせ、船を座礁させてしまう海の精）のそばにいつづける方法を考えるより重要なことはないように思えた。それがこの世で最後にできることだとしても、こんなにすさまじく、力強く、魂を揺さぶるような魅力の正体を探求せずにはいられない。

これほど大事なことはない、とジャレッドは思った。日記を手に入れて、一族をあげての探索に終止符を打つことも、手広く行っている商売のあれこれも、計画的に会社の金をくすねている者を追いつめることも、たいして重要には思えない。

家族も、商売も、憎むべき横領者も、しばらくは好きにしていればいい。生まれて初めて、自分のやりたいことをやるのだ。責任感などくそくらえ、だ。

いつものように冷徹な頭脳を絞り、新たなジレンマの明白な解決策を見出したジャレッドは、自分は新たに雇われた家庭教師だと名乗った。そのひと言はあまりに簡単に口をついて出たので、そうするのが運命だったのかもしれないとさえ思えた。

いまになって初めて、驚くほど衝動的な行為を振り返った彼は、あのときの自分は正気を失っていたのだろうか、と思った。

それでも、後悔する気にはとてもなれない。腹の底で渦巻いていた欲望とたぎる血潮の熱さには、彼の名高い自制心も歯が立たないだろうとよくわかっていた。しかし、どういうわけか、そんな欲望が引き起こしかねない危険性は、まるで気にならない。

その無頓着さが、なにより不思議だった。これまでずっと変わらず、人生のどんな場面でも、冷静かつ論理的に対処することをなにより尊重してきたというのに。

自分以外の全員がいつも、感情と気まぐれに振り回されている家族のなかで、なんとか自分を抑え、冷静になろうと務めることで、ジャレッドは心の平安と秩序を得てきた。そうやって完璧に感情を抑えつづけてきたから、最近では、自分はもう感情を失っているかもしれないと思いはじめていた。

そんなとき、オリンピア・ウィングフィールドが現れて、立派に感情が残っていることが証明されたのだ。彼女はまちがいなくセイレーンだ、と彼は思った。しかも、自分のそんな影響力にまだ気づいていない。

いままで長いあいだ、ほんとうのジャレッドを覆っていた鎧《よろい》を切り裂いたのは、彼女の美しさではなかった。その点で言えば、許嫁だったデミトリアのほうがはるかに優雅で美しい、とジャレッドは思った。

オリンピアの夕陽のように真っ赤な髪といい、くるくるとよく変わる表情といい、だれも知らない珊瑚礁《さんごしょう》の海の色をした目といい、美しいというのとは少しちがう。彼女にはわくわくするようななにかがあって、好奇心をかきたてられずにいられないのだ。しかも生気に満ちている。これまで想像すらできないほど心そそられる、無垢《むく》な魅力がある。

ゆるやかにカーブを描くほっそりとした体は、地味なモスリンのドレスの下で、声をたてずに官能の歌をうたっているようにジャレッドには思えた。俗物のレジナルド・ドレイコットとやらには、しばらくのあいだ、彼女以外の女性を追いかけてもらおう、と思った。オリンピアがほしくてたまらず、彼女の魅力のとりこになっているあいだは、ほかの男が彼女に近づくのを許すつもりはなかった。

好奇心の塊になり、魅惑の蜘蛛《くも》の巣にとらえられてもなお、ジャレッドはオリンピアのちょっと崩れたしどけない雰囲気に気づかずにはいられなかった。炎のような髪からずり落ちそうなモスリンのキャップといい、ガーターからはずれて足首までずり落ちた綿のストッキングといい、彼女の服装はお世辞にもきちんとしているとは言えないが、どこかのびのびとしていて、好ましい。日常生活と本人にしか見えない息を呑むような景色のあいだを行ったり来たりしている女性は、こんな格好をしているものかもしれない。

彼女は明らかに才女でいかにも縁遠そうだが、そんななりゆきに満足しきっているようだった。オールドミスの暮らしを気に入っているようにジャレッドには思えた。これまでの経験から、彼女だけの内面の世界を理解したり、ましてや分かち合ったりできる男性はめったにいないと、わかっているにちがいない。

オリンピアは唇を噛みしめた。「ここを離れないと約束してくださるのはありがたいし、あなたならかならずそうしてくださると信じています。でも、甥たちに言うことをきかせるのはなかなかむずかしくて、それが問題なんです。慣れない土地に移ってきてからというもの、いろいろ問題を起こしていますし」

「ご心配にはおよびません、ミス・ウィングフィールド。私がちゃんとしつけますから」抜け目のない商売相手や、交戦国の船を指揮する船長や、ときには海賊や、なにをしでかすかわからない家族と長年付き合ってきたのだ。三人のきかん坊をしつけるくらい、なんでもない。

オリンピアの美しい青緑色の目が、希望をたたえてぱっと輝いた。しかし、つぎの瞬間、みるみる表情が曇りはじめる。「鞭《むち》を使ってしつけるつもりではないでしょうね、ミスター・チルハースト。あの子たちをぶつのは、このわたしが許しません。両親を失ってから二年間、充分すぎるほどつらい思いをしてきた子たちなんです」

「男の子でも馬でも、鞭を使って意のままにするのは私もぜったいに反対です、ミス・ウィングフィールド」何年も前に、父親が話しているのを立ち聞きした言葉をそのまま繰り返している自分に気づいて、ジャレッドは少なからず驚いた。「そんなことをしても、いじけさせたり逆恨みさせたりするだけです」

オリンピアはうれしそうにほほえんだ。「わたしもまったく同じように考えているんです。そんな古めかしいしつけ方がいちばんだと信じている人はおおぜいいますけれど、わたしは反対です。甥たちも、根はいい子なんです」

「わかります」

「わたしのところで暮らすようになってまだ六か月です」オリンピアはつづけた。「両親が亡くなってから、あの子たちは親戚のあいだをたらい回しにされてきました。ここへ来たときにはもう、不安の塊のようになって、打ちしおれていました。ヒューはいまもまだ、たまに悪夢にうなされるんです」

「なるほど」

「あの子たちのお行儀の悪さはわかっています。でも、この二、三か月はびっくりするくらい明るくなるいっぽうで、わたし、心からほっとしているんです。ここへ来て数週間は、ほんとうに暗かったので。いま、あの子たちがうるさいほど元気なのは、以前より幸せなしるしだと思っています」

「たしかに、このうえなく幸せそうです」と、ジャレッドは認めた。「ヨークシャーの叔父と叔母にうちへ連れてこられた日、あの子たちがどんな気持ちだったか、わたしには痛いほどわかるんです。わたしも、ソフィー叔母さまの家に連れてこられたとき、同じようにやりきれない寂しさと不安を味わいましたから」

「おいくつのときですか？」

「十歳です。海難事故で両親を亡くして、わたしも甥たちと同じように親戚のあいだをたらい回しにされました。義務感にかられてわたしの面倒をみようとする人もいるにはいまししたけれど、実際のところ、わたしのようなお荷物を進んで背負い込もうとする人は、ひとりもいませんでした」

「義務感では足りません。必要なのは慈愛の心です」

「おっしゃるとおりです。子供たちはそのちがいをちゃんと見抜きます。わたしは最後にここ、ソフィー叔母さまの家に腰を落ち着けました。当時、叔母もアイダおばさまも六十を過ぎていたのですが、わたしを引き取り、温かい家庭というものを教えてくれました。わたしは、なんとしてでも叔母たちのように甥たちを育てるつもりです」

「立派な心がけです、ミス・ウィングフィールド」

「男の子をどう育てるべきか、残念ながらよくわかりません」オリンピアは認めた。「わたし、あの子たちに罰をあたえるのが恐いんです。この家で必要とされていないとか、歓迎されていないとか思われそうな気がして」

「日々のきちんとした予定と正当な懲罰をあたえているかぎり、少年はそんなふうには感じないものです」ジャレッドは静かに言った。「それどころか、自分は必要とされ、歓迎されていると実感するはずです」

「そう思われますか?」

ジャレッドは両手の指先をとんとんと打ち合わせた。「授業と有益な活動をあらかじめ定めた計画どおりきちんと行う。それがなによりも甥ごさんたちのためになる、というのが家庭教師としての私の考えです」

オリンピアは小さく安堵の息を漏らした。「少しでも秩序らしきものをこの家に取りもどせたら、こんなにうれしいことはないんです。ほんとうに、最近では毎日のように騒ぎ立てたり走り回ったりするものだから、わたしもとても仕事などできません。ここ二、三か月、論文は一枚も書けていないんです。いつもなにかしら危機に見舞われているような状態で」

「危機？」

「このあいだの日曜日、イーサンは教会にカエルを持っていったんです。それはもうたいへんな騒ぎになってしまって。二、三日前は、ロバートがご近所の馬に乗ろうとして、その馬はもちろん、鞍《くら》などつけていませんでしたから、振り落とされてしまいました。黙って馬に乗ったので、ご近所さんはそれはもうお怒りになって。わたしは、あの子がひどいけがをしたんではないかと、心臓が凍るような思いでした。きのうは、ヒューがチャールズ・ブリストーさんの息子さんと喧嘩をして、お母さまがものすごい剣幕で怒鳴り込んでらっしゃったし」

「喧嘩の原因は？」興味を引かれ、ジャレッドは訊いた。

「わかりません。ヒューは教えてくれないんです。でも、あの子が鼻血を出したので、鼻の骨が折れたのではないかと、それは心配しました」

「ヒューは喧嘩に負けたようですね？」

「ええ、でも、それはどうでもいいのです。問題は、あの子が先に手を出したということです。それを聞いて、わたし、ただもうびっくりしてしまって。鞭で打つべきだとミセス・バードには言われましたが、それだけはするつもりはありません。いずれにしても、一事が万事この調子で、ここ二、三か月は毎日、こんなことの繰り返しなのです」

「なるほど」

「それに、毎日、騒々しいことといったら」オリンピアは沈んだ表情でつづけた。「蜂の巣をつついたような騒ぎなのです」そう言って額を手の甲でぬぐった。「正直言って、たまに腹が立つこともあります」

「もう心配はいりませんよ、ミス・ウィングフィールド。安心していただいてけっこうです。毎日、家でなにをするべきか日程を決めて、甥ごさんたちに守らせますから、あなたもお仕事を再開できるでしょう。仕事で思い出しましたが、あなたの図書室のすばらしさには感服しました」

「ありがとうございます」ジャレッドのひと言で、いままでの心配はすっかり忘れて、オリンピアは誇りと愛情をこめて図書室を見回した。「ここにある本の大部分は、ソフィー叔母さまとアイダおばさまから受け継いだものです。若いころ、ふたりは世界じゅうあちこち旅行をして、行く先々で本や原稿を買い求めたのです。この部屋には、数えきれないほどの宝物が眠っています」

ジャレッドはなんとかオリンピアから視線を引き離して、図書室のなかをさらに丹念に見回した。持ち主に劣らずユニークで好奇心をそそられる部屋だ。

本や地図や地球儀が所狭しと並んでいて、学者の隠れ家のようにも見える。押し花の本や、針仕事の道具を入れたバスケットは見あたらない。オリンピアの机はマホガニー材を使った大きくて立派なもので、ぴかぴかに磨き上げられている。ふつう、女性が使うような小さくて繊細な書き物用テーブルとはまるでちがう。そういえば私の図書室の机に似ている、とジャレッドは思った。

「あなたを雇うに当たって、ミスター・チルハースト」オリンピアは不安げに眉をひそめた。「推薦状を提出していただくべきだと思うんです。ご近所さんのミセス・ミルトンに言われたんです。数か所からすばらしい推薦状を書いてもらえるような方でなければ、家庭教師として雇ってはいけない、と」

ジャレッドはじっとオリンピアを見返した。「私はあなたの叔父上に送り込まれたのです。それだけで何通もの推薦状に匹敵すると思うのですが」

「そう言われれば、そうだわ」オリンピアの表情がぱっと輝いた。「そうね、もちろんよ。それ以上に確実な推薦はありえないわ」

「そう思っていただけて幸いです」

「では、その問題はもう解決しました」家庭教師の推薦状などという些細で厄介な問題にわずらわされずに済んで、オリンピアは見るからにほっとしていた。やがて、その目が好奇心に輝き出した。「アーテミス叔父さまとはフランスでお会いになったのね？」

「はい。私は、スペインからイギリスへ向かうところでした」

「スペインへいらしたの？」オリンピアはうっとりして訊いた。「スペインへは、一度行ってみたいとずっと思っているんです。それから、イタリアとギリシャにも」

「偶然ですが、そのあたりはすべて足を運びました」ジャレッドはいったん口をつぐみ、オリンピアの反応を見守った。「それから、西インド諸島とアメリカ大陸にも」

「なんてすばらしいんでしょう、わくわくしてしまいます。それに、うらやましくてたまりません。世界を股にかけて活躍なさっているのね」

「そう言ってくれる人もいますが」ジャレッドは認めた。しかし、自分ではただの平凡な男だと思っていたので、ばつが悪かった。と同時に、オリンピアが自分を見つめる目が、女性らしいあこがれに輝いているのがわかって、気持ちが舞い上がるのを抑えきれない。

「では、ほかの国に住んでいる人たちの習慣にも、お詳しいんでしょうね」オリンピアは期待をこめてジャレッドを見つめた。

「注意して観察したことも、何度かあります」

「叔母たちからすばらしい教育を受けたおかげで、わたしも世界の事情には通じているほうだと自負しているんです」オリンピアは打ち明けた。「でも、実際に外国を旅する機会には恵まれませんでした。晩年の叔母たちは、あまり暮らし向きがいいとは言えませんでしたし。いま、わたしは叔母たちから受け継いだわずかな遺産で生活させてもらっていますが、心躍るような旅をするほどの余裕はまったくありません」

「なるほど」ジャレッドはちょっとほほえんだ。「ところで、この家に雇っていただくにあたって、きちんと話し合っておかなければならない小さな問題がひとつ二つ、あると思うのですが、ミス・ウィングフィールド」

「そうでしょうか？」

「残念ながら」

「なにもかも、もう決まったものだと思っていました」オリンピアはがっかりしたように椅子の背に体をあずけた。それから、ほかの女性ならいやらしいあえぎ声にもまちがわれそうな、官能的なため息をついた。「あなたのように世界じゅうあちこち旅行された方にお会いするのは、初めてなんです。ぜひ山ほど質問させていただきたいわ。本で読んだことで確認したいことがらもいくつかあるし」

ジャレッドは、オリンピアが自分を、地球上でもっともハンサムで魅力にあふれ、だれよりも好ましい男性であるかのように見つめていることに気づいた。女性から、こんなにもあからさまにあこがれをこめて見つめられるのは初めてだった。彼女は、見えないほうの目のことは気にも留めていないようだ。

ジャレッドは、自分は女性を口説くのがうまい、と思ったことは一度もなかった。十九歳のときから仕事に忙殺され、たんに暇がなかった、というのも理由のひとつだ。父親からしょっちゅう指摘されるように、フレームクレスト一族の情熱に欠けているのも、もうひとつの原因らしい。

とはいえ、男性の正常な生理的要求を感じないわけではない。それどころか、そのたぐいの欲求は知り尽くしている。夜遅く、眠れないベッドのなかで、温かくて愛らしい女性がいてくれたらと狂おしい気持ちになるのも珍しくない。

問題は、彼がつぎつぎと女性を変えて軽薄な関係を結ぶようなたちではないことだ。長年のあいだにそんな関係もあるにはあったが、不安と不満にさいなまれるばかりだった。相手の女性も同じ気持ちだったのではないかと、ジャレッドは思っている。デミトリアが言いにくそうに打ち明けたように、肩書きと富を得てしまうと、心躍るような発見はもう期待できないのかもしれない。

しかし、いま、このとき、ジャレッドの体の奥で眠っていた男性的本能が首をもたげ、オリンピア・ウィングフィールドはものにできるかもしれないと告げているのだ。彼女には、詩も花束も欲望にくすぶる目つきも必要ない、と。

ただ、旅にまつわる話をつぎからつぎへと聞かせればいい。

ジャレッドは、彼女を口説く手順を考えた。ナポリかローマでの冒険話を聞かせたら、彼女はまちがいなく私にほほえみかけるだろう。アメリカへの船旅のようすを話したら、うっとりとろけてしまいかねない。西インド諸島を旅したときの話などしたら、どうなってしまうか予想もつかない。さまざまな彼女の反応を想像しているうちに、体が硬くこわばりはじめた。

ジャレッドは大きく息を吐き出し、体の内側を熱くしている痛いほどの欲求を抑えつけた。それから、自制心を失いかけたときのお決まりの行動に出た。上着の内ポケットに手を入れて、予定帳を取り出した。オリンピアが興味津々に見つめているのを意識しながら、その日に必要なメモが箇条書きしてあるページを開く。

「まず、あなたの叔父上が私にゆだねられた荷物について話し合ったほうがいいでしょう」ジャレッドは言った。

「ええ、もちろんだわ」オリンピアはそっけなく言った。「荷物に付き添ってきてくださって、あなたにはほんとうに感謝しています。もう聞いていらっしゃるでしょうけれど、アーテミス叔父さまとわたしで、とてもお金になる商売のやり方を考えたんです。旅行の途中、叔父がおもしろそうな品物をいろいろ選んで手に入れ、あちらこちらの町からわたしのところへ送ってくれるんです。そして、わたしがそれをロンドンの商人に売る、というわけです」

ジャレッドは、輸入した高級品を抜け目なく売りさばいているオリンピアを思い浮かべようとしたが、できなかった。「そういった品を買い取ってくれる商人をどうやって見つけるのか、お訊きしてもかまわないでしょうか、ミス・ウィングフィールド？」

オリンピアは太陽のように明るくほほえんだ。「ほんとうに簡単なお話なんです。品物の取引については、ご近所に住んでらっしゃる地主のペティグリューさんが、ご親切にも手伝ってくださっているんです。昔から近所付き合いをしていた叔母たちへの敬意をこめて、できるだけ力になろうとおっしゃってくださって」

「それで、そのペティグリュー氏はどのようにして商品を売っているのです？」

オリンピアは自信なさげにひらひらと手を振った。「細かいことはすべて、ペティグリューさんがロンドンに置いている実務係がなさっているのだと思います」

「ペティグリュー氏の実務係のやり方には満足してらっしゃいますか？　あなたがたに有利な取引をしてくれているんでしょうか？」ジャレッドはしつこく訊いた。

オリンピアはくすくすと笑い声をあげた。それから、重大な秘密を打ち明けるように身を乗り出した。「前回の積み荷には、二百ポンド近い値がついたんですよ」

「ほんとうですか？」

「ほんとうですとも。すばらしい品ばかりでしたから。あのときアーテミス叔父さまは、シルクの布地を数巻きと、さまざまな香辛料も送ってくださいました。あれほど利益を得るのは、今回はちょっと無理でしょうね」

ジャレッドは、フランスから付き添ってきたおよそ三千ポンドの価値はあると思われる品々を思い返した。船がウェイマスの港に着いて積み荷が陸揚げされると、ジャレッドは屈強な男をふたり、護衛として雇ったほどだった。

ジャレッドは予定帳にたたんで挟んであった黄色い紙切れを引き出した。「これは、今回、叔父上があなたに送られた積み荷のリストです」そう言って、紙切れを差し出した。「前回の積み荷とくらべてどう思われますか？」

オリンピアは紙切れを受け取り、気乗りのしない表情でさっと視線を走らせた。「前回のリストにあった品をすべて覚えているわけではないけれど、今回はレースの反数が減っているようだわ。それから、前回、アーテミス叔父さまはイタリア製の扇を送ってくださったけれど、それが見当たらないみたい」

「今回の積み荷には、シルクの布が数巻きと、ベルベットもありますよ」ジャレッドはそれとなく指摘した。

オリンピアは一方の肩をわずかにすくめた。「ペティグリューさんがおっしゃるには、残念なことに、最近はシルクやベルベットが以前ほどは高く売れないそうです。やはり、今回は前ほどの儲けは期待できないようね。それでも、そこそこの現生《げんなま》は――甥っこたちはこんな言葉を使うんです――手にできますから」

地主のペティグリューとやらはいつごろからオリンピアをだまし、金をくすねていたのだろう、とジャレッドは思った。「私も輸入品の売買にかかわった経験があるのです、ミス・ウィングフィールド」

「そうなんですか？」オリンピアは、失礼にならない程度の驚きの表情でジャレッドを見た。

「ええ」ジャレッドは一瞬、毎年、数十万ポンド相当の積み荷を満載して航行する〈フレームクレスト海運〉の船を思い浮かべた。「よろしければ、この積み荷の取引もお引き受けしますが」

「ご親切にありがとうございます」なんと重宝な人だろう、とオリンピアはあっけにとられた。「でも、そんな仕事まで引き受けられてだいじょうぶですか？　ペティグリューさんによると、とても時間のかかる作業だそうですし。それに、いつも気を張って注意していないと、ペテン師にだまされてしまうそうですよ」

「おっしゃるとおりだと思います」ペティグリューは自分がペテン師だから、相手がそうであればすぐにわかるにちがいない、とジャレッドは密かに思った。「しかし、私はこれまでペティグリュー氏がやってこられたくらいの商売をする自信があります。おそらく、それ以上のことができます」

「そういうことなら、もちろん、収益に見合った手数料を受け取っていただかなければ」

「それにはおよびません」ジャレッドの抜け目のない頭脳は問題の全容を把握し、必要な作業をあらゆる方面から検討し、評価していた。積み荷は私の実務係、フェリックス・ハートウェルに託そう、と彼は思った。そして、必要な指示を伝えるついでに、〈フレームクレスト海運〉の横領問題の調査になにか進展があったかどうか確認する。「この仕事も、こちらのお宅で家庭教師としてかかわる仕事の一部と考えたいと思います」

「ほんとうにそうなさるおつもり?」オリンピアは驚いてジャレッドを見つめた。「不思議だわ。これまでに来ていただいた家庭教師で、勉強を教えるほかになにか仕事をしようと申し出た方はひとりもいらっしゃいませんでした」

「かならずや、便利な男とわかっていただけると信じています」ジャレッドは静かに言った。

突然、図書室の扉が開いて、エプロンをしてキャップをかぶった、でっぷりした肉づきのいい女性が入ってきた。働き者らしく、お茶のトレーを持つ手が赤く荒れている。

「さて、まあ、新しい家庭教師が来たっていうのは、どういうことです？」と、オリンピアをにらみつける。「ちっちゃな怪物たちを手なずけられると信じてる、哀れな先生の夢と希望をまたくじくつもりですか？」

「わたしの甥たちは怪物じゃないわ」オリンピアは不満そうに眉をひそめ、年配の女性を見た。「ミセス・バード、こちらはミスター・チルハーストよ。アーテミス叔父さまに頼まれてうちへ来てくださったの。きっと力になってくださるわ。ミスター・チルハースト、こちらはうちの家政婦のミセス・バードです」

ミセス・バードといっても、羽根があって宙を舞う、繊細な小鳥らしいところはひとつもないな、とジャレッドは思った。肉づきのいい顔に大きな鼻の目立つたくましい彼女は、生まれてからずっと両足でしっかり大地を踏みしめているように見える。ミセス・バードの色あせた目は警戒心に満ちていた。

「さあ、さあ、さあ」ミセス・バードはガシャンと音をたててトレーを机に置いた。じろじろジャレッドを見ながら、紅茶を注ぐ。「階上《うえ》でいたずらっ子たち三人が言っていたとおり。あなた、家庭教師というより血に飢えた海賊そっくりだわ、ミスター・チルハースト」

「そうでしょうか？」家政婦のなれなれしい物言いに驚き、ジャレッドは眉をつり上げたが、オリンピアはとくに注意すべきとは感じていないらしい。ジャレッドは神妙にカップとソーサーを受け取った。

「かまいやしませんよ」ミセス・バードは値踏みをするようにジャレッドを見た。「ああいう腕白坊主たちは、短剣やピストルを操れるくらいの人でなくちゃ言うことをきかせられないんだから。これまでにミス・オリンピアが雇いなさった先生方三人は、もうちょっとで気がへんになるところだったんですよ。ほんとうに」

オリンピアはあわててジャレッドを見た。その目を驚きと不安に陰《かげ》らせながら。「いやだわ、ミセス・バード、あまりミスター・チルハーストに悪い先入観をあたえないでちょうだい」

「どうしていけないんです?」ミセス・バードはふんと鼻を鳴らした。「隠していたって、ほんとうのことはすぐにばれてしまうんです。どれだけつづくか、見物《みもの》だわね。それで、いままでの先生方と同じように、こちらにも猟場番人の小屋に寝泊まりしていただくんですか?」

オリンピアはジャレッドにほほえみかけた。「ミセス・バードが言っているのは、私道の入り口にある小屋のことです。こちらにいらしたときに、気づかれたんじゃないかしら?」

「はい、見かけました。なかなか居心地がよさそうです」

「よかったわ」オリンピアはほっとしたようだった。「ええと。まだ話し合わなければならないことがあったかしら? ああ、そうだわ。お食事はわたしたちといっしょに召し上がってください。それから、階上に、教室として使うのにちょうどいい部屋があります。もちろん、わたしの図書室はご自由にお使いください」オリンピアは言葉を切り、なにか忘れていることはないかと頭をひねった。「仕事に取りかかるのは、あすの朝からでかまいませんから」

ミセス・バードはあきれてくるりと目玉を回した。「給料はどうなんです？」諭すように横目でジャレッドを見る。「覚えておいてください。ミス・オリンピアは金勘定があまり得意ではないんです。給料だとか、そういったお金にまつわることは忘れがちだから、あなたから言うことですね。恥ずかしいなんて思っていちゃだめです」

オリンピアはミセス・バードをにらんだ。「もうたくさんよ、ミセス・バード。あなたの話を聞いていると、まるでわたしは頭の軽いおばかさんみたい。それから、ミスター・チルハーストへのお給料はもうアーテミス叔父さまが払ってくださっているのよ。それでまちがいありませんわね、ミスター・チルハースト？」

「私の給料については、ご心配にはおよびません、ミス・ウィングフィールド」ジャレッドは穏やかに言った。

オリンピアは勝ち誇ったように家政婦を見た。「ほうら、そういうことなのよ、ミセス・バード」

ミセス・バードはふんと聞こえよがしに鼻を鳴らした。そして、どこか釈然としない顔をしながらも、話題を変えた。「こちらのご家族といっしょに食事をされるなら、セラーに赤ワインとシェリーもありますから、お入り用ならどうぞ」

「ありがとう」ジャレッドは言った。

「ミス・ソフィーとミス・アイダは夕食の前にはかならず、赤ワインかシェリーを、あるいは両方を少々、お休みになる前にはブランデーを召し上がっていましたよ。消化にいいらしいですからね。ミス・オリンピアも伝統を引き継いで、同じようにしてらっしゃいます」

「とりわけ、甥っこたちと暮らすようになってからは」オリンピアは小声で言った。

「ありがとう、ミセス・バード」ジャレッドはオリンピアにほほえみかけた。「今夜は夕食の前に、赤ワインを一、二杯、いただきましょう。なんにせよ、長い旅でしたから」

「そうでしょうとも」ミセス・バードは重そうに体を揺すりながら扉へ向かった。「いつまでつづくことやら」

「必要とされなくなるまでつづけますよ」ジャレッドは言った。「ところで、ミセス・バード、このうちの夕食は何時からですか?」

「さあ、わかりませんねえ。ミス・オリンピアが腕白坊主たちを何時にテーブルに向かわせられるかによります。まったく、あの子たちは食事の時間に間に合ったためしがないんだから。なんやかや理由をつけては遅れてくるんです」

「なるほど」ジャレッドは言った。「そういうことなら、今夜以降、夕食は六時から、と決めましょう。六時に食卓に向かわない者は食べないものとみなします。よろしいですか?」

ミセス・バードは振り返り、ちょっと驚いた表情でジャレッドを見た。「ええ、ええ、よくわかりました」

「けっこうです、ミセス・バード。もう下がってもらってかまいません」

ミセス・バードはじろりとジャレッドをにらんだ。「で、教えてもらえますか? この家のことをあれこれ指示する人はだれになったんです？」

「追って知らせがあるまでは、私です」ジャレッドはさらりと言った。オリンピアが驚いて目をむくのが見えた。「もちろん、雇い主の代理として、ですが」

「ふん。あなたが指示をあたえる時期も長くはつづきませんよ」ミセス・バードはぴしゃりと言い、部屋を出ていった。

オリンピアは唇を嚙みしめた。「彼女のことは気になさらないで、ミスター・チルハースト。ぶっきらぼうなところもあるけれど、悪気はないんです。ほんとうに、わたしがこうしてなんとかやってこれたのも、あの人のおかげです。彼女と亡くなったご主人は以前からソフィー叔母さまとアイダおばさまのもとで働いていて、ふたりが亡くなったあとも、ミセス・バードはうちに残ってくれたんです。わたし、あの人には心から感謝しています。だって、だれもがみんな、わたしのもとで働きたがるわけではありませんから。アッパー・タドウェイでわたしは、かなりの変わり者と思われているんです」

ジャレッドはオリンピアの目がふと寂しげに陰るのを見逃さなかった。「アッパー・タドウェイあたりの人たちは、世事に通じた女性に不慣れなんでしょう」

オリンピアは苦笑いを浮かべた。「おっしゃるとおりです。ソフィー叔母さまやアイダおばさまもしょっちゅうそんなふうに言っていました」

「心配はご無用です。ミセス・バードとはきっとうまく付き合いますから」ジャレッドは紅茶をひと口飲んだ。「もうひとつ、お話ししたいことがあるのですが、ミス・ウィングフィールド」

オリンピアは不安そうに目を細めた。「わたし、なにか忘れていますか？　残念ながらミセス・バードの言うとおりなんです。いつも、こまごまとした面倒なことを見過ごしてしまって。わたしにとってはほんとうにどうでもいいようなつまらないことが、ほかの人たちにはどういうわけかとても重要なことらしくて」

「大事なことを見過ごされているわけではありませんよ」ジャレッドはそう言って安心させた。

「ああ、よかった」オリンピアはほっとして椅子の背に体をあずけた。

「じつは、叔父上からあなたに伝えるように言われたのです。積み荷には、売るべき品々のほかに、あなたへの本が数冊含まれている、と。そのうちの一冊は古い日記です」

オリンピアのほんわかとした愛嬌のある雰囲気が、またたくまに消えた。全神経をジャレッドに集中させて、彼女は訊いた。「いま、なんとおっしゃいました？」

「積み荷のなかに、ライトボーンの日記として知られる一冊があるのです、ミス・ウィングフィールド」長々と待つまでもなく、オリンピアはすぐに反応した。

「見つかったのね」オリンピアははじかれたように立ち上がった。気持ちが高ぶり、頬がみるみる赤くなる。青緑色の目が燃え立つように輝いている。「アーテミス叔父さまはライトボーンの日記を見つけられたんだわ」

「そうおっしゃっていました」

「どこにあるの？」オリンピアはつかみかからんばかりになって訊いた。

「馬車に積んできたトランクか木箱のなかです。どこに入っているかは、わかりかねますが」

ジャレッドも、それを探したい衝動にかられなかったわけではない。しかし、船が港に着いてからというもの、立ち止まって探しものをする機会がなかった、というのが現実だ。船を降りるとすぐに馬車と護衛をふたり確保して、トランクと木箱を馬車に積みこみ、ウェイマスから夜を徹して走りつづけてきた。アッパー・タドウェイに着くまで、一度も馬車は止めなかった。同じ危険でも、品物が宿でこそ泥に盗まれるより、道中で追い剝ぎに遭う可能性のほうがまだ低く思えたのだ。

「いますぐ、馬車の荷物をほどきましょう。待ちきれないわ、すぐに日記が見たい」オリンピアは意気ごみと興奮に浮き足立っていた。

机の向こうから出てきてスカートを持ち上げたかと思うと、オリンピアは扉をめがけて駆け出した。

ジャレッドは、部屋を飛び出していくオリンピアをぼんやりと見ていた。しばらくのあいだ、この混乱をきわめる家で暮らさざるをえないなら、独自のルールを定めて全員に守らせなくては、とジャレッドは自分に言い聞かせた。規則正しい日常に勝るものはないのだから。

とにかく、初めが肝心だ。最初に決めたとおりにやるぞ。

ひとり図書室に残されたジャレッドは、静かに紅茶を飲み終えた。カップを置いて懐中時計を取り出し、時間を確認する。世話をまかされた子供たちが階上の部屋から降りてくるはずの時間まで、あと十分だ。

ジャレッドはゆっくりと立ち上がり、扉に向かって歩き出した。

3

数日後、お茶のトレーを手にしたミセス・バードが、ノックもせずに図書室に入ってきた。

「最近、うちのなかがいやに静かじゃありませんか」オリンピアの机にガタンとトレーを置く。「ほんとにもう、不気味だったらありゃしない」

オリンピアは、クレア・ライトボーンの日記に綴られた複雑な文章からしぶしぶ気持ちをそらした。眉をひそめてミセス・バードを見つめる。「どういう意味かしら？　わたしは静かになったほうがうれしいと思っていたわよ。甥っこたちが来て以来、こんなふうに心から幸せを感じるのは初めてだわ、ほんとうに」

オリンピアにとって、この数日は平穏の一語に尽きた。これだけの短期間にジャレッド・チルハーストが家庭内にもたらした変化は、とても信じられないほどだった。

玄関に泥だらけのブーツが脱ぎ捨ててあることもなければ、逃げ出してきたカエルがオリンピアの机の抽斗《ひきだし》に潜んでいることもなく、そばで言い争う声がすることもない。男の子たちはみんな、食事の始まる時間にはかならず食卓につき、さらに驚くことに、三人とも清潔で身なりまできちんとしているのだ。

「不自然ですよ」ミセス・バードはトレーのカップに紅茶を注いだ。「階上の教室で、あの海賊はちっちゃな乱暴者たちになにをしてるんでしょう？」

「ミスター・チルハーストは海賊じゃないわ」オリンピアはきっぱり言った。「あの方のことをそんなふうに呼ぶのはやめてもらえるとありがたいわね。家庭教師なのよ。しかも、これまでにわたしたちが見てきたとおり、とても有能な家庭教師よ」

「どうだか。階上でかわいそうなおチビさんたちを痛めつけているんですよ、そうに決まってます。行儀よくしないと、船から突き出した厚板の上を歩かせるって脅してるにちがいありません」

オリンピアはついほほえんだ。「そんな厚板、このへんでは見かけたこともないけど」

ミセス・バードは目を細めて言った。「だったら、言うことをきかないと、先に九本のひものついた鞭でひっぱたくと言って脅しているんでしょう」

「ミスター・チルハーストにそんなひどい脅しを受けたら、ロバートがすぐにわたしのところへ伝えに来てるわ」オリンピアは言った。

「だから、言いつけたら喉をかき切るって、かわいそうなロバート坊ちゃんを脅しているんですよ」

「もう、いい加減にしてちょうだい、ミセス・バード。あの子たちをもっと厳しくしつけるべきだと言っていたのは、あなたなのよ」

ミセス・バードはポットをトレーに置いて、机の上に身を乗り出した。「あの子たちがおびえて縮こまるのを見たいとは言っていませんよ。なんだかんだ言っても、根はいい子たちなんですから」

オリンピアは羽根ペンでとんとんと机を打った。「ミスター・チルハーストが暴力であの子たちを脅して行儀よくさせているのだと、あなたはほんとうにそう思っているの？」

「わたしに言わせれば、こんな短期間でこれほどの結果が現れるのは、暴力で脅している以外に考えられませんね」ミセス・バードは意味ありげに天井を見上げた。

オリンピアもつられて天井を見た。上の階からは、足音も、なにかがぶつかるような音も、くぐもった叫び声も聞こえてこない。たしかに、不自然なほどの静寂に不安がかきたてられる。

「なにをしているのか、見にいったほうがよさそうね」オリンピアはしかたなく立ち上がり、日記を閉じた。

「裏をかいてうまくやってくださいよ」ミセス・バードは忠告した。「ミスター・チルハーストはお嬢さんにいい印象をあたえようとしてるみたいですからね。職を失いたくないんでしょう。お嬢さんに見られているとわかったら、猫をかぶるに決まってます」

「気をつけるわ」オリンピアは熱い紅茶をぐいとひと口飲み、気合いを入れた。お茶を飲み終えると、カップを置いて、つかつかと扉に向かって歩き出した。

「忘れる前に、もうひとつお伝えしておきます」ミセス・バードが背後から声をかけた。「ペティグリューさんからさっき言づてがあって、ロンドンからもどられたそうです。きょうの午後、こちらにいらっしゃるそうですよ。届いたばかりの品物のことで、また力を貸してくださるんでしょう」

オリンピアは戸口で立ち止まった。「あら、いやだ。そのことでもう手を貸していただく必要はなくなったのに、お知らせするのを忘れていたわ」

ミセス・バードは眉をひそめた。「どういうことです?」

「ミスター・チルハーストが、そういう細かなわずらわしいことは代わりにやると言ってくださったのよ」

まさか、と言いたげなミセス・バードのしかめ面が、みるみる不安そうに曇った。「ちょっと待ってください。それはいったい、どういうことです?」

「お聞きのとおりよ、ミセス・バード。ご親切にもミスター・チルハーストは、アーテミス叔父さまが送ってくださった最新の積み荷の処理を引き受けようと、申し出てくださったの」

「なんだか怪しいですねえ。チルハーストが積み荷を持ち逃げでもしたら、どうするんです?」

「ばかばかしい。持ち逃げするつもりなら、そもそも荷物に付き添ってこんなところまで来るはずがないわ。ウェイマスに着いたとたん、積み荷を持って逃げていたでしょう」
「だったら、お嬢さんをだまして儲けるつもりなんですよ」ミセス・バードは忠告した。「だって、わからないじゃありませんか。この商品をいちばん高く売ってこの値段だ、と言われれば、お嬢さんは信じるしかないんですよ。前にも言いましたけど、わたしにはあの男は海賊にしか見えません。これまでと同じように、地主のペティグリューさんにおまかせするのがいちばんですよ」

オリンピアは我慢できなくなってぴしゃりと言った。「ミスター・チルハーストはまちがいなく信頼のおける方よ。アーテミス叔父さまが信用されたんだから」ミセス・バードの返事も待たず、扉を開けて外に出た。

廊下に出ると、オリンピアは足首まで隠れるプリント模様のモスリンのドレスの裾をたくし上げ、足早に階段を上っていった。

踊り場で立ち止まり、耳を澄ます。ここまで来ても、まだなにも聞こえない。

足音を忍ばせて廊下を歩いて、教室代わりの部屋の前まで行くと、扉に耳を押しつけた。低い海鳴りのようなジャレッドの声が、分厚い木の扉越しに小さく聞こえる。
「最初から、ろくに練りもしない思いつきのような計画だったのだ」と、ジャレッドは言った。「しかし、キャプテン・ジャックは突拍子もない考えに取りつかれやすいところがあった。それがのちに、一族の不幸な特質にもなるのだが」
「キャプテン・ジャックの家族には、ほかにも海賊がいたということ？」イーサンが熱心に訊いた。

「キャプテン・ジャックは海賊よりもバカニーアと呼ばれるほうを好んだ」ジャレッドは重々しく言った。「一族に、ほかにバカニーアはいなかったようだが、残念なことに、子孫のなかには自由貿易にかかわっていたとみられる者は数人いる」

「自由貿易って、なに?」ヒューが訊いた。

「密輸入だ」ジャレッドはさらりと説明した。「キャプテン・ジャックの一族の邸はフレーム島にあった。すばらしく景色のいいところだが、めったに人も訪れない僻地《へきち》だ。ロバート、フレーム島はどこにあるかわかるかい?」

「ここだよ」ロバートは声を張り上げた。「デヴォン州の海岸の沖。見えるでしょ? ここにちっちゃな点が」

「いいぞ、よくわかったな、ロバート」ジャレッドは言った。「あとでくわしく説明するが、この島は密輸入をするにはおあつらえ向きだった。フランスとスペイン、両国の沿岸に近いのに、それぞれの政府からは遠すぎて監視の目が届きにくい。密輸を取り締まる監視船も、このあたりにはめったに現れず、島の住人はよそ者には口が堅かった」

「密輸をする人たちの話を聞かせて」イーサンが言った。

「そうじゃなくて、キャプテン・ジャックがパナマ地峡を渡ろうとしたときの話を先に聞きたいよ」ロバートが言った。

「そうだよ、パナマ地峡を渡ってスペインのガリオン船を襲うっていう、バカニーアの計画のことを話して、ミスター・チルハースト」ヒューが勢いこんで言った。「密輸をする人たちの話は、あした、聞かせてね」

「よろしい」ジャレッドはうなずいた。「しかし、最初によく覚えていてほしいのだが、この計画はばかげているだけではなく、危険きわまりなかったのだ。パナマ地峡のあたり一帯は、ひじょうに危険な場所だった。深い森が広がり、ほかでは見られない、命さえ奪われかねない獰猛な動物が数多く生息していたのだ。向こう側の海にたどり着こうとして命を落とした者は、それまでにもおおぜいいた」

「キャプテン・ジャックと仲間たちは、どうして地峡を渡りたいと思ったの？」イーサンが訊いた。「どうして、ずっと西インド諸島にいなかったの？」

「黄金だ」ジャレッドは簡潔に答えた。「そのころ、キャプテン・ジャックには相棒がいた。ふたりは、スペインの船がアメリカ大陸の植民地から定期的に運び出しているという、伝説の財宝の話を耳にした。そこで、バカニーアふたりは、仲間を引き連れて密かにパナマ地峡を渡り、スペインの船を一、二隻襲って、手っ取り早く金持ちになれはしないかと、試してみることにしたのだ」

「すっげー」話に圧倒され、ロバートは小声で言った。「そういう冒険の話ってわくわくしちゃうよ。キャプテン・ジャックが冒険の旅に出かけたとき、ぼくもいっしょにいたかったなあ」

オリンピアはいてても立ってもいられなくなった。〝伝説の財宝〟や〝バカニーア〟と聞いただけで、頭がくらくらした。甥っこたち以上に、ジャレッドの話に魅了されていた。オリンピアは音をたてずに扉を開け、こっそり部屋に忍びこんだ。

イーサンとヒューとロバートが、窓辺に置かれた大きな地球儀を囲んでいた。オリンピアが教室に入っていっても、三人とも顔さえ上げない。全神経を地球儀に集中させているのだろう。

ジャレッドは三人のそばに立っていた。一方の手で地球儀を押さえている。もう一方の手には短剣が握られていた。短剣の刃の先で、西インド諸島のあたりを指している。

短剣を見て、オリンピアは眉をひそめた。この二日間、見た覚えはなかったのに。最初に家に来たとき、ジャレッドは短剣を革帯で腿に固定していたが、それ以降は身につけていなかった。トランクのどれかにしまったのだろうと、オリンピアは勝手に想像していた。しかし、いま目の当たりにしているように、今朝は古めかしい短剣を教室に持ちこんで、どこにでもある道具のようにさりげなく使っている。

いつもと変わらず、どこから見ても危険きわまりない姿だわ。朝の光に照らされたジャレッドの近づきがたい風貌をまじまじと見ながら、オリンピアは思った。彼をよく知らない人が、ひと目見て警戒心を抱いても不思議はないだろう。けれども、オリンピアは毎晩、食事のあとは図書室でジャレッドと過ごしていたから、日ごとに彼をよく知るようになっていた。

グラス一杯のブランデーをオリンピアとともに味わってから、猟場番人の古びた小屋に引き上げる、というジャレッドの楽しい習慣はすぐに定着した。ゆうべも、ジャレッドはしばらく読書をしたあと、これまでに出かけた旅の話をたっぷりオリンピアに披露してくれた。オリンピアは、彼のひと言ひと言をかじりつくようにして聞いた。

「家庭教師はみんな、あなたのように世界じゅうを旅して回るのですか？」オリンピアは尋ねた。

ジャレッドは判別しがたい表情で彼女を見て、言った。「いや、そんなことはありません。その点で言えば、私はとても運がよかったのです。私の雇い主に、仕事の都合でよく海外へ行かれる方がいらっしゃいました。その方は、旅のあいだも家族といっしょに過ごすことを好まれたのです」

オリンピアは物知り顔でうなずいた。「長い旅になれば、当然、お子さんたちの家庭教師にもいっしょに来てほしいと思われたでしょうね。あなたは、ほんとうにすばらしい仕事を選ばれたのね」

「ほんとうにいい仕事だと思えるようになったのは、ごく最近です」ジャレッドは椅子から立ち上がって、ブランデーのデキャンターをつかみ、琥珀《こはく》色の液体をオリンピアのグラスに注ぎ足した。「壁に貼ってあるのは南太平洋の地図ですね。なかなかよい地図です」

「その地域に起源を持つ伝説について、ずいぶん研究をしたんです、わたし」暖炉の火は熱く、ブランデーの酔いもまわって、オリンピアは心地よい暖かさと、ゆったりとくつろいだ気分を味わっていた。世事に通じた女性が、世事に通じた男性と打ち解けた会話を交わしている。オリンピアはそう思い、なんとも言えない充足感に満たされた。

ジャレッドは自分のグラスにも少しブランデーを注ぎ足し、デキャンターをテーブルに置いた。「旅の途中であのあたりの島々へも足を運び、とても興味深い経験をしました」なつかしそうに言い、深々と椅子に体を沈めた。

「ほんとうですか？」オリンピアは驚いてジャレッドを見つめた。「胸が躍るような思いだったでしょうねえ」

「ええ、それはもう」ジャレッドは両手の指先を突き合わせた。「もちろん、あなたもご存じのように、あの地域にはさまざまなおもしろい伝説があります。ひとつ、私がとくに興味を引かれた伝説があるのです」

「ぜひうかがいたいわ」オリンピアはささやいた。図書室にいながら夢を見ているような気分だった。ジャレッドと自分がいることで部屋がひとつの完成した世界となり、そのまま、べつの時間のべつの場所へ移動したかのようだ。

「娘の父親の反対で結婚を許されなかった、若い恋人同士の話です」

オリンピアはまたひと口、ブランデーを飲んだ。「なんて悲しい話でしょう。で、そのふたりはどうなるんです？」

「強く惹かれ合うふたりは、なにがあってもいっしょになろうと心に決めます」ジャレッドは言った。「そして、ある晩、秘密の入り江の浜辺で会う約束をした」

「ふたりで夜明けまで話をしていたんだと思うわ」オリンピアはうっとりして言った。「たがいに詩のような言葉をささやき合ったに決まっている。それから、まだだれにも話したことのない秘密を打ち明け合うの。いっしょに将来の夢を描きもしたでしょうね」

ジャレッドはオリンピアを見つめた。「そうではなく、ふたりは激しく愛をたしかめ合ったのです」

オリンピアは目をぱちくりさせた。「浜辺で？」

「ええ」

オリンピアは咳払いをした。「でも、それでは具合が悪かったんじゃありません？　つまり、砂だとかいろいろ、体についたりしないんですか？」

ジャレッドはかすかに笑みを浮かべた。「たがいを求めてやまないふたりにとって、少しの砂がなんだというのです？」

「そうね、もちろんだわ」オリンピアはあわてて言った。とんでもなくうぶな娘のように聞こえなかっただろうかと、気が気ではなかった。

「それに、そこはとても特別な浜でした。島の女神の宿る浜で、女神はその若いふたりに同情していました」

オリンピアは、ほんとうに浜辺で愛が交わせるのだろうかと、まだ釈然としない思いだったが、議論する気はさらさらなかった。「どうぞつづけてください。伝説を最後まで聞かせてください」

「ある晩、恋人たちはいっしょにいるところを娘の父親に見つかってしまいます。父親は激怒して、若者を殺してしまう」

「なんてひどいことを。それで、どうなったんです？」

「娘はもちろん、嘆き悲しみました。海に分け入り、姿を消してしまいます。浜辺に宿る女神は憤怒しました。浜辺の砂をすべて真珠に変えて、娘の父親を罰しました」

「それが罰なんですか？」オリンピアは驚いて尋ねた。

「そうです」ジャレッドは涼しげにほほえんだ。「男は真珠の浜を見つけて有頂天になり、家にもどって家族をたたき起こした。けれども、女神は真珠の浜を探すものにはそれが見えないように、入り江に魔法をかけたのです」

「では、その真珠の浜はだれにも見つけられないのですか？」

ジャレッドはうなずいた。「いまもなお、島民は真珠の浜の噂《うわさ》をしています。探しに出かけた者もおおぜいいます。しかし、まだその浜を目にした者はひとりもいません。その浜辺で逢い引きをして、月の光のなかで愛を交わしたふたりに負けない情熱で結ばれている恋人同士にしか、見つけられないという話です」

オリンピアはため息をついた。「愛のためにどんな危険をもかえりみないというのは、どんな感じなのでしょうね、ミスター・チルハースト」

「狂おしいほどの恋心は、偉大な伝説のようなものにちがいない、という気がします」ジャレッドは静かに言った。「どんな危険があろうとも求めずにはいられない」

オリンピアは震えがざわざわと体を駆け抜けるのを感じた。初めはかーっと全身が熱くなり、すぐに冷たくなる。「あなたのおっしゃるとおりです、まちがいありません。いずれにしても、お話を聞かせてくださって、ありがとうございます。初めて聞くお話でしたし、ほんとうにすてきな伝説だわ」

ジャレッドはオリンピアの目をのぞきこんだ。彼の目のなかで、なにか暗くて不穏なものが動いた。「ええ」ジャレッドはささやくように言った。「とてもすてきだ」

そのとたん、オリンピアはジャレッドが伝説ではなく自分のことを言っているのだと思いこみそうになった。体の奥のほうがかき乱されるような感覚。伝説を追い求めているときの昂揚感に似ているが、もっとはるかに強烈だ。自分でもおかしいくらい気持ちは揺れ動き、ちょっとめまいさえする。

「ミスター・チルハースト……？」

ジャレッドはポケットから時計を取り出した。「もうこんな時間だ」いかにも残念そうに言った。「そろそろ小屋にもどらなければ。あすの夜は、これもたまたま訪れた南太平洋のある島の話なんですが、島民のあいだに伝わるとても変わった習慣についてお話しできるかと思います」

「なんてすばらしいんでしょう」オリンピアはうっとりして言った。

「おやすみなさい、ミス・ウィングフィールド。朝食の席でまたお会いしましょう」

「おやすみなさい、ミスター・チルハースト」

正面玄関までジャレッドを送っていくオリンピアの胸には、彼へのあこがれの思いが揺らめき、やがて一気にこみ上げた。オリンピアは戸口に立ち、ジャレッドが夜の闇に歩み出て、やがてそのなかに溶けこんでいくのを見つめた。

ベッドに入ったオリンピアは、真珠で埋め尽くされた浜辺でジャレッドにキスをされる夢を見た。

いま、昼の明るい光のなかで、ジャレッドが甥たちに語りかけるのを聞きながら、オリンピアは彼女の小さな所帯で、彼があっという間に信じがたいほど大事な存在になっていることに気づいた。海賊の顔をした男について多くを知るようになり、彼をたまらなく好きになりつつあるのを感じる。こんなに好きになってはいけないのかもしれない、と彼女は思った。

忘れてはいけない。ジャレッドはいつかこの家を離れ、わたしはまたひとり、知的な喜びを分かち合える大人の話し相手もなく、図書室に閉じこもる日に逆もどりするのだ。

ちょうどそのとき、ジャレッドが顔を上げ、オリンピアが扉のすぐ内側に立っているのに気づいた。ジャレッドの唇の端が、かすかにカーブを描いた。

「おはようございます、ミス・ウィングフィールド。なにかご用でしょうか？」

「いいえ、そうじゃないの」オリンピアはあわてて言った。「どうぞつづけてください。ちょっと授業を見学したかっただけなんです」

「どうぞ、ご覧になってください」ジャレッドは地球儀を指さした。「今朝は、地理を学んでいるところです」

「そのようね」オリンピアは一歩足を踏み出した。

イーサンがにっこりほほえんだ。「西インド諸島のことをいろいろ勉強していたんだ、オリンピアおばさん」

「それから、キャプテン・ジャックっていう海賊のことも」ロバートが言い添えた。

ジャレッドは小さく咳払いをした。「忘れてはいけないよ。キャプテン・ジャックは海賊ではなくバカニーアだ」

「どうちがうの？」ヒューが訊いた。

「実際のところ、ちがいはほとんどない」ジャレッドはあっさり言った。「しかし、そのちがいに執拗《しつよう》にこだわる人もいるのだ。バカニーアは免許状を持って航海していた。理論上、国王や西インド諸島の地元当局から、敵国の船を襲う権限を認められていたのだ。しかし、実際は、問題はそれほど単純ではなかった。どうしてだと思う、ロバート？」

ロバートはぐいと肩を怒らせた。「たくさんの国が西インド諸島に植民地を持っていたからだと思います」

「そのとおりだ」ジャレッドは満足げにほほえんだ。「キャプテン・ジャックの時代、そのあたりの海にはイギリス、フランス、オランダ、スペインと、さまざまな国の船が行き交っていた」

「それで、バカニーアは自分たちの国の船や港町を襲ってはいけないことになっていたんだよね」イーサンが言った。すぐに眉をひそめてつづける。「だから、イギリスの船はフランスとスペインとオランダの船を襲う。で、フランスの船はイギリスとスペインとオランダの船を襲う」

「なにがなんだかわからなくなりそうね」オリンピアは言った。ジャレッドの授業の進め方を見守っているふりをするのはやめよう、とあっさり決めて足早に教室を横切り、甥たちの仲間に加わった。「財宝を求めて、パナマ地峡を渡る冒険はどうなったんでしょう？」

ジャレッドはゆっくりと謎めいた笑みを浮かべた。「いまから話すつもりですが、甥ごさんたちといっしょにお聞きになりますか、ミス・ウィングフィールド？」

「ええ、もちろん」オリンピアは言った。感謝の笑みをジャレッドに向ける。「喜んでそうさせていただきます。そういった話に目がないので」

「なるほど」ジャレッドは穏やかに言った。「どうぞ、もっと近くにいらしてください、ミス・ウィングフィールド。私の話をひと言も聞き漏らしてほしくないですから」

その日の午後三時に、地主のペティグリューが訪ねてきた。一頭立ての二輪軽馬車ががらがらと車輪を鳴らして車寄せに入ってきたとき、オリンピアは図書室にいた。机に向かっていたオリンピアが立ち上がり、窓辺に寄って外を見ると、ペティグリューがちょうど馬車から降りてくるところだった。

ペティグリューは四十代後半のでっぷり太った男だ。かつてはハンサムと言われたこともあり、いまだに近所に住む女性たちみんなから、たまらなく魅力的だと思われていると勘ちがいている。オリンピアとしては、彼を魅力的だと思った人がいたということさえ信じられなかった。

実際のところ、ペティグリューは死ぬほど退屈な人物だったが、礼儀正しいオリンピアはそんなことは口にしない。自分に男性を見る目があるとも思っていなかった。いずれにしても、オリンピアにはアッパー・タドウェイに住んでいる男性の大部分は耐えがたいほど退屈で、なんの刺激も感じられない。楽しみや興味の対象が彼女と重なることはまずないのに、男たちは一方的に趣味の話を聞かせたがる。ペティグリューも例外ではない。オリンピアの知るかぎり、彼の興味の対象は猟犬と、狩猟と、農業だ。

それでも、オリンピアは叔父が定期的に送ってくる品物を処理してくれるペティグリューには恩があるとよくわかっていたし、これまでにいろいろ骨を折ってくれたことには、心から感謝していた。

図書室の扉が開いたのと、オリンピアがまた机に向かって坐ったのはほぼ同時だった。ペティグリューがふんぞり返って部屋に入ってきた。愛用しているオーデコロンの強い香りが、本人より先に部屋の奥まで到達する。

頻繁にロンドンに足を運ぶペティグリューは、最新の流行にも明るい。きょうの午後も、ずらりと小さなプリーツの並んだズボンをはいている。フロックコートは驚くほど体にぴったりした仕立てで、ウエストに切れ込みがある。コートの後ろの裾は二枚の長い尾のように割れていて、膝の裏に届きそうなほど長い。コートの下に着ているシャツにも、びっしりとプリーツがほどこされている。クラヴァットはとても高く、堅そうに結ばれていて、オリンピアにはなかに芯でも入っているように思えた。

「こんにちは、ミス・ウィングフィールド」ペティグリューは挨拶し、机に向かって歩きながら、自分で魅力的だと信じているにちがいない笑みをオリンピアに向けた。「きょうはまた、ほんとうにおきれいですよ」

「ありがとうございます。どうぞ、おかけください。よいお知らせがあるんです」

「ほんとうですか?」ペティグリューは慣れた手つきで上着の長い尾を跳ね上げ、椅子に坐った。「叔父上から積み荷が届いたと、おっしゃりたいのでしょう。どうぞご心配なく、その話はすでにうかがっていますし、いつものとおり、お力になるつもりでいます」

「ご親切にありがとうございます。でも、うれしいことに、その件ではもうあなたのお手をわずらわせずにすむのです」

ペティグリューは、目に埃《ほこり》でも入ったかのように素早く数回まばたきをしてから、彫像のように動かなくなった。「いま、なんとおっしゃいました?」

オリンピアは穏やかにほほえんだ。「ほんとうに、これまでいろいろとお世話になって、心から感謝しています。でも、もうこれ以上、ご親切に甘えるわけにはいきません」

ペティグリューは眉をしかめた。「よろしいですか、ミス・ウィングフィールド、私は積み荷を処理することを重荷とは思っていません。それどころか、あなたの力になるのは私の義務だと感じています。あなたがその無邪気さにつけこまれ、悪辣《あくらつ》ならず者にだまされでもしたら、私は友人、あるいは隣人としての責任をないがしろにしたと言われてもしかたがないのです」

「ミス・ウィングフィールドの心配をするにはおよびません」いつのまにか戸口に立っていたジャレッドが、静かに言った。「よい後ろ盾がありますから」

「なんですと？」ペティグリューは素早く振り返り、戸口と向き合った。まじまじとジャレッドを見つめる。「どなたですかな？　いったいなんの話です？」

「チルハーストと申します」

オリンピアは、男性ふたりのあいだの空気が急に張りつめるのを感じた。急いでたがいを紹介して、緊張を解こうとする。「ミスター・チルハーストは甥たちの新しい家庭教師なんです。働いていただくようになってまだほんの数日ですが、信じられないような結果を出してくださってるんですよ。子供たちは、きょうも午前中はずっと地理の勉強を教えていただいていました。いまではアッパー・タドウェイじゅう探しても、あの子たち以上に西インド諸島について詳しい男の子はいないはずです。ミスター・チルハースト、ご紹介します。こちらは地主のペティグリューさんです」

ジャレッドは背後に手を回して扉を閉め、机に近づいていった。「そういう方が到着したとミセス・バードから聞き、こうしてお邪魔したのです」

ペティグリューの視線はジャレッドの一方の目を覆っている黒いベルベットのパッチに釘付けになった。さらに、ジャレッドのむき出しの喉元と、シャツのはだけた胸元を見て眉をしかめる。「驚いたね、きみみたいな家庭教師は見たことがない。ここでなにをしているんだね？」

オリンピアはむっとして言った。「ミスター・チルハーストはまちがいなく家庭教師です。しかも、とても有能な。アーテミス叔父さまに言われてこちらへ来てくださったんです」

「ウィングフィールドが寄こしたと？」ペティグリューはいらだたしげにオリンピアを見た。「それはたしかですか？」

「ええ、もちろん、たしかですわ」オリンピアは癇癪を起こしそうになるのをなんとか抑えた。「そのうえ、ミスター・チルハーストはお金の問題にもくわしくていらっしゃるの。それで、わたしの実務係にもなってくださるんです。そういうわけで、叔父の積み荷を処理するのに、もうあなたにお力添えいただかなくてもよくなったというわけです」

「あなたの実務係ですと」ペティグリューはびっくり仰天した。「いいですか、あなたには実務係は必要ないんです。こうして私がいて、お金の問題を処理してさしあげているのですから」

ジャレッドは椅子に腰かけた。肘掛けに両肘をのせて、両手の指先を突き合わせる。「ミス・ウィングフィールドがおっしゃっているでしょう、ペティグリュー。もうあなたに力を貸してもらう必要はないんです」

ペティグリューは刺すような目つきでジャレッドをにらみつけてから、オリンピアに体を向けた。「ミス・ウィングフィールド、素性の知れない人間と付き合うのがどんなに危険か、何度も申し上げたはずです」

「ミスター・チルハーストはまちがいなく尊敬に値する方です」オリンピアは言い張った。「よほど品行方正な方でないかぎり、叔父が雇ってこの家に送りこむはずがありません」

ペティグリューはさげすむような目をしてジャレッドを見た。「この男の推薦状は確認されたのですか、ミス・ウィングフィールド？」

「そういったことは叔父がちゃんとしてくれたはずです」オリンピアは言った。

ジャレッドは冷ややかな笑みをペティグリューに向けた。「心配される理由はどこにもありませんよ。私は、叔父上が送ってこられた積み荷でどれだけの儲けを得られるか、その公正な金額をミス・ウィングフィールドが知られるように取りはからいますから」

「儲けの公正な金額？」ペティグリューはきつい調子で訊いた。「きみがミス・ウィングフィールドの弱みにつけこんでごまかしているかどうか、彼女にどうやってわかるというのだ？　きみの言葉を信じるしかないじゃないか」

「これまで、彼女があなたの言葉を信じざるをえなかったように」ジャレッドは静かに言った。

ペティグリューはぴんと背筋を伸ばした。「なにが言いたいんだね？　侮辱するつもりなら、私も黙ってはいないぞ」

「侮辱するつもりなど、毛頭ありません」ジャレッドは両手の指先をゆっくりと、拍子をとるように打ち合わせた。「ミス・ウィングフィールドは、前回の積み荷で二百ポンドの儲けを得たとおっしゃっています」

「そのとおりだ」ペティグリューはぎくしゃくと言った。「しかも、それだけ多額の儲けを得られたのは、たいへんな幸運としか言いようがないのだ。私にロンドンとのコネがなければ、百ポンドか百五十ポンド儲けるのがせいぜいだっただろう」

ジャレッドは首をかしげた。「では、私があなたに劣らず、彼女のために利益を得られるかどうか試してみましょう。おもしろくなりそうじゃないですか、ねえ？　おそらく、私はあなた以上に儲けられると思いますよ」

「言っておくが」ペティグリューの声は怒りに満ちていた。「気に入らんね、きみの態度は」

「あなたにどう思われようと、私の知ったことではありません。そうでしょう？」ジャレッドは穏やかに言った。「でも、はっきり言っておきますが、私はミス・ウィングフィールドの金銭問題をしっかり見守っていきます。いずれにしても、彼女にはお金が必要なのですから、ちがいますか？　独身の女性がまだ幼い三人の男の子を育てているのです。お金はいくらあっても足りないくらいでしょう」

ペティグリューの肉厚の顔が不気味な赤黒い色に染まった。「いいかね、きみにミス・ウィングフィールドの積み荷を勝手に持っていかれるわけにはいかないのだ。そのまま姿をくらまさないともかぎらない」

「でも、積み荷はもうここにはないんですよ」オリンピアは言った。「今朝、ミスター・チルハーストがロンドンへ送られたので」

ペティグリューは驚きと怒りに目をむいた。「ミス・ウィングフィールド、この男に積み荷をすべてアッパー・タドウェイから運び出させるとは、なんと早まったことを」

ジャレッドはなおも両手の指先を打ち合わせつづけている。「荷物は安全ですよ、ペティグリュー。護衛付きで送り出しましたから。ロンドンに到着したら、私の信頼のおける知人が受け取って、きちんと売却してくれることになっています」

「なんということだ」ペティグリューはジャレッドに食ってかかった。「なにをしてくれたんだ、きみは？　これは盗み以外のなにものでもない。いますぐ裁判所に訴えてやる」

オリンピアは勢いよく立ち上がった。「いい加減にしてください。ミスター・ペティグリュー、わたしはミスター・チルハーストのなさったことに満足しています。なによりもわたしの利益をいちばんに考えてくださっているのですから。あなたに失礼なことは言いたくありませんが、ミスター・チルハーストを愚弄《ぐろう》なさるような物言いはやめていただきたいわ。ミスター・チルハーストだって黙ってはいないでしょう」

「そうですね」どう反撃に出ようかと考えているかのように、ジャレッドは両手の指先をリズミカルに打ち合わせつづけた。「黙っていないかもしれません」

ペティグリューはもぐもぐと口を動かしたが、結局なにも言わなかった。ただ椅子から立ち上がり、オリンピアをにらみつけた。

「どうぞご勝手に、ミス・ウィングフィールド。あなたが何年も前から知っている隣人ではなく、どこのだれともわからないよそ者を信用するというのなら、それはあなたの問題です。しかし、こんな向こう見ずなことをして、かならずや後悔されますよ。私に言わせれば、あなたの新しい家庭教師はどこから見ても忌まわしい海賊そのものだ、まちがいない」

オリンピアは激怒した。いずれにしても、ジャレッドは彼女の雇い人だ。彼のために抗議するのは自分の務めだと思った。「ほんとうに、ミスター・ペティグリュー、もうたくさんです。うちの雇い人のだれにたいしても、そんな口のきき方をするのは許しません。もうお引き取りください」

「では、ご機嫌よう、ミス・ウィングフィールド」ペティグリューは大股で扉に向かって歩き出した。「こんな……こんな男を信用したりして、荷物のひとつでもなくならないようにと、ただ祈るだけです」

ペティグリューが部屋を出ていき、オリンピアはばたんと閉じられた扉をただ見つめていた。ふと気づいて、おずおずとジャレッドのほうを盗み見した。彼がもう指先を打ち合わせていないのがわかって、ほっとする。あの癖はなにかよくないことの前兆のような気がしてならない。

「心ならずも、あんな言い争いのようなことになってしまって、すみません」オリンピアは言った。「ペティグリューさんもいい方なんですけれど、わたしが叔父の積み荷をあなたにおまかせしたことで、ちょっと気分を害されたんだと思います」

「海賊呼ばわりされてしまいました」

オリンピアは小さく咳払いをした。「ええ、でもお怒りにならないで。そう言われたからといって、あの方だけを責めるのは酷ですわ。あなたには、あの、ほんとうに、どこか海賊を思い起こさせるところがあるんです」

ジャレッドは口をゆがめて苦笑いをした。「あなたが、うわべだけでなく内面も見通せる方でよかった、ミス・ウィングフィールド」

「ソフィー叔母さまとアイダおばさまから、人を見かけで判断してはいけないと教えられましたから」

ジャレッドの目がきらりと謎めいた光を放った。「あなたが、海賊の顔をした男の真の姿を見て、がっかりされなければいいのですが」

「あら、そんな、まさか」オリンピアは小声で言った。「がっかりするなんて、ありえませんわ」

同じ日の夜、オリンピアは図書室の机に向かって、ジャレッドの髪を見つめていた。漆黒の豊かな髪は耳の後ろにとかしつけられ、襟にかかるほど長い。言うまでもなく流行に無頓着な髪型で、ジャレッドのどこか野性的な風貌の一因にもなっている。けれども、オリンピアは気にならなかった。ただ、彼の髪に指先を差し入れて、とかしたかった。

男性の髪を指先でとかしたくなったのは、生まれて初めてだ。

ジャレッドは暖炉の前のアームチェアに腰かけ、ブーツをはいた両脚を投げ出していた。近くの棚から選んだ本を読んでいる。

暖炉で燃えさかる炎に照らされ、もともといかめしい風貌に陰影が加わって、いっそう恐ろしげに見える。ジャレッドは夕食後、上着を脱いでいた。オリンピアはクラヴァットのない喉元には慣れつつあったが、ワイシャツ姿のジャレッドと同じ部屋にいるのは、落ち着かなくてどうしていいかわからないほどだ。

ふたりきりという親密感が気になって、頭がくらくらした。彼の存在を意識するたびに、かすかな震えが全身を駆けめぐる。長い一日を終えた疲労感のほかに、ジャレッドはなにを考えているのだろうか、とオリンピアは想像せずにはいられない。

すでに真夜中近かったが、ジャレッドはまだ自分の小屋にもどるそぶりを見せない。ミセス・バードは夕食後、自分の部屋に引き上げていた。イーサンとヒューとロバートはもう、数時間前にベッドに入った。ミノタウロスは寝場所に決められたキッチンに追いやられている。

ジャレッドとふたりきりになったオリンピアは、不思議な落ち着きのなさに取りつかれていた。その感覚は、ジャレッドがやってきて以来、夜ごとに激しさを増している。オリンピアの見たところ、ジャレッドは図書室でふたりきりで過ごす夜に居心地の悪さはまったく感じていないようだった。

オリンピアは急に、彼に話しかけたくてたまらなくなった。一瞬ためらってから、ライトボーンの日記をぱたんと閉じた。

ジャレッドは読んでいた本から顔を上げ、謎めいた笑みを浮かべた。「解読は進みましたか、ミス・ウィングフィールド？」

「ええ、たぶん」オリンピアは言った。「書かれていることの大部分は、とくにおもしろいものではないんです。表面上は、日々の出来事を記したたんなる日記です。ミス・ライトボーンがミスター・ライダーという男性と婚約してから、結婚後二、三か月までの日記のようです」

ジャレッドはなおも謎めいた目でオリンピアを見た。「ミスター・ライダー？」

「ミス・ライトボーンは、彼といっしょになれてとても幸せそうです」オリンピアはうらやましそうにほほえんだ。「彼を〝最愛のライダーさま〟と呼んでいますし」

「なるほど」

「でも、夫なのに、彼のことはそれしか書いていないんです。不思議ですけれど、そうなんです。ミス・ライトボーンはとても慎み深い女性だったにちがいありません」

「そのようですね」ジャレッドの声はどことなく妙だった。ほっとしているようにも聞こえる。

「さっきも少し言ったように、英語とラテン語とギリシャ語を組み合わせて使っていることを除いて、日記の大部分はとてもありきたりです。でも、数ページごとに、なんだか意味の通りそうにない言い回しに妙な数字の羅列が組み込まれていて。きっと、その数字と言葉が、わたしの探している手がかりなんです」

「かなりこみ入った話のようですが、それが暗号というものなのでしょう」

「ええ」この人は興味がないのだと、オリンピアはジャレッドの声の調子からわかった。話題を変えなければ。

ライトボーンの日記に関して、どういうわけかジャレッドは知的興味をそそられないようだと、オリンピアは薄々気づいていた。実際、その話になると退屈そうになるのがはっきりわかる。解読したことを彼に話せたらどんなに楽しいだろうと思っていたオリンピアは、とてもがっかりした。

それでも、彼がその話題だけを避けたとしても文句は言えない、とオリンピアは思った。いずれにしてもジャレッドは、ほかの話題ならほぼどんなことでも、ほんとうに楽しそうに相手をしてくれるのだ。

「ラテン語とギリシャ語に通じてらっしゃるのですね?」ジャレッドはさりげなく訊いた。

「ええ、それはもう」オリンピアはきっぱりと言った。「ソフィー叔母さまとアイダおばさまが教えてくださったので」

「おふたりとも亡くなられて、お寂しいでしょう?」

「ええ、とても。アイダおばさまが亡くなったのは三年前です。それから半年もしないうちに、ソフィー叔母さまも亡くなってしまって。甥たちがやってくるまで、わたしにとってほんとうの家族はあのふたりだけでした」

「しばらくひとりで暮らしていらしたのですね」

「ええ」オリンピアは一瞬口ごもってから言った。「夜、わたしたちは当たり前のようにおしゃべりをしていたので、それができなくなったのがいちばん寂しかったわ。打ち解けて話し合う相手がいないというのがどんなことか、おわかりですか、ミスター・チルハースト？」

「わかりますよ、ミス・ウィングフィールド」ジャレッドは静かに言った。「とてもよくわかります。そういった話し相手のいない寂しさを、私は生まれてからほぼずっと味わいつづけていますから」

ジャレッドの微動だにしない視線を受け止めたオリンピアは、彼が本心の一部をかいま見せているのだとわかった。これでおあいこだ、と彼女は思った。わたしもたったいま、ちらりと本心を打ち明けたのだから。ブランデーのグラスを口に運ぶオリンピアの手は震えていた。

「このアッパー・タドウェイで、ほかの国の習慣や伝説に興味を持っている方はひとりもいらっしゃらないんです」オリンピアは説明した。「興味をお持ちかもしれないと、しばらく期待した時期もあったのですけれど、あのミスター・ドレイコットさえ、やはり……」と、言葉をにごす。

グラスを握っているジャレッドの手に力がこもった。「ドレイコットはそういったことには興味を持っていないでしょう、ミス・ウィングフィールド、私は興味があります」

「それはわかっていました。あなたはほんとうに、世事に通じていらっしゃるから」オリンピアは自分のブランデーを見下ろし、また顔を上げてジャレッドを見つめた。「ゆうべ、おっしゃっていましたね。南太平洋のどこかの島で行われているという、とても変わった習慣についてお聞きになったことがある、と」

「ああ、はい」ジャレッドは読んでいた本を閉じ、暖炉の火を見つめた。「ある島には、とても興味深い求愛の風習が伝わっているのです」

「覚えていらっしゃるでしょうけれど、今夜、くわしく話してくれると約束してくださったわ」オリンピアはうながした。

「お話ししますとも」ジャレッドはまたブランデーにちょっと口をつけてから、じっと考えこむような顔をした。「その島では、求愛したいと思っている男性は相手の女性をジャングルの奥の、魔力があると信じられている場所へ連れていくのが習慣らしいのです。聞くところによると、その場所というのは池で、大きな滝が岩肌を流れ落ちているそうです」

「まあ、とても美しいお話」オリンピアはまたひと口、ブランデーを飲んだ。「それで、ふたりはどうするんですか？」

「求愛を受け入れた女性は、その男性に滝の下でキスをすることを許します」ジャレッドは、持っていたグラスを両手で包みこむようにして揺らした。「男性は女性に、愛のあかしとして贈り物をします。言い伝えによれば、こうして結ばれる男女はすべて、いつまでも仲むつまじく暮らし、子宝にも恵まれるそうです」

「なんて興味深い話でしょう」ジャレッドにキスをされたらどんな感じだろう、とオリンピアは思った。すぐそばに坐っているジャレッドの体はとても引き締まっていて、力がみなぎり、生気に満ちている。まちがいなく、腕一本でわたしを抱え上げられるだろう。いますぐ、彼に抱き上げられたらどんな感じだろう？ そして、胸にぎゅっと引き寄せられたら？ そして、彼の口で口をふさがれたら？

あられもないことを考えている自分に気づいてぎょっとしたオリンピアは、グラスを取ろうとしてつかみそこねた。グラスが倒れて、ブランデーが机にこぼれた。

「だいじょうぶですか、ミス・ウィングフィールド？」

「ええ、ええ、もちろん」オリンピアはあわててグラスを起こして、机に置いた。ぶざまな振る舞いに身も縮む思いだ。こぼれたブランデーをハンカチでぬぐいながら、なにか知的なことを言わなければと必死になって話題を探す。

「そういえば、南太平洋では愛情のしるしにおもしろいものを贈る風習があるそうです」オリンピアは懸命になって、ブランデーの最後のしみを机からぬぐった。「わたしも最近、なにかで読みました。南太平洋のそのあたりには、とても変わった習慣が伝えられている、って」

「そうなんですか、ミス・ウィングフィールド？」

「ある島の住民のあいだでは、新郎が新婦に男性器の形をした大きな金色の像を贈るとか」

ジャレッドの坐っているあたりから、重たげな静寂が押し寄せてくる。オリンピアは顔を上げた。ジャレッドは聞こえなかったのだろうか、と思った。彼の困惑顔を見たとたん、全身を妙な感覚が駆け抜けた。

「金の男根像ですか?」ジャレッドは訊いた。

「ええ、そうなんです」オリンピアはブランデーのしみこんだハンカチを机の上に落とした。「とても変わった習慣でしょう? 金色の男根像で、いったいどんなことをするのだと思われます?」

「すぐには思いつきませんが、その疑問にはとても興味深い答えがありそうです」

「まちがいありませんわ」オリンピアはため息をついた。「でも、わたしが答えを知ることは、たぶん一生ありません。今後、南太平洋へ旅する可能性はまったくなさそうですから」

ジャレッドはブランデーのグラスを机に置いて、立ち上がった。「以前、あなたが私におっしゃったように、ミス・ウィングフィールド、なにもはるばる遠くへ旅をしなくても、世界じゅうの風習を知ることは可能です」

「おっしゃるとおりだわ」オリンピアは、自分のほうへ歩いてくるジャレッドを見つめた。

「どうかされましたか、ミスター・チルハースト?」

「はい」ジャレッドはオリンピアの机を回ってきて、両腕を差し出し、椅子に坐っていた彼女をつかまえていきなり立たせた。「今夜、なんとしてでも知りたいことがあるのです、ミス・ウィングフィールド、そして、その答えを知っているのはあなただけです」

「ミスター・チルハースト」オリンピアはろくに息ができなかった。ざわざわする感覚が体じゅうを駆けめぐる。いまにも全身が溶けてしまいそうだ。「なにを知りたいんですか?」

「私にキスをしてくださいますか、ミス・ウィングフィールド？」

驚きのあまり、オリンピアは答えるべき言葉が見つからなかった。だから、自分にできる唯一のことをした。ジャレッドの首に両腕をからませ、黙って誘うように、彼の口に向かって口を突き出した。

その瞬間、オリンピアは絶対的な自信とともに気づいた。わたしは生まれてからいままでずっと、この瞬間を待ちつづけていたのだ、と。

「セイレーン」ジャレッドは両腕できつくオリンピアの体を締めつけながら、彼女の唇に強く唇を重ねた。

4

炎が――荒れ狂い、逆巻く炎の滝が――オリンピアの体をなめ尽くしていく。彼女は驚くと同時に、有頂天になっていた。

ジャレッドの口は熱く、やさしく語りかけるようでいながら、強引だった。なだめすかし、征服し、おだてて、奪う。唇の上で動く彼の唇を感じて、それに応えるように、オリンピアは体を震わせた。

ジャレッドの体は熱く、両手は力強い。オリンピアは彼のすべてに圧倒されながらも、恐ろしさは感じず、ただぞくぞくするような果てしない喜びを味わった。彼の首に巻きつけた両腕にさらに力をこめて、必死ですがりつき、興奮の海へと身を沈めていった。

そっとせがんだのに応えて、重ねていたオリンピアの口が開くと、ジャレッドはうめき声を漏らした。

「あなたの歌が聞きたくてたまらないのだ、私のかわいいセイレーン」ジャレッドは唇を重ね合ったままつぶやいて、オリンピアの口のなかに舌を差し入れた。

オリンピアは、彼の舌が舌に触れた感覚にぎょっとした。反射的に体を引こうとする。

「まだだめだ」ジャレッドはささやいた。「あなたを味わいたい」

オリンピアはその言葉にうっとりとなった。「わたしを味わう？」

「こうやって」ジャレッドはふたたびオリンピアの口に口を重ね、じっくり味わった。「それから、こうして。ああ、あなたは最高級のブランデーよりも私を酔わせる」

オリンピアは頭をのけぞらせ、目を閉じた。ジャレッドにキスをされるという経験に身をまかせながら、踊り出したいほどの喜びをかみしめる。

そのうち、ジャレッドの手が動いて、一方の腕がオリンピアの両膝の下に差しこまれ、もう一方がしっかりと肩を抱いた。オリンピアは驚いてはっと息を呑んだ。ジャレッドはいきなり彼女を抱き上げ、そのまま部屋の奥へと向かった。

オリンピアは目を開け、ソファのベルベットのクッションに身を横たえながら、ジャレッドを見上げた。彼の表情にありありと浮かんでいる渇望に心を揺さぶられ、自分の体の奥にあるなにかが応えるのを感じた。こんな輝かしいほどの生を実感するのは生まれて初めてだ。

「なにもかも、とても不思議な感じよ」オリンピアは深く感嘆しながら、ジャレッドの頬に触れた。「まだ見ぬ土地を目指して、謎の旅へとこぎ出したみたい」

「私も同じ気持ちだ」じらすような笑顔がたまらなく官能的だ。そう思いながら、ジャレッドはソファの横に片膝をついた。「いっしょに旅に出よう、私のかわいいセイレーン」

オリンピアはなにも言えず、ジャレッドの手をつかんで唇に押しつけた。わき上がる喜びをこめて、彼の手のひらにキスをする。

「ああ、あなたが私になにをしているのか、あなたはわかっていない」ジャレッドはもう一方の手をオリンピアの喉に当て、ゆっくりと意識してすべり降ろしていくと、手のひらで彼女の胸を包みこんだ。

オリンピアは半分目を閉じて、まつ毛の下からジャレッドを見上げた。「これが情熱なのね、ジャレッド?」

「そうだ、オリンピア。これが情熱だ」

「こんな、有無を言わせぬ強烈な感覚だとは、知らなかった」オリンピアはささやいた。「情熱をめぐる伝説があまりに多い理由がわかったわ」オリンピアは片手でジャレッドの顔を引き寄せ、口を重ねた。

キスをしながらジャレッドは、手のひらでやさしく、彼女の胸の形をたどっている。不思議な熱情にかられて、オリンピアの全身が震え出した。ジャレッドとさらに密着したくて、オリンピアはソファの上で身をよじった。

ジャレッドは大きく息を吸いこみ、彼女のドレスの紐をほどきはじめた。いかつい指先がかすかに震えている。

「ジャレッド? 体がとても熱い。あなたも同じなの?」

「熱いどころじゃない、私のかわいいセイレーン。焦げてしまいそうだ」

「まあ、ジャレッド。わたしも同じよ」

「この旅は、先に進めば進むほど、引き返すのがむずかしくなるようだ」ジャレッドはオリンピアの胴着をウエストまでずり下ろした。

ジャレッドが乳首を口に含んだとたん、オリンピアは戦慄《せんりつ》が頭のてっぺんからつま先まで駆け抜けるのを感じた。「わたしは、ぜったいに引き返したくないわ」

「私も同じ気持ちだ」ジャレッドは顔を上げ、じっとオリンピアの目をのぞきこんだ。「とはいえ、あなたがほしいのと同じくらい、あなたが望まないところまで無理やり連れていきたくはない、という気持ちは大きい。あとになってやめろと言うなら、まだ引き返せるいまのうちにそう言ってほしい」

「わたしは二十五歳よ、ジャレッド」オリンピアは彼の頰をなでた。「しかも、世事に通じた大人の女で、学校を出たばかりのうぶな小娘とはちがいます。なんでも自分で決めて、礼儀のようなありきたりの考え方に縛られてはいけないと教えられてきたわ」

ジャレッドはゆっくりとほほえんだ。「あなたはとても変わった女性だと聞いていたが」そう言って、あらわになった乳房を見下ろす。「すばらしく美しい女性だ」

オリンピアは期待感に身を震わせた。彼の視線から身を隠したいという切実な思いと、彼に魅力的と思われている喜びのあいだで、気持ちは激しく揺れ動いている。自分を美しいと思ったためしはなかったが、いまのようにジャレッドに見つめられていると、全身が輝いているような気もしてくる。

「私がどれだけあなたを求めているか、わかるかい？」ジャレッドは指先でオリンピアの乳首をなでた。「とてもわかってもらえないだろう」

「あなたに求められて、うれしいわ、とてもうれしいわ、ジャレッド」オリンピアはジャレッドの手に押しつけるように、体を弓なりに反らした。左右の胸がふくらんで、硬くなったような気がした。彼に乳首を触れられるたび、信じがたいほど甘美な感覚に全身を貫かれる。

「あなたは私を酔わせ、私はこの旅を堪能し尽くす」ジャレッドは片手をオリンピアの足首まですべらせ、ドレスのスカートに手のひらを差しこんだ。

ジャレッドの指先が脚の内側に触れるのを感じて、オリンピアの体の奥深いところにあるなにかが脈打ちはじめた。熱い液体に全身が満たされていく。オリンピアは突然、ジャレッドに触れられ、探られているように、彼に触れて、全身をくまなく探りたいという欲求にかられた。

おぼつかない手つきでジャレッドのシャツの留め具をはずして、やっとの思いで胸元を開いた。縮れた黒い毛におおわれている胸に見入って、うっとりする。片手をぴったり彼の胸に押しつけると、肌の下で筋肉が硬く張りつめていた。

「こんな感じだと、わかっていたわ」オリンピアは恍惚《こうこつ》としてささやいた。「とても温かくて、とてもたくましくて、たいへんな力がみなぎっているって」

「オリンピア……私のセイレーン……」

ジャレッドは、彼女の腿《もも》の、ガーターの少し上のあたりに触れていた手に力をこめた。と同時に、胸の谷間にキスをする。

そのとき、恐怖と苦悩にかられた、か細い泣き声が短く聞こえた。オリンピアを包んで揺らめいていた情欲の雲が、一瞬のうちに消え去った。冷たい流れに突き落とされたかのように、オリンピアは全身をこわばらせた。

ジャレッドは素早く頭を上げた。「いったいあれは？」

「ヒューだわ」オリンピアはもがくようにして上半身を起こした。震える指先でドレスの紐を元どおりに結ぼうとする。「前にお話ししたけれど、あの子はまだたまに、悪夢にうなされるの。すぐに行ってあげなければ」

ジャレッドはのろのろと立ち上がった。ドレスの乱れを直しているオリンピアを見下ろす。「失礼」

ジャレッドの協力に感謝しながら、オリンピアはくるりと背中を向けて、彼がモスリンのドレスの胴着をととのえてくれるのを、じれったい思いで待った。「急いで。ひどくおびえるんです、あの子」

「これでよし」ジャレッドは一歩あとずさった。

オリンピアは扉に突進して、押し開け、足早に廊下を歩いて階段に向かった。ジャレッドがあとにつづいているのは、わかっていた。振り向くと、彼は、歩きながら几帳面にシャツの留め具をひとつひとつ留めて、その裾をズボンのウエストにたくしこんでいた。

階段を上りきったオリンピアは、ヒューの寝室をめざして廊下を駆け出した。その途中、廊下の左側の扉が開いて、寝巻き姿のロバートが現れた。

「オリンピアおばさん？」眠そうな目をごしごしこすっている。「ヒューの泣き声が聞こえたみたいだけど」

「聞こえたのね？」オリンピアは一瞬立ち止まり、ロバートの肩に手を置いた。「また悪い夢を見たにちがいないわ。あなたはベッドにもどりなさい、ロバート。わたしが面倒をみるから」

ロバートはうなずいて扉を閉めようとした。けれども、ジャレッドの姿を見て、手を止めた。「ミスター・チルハースト。ここでなにをしているの？」

「きみのおばさんがヒューの泣き声を聞いたとき、いっしょにいたのだ」

「そっか。ヒューはときどき恐がるんだ」

「理由は？」ジャレッドは訊いた。

ロバートは肩をすくめた。「ぼくたちが、いつまたつぎの、ぼくたちなんかいらないって思ってる親戚のところにやられてしまうかわからないから恐いんだ。イーサンも同じ。恐がってるよ。もっと強くならなくちゃだめだって、ぼくは言ってるんだけど、ふたりともまだすごく小さいからね。ちゃんと理解するのはむずかしいんだ」

「わたしはあなたたちをどこへもやらないわ、ロバート」オリンピアはきっぱり言った。

「そう言ったはずよ」

「はい、オリンピアおばさん」ロバートは珍しくきちんと返事をしたが、その調子はどことなく皮肉っぽい。

オリンピアはため息をついた。この六か月、ことあるごとに安心させようと努力したにもかかわらず、まだ完全にはロバートに信用されていないのはわかっていた。しかし、今夜は、また初めから話をして安心させる時間はない。まず、ヒューの面倒をみなければ。

オリンピアは廊下を歩いてヒューの寝室に近づいた。扉の向こうから、男の子のくぐもった泣き声が聞こえてくる。

そっと扉を開けて、暗い部屋に入っていく。窓から差しこむ淡い月光の下、ヒューはキルトの下で身を縮めているらしい。ベッドの上にいたいけな盛り上がりが見える。

「ヒュー？　ヒュー、オリンピアおばさんよ」近づいていって、震えている小さな盛り上がりに並んで、ベッドに腰かけた。上掛けをめくって、震えているヒューの肩に手を置いた。

「だいじょうぶよ。なにも心配いらないわ。わたしが来たから、もうだいじょうぶ」

「オリンピアおばさん」ヒューはゆっくりベッドに上半身を起こし、おびえて大きく見開いた目で彼女を見つめた。いきなりオリンピアに抱きついて、すすり泣きしはじめる。「また恐い夢を見たんだ」

「わかっているわ。でも、ただそれだけのこと。ただの夢なの」オリンピアはヒューをきつく抱きしめ、あやすようにゆっくり体を揺すった。「わたしといっしょにいれば、なにも心配いらないのよ。だれもあなたをどこかへやったりしない。もう、ここがあなたの家なの」

暗がりでシュッというかすかな音がした。ジャレッドがろうそくに火をともし、炎が燃え上がった。ヒューはすばやくオリンピアの肩から顔を上げた。

「ミスター・チルハースト」ヒューはぱちぱちとまばたきをしてから、そっぽを向いた。泣いていた証拠の、頰に光る涙を見られて、気まずかったにちがいない。「まだこっちの家にいるなんて、知らなかった」

「きみが夢を見たとき、階下《した》の図書室にいたのだ」ジャレッドは落ち着きはらって言った。

「もう気持ちは落ち着いたかい？」

「うん」ヒューは寝巻きの袖で涙をぬぐった。「イーサンはぼくのこと、泣き虫じょうろ、って言うんだ」

「そうなのかい？」ジャレッドは眉をつり上げた。「きのうはイーサンも木から落ちて、泣き虫じょうろになっていたようだが」

ヒューの表情がぱっと明るくなった。「そうだ。そうだったよね？」

オリンピアはジャレッドを見た。「イーサンが木から落ちたなんて、聞いていないわ」

「たいしたことではなかったので」ジャレッドはさらりと言った。「せいぜい膝をすりむいたくらいです」

「おばさんに言う必要はないって、ミスター・チルハーストが言ったんだよ」ヒューが説明した。「血を見ると、女の人はすぐに取り乱すからって」

「そうなんですか？」オリンピアはとがめるような目をしてジャレッドを見た。「そんなふうにおっしゃるなんて、女性についてあまりよくご存じない証拠だわ」

ジャレッドはいかにもおもしろそうにほほえんだ。「ヒトの雌にたいする私の知識に、足りないところがあるというのですか、ミス・ウィングフィールド？」

「そのとおりです、ミスター・チルハースト」

「では、その問題については、心して研究するよう努めなければ。なんといっても、私は、教育と指導に関してははなはだ高い理想を掲げていますから。もちろん、研究にはいつでも利用できる実験台が必要になります。実験台に志願していただけますか？」

オリンピアは妙な混乱を感じていた。からかわれているのはわかったが、そのからかいがなにを意味しているのかわからない。半裸で彼の腕に抱かれたりしたから、前より軽く見られているのだろうか？

ソフィー叔母さまとアイダおばさまにも言われたことがある。世事に通じた自由奔放な女性と親しくなりたがるいっぽうで、そういった女性を密かに非難している男性は多いものだ、と。

ああ、わたしはジャレッドという男性を見誤っていたのかもしれない。そんな思いが一瞬頭をよぎり、オリンピアは胸がつぶれそうになった。おそらく彼は、わたしがこうだと信じていた男性とはちがうのだ。たぶん、レジナルド・ドレイコットや、アッパー・タドウェイのほかの男性たちと同じなのだ。オリンピアは体が急に熱くなったあと、たちまち冷たくなるのを感じた。寝室を照らしているのがろうそく一本だけで、ありがたかった。

「だいじょうぶ、オリンピアおばさん?」ヒューが心配そうに眉をひそめて訊いた。

オリンピアはあわてて注意をヒューに向けた。「もちろんよ。あなたはどう?」

「だいじょうぶ」ヒューは寝巻きの袖で鼻をこすり上げた。「びっくりさせてごめんなさい」

「だれだって、たまには悪夢くらい見るんだ、ヒュー」ジャレッドは言った。

ヒューは目をぱちくりさせた。「あなたでも?」

「私でも」

「どんな悪夢を見るの?」ヒューが身を乗りださんばかりにして訊いた。

ジャレッドは、そっぽを向いているオリンピアの横顔を見つめた。「これまでに何度も見ている特別な夢がひとつある。その夢のなかで、私は地図にも載っていない島にいるのだ。遠くの港に、帆船が停泊しているのが見える」

「夢のなかのあなたに、なにが起こるの?」ヒューは目を大きく見開いて、訊いた。

「その船はもうすぐ出航し、乗り遅れたら島に取り残されるのだと、私はわかっている。でも、どうしても船にたどり着けないのだ。絶え間なく時計を見ているのだが、どんなことをしても、自分だけでは船にたどり着けないと、私にはわかっている。だれかに助けてもらわないかぎり、私はたったひとりで島に残されてしまうのだ」

オリンピアはさっとジャレッドを見上げた。「わたしも、そういう夢を見たことがあるわ」と、ささやく。「永遠にひとりぼっちになるとわかっていて、とても耐えられない気持ちなの」

「そのとおり。とてもいやな気持ちだ」ジャレッドはオリンピアを見下ろした。つい無防備になった瞬間、ジャレッドの暗く陰った目をよぎったのは、深いところで荒れ狂う欲望と、そこはかとない孤独感だった。

そのときオリンピアは、彼を見誤ってなどいなかったと気づいた。わたしたちは、いまはまだ言葉にできない絆《きずな》を分かち合っている。そのことを彼は、わたしと同じくらいはっきりわかっているだろうか、とオリンピアは思った。

「でも、それはたんなる夢だよ、オリンピアおばさん」ヒューがオリンピアを力づけた。

自分だけの世界に入りこんでいたオリンピアはさっと気持ちを切り替え、ヒューにほほえみかけた。「そのとおりよ。ただの夢。さあ、このことについてはもう充分、話し合ったわ」

オリンピアはベッドから立ち上がった。「あなたがもう眠れそうだと言うなら、ヒュー、わたしたちはもどるわね」

「もうだいじょうぶだよ、オリンピアおばさん」ヒューは上掛けの下にもぐりこんだ。

「よかったわ、ではね」オリンピアは前かがみになり、ヒューの額にキスをした。いつものようにヒューはしかめ面をしたが、顔はそらさなかった。「あすの朝食の席で会いましょう」

オリンピアがろうそくを吹き消して、扉に向かって歩き出すのを待って、ヒューは言った。「オリンピアおばさん？」

「なあに？」オリンピアは振り返り、ヒューを見た。

「ロバートが言うんだ。おばさんは結局、ぼくたちにうんざりして、ヨークシャーの親戚に押しつけるだろうから、イーサンもぼくももっと強くならなきゃだめだって。それで、ぼく、考えてたんだ。おばさんはあとどのくらいで、ぼくたちをここに置いておくことにうんざりしそうだろう、って」

オリンピアは喉が締めつけられるような気がした。「あなたたちとここで暮らすことにうんざりするなんて、ぜったいにありえない。それどころか、三人がここへ来るまで、よくもひとりで生きてこられたと思うほどよ」

「それ、ほんとう？」ヒューの声は真剣そのものだ。

「もちろんよ、ヒュー」オリンピアは思いをこめてきっぱりと言った。「ほんとうよ。あなたや、あなたの兄弟が来るまで、ここでの生活は退屈でたまらなかったの。いまのわたしにとって、あなたがた三人を手放す以上に気持ちがふさぐことは、思いつかないくらいよ」

「本気で言ってるの？」ヒューは不安そうに訊いた。

「誓ってもいい。あなたやイーサンやロバートがどこかへ行ってしまったら、わたしはすぐにとっても風変わりなガリ勉女になって、あらゆる楽しみを本のなかだけに求めなければならなくなるわ」

「そうじゃないよ」ヒューはびっくりするほど熱をこめて言った。「おばさんは風変わりじゃないよ。チャールズ・ブリストーはそう言ったけど、それはちがうから、ぼくはあいつを殴ったんだ。ぜったいにちがう。おばさんはすごくやさしい人だよ」

オリンピアはぎくりとした。「チャールズ・ブリストーと喧嘩《けんか》をした理由はそれだったの？　わたしが風変わりだって言われたからなの？」

ヒューは急にどぎまぎして、ジャレッドのほうを見た。「言うつもりじゃなかったのに。おばさんになにも話さなかったのは正しいってミスター・チルハーストにも言われたし」

「そのとおり」ジャレッドは言った。「レディの名誉を守るために決闘をする紳士は、決闘の前であろうとあとであろうと、決闘のことは口にしないものだ」

「あきれた」オリンピアはかっとして言った。「わたしのために喧嘩をするなんて、だれだろうと許しません。わかったわね？」

ヒューはため息をついた。「べつにどうでもいいよ。ぼくは負けたんだから。でも、つぎはもっとうまくできるように、ミスター・チルハーストがいろいろコツを教えてくれるって」

オリンピアはジャレッドをにらみつけた。「ミスター・チルハーストがそうおっしゃったの？」

「ご心配にはおよびません、ミス・ウィングフィールド」ジャレッドは言った。

「心配いらないって、それればかりおっしゃるけれど、わたしは、あなたの授業の進め方にもっと注意を払うべきだったかもしれないと思いかけています」

ジャレッドは両方の眉をつり上げた。「その問題は、われわれふたりだけで話し合ったほうがよさそうです、ミス・ウィングフィールド。おやすみ、ヒュー」

「おやすみなさい」

オリンピアはぴんと背筋を伸ばして廊下に出た。ジャレッドもあとにつづき、寝室の扉を静かに閉じた。

「ほんとうに、ミスター・チルハースト」オリンピアは声をひそめて言った。「甥たちに喧嘩を勧めるなんて、とんでもないわ」

「そんなことをしているつもりはありません。どうか私を信じてください、ミス・ウィングフィールド。対立があった場合、その解決策として、聡明な男は非暴力的な手段を模索する、というのが私の揺るぎない信念です」

オリンピアはじっとジャレッドを見つめた。「たしかですか？」

「たしかです。しかし、世の中はときに平和とは呼びがたい場所であり、男は自分の身を守らなければなりません」

「ええ」

「そして、もうひとつ、女性の名誉も守らなければならないのです」ジャレッドは静かに締めくくった。

「そんな古くさい考え方、わたしは認めません」オリンピアは突き放すように言った。「ソフィー叔母さまやアイダおばさまに教えられたんです。女性だって自分の名誉は自分の手で守らなければいけない、って」

「それでもやはり、あなたにはこれからも、私の指導方法を信頼しつづけてほしい」ジャレッドはオリンピアの手をつかんで、引き止めた。「私のことも、信じてほしい」

鏡付きの燭台の明かりに照らされたジャレッドの顔を、オリンピアはまじまじと見た。たちまち怒りが萎《な》えていく。「もちろん、あなたを信じています、ミスター・チルハースト」

ジャレッドはかすかに口元をほころばせた。「よかった。それでは、おやすみなさい、ミス・ウィングフィールド」そう言って頭を下げ、オリンピアの口にぴったり口を押しつけて、熱いキスをする。

オリンピアが応じる暇もなく、キスは終わってしまった。ジャレッドは彼女から手を離し、そのままなにも言わずに階段を降りて、正面扉から出ていった。

オリンピアはのろのろと階段を降りていった。自分のなかで渦巻いているさまざまな感情はなんなのか、推しはかろうとしたが徒労に終わった。これまでに感じたことがなかったり、不思議だったり、奇妙だったりすることが、あまりに多すぎる。それは、輝かしいけれど、心許なく、おそらくちょっと危険な感情だ。

オリンピアは、自分だけのために書かれた伝説のまっただなかに足を踏み入れたような気がした。

ぼんやりと思いにふけりながら笑みを浮かべ、正面扉の大きな鉄のかんぬきを掛ける。それから、図書室に入って、ライトボーンの日記を手に取った。そのまましばらく部屋のまんなかに立って、ジャレッドに抱擁されたときのことをかみしめるように思い返した。この特別な場所は、ジャレッドに初めてキスをされるのに、ほかのどんな場所よりふさわしく思えた。

オリンピアは、初めて図書室を見たときのことを思い返した。暗い雨が降っていたその日、彼女は叔母のソフィーとアイダのもとに託された。またべつのよく知りもしない親戚の家の戸口に放置され、寒くて不安でいっぱいだったが、恐がっているそぶりは決してみせまいと、強く心に決めていた。

二年間、あちこちの親戚をたらい回しにされた経験は、オリンピアの心に深く染みついた。十歳の彼女はやせぎすで、めったに口をきかず、たえず不安にさいなまれて悪夢ばかり見ていた。

悪夢は、いわゆる夢だけではなかった。たとえば、妙にぎらぎらした目でオリンピアを見ていた叔父のダンスタンがそうだ。ある日、叔父はオリンピアについて部屋に入ってきて、扉を閉めた。彼女に向かって話を始め、おまえはとてもきれいだと言って、汗ばんだ大きな手を差し出してきた。

オリンピアは悲鳴をあげた。叔父のダンスタンはすぐに手を離して、大きな声を出さないでくれと懇願したが、オリンピアは止められなかった。そのうち、悲鳴を聞いて叔母のリリアンがやってきて、扉を開けた。叔母はひと目で事情を察した。そのときはなにも言わなかったが、翌朝、オリンピアは面倒をみてくれるかもしれないつぎの親戚のもとへやられた。

オリンピアより三歳年上の従兄弟《いとこ》で、底意地の悪いエルマーもいた。彼はどんな機会も逃さず、オリンピアを恐がらせることに無上の喜びを感じていた。彼女が通りかかるたびに、廊下の薄暗がりから奇声を発して飛びかかった。オリンピアがひとつだけ持っていた人形に火をつけた。地下室に閉じこめると言って脅した。何週間もしないうちに、オリンピアはまわりの物がかすかに動いても恐がるようになった。影という影にびくっと反応するようになった。医者から神経の病気と診断され、すぐにまたつぎの親戚のもとへ追いやられた。

つぎの親戚というのが、叔母のソフィーだった。最初の日、ソフィーとアイダはオリンピアを図書室へ連れていった。ホットチョコレートのカップを渡して、ここはあなたの家だから、もうどこへも行かなくていいのだと言った。もちろん、オリンピアはすんなりとは信じられなかったが、そう言ってくれたふたりには礼儀正しくしようと思った。

叔母のソフィーは心得顔にアイダと視線を交わしてから、オリンピアの手を引いて巨大な地球儀に近づいた。

「図書室へは、いつでも好きなときに来ていいのよ」叔母のソフィーはやさしく言った。「この部屋に入ったら、あなたは自由なの。いくらでも見知らぬ土地を探索していいのよ。見たいと思ったら、どんな夢を見てもいい。この部屋には世界じゅうの知識が詰まっていて、すべてはあなたのものなのよ、オリンピア」

叔母のソフィーとアイダに穏やかに育《はぐく》まれ、オリンピアが花を咲かせはじめるまでには時間がかかった。実際、何か月もかかった。けれども、オリンピアはたしかに開花した。そして、新しい家でますます明るくしっかりした娘に成長するあいだ、暇さえあれば図書室で過ごした。

図書室はすぐに、オリンピアのいちばんのお気に入りの場所になった。そこは彼女だけの世界であり、どんなことでも起こりうる場所だった。伝説さえ現実になるかもしれない場所。ひとりぼっちでいるのも、たいした問題ではないと思える場所だった。

海賊とのキスを経験するには、最適の場所だ。

日記を小脇に抱えて、オリンピアは家のなかをゆっくり歩いてもどっていった。窓の掛け金が閉まっているかどうか確認して、ろうそくの火を消してから、階段を上って寝室に向かった。

天気のいい夜だった。ジャレッドはこれほど気持ちのいい夜をほかに思い出せない。寒くもなく、暑くもなく、夜空には満月が浮かび、あたりは晩春の香りに満ちている。よく耳を澄ませば、草地のなかから妖精の音楽さえ聞こえてきそうだ。

男が自分の男らしさを過剰なくらい意識するのは、こんな夜だ。低いささやきと、欲望の甘いため息のための夜。なにが起こっても不思議はない夜。

男のほうからセイレーンを誘惑できる夜だ。

そうなのだ。ほんのちょっと前、あのヒューが魔法を台無しにさえしなければ、と思って、ジャレッドは顔をしかめた。いまごろオリンピアは私のものだったのだ。

情熱に命じられるまま、身もだえしているオリンピアの姿を思い出して、ジャレッドはふたたび全身をこわばらせた。暖炉の火に照らされ、あのソファに横たわっていた彼女はほんとうに美しかった。また記憶がよみがえってきて、いても立ってもいられない。ソファのクッションをおおっていた髪は、まるで炎の川のようだった。乳房はしっかりと高く突き出し、その曲線はえも言われぬ美しさで、先端のふっくらした乳首は珊瑚のピンク色だ。温かな肌はシルクのようにやわらかい。そして、蜂蜜のように甘く、スパイスのように刺激的な口。ジャレッドの頭のなかは、まだ彼女の香りで満ちていた。

しかも彼女は私を求め、私に応え、私に身を投げ出したのだ。

ジャレッドは熱い満足感にみたされた。生まれて初めてだ、と思った。私が私であるというだけの理由で、ひとりの女性に求められているとはっきりわかるのは。いずれにしても、ミス・ウィングフィールドは、甥たちの家庭教師に誘惑されたと思っている。

ジャレッドはほほえんだ。それにしても、彼女は刺激的だった。私に触れられ、文字どおりとろけていた。その目には、むき出しの甘い情熱が宿っていた。

デミトリアとはちがって、オリンピアに冷たいところはひとつもなかった。そして、少なくともいまのところ、オリンピアはほかに恋人はいないと、ジャレッドはほぼ確信できた。いいいい世事に通じた大人を自任するオリンピアの過去については、わからない。処女ではないような気もした。しかし、たとえオリンピアがほかの男とベッドをともにしていようと、今夜、経験したような底なしの情熱を知っていたとは思えない。

それは、彼女の目をよぎった驚きや感嘆を見ればわかる。彼女に触れられれば、わかる。彼女の感情をそこまで高ぶらせたのは、この私なのだ。急に自信がこみ上げ、ジャレッドは天にも昇る心地で思った。私の前に男がいたとしても、私が忘れさせられる。
デミトリアのときとはちがって。

鍵を探そうと、その核心をのぞきこむならば、死を招くやもしれぬ、ガーディアンのキスに用心すべし。

オリンピアは、苦労してつなぎ合わせた一文をにらんで、眉をしかめた。意味はわからなかったが、日記に隠された謎の最初の手がかりを、とうとう見つけたという自信はあった。あくびをしながら、その一文を黄色い筆記用紙に殴り書きする。夜ももうかなり遅く、午前二時近かった。ベッド脇のろうそくも短くなって、残り少ない。ジャレッドが小屋へもどってから、オリンピアはどうしても寝つかれず、新たに気持ちを奮い起こして日記の解読に取りかかったのだ。

鍵を探そうと、その核心をのぞきこむならば、死を招くやもしれぬ、ガーディアンのキスに用心すべし。

どういう意味なのかまったくわからなかったが、非常に重要だという気はなんとなくした。オリンピアは日記のページをめくりかけた。キッチンのほうからくぐもった犬の鳴き声が聞こえ、ふと手を止める。

ミノタウロスがなにかを感じて目を覚ましたらしい。

なんだろうと思い、オリンピアは日記をかたわらに置いて、上掛けをめくって折り返した。ベッドから出て、寝室を横切って暖炉に近づく。鉄の火かき棒を握って、ガウンを羽織った。

扉に近づき、そっと開ける。

静寂の大波が、階下から押し寄せてきた。ミノタウロスはもう吠えていない。なんであれ、ミノタウロスの気に入らないものはいなくなったようだ、とオリンピアは思った。たぶん、残飯をあさりにきた猫か小動物が、勝手口の外を嗅ぎまわっているのに、ミノタウロスは気づいたのだ。

それでも、なにかがおかしい、という強い思いをオリンピアは振り払えなかった。

火かき棒を握りしめ、ガウンの裾を持ち上げると、ゆっくり階段を降りていった。階段を降りきると、ひんやりとした夜の匂いがした。冷気は図書室のほうから流れてくるようだ。オリンピアは図書室の扉に近づいた。さっき離れたときと同じように、扉は半開きのままだ。火かき棒を引っかけて、扉を全開にする。

ブランデーの強烈な匂いがして、オリンピアは鼻に皺《しわ》を寄せた。眉をしかめて、ゆっくりと図書室に入っていく。

薄暗いなか、夜のゆるやかな風に吹かれて、カーテンがかすかに揺れているのがかろうじて見えた。オリンピアはぶるっと身震いをした。窓はたしか、きちんと閉めたのを覚えている。ふだんから、とくに夜は一階の戸締まりに気をつけて、扉も窓も錠を下ろしている。

もちろん、今夜はけっしてありきたりな夜ではなかった、とオリンピアは思い起こした。さっき、階上の寝室に引き上げながら、わたしの頭のなかではジャレッドへの思いが渦巻いていた。図書室の窓が閉まっているかどうか、たしかめるのを忘れた可能性も充分にある。

窓に近づくにつれて、ブランデーの匂いはますます強烈になった。絨毯《じゅうたん》の濡れているところに素足が触れたとたん、なにが起こったのかわかった。

恐怖に全身を貫かれる。オリンピアはなんとか恐怖心を抑えこんで、小走りで机に近づいた。おぼつかない手つきでオイルランプを引き寄せ、必死の思いで火をつける。ほっとするような明かりが図書室に行き渡り、ほかにだれもいないとわかった。

絨毯が濡れているのは、デキャンターがひっくり返ってブランデーがこぼれたせいだった。

オリンピアははっと息を呑んだ。ほんの数分前、だれかがわたしの図書室でなにかを探していたのだ。

5

「きょうの午前中は、なんの勉強をするの、ミスター・チルハースト？」トーストにジャムを塗りながら、イーサンが訊いた。

ジャレッドは、皿の横に置いてあった予定帳を開けた。〝午前中の授業〟という見出しの下の書きこみを見る。「幾何学だ」

「幾何学」イーサンはうめくようにため息をついた。

ジャレッドはイーサンの反応を無視して、予定帳を閉じた。そして、ふたたび、険しい顔つきでもの思いにふけっているオリンピアのほうを見た。なにかあったようなのだが、それがなんなのか、いまのところまったく見当もつかない。ゆうべのことを後悔しているのかもしれない、と思ったとたん、背筋がぞっと寒くなった。

少し強引すぎたのだ、とジャレッドは思った。ふたりのあいだにいきなり野火のように広がった情熱に、慣れる時間をあたえるべきだった。無理やりことを急いで、すべてを台無しにしてはいけない。

「数学は好きじゃないんだ」ヒューが言った。

「とくに幾何学は」と、ロバートが言い添える。「午前中はずっと部屋に閉じこもりきりか」

「いや、きょうは外で授業をする」ジャレッドはミセス・バードを見た。「コーヒーをもう少しください」

「はい」ミセス・バードはポットを手に、ゆさゆさと体を揺らしてテーブルに近づいてきた。ジャレッドのカップにコーヒーを注ぎながら、イーサンをにらみつける。「そのソーセージのかけらをどうするつもりなんです？」

「なにも」天使のように純真な顔をして、イーサンは答えた。

「テーブルの下の、犬にやってるんでしょう？」

「やってないよ」

「やってるよ」ヒューがうれしそうに言った。「見たもん」

「証拠がないだろ」イーサンが言い返す。

「証拠なんかいらないね」ヒューが言った。「おまえがやったって、みんな知ってるんだから」

黙って皿の上の卵料理を見つめていたオリンピアは、はっとして顔を上げた。「ふたりはまた口喧嘩？」

「喧嘩はもう終わりだ」ジャレッドは静かに言った。さらに、有無を言わさぬ視線を送ると、双子はすぐに静かになった。「ミセス・バード、いちばんいいのは、ミノタウロスを部屋から出してもらうことだと思うのですが」

「おっしゃるとおりですよ。わたしは前から、犬を家に入れるのは反対だったんです」ミセス・バードは勝手口に近づき、ここから出ていきなさいと言うようにミノタウロスを見て、パチンと指を鳴らした。

大きな体のミノタウロスはいかにも気が進まないようすで、テーブルの下からのろのろ出てくると、最後に期待をこめてイーサンの顔をちらりと見てから、とぼとぼキッチンへ向かった。

「外で幾何学の勉強なんて、どうやるの、ミスター・チルハースト?」ロバートが訊いた。

「まず、小川の幅を実際に渡らずに計算して出す」ジャレッドは言った。オリンピアはまた、卵料理を見つめている。

「どうやるの?」イーサンが訊いた。好奇心をかき立てられたらしい。

「あとでやって見せよう」なおもオリンピアの顔を見ながらジャレッドは言った。「きみたちがその方法を理解して覚えたら、キャプテン・ジャックがその方法をどう応用してジャングルから抜け出したか、話してあげよう」

「それって、パナマ地峡のジャングル?」ヒューが訊いた。

「いいや、西インド諸島の、とある島のジャングルだ」ジャレッドは説明した。オリンピアがちらりと目を上げ、ようやく彼女の関心を引けたのがわかり、ジャレッドはついほほえんだ。キャプテン・ジャックさまさまだな、と自嘲をこめて思う。

「島のジャングルになんか入りこんで、キャプテン・ジャックはなにをしていたの？」イーサンが訊いた。

「もちろん、宝箱を隠していたのだ」ジャレッドは小声で言った。

明らかに興味を引かれ、オリンピアが大きく目を見開いて訊いた。「それで彼は、宝箱を掘り返しに島へもどったんですか？」

「たしか、もどったはずです」ジャレッドは言った。

「島から脱出するのに、キャプテン・ジャックはほんとうに幾何学を利用したの？」ロバートが訊いた。

「ああ、ほんとうだ」ジャレッドはコーヒーに口をつけ、カップの縁越しにオリンピアの表情を観察した。彼女はまた、ぼんやりと虚空を見つめている。ふたたび物思いに沈んでいるらしい。キャプテン・ジャックの話にさえ、今朝のオリンピアはろくに興味を示さない。なにかあったにちがいない。

「キャプテン・ジャックはだれかの喉をかき切って、その人の骨を宝箱に載せて、宝を盗もうとする者はこうなるぞ、っていう警告にしたの？」ヒューが勢いこんで尋ねた。

ジャレッドはもう少しでコーヒーにむせそうになった。「そんな話をどこで聞いてきたんだ？」

「海賊はいつもそうするんだって、聞いたんだ」ヒューが言った。

「前にも言ったが、キャプテン・ジャックはバカニーアで、海賊ではない」ジャレッドはポケットから懐中時計を引き出し、時間をたしかめた。「食事を終えたなら、もうテーブルを離れてかまわないぞ。きみたちのおばさんと、ふたりだけで話がしたいのでね。急いで階上《うえ》へ行って、紙と鉛筆を用意しなさい。私もすぐに行くから」

「わかりました」ロバートが声を張り上げた。

少年たち三人はがたがたと椅子を鳴らして立ち上がり、われ先に部屋を出ようと戸口に向かった。

「ちょっと待ちなさい」ジャレッドは静かに言った。

三人とも、素直に振り返った。

「なにか言い忘れたの、ミスター・チルハースト？」ロバートが訊いた。

「いいや、忘れたのはきみたちだ。三人とも、中座するときはきちんとおばさんにお断りしなければならないのに、忘れているぞ」

「ごめんなさい」ロバートはちょこんと頭を下げた。「失礼します、オリンピアおばさん」

「すみません、オリンピアおばさん」ヒューが言った。「いますぐ行かなければならないので」

「失礼します、オリンピアおばさん」イーサンが歌うように言った。「授業の準備をしなきゃなんないんだ」

オリンピアは目をぱちぱちさせてから、かすかな笑みを浮かべて三人を見た。「どうぞ、行ってらっしゃい。楽しい午前中を過ごしてね」

三人はまた、先を競って戸口へ向かった。ジャレッドは、あたりが静かになるのを辛抱強く待った。長いテーブルの反対の端にいるオリンピアを見つめる。

斜めに差し込む暖かな陽光を受けて坐っているオリンピアは、いつにも増して美しい。ふたりきりで朝食のテーブルについている、という状況が、思いもよらず親密な感覚をかきたてる。ジャレッドは、すでになじみになった欲望の矢に身を貫かれた。

きょう、オリンピアの知的な顔は、地味な白いローン地の胸飾りの、こまかくひだを取ったフリルに縁取られている。ハイウエストの鮮やかな黄色いドレスに、彼女の赤毛がよく映える。その髪には、上品な白いレースのキャップがふんわりとピンで留めてある。

ジャレッドはふと思った。いきなり立ち上がり、テーブルの横をどんどん歩いていってキスをしたら、彼女はどうするだろう？　そう思ったとたん、皿やティーカップが乱雑に置かれたテーブルのまんなかに、仰向けに横たわっているオリンピアの姿が脳裏に浮かんだ。テーブルの一方の端に美しい両脚を垂らし、スカートをウエストまでたくし上げて、ほどけて乱れた赤毛を波打たせている彼女が。

ジャレッドは自分自身の姿も思い浮かべていた。オリンピアの白くやわらかい両腿のあいだに立って、痛いくらい体をこわばらせながら手に汗を握っている。

ジャレッドは欲求不満のうめきを呑みこみ、かろうじて自制心をかき集めて言った。「今朝は、なにか思い悩んでいらっしゃるようにお見受けしますが、ミス・ウィングフィールド。なにがあったのか、お訊きしてもよろしいですか？」

オリンピアはキッチンにつづく扉をちらりと見てから、甥たちが出ていって、いまは閉まっている扉を見た。それから、身を乗り出して声をひそめて言った。

「そのことなら、今朝はずっと、あなたにお話ししたくてたまらなかったんです、ミスター・チルハースト」

私の腕のなかで初めてクライマックスを迎えてからも、彼女は私をミスター・チルハーストと呼びつづけるのだろうか？　そんな思いがふと頭をよぎった。「いまは、私とあなたのほかにだれもいません。私に告げようとしていたことを、どうぞ話してください」

オリンピアは眉間に皺を寄せて、なにかにじっと気持ちを集中させた。「ゆうべ、図書室でとてもへんなことがあったんです」

ジャレッドは胃袋がひきつれるのを感じた。なだめるような調子の冷静な声を出そうと、気持ちを集中させて言った。「おそらく珍しいことではあったでしょうが、ミス・ウィングフィールド、私ならへんなこととは言いません。なんにせよ、男と女はアダムとイヴの時代から、あのような心地よい息抜きを楽しんできたのですから」

オリンピアはぽかんとしてジャレッドを見つめた。「なんのお話？」

そんなことだと思った、とジャレッドはがっくりした。こうして長年待ちつづけたかいがあって、私だけのセイレーンを見つけたと思ったら、その彼女が生まれつき、一時《いっとき》にひとつのことしか覚えていられない頭の持ち主だったとは。

それでも彼女が、ふたりのあいだに熱情が燃え上がったことを後悔していないように見えるのは、せめてもの救いだった。

「ご心配にはおよびません、ミス・ウィングフィールド」ジャレッドはテーブルに両肘をつき、左右の手の指先を突き合わせた。「どうでもよいことをちょっと口にしただけですから」

「そう」オリンピアはまた、二つの扉をうかがうように見た。「ゆうべのことですけれど……」

「なんでしょう？」

「夜中の二時ごろ、ミノタウロスが吠えているのが聞こえたのです。ですから、わたし、なにがあったのか見きわめようと、階下《した》へ降りていったんです」さらに声をひそめてつづける。「ミスター・チルハースト、そうしたら、ブランデーのデキャンターが倒れていました」

ジャレッドはまじまじとオリンピアを見た。「図書室のデキャンターのことですか？」

「ええ、もちろん。うちにあるブランデーのデキャンターは、あれだけですから。もともとはソフィー叔母さまのものでした。叔母さまとアイダおばさまは、いつもあのデキャンターを図書室に置いていたんです」

「ミス・ウィングフィールド、どうか話をつづけてください」

オリンピアはじれったそうな目をしてジャレッドを見た。「ですから、わたしはそうしようとしているのに、あなたが話の腰を折ってしまうから」

「すみません」ジャレッドは左右の指先をとんとんと打ち合わせた。

「デキャンターが倒れていたうえに、図書室の窓がひとつ、開いたままになっていました」

ジャレッドは眉をひそめた。「たしかですか？ ゆうべ、私が図書室にいたとき、窓はひとつも開いていなかったと記憶していますが」

「おっしゃるとおりです。窓はすべて閉まっていたはずです」

「しかし、どういうわけか開いていた窓があり、そこから風が吹きこんで、デキャンターが倒れたのでしょう」ジャレッドはゆっくりと言った。

「そうは思えません。デキャンターはとても重いんです。ミスター・チルハースト、わたしは、ゆうべだれかが図書室に忍びこんだのだと思っています」

「ミス・ウィングフィールド、それは聞き捨てならない」

オリンピアは大きく目を見開いた。「そうです、わたしも心配でなりません。このあたりで、そのようなことは一度もありませんでしたから。ほんとうに、心配だわ」

ジャレッドは、突き合わせた指の上からオリンピアをうかがい見た。「つまり、あなたはひとりで階下に降りていって、物音の正体を突きとめようと図書室に入っていった、ということですね？ ミセス・バードを起こしもせず、最初に犬を放しもせずに？」

オリンピアはジャレッドの心配をあっさりはねつけた。「心配する理由はどこにもありません。いざというときのために、火かき棒を握っていましたから。いずれにしても、わたしが行ったときにはもう、図書室にはだれもいませんでしたし。たぶん、侵入者はミノタウロスの吠え声に驚いて逃げたのでしょう」

「火かき棒ですって？　なんということだ」オリンピアの非常識ぶりに、ジャレッドはついかっとなった。いきなり立ち上がって、扉に向かって歩き出す。「この目で図書室のようすを見てきます」

オリンピアも急いで立ち上がった。「わたしも行きます」

朝食用の食堂の扉を開けて、彼の脇をすり抜けて廊下に出ていくオリンピアを、ジャレッドは非難の気持ちをこめてにらみつけた。けれども、オリンピアはそんなジャレッドの表情に気づきもしない。

ジャレッドの先に立って足早に廊下を歩き、勢いこんで図書室に入っていく。駆け出したい思いをぐっと我慢して、ジャレッドはゆったりと廊下を歩いていった。

少し遅れて図書室に入ると、オリンピアが窓のひとつにぐいと顔を近づけていた。

「ほら、ここ、わかりますか？」オリンピアは錠を指さした。「壊されているわ。ゆうべ、だれかがこの窓をこじ開けて、忍びこんだのよ、ミスター・チルハースト」

ジャレッドはじっくりと窓の掛け金を見た。古い金属製の掛け金は、たしかに曲がっている。「以前は、このように曲がってはいなかったのですか？」

「ええ、曲がっていたら気づいているはずです。もう何年も前から毎晩、図書室の窓の掛け金がかかっているかどうか、たしかめていましたから」

ジャレッドはざっと部屋のなかを見回した。「なにか盗まれたものは？」

「いいえ」オリンピアは自分の机に近づき、抽斗を引いて鍵がかかっているのをたしかめた。「でも、危ないところでした。窓の掛け金を壊して侵入した者は、机の錠くらい簡単に開けていたでしょうから」

ジャレッドは鋭い目をしてオリンピアを見た。「侵入者は、あなたの机にしまってあるものを盗むつもりだったと、そう思われるのですか？」

「もちろんです。わたしから盗もうと思われるようなものは、ひとつしかありませんもの、ミスター・チルハースト。ライトボーンの日記に決まっています」

オリンピアの結論にあっけにとられ、ジャレッドはまじまじと彼女を見つめた。「あなたが日記を持っていることは、だれも知りません」私以外は、と彼は思った。

「それはわかりません。日記を手に入れたことはぜったいに口外しないようにと、アーテミス叔父さまには重ねてお願いしましたけれど、叔父がわたしに日記を送ったことを、だれかが知ってしまった可能性もないとは言いきれません」

「叔父上が口外されるようなことは、まずありえないでしょう」ジャレッドは慎重に言った。

「でも、叔父はあなたに話したのでしょう？」

ジャレッドはびくんと体をこわばらせた。「ええ、そういうことです」

「もちろん、あなたを信じられる方だと思ったからだわ。でも、わたしは、叔父が日記を買ったことを、ほかにも知っている人がいると思うの」

「だれですか、ミス・ウィングフィールド？」

「まず、アーテミス叔父さまに日記を売ったという、フランス人のお年寄りよ」オリンピアは、室内履きをはいた片方のつま先を、とんとんと床に打ちつけた。「そのお年寄りは、日記がわたしに送られることを教えられたかもしれない。そうしたら、そのお年寄りから何人の耳に伝わったかは、想像もつかないわ」

彼女の言うとおりだ、とジャレッドは思った。そして、彼女が真実をすべて知ったら、だれよりも甥たちの新しい家庭教師があやしいと疑うだろう。しかし、ゆうべ、私は自分のベッドに横たわって、セイレーンを誘惑する喜びに思いをはせていたのであり、日記を探したりはしていない。

ジャレッドは、むくむくと頭をもたげる不安を抑えこもうとした。長年にわたり、ライトボーンの日記の秘密を探ろうとした者はおおぜいいたが、ジャレッドの知るかぎりでは、いまも日記について知っているのは、彼の家族だけだ。百年も前の伝説にかかわった者はすべて、とうの昔に亡くなっている。

ジャレッドは家族に、彼が日記を追いかけているあいだは日記のことは忘れるようにと言い渡していた。しかし、ライダー一族の、なにをしでかすかわからない血の気の多いだれかが、私の命令に背いた可能性はある、とジャレッドは思った。

思わず奥歯を嚙みしめる。日記を手に入れようとして、オリンピアの家に忍びこんだ者は、家族のだれであれただではおかない。

しかし、図書室にだれかが侵入したとなれば、もっと筋の通った理由はいくらでもある、とジャレッドは思いなおした。

「ミス・ウィングフィールド、だれかがほんとうに、ゆうべ、あなたの家に忍びこんだのであれば、古い日記などよりもっと価値のある品を狙っていたと考えるほうがずっと理屈に合っていると思います。たとえば、あのブランデーのデキャンターです。盗んで売れば、そこそこの金にはなるでしょう」

オリンピアは眉をひそめた。「ゆうべ、わたしの図書室に忍びこんだ者が、ブランデーのデキャンターだとか、燭台だとか、そんなものを狙っていたとは、とても思えないわ。このあたりで、ものが盗まれるような問題はまったくありませんから。そういうことではないと思います。いろいろ考えるほどに、やはり、日記を解読して見つけた忠告の意味がはっきりした、と考えるのがいちばんだと思います」

「なんと」ジャレッドはいやな予感がした。「忠告というと？」

オリンピアはうれしそうに目をきらめかせた。「ゆうべ、日記に隠された鍵の最初のひとつを読み解いたのです。〝鍵を探そうと、その核心をのぞきこむならば、死を招くやもしれぬ、ガーディアンのキスに用心すべし〟という一文です」

「たしかですか？」

「これ以上はないほど、たしかです。だれであろうと、そのガーディアンはとても危険な人物に思えます。用心するに越したことはありません」

いやはや、とジャレッドは思った。そういった突拍子もない思いこみは、すぐに正さなければ。

「いいですか、ミス・ウィングフィールド、古い伝説のことで心配するなんてどうかしています。ガーディアンという者がいたとしても、とうの昔に亡くなっていますよ」

「これまでの経験を通じて、わたしは、古い伝説の裏にはかならずと言っていいほど、真実の芽が潜んでいる、ということを学びました。なんとしてでも、日記の解説をつづけなければ。ガーディアンについてもっと記されているか、それがだれなのか、説明があるかもしれないわ」

「そうは思えませんが」ジャレッドはつぶやいた。

「それはそうと、日記を安全な場所に保管しなければ。ゆうべ、侵入者が探しに来たとき、日記を階上に持って上がっていたのは、ほんとうに運がよかったわ」オリンピアは思いをこめて図書室を見回した。

ジャレッドがオリンピアに返事をする間もなく、廊下をばたばた駆けてくる騒々しい足音と、犬の爪が床をひっかく音が聞こえた。開け放たれた戸口に目をやると、イーサンとヒューとロバートとミノタウロスが、図書室に飛びこんできた。

「幾何学の授業の準備ができました、ミスター・チルハースト」ロバートが告げた。

ジャレッドは、一瞬ためらってからうなずいた。「よろしい」ちらりとオリンピアのほうを振り返って、言った。「いまの話のつづきはまたあとでいたしましょう、ミス・ウィングフィールド」

「ええ、もちろん」けれども、オリンピアが上の空で返事をしたのは明らかだった。図書室のなかで日記を隠すのによい場所を探すのにもう夢中らしい。

ジャレッドは男の子たちにつづいて外に出た。話はややこしくなるいっぽうだと思った。オリンピアは自説の正しさを証明し、古い伝説が記された日記を守ろうと意欲に燃えている。

その一方で、その伝説の主人公とも言える私は、オリンピアと荒々しいほど激しく、情熱的な愛を交わしたくてならないのだ。

しかし、ジャレッドは誘惑の問題は脇に追いやり、もっと実際的な問題を優先させた。この手の問題を片づけるのは、得意中の得意なのだ。そう思って、暗い気持ちになる。

ジャレッドは予定帳を開いて、できるだけ早く手をつける必要のあることがらを書きこんだ。まず、家にある錠と掛け金をすべて点検して、壊れている金具は修理する。

いずれにしても、ゆうべ、図書室に侵入した者は、簡単に売れる金目のものを二つ三つ、くすねようとしただけにちがいない。ミノタウロスの吠え声に驚いて逃げたはずだから、もう二度とここへはやってこないだろう。

しかし、ジャレッドは、万が一の危険を無視するつもりはなかった。

その日の午後三時を少し過ぎたころだった。馬車が車輪を鳴らして車寄せに入ってくる音がして、日記の解読に没頭していたオリンピアは、ふと顔を上げた。耳を澄ます。主人は忙しいとミセス・バードに言われ、だれだかわからない訪問者が帰っていくのを待つ。

「ミス・ウィングフィールドは、きょうの午後はどなたともお会いになりません」玄関口にやってきただれかに、ミセス・バードが大きな声で告げている。

「ばかばかしい。なんとしてでも、お会いしていただくわ」

なじみのある女性の声が聞こえ、オリンピアはうんざりしてうめき声をあげた。日記を閉じたとき、ちょうどミセス・バードが図書室の扉を開けた。

「どういうことなの、ミセス・バード？」高圧的に聞こえればいいと願いながら、オリンピアは訊いた。「きょうの午後は、だれにも会わないと言ったはずよ。とても忙しいの」

「ミセス・ペティグリューと、ミセス・ノーベリーがおみえです、ミス・ウィングフィールド」ミセス・バードは不機嫌そうに言った。「さらに言わせていただけるなら、どうしてもお会いすると言い張ってらっしゃいます」

会わずに済ませようと、がんばるだけむだだとオリンピアはわかっていた。牧師の妻のミセス・ノーベリーだけなら、ミセス・バードと力を合わせておひきとり願えたかもしれない。横柄な夫にいつも怒鳴られているから、すぐに人の言いなりになるかわいそうな女性なのだ。しかし、地主の夫に劣らず強気で、こうと決めたら梃子《てこ》でも動かないミセス・ペティグリューを追い返すのは、無理だ。

「こんにちは」図書室に案内されてきた訪問者ふたりを見て、オリンピアは弱々しい笑みを浮かべた。「思いがけず、お客さまをお迎えできて、うれしいですわ。どうぞ、お茶を召し上がってください」

「ええ、もちろん」大きくて派手な帽子を好む、大柄で派手なミセス・ペティグリューは椅子に坐った。

オリンピアは以前から、アデレード・ペティグリューほど、彼女の夫にお似合いの女性はいないと密かに思っていた。そのあたりではもっとも影響力の大きい地主の妻である彼女は、地元社会での自分の立場をつねに意識しすぎるほど意識していた。そして、オリンピアの考えでは、自分以外の地域の人たち全員について、こうあるべきだ、という考えを押しつけすぎるきらいがあった。イーサンとヒューとロバートは彼女を、おせっかいな出しゃばりばあさん、と呼ぶ。

以前、叔母のソフィーとアイダも同じようなことを言っていた。

ミセス・ノーベリーはオリンピアを見てあいまいにうなずき、小さな椅子に腰かけた。膝に小さなハンドバッグをきちんと置いて、すがるように両手で握りしめている。小さな白ネズミのような女性だ、とオリンピアは思った。いつも視線を部屋の隅に泳がせて、入りこむべき壁の穴を探しているかのようだ。

ミセス・ペティグリューが牧師の妻を連れてやってきたことが、オリンピアは気にくわなかった。なにかいやな予感がする。

「お茶の準備をしてまいります」ミセス・バードが不満そうに言った。

「ありがとう、ミセス・バード」オリンピアは訪問客のほうに体を向け、大きくひとつ息をして心の準備をした。「気持ちのいい日ですね？」

　それには答えず、ミセス・ペティグリューはいきなり切り出した。「じつは、大いなる懸念がありまして、わたくしたち、こちらへまいりましたの」そう言って、威圧するような目つきで連れを見た。「そうですわね、ミセス・ノーベリー？」

　ミセス・ノーベリーはびくっとして言った。「おっしゃるとおりです、ミセス・ペティグリュー」

「大いなる懸念とおっしゃいますと？」オリンピアは訊いた。

「品位にかかわる問題が持ち上がりましたの」ミセス・ペティグリューが脅すような口調で告げた。「正直申しまして、わたくし、それがあなたのお宅にかかわる問題だと知って、驚いておりますのよ、ミス・ウィングフィールド。これまで、あなたの行状は、明らかに風変わりで、ときには、まったくもって常軌を逸していたこともありましたけれど、秩序を乱すようなことはまずありませんでしたものねえ」

　オリンピアはきょとんとしてミセス・ペティグリューを見た。「最近、わたしの行いはどこか変わりました？」

「もちろんですわ、ミス・ウィングフィールド」ミセス・ペティグリューは、もったいぶっていったん言葉を切った。「三人の甥ごさんのために、不適任きわまりない人物を雇われたとうかがっています」

　オリンピアは凍りついたように動かなくなった。「不適任？　不適任ですって？　いったいぜんたい、なにをおっしゃっているんです、ミセス・ペティグリュー？　わたしが雇った家庭教師はあの子たちにとってこのうえない指導者です。ミスター・チルハーストは、すばらしい仕事をなさっているわ」

「あなたが雇われたミスター・チルハーストは、見るからに恐ろしげな風体で、とても信用できないようすだというではありませんか」ミセス・ペティグリューは助け船を求めるようにミセス・ノーベリーをちらりと見た。「そうじゃありませんこと、ミセス・ノーベリー？」

ミセス・ノーベリーはハンドバッグを握る手に力をこめた。「ええ、そうですわ、ミセス・ペティグリュー。見るからに恐ろしい風体だそうです。海賊のようだと聞きました」

ミセス・ペティグリューはふたたびオリンピアを見た。「ことのほか野卑で危険きわまりない姿であるばかりか、ひどく暴力的だと聞いています」

「暴力的ですって？」オリンピアはミセス・ペティグリューをにらみつけた。「ばかばかしい」

「ミスター・ドレイコットをしたたかに殴りつけたと聞きました」ミセス・ノーベリーが横から言った。「そのせいでミスター・ドレイコットの目のまわりは、左右ともまだ真っ黒だそうですよ」

「ああ、いつだったかの午後、うちの図書室でちょっとした出来事があったときのお話ですね」オリンピアはほっとしてほほえんだ。「たいしたことではないんです。たんなる不幸な誤解です」

「誤解のはずがありません」ミセス・ペティグリューがぴしゃりと言った。「あなたが雇ったミスター・チルハーストは、このあたりに住んでいる全員にとって、脅威と言わざるをえません」

「ばかばかしい」オリンピアの顔から笑みが消えた。「考えすぎです、ミセス・ペティグリュー」

「その人物はわたくしたちにとって危険なだけではなく、主人が申しますには、あなたの天真爛漫さにつけこんでいるというではありませんか、ミス・ウィングフィールド」

オリンピアはミセス・ペティグリューをにらみつけた。「ミスター・チルハーストがわたしの弱みにつけこむようなことは、断じてありません」

「叔父さまがあなたに送られた積み荷を取り上げたそうですね？」ミセス・ペティグリューが言った。

「ありえません」オリンピアは立ち上がった。「ミセス・ペティグリュー、残念ですが、お引き取りいただくよう、お願いせざるをえません。きょうの午後はやらなければならない仕事がたくさんあって、こんなふうに時間を無駄にしてはいられないのです」

「叔父さまが送られた積み荷から収益が得られた兆しは、少しでもあるのですか？」ミセス・ペティグリューが突き放すように訊いた。

「いいえ、まだです。でも、荷物は届いてまだ間がないですから、ロンドンで売れるのはもっと先のことだと思います。わたしたちの手に収益が届くのは、さらにもっと先のこと」

「夫が申しておりましたわ。あなたがあの積み荷から儲けを得られる可能性はまずないだろう、と」ミセス・ペティグリューは言った。「でも、はっきり申し上げまして、あなたがたの金銭問題はわたくしの大いなる懸念とは関係ありませんの」

オリンピアは両方の手のひらを机に押しつけ、歯を食いしばって言った。「あなたの大いなる懸念というのは、いったいなんですか、ミセス・ペティグリュー？」

「あなたの評判ですわ、ミス・ウィングフィールド」

オリンピアは信じられない思いでミセス・ペティグリューを見つめた。「わたしの評判？　どうしてわたしの評判を心配しなければならないんですか？」

ミセス・ノーベリーは、いまこそ自分の役目を果たすときだと思ったらしい。小さく咳払いをした。「あなたのような独身女性が、ミスター・チルハーストのような人物と、なんと言えばよろしいのか、親しくするのは不適切です」

「そのとおりです」ミセス・ペティグリューは言った。満足そうに牧師の妻を見てから、ふたたびオリンピアへの攻撃にかかった。「ミスター・チルハーストはすぐに解雇するべきです」

オリンピアは目を細め、代わる代わるふたりを見た。「いいですか、ミスター・チルハーストはうちの家庭教師です。それに、とても優秀な家庭教師ですから、わたしはやめさせるつもりは毛頭ありません。彼について嘘や噂を広める権利は、あなたがたにはないはずだわ」

「あなたの評判はどうなるんです？」ミセス・ノーベリーが金切り声で訊いた。

そのとき、オリンピアは視界の隅に動くものを感じた。そちらに顔を向けると、ジャレッドが物憂げに戸口に寄りかかっている。彼女を見て、かすかに笑みを浮かべた。

「自分の評判は自分で心配しますわ、ミセス・ノーベリー」オリンピアはぶっきらぼうに言った。「ご心配にはおよびません。この数年、そんなものはだれも気にかけなかったし、わたしはそれでなんの問題もなくやってきたんです」

ミセス・ペティグリューはぐいと顎を突き出した。「言いたくはないけれど、あなたが聞く耳をお持ちにならないのなら、わたくしたちとしても行動を起こさざるをえませんわね」

嫌悪感もあらわに、オリンピアはミセス・ペティグリューを見つめた。「どう行動されるんです？」

「わたくしたちには、あなたが面倒をみていらっしゃる罪なき少年たち三人が健全な日々を送れるよう、見守る義務があります」ミセス・ペティグリューは冷ややかに言った。「あなたに適切な家庭環境をあたえる気がないなら、子供たちをあなたの家から引き離すべく、わたくしの夫は手続きにかからなければなりませんわね」

そのとたん、オリンピアのなかでパニックと怒りの炎が一気に燃え上がった。「甥たちをこの家から連れ去るなんて、そんなことさせるもんですか。あなたがたに、そんなことをする権利はないわ」

ミセス・ペティグリューは冷ややかな薄ら笑いを浮かべた。「夫が子供たちのほかの親戚に連絡をとって、この家の状況を話したら、進んで甥ごさんたちの面倒を見ようという方の、ひとりやふたりはいらっしゃるでしょう」

「まさか、ありえないわ」オリンピアは言い返した。「あの子たちがうちへ来たのは、ほかに引き取ろうという親戚がひとりもいなかったからよ」

「子供たちが道徳心に問題のある若い女性に育てられていると知ったら、ご親戚の気持ちも変わるでしょう。子供たちへの義務を果たそうとされるご親戚を、わたくしの夫はきっと見つけられるはずです」ミセス・ペティグリューはさらに威嚇するようにほほえんだ。「子供たちを寄宿学校へやる費用はミスター・ペティグリューが補助すると言えば、なおのこと」

オリンピアは、文字どおり怒りに身を震わせていた。「お金を払ってまで、子供たちをわたしから引き離してどこかの学校へやるっていうの?」

ミセス・ペティグリューは力強くうなずいた。「必要とあれば、そうしますとも。もちろん、子供たちのためです。幼い子供は影響を受けやすいですからね」

オリンピアはもう我慢できなかった。「すぐにお引き取りください、ミセス・ペティグリュー」つづいて、椅子に坐って身を縮めている牧師の妻を見る。「あなたも、ミセス・ノーベリー。どうぞ、もううちにはいらっしゃらないで。おふたりとも、今後一切、一歩たりともうちに足を踏み入れさせないわ。よろしいこと?」

「いいからお聞きなさい、お嬢さん」ミセス・ペティグリューはきつい口調で切り出した。

しかし、話のつづきは聞けずじまいだった。椅子から立ち上がって扉のほうに体を向けたミセス・ノーベリーが、驚いて悲鳴をあげたのだ。

「まあ、なんてこと、彼にちがいないわ」ミセス・ノーベリーは片手で喉を押さえ、恐怖のあまり体をこわばらせた。「あなたのおっしゃったとおりよ、ミセス・ペティグリュー。血に飢えた残忍な海賊そのものだわ」

ミセス・ペティグリューはくるっと振り返り、とがめるような目つきでジャレッドを見た。「ほんとうに、海賊だわ。失礼を承知で言わせていただければ、あなたのような人はきちんとした家に入りこむべきではありません」

「こんにちは、淑女のみなさま」ジャレッドは慇懃《いんぎん》無礼に頭を下げた。「まだきちんとご紹介を受けていないようですが。私はチルハーストと申します」

ミセス・ペティグリューはつかつかと扉に向かって歩き出した。「わたくし、あなたのような人とはお話しいたしません。たとえひと握りでも慎みの気持ちがあるのなら、すぐにこの家から出ていくべきだわ。あなたのせいで、ミス・ウィングフィールドの評判は台無しになりかけているし、幼い甥ごさんたちがどれだけ心に傷を受けたかは想像もつきません。あなたがミス・ウィングフィールドにあたえた、金銭的損害は言うにおよばず」

「もうお帰りですか?」ジャレッドはぴんと背筋を伸ばして脇によけ、ミセス・ペティグリューに道をゆずった。

「あなたのような人は、わたくしの夫に追い払われて当たり前なのよ」ミセス・ペティグリューはさっそうと廊下に出ていった。「いらっしゃい、シシリー。もうおいとましますよ」

ミセス・ノーベリーは不安そうに、ジャレッドの黒いベルベットのアイパッチを見た。

「失礼しました」と、夫人は小声で言った。「お気に障らなければいいのですけれど」

「ええ、しかし、気に障りましたよ、マダム」ジャレッドはささやくように言った。「ひどく不愉快です」

ミセス・ノーベリーは、悪魔に話しかけられたようにおびえた顔をした。「ああ、どうしましょう」

ジャレッドは冷ややかにほほえんだ。ひと足先に正面玄関の扉に近づいて、大きく押し開ける。

「急いでちょうだい、シシリー」ミセス・ペティグリューが嚙《か》みつくように言った。

「ええ、ええ、いま行きます」ミセス・ノーベリーは気を取りなおし、正面扉に向かって駆け出した。

「あらまあ、なにごとですか？」ミセス・バードがお茶の道具を並べたトレーを手にして、キッチンから現れた。「いま、お茶の用意ができたばかりですよ」

オリンピアも玄関に出てきて、ジャレッドと並んで立った。「お客さまは、きょうはお茶を召し上がらないそうよ、ミセス・バード」

「またですか」ミセス・バードはふてくされて言った。「厄介ごとがあるたびに、お茶をすっぽかすんだから。少しは下働きの者の気持ちも考えてください」

オリンピアはジャレッドと並んで立ち、ミセス・ペティグリューの御者が馬車から這《は》うようにして降りて、優雅で真新しいランドー馬車にふたりを導くのを見ていた。天気のいい午後だったが、馬車は前後から対になった幌にすでにおおわれている。ミセス・ペティグリューが馬車に乗りこみ、すぐあとにミセス・ノーベリーがつづいた。御者が馬車のドアを閉めた。

つぎの瞬間、庭じゅうに悲鳴が響きわたった。

「ああ、助けて」ミセス・ノーベリーが叫んだ。「なにかいるわ。ドアを開けて。開けてちょうだい」

「ここから出しなさい、このうすのろ」ミセス・ペティグリューが御者を怒鳴りつけた。御者があわてて馬車のドアを開けた。ミセス・ペティグリューがランドー馬車から飛び出してきた。ほどなくミセス・ノーベリーもあとにつづいた。

オリンピアは、ゲコゲコという、まぎれもないカエルの合唱を聞いた。開け放たれた馬車のドアの奥に、少なくとも五、六匹のカエルが飛び跳ねているのも見えた。

「そのいやな生き物を、いますぐ追い出しなさい」ミセス・ペティグリューが命じた。「追い出さなければ、即刻クビにするわよ、ジョージ」

「はい、奥さま」ジョージは脱いだ帽子をかまえて、馬車の座席で飛び跳ねているカエルを必死の形相ですくい出しはじめた。

オリンピアは車寄せで繰り広げられている騒ぎを見ながら、ふつふつと恐怖心がこみ上げるのを感じた。カエルの鳴き声と、御者の罵《のの》りと、ミセス・ノーベリーのおびえきった悲鳴を聞き、ミセス・ペティグリューのとげとげしい視線を感じながら、なにかとんでもない不幸に見舞われそうな予感がした。

ジャレッドはかすかに笑みを浮かべ、ことの一部始終をなにも言わずに見つめていた。最後のカエルがランドー馬車から放り出され、ミセス・ペティグリューと牧師の妻が座席におさまってようやく、オリンピアは振り返ってジャレッドを見た。

「幾何学の授業はどうなったのかしら？」

「いったん中止して、自然研究の授業に差し替えました」ジャレッドは言った。

「変更はいつ決まったのかしら？」

「ペティグリューの馬車が車寄せに止まるのをロバートとヒューとイーサンが見て、変更が決まりました。ちょっと前のことです」

「そうじゃないかと思ったわ」オリンピアは言った。

「たいした不都合はないでしょう」ジャレッドは言った。「カエルはみんな生きているようだし。ちゃんと迷わず、池にもどるでしょう」

「ミスター・チルハースト、ご自分がどんなにひどいことをしでかしたか、わかってらっしゃらないんだわ。最悪のなりゆきよ」オリンピアはすっかり落ち込んで回れ右をすると、図書室へもどっていった。

6

オリンピアの厳しい表情に驚いたジャレッドは、いっしょに図書室に入っていって扉を閉めた。

「どうされたのです、ミス・ウィングフィールド？　まさか、ペティグリューの馬車のカエル騒ぎの件で、そんなに心配されているのではないでしょうね？」

オリンピアはびっくりしてジャレッドを見た。「こんなときにカエルを仕込んだりして、最悪のタイミングだわ」

「なぜです？」ジャレッドはオリンピアの目をのぞきこんだ。「私をかばったことを、もう後悔されているのですか？」

「もちろん、後悔などしていません。あなたはうちの使用人の一員ですから、わたしが守るのは当然です」オリンピアは窓辺に寄って、庭を見渡した。「ミセス・ペティグリューは相手がだれだろうとおせっかいをやきたがる、ほんとうにいやな人です。あなたにはなんとしてでもうちで働いてもらうと言ったことは、みじんも後悔していません」

「ありがとうございます」ジャレッドは、彼女の気品あふれる背中が誇らしげにぴんと張るのを見つめた。「こんなことをしてもらったのは、生まれて初めてです」

「こんなことって？」

「なりふりかまわず、私を助けてくださった」

「ああ。たいしたことじゃありません」オリンピアは小さく肩をすくめた。

ジャレッドはかすかにほほえんだ。「私にはそうは見えませんでした、ミス・ウィングフィールド」

「ミセス・ペティグリューには、あんなふうにあなたを非難する権利はないんです。ミセス・ノーベリーも同じだけれど、あの人は自分の意志で来たわけではないと思います。あまり強い女性ではありませんから」

「あなたとはちがって」と、ジャレッドは言った。「しかし、どんなに強い女性であろうと、自分の評判は気にかけなければならない。少し前に耳にしたことから判断して、ミセス・ペティグリューはあなたの評判をひどく気にかけています」

「そのようね」オリンピアは庭を見つめたまま言った。

「あなたはどうなんです、ミス・ウィングフィールド？」ジャレッドは一歩足を踏み出して、そのまま立ち止まった。つぎになにをするべきなのか、なにを言うべきなのか、よくわからなかった。自分がなにかしたせいで女性の評判に傷がつくようなことは、これまで一度もなかった。仕事ひと筋でおもしろみに欠ける退屈な男は、どんな女性にとっても、脅威となりうる可能性はほとんどない。

「わたしは、自分の評判がどうだろうとまったく気にしません」オリンピアは、胸の前でしっかり両手を組み合わせた。「ソフィー叔母さまはいつも言っていました。評判は世論と同じようなもので、世の中というのは往々にしてまちがっているものだ、と。大事なのは人それぞれの自尊心で、それは人とその人の分別にかかわる私的な問題だと、はっきりおっしゃっていました。ですから、ミセス・ペティグリューにどう思われようと、わたしは少しも気にしません」

「なるほど」わたしの評判が傷ついたらあなたのせいだと言われないとわかり、ジャレッドはほっとするべきだと思った。しかし、両肩から重荷が取り払われた気がまるでしない。なぜだ？「ミセス・ペティグリューに責められて気落ちしたのでなければ、いったいなにが問題なのです、ミス・ウィングフィールド？」

「聞いていなかったのですか？あの方は、甥たちを遠くへやると言って脅したんです」オリンピアは声をひそめて言った。「うちのような不道徳な環境に子供たちを置いておくわけにはいかない、遠い親戚にあの子たちを引き取ってもらえるなら、ミスター・ペティグリューは喜んでお金を払うだろう、と言ったのです」

「畜生め」ジャレッドは小声で言った。

「なんですって？」

「なんでもありません、ミス・ウィングフィールド。私が思っていたよりペティグリューは必死らしい」

「ええ。地主のペティグリューさんと奥さまが、そんなにまでわたしの評判を気にかけてくださっているとは、気づきませんでした」オリンピアは振り返ってジャレッドと向き合った。なにか決意したらしく、目には強い力が宿っている。「しばらくのあいだ、子供たちをアッパー・タドウェイから連れ出すのがいちばんのような気がします。叔父からの積み荷が売れたら、海辺へ行く旅費をまかなうだけのお金が得られると思われます？」

ジャレッドは一方の眉をつり上げた。「はい、海辺へ行くには充分の儲けが得られると確信しています」

「すばらしいわ」オリンピアの表情がぱっと明るくなった。「ロンドンにいらっしゃるあなたのお友だちからは、いつごろ連絡があるかしら？」

「もうまもなくでしょう、ミス・ウィングフィールド。おそらく、あしたかあさってには」

オリンピアの品をすべて売るのに、フェリックス・ハートウェルが手間取るわけがない、とジャレッドは思った。それよりも、横領の件の捜査が進んでいることだけをジャレッドは望んでいた。ウィングフィールドの積み荷が売れたという知らせが届けば、そちらの件でもなにか情報が得られるはずだ。

「それを聞いて安心しました」オリンピアは言った。「わたしたちが二週間ほどアッパー・タドウェイからいなくなれば、ミセス・ペティグリューの気持ちも落ち着くでしょう。地主のペティグリューさんもきっと、お金を払ってでも子供たちを遠くへやる、などという気はなくなっているわ。とてもお金に細かい方ですから」

ジャレッドは自分たちの置かれている状況に、しばし思いをはせた。「ミス・ウィングフィールド、甥ごさんたちを連れて海辺の町に逃れる、という計画は悪くありませんが、私としてはそこまでやる必要はないと思います」

オリンピアは驚いて目を見開いた。「どうしてですか？」

「私は以前から、そのうちペティグリューを訪ねるつもりでいました。こうしてミセス・ペティグリューが脅迫してきたからには、これ以上、話し合いを先延ばしにするべきではありません。あした、ペティグリューを訪ねます」

オリンピアはいぶかしげにジャレッドを見た。「よくわかりません、ミスター・チルハースト。どうして、地主のペティグリューさんとお話ししたいの？　あの方になんとおっしゃるつもり？」

「これ以上、ペティグリュー本人や夫人があなたを脅したり、どんなやり方であれ、混乱させたりするようなことがあれば許しはしないと、そう説明するつもりです。かいつまんで言えば、これ以上あなたに干渉するなということです」

「ジャレッド。ではなくて、ミスター・チルハースト、これ以上、厄介ごとに巻き込まれるようなことは、なんであれ、するべきではありません」オリンピアは足早に部屋を横切り、ジャレッドの腕に手をかけた。「ご自分の評判のことも考えなければ」

一瞬、ジャレッドは笑みを浮かべた。「私の評判？」

「もちろんです。家庭教師は、自分の評判には人一倍、気を使うべきです。あなたがうちの仕事をやめるとき、もちろん、わたしは最高の推薦状をお渡しするつもりですが、あなたは子供たちによこしまな影響をあたえたと地主のペティグリューさんに吹聴されたりしたら、つぎの仕事を得るのがどんなにたいへんになるか、わかったものではありません」

ジャレッドは片手でオリンピアの手を包みこんだ。「私の評判について、あなたが気をもむ必要はどこにもありません、ミス・ウィングフィールド。私なら、仕事を得るのに苦労することはありませんから、ほんとうです」

オリンピアは不安そうにジャレッドの表情をうかがった。「ほんとうに、たしかですか？」

「天地神明に誓ってたしかです、ミス・ウィングフィールド」

「それでも、しばらくアッパー・タドウェイを離れるのがいちばんのように思えるわ」

「あなたがそう思われるなら、ミス・ウィングフィールド」一瞬ためらってからジャレッドは訊いた。「それで、私もごいっしょしてかまわないのでしょう？」

オリンピアは驚いてジャレッドを見つめた。「もちろんです。あなたもうちの家庭を支えている一員ですから。あなたがいらっしゃらなければ、わたしはどうしていいのかわかりません」

「ありがとうございます、ミス・ウィングフィールド」ジャレッドは軽くお辞儀をした。

「あなたに満足していただけるためなら、私はどんな努力もいといません」

「あなたならそうしてくださると、安心しています、ミスター・チルハースト」

フェリックスからの便りが届いたのは、翌日の朝だった。ミセス・バードは手紙を朝食のテーブルまで持ってきて、ジャレッドに渡した。

「ありがとう」ジャレッドは言った。

「このメドウ・ストリーム荘に手紙が届くことはあまりないんですよ」ミセス・バードはジャレッドに言った。そのままコーヒーポットを片手に待っている。

手紙になにが書いてあるのか知りたいのだ、とジャレッドは気づいた。テーブルの先に目をやると、真剣な顔がずらりと並んでいた。オリンピアと甥たちが、期待をこめてジャレッドを見つめている。ミノタウロスさえ興味ありげにこちらを見ている。アッパー・タドウェイ周辺より外の世界からの便りは、明らかに一種のごちそう、、、、なのだ。

「ロンドンのお友だちからの手紙ですか?」オリンピアが訊いた。

「ええ、そのようです」ジャレッドは封蠟《ふうろう》を切り、一枚だけおさめられていた便箋を開いた。

「ハートウェルさんは荷物をぜんぶ売ってくれたの、ミスター・チルハースト?」イーサンが訊いた。

「あなたのお友だちは、地主のペティグリューさんが前の積み荷を売ったときと同じくらい、儲けを手にしたと思うな」ロバートが言った。

「ぼくは、もっと儲けたと思う」ヒューが告げた。

ジャレッドはちらりと顔を上げて言った。「きみの言うとおりだ、ヒュー」

「ほんとうに？」オリンピアの表情がぱっと輝いた。「二週間ほど海辺の町で過ごすには充分でしょうか？」

「充分すぎるほどですね」ジャレッドは便箋を見下ろし、声に出して読みあげた。

チルハーストへ

ご指示どおり、あなたから届いた種々雑多な品を売りました。こう言ってはなんですが、ふだんとはずいぶん勝手のちがう商売ですね。それでも、仕事は終え、三千ポンドの小切手をミス・オリンピア・ウィングフィールドの口座宛てに振り出しました。ほかにお手伝いできることがあれば、いつでもお知らせください……

ロバートはもう少しで椅子からに転げ落ちそうになった。「三千ポンド」

「三千ポンド」ヒューがうっとりと繰り返した。

オリンピアは驚いてぽかんと口を開け、ただジャレッドを見つめている。

朝食専用の食堂は混乱状態におちいり、ジャレッドは手紙を読み上げるのは断念した。自分以外の全員が興奮して叫んでいるのを後目《しりめ》に、手紙の残りを黙読した。

調べるように指示されたもう一方の件ですが、残念ながら、ほとんど進展はありません。私としては、横領された金はあなたが雇っている船長のひとりが着服していると確信していますが、今後も証明するのは不可能かもしれません。助言させていただけるなら、問題の船長は解雇するべきです。こちらの件をどうされる意向か、知らせていただければそのとおりに動きます。

敬具
フェリックス

ジャレッドは眉をひそめて考えこみながら、便箋を折りたたんだ。問題の船長にはまだ働きかけるなとフェリックスに伝えること。そう心のメモに書き留めた。

手紙を皿の横に置いて顔を上げると、積み荷から多額の儲けが得られたという知らせを受け、テーブルについている全員がまだ浮かれ騒いでいた。

ヒューとイーサンは椅子に坐ったまま、ぴょんぴょん飛び跳ねている。それだけ金があればなにができるか、ロバートはオリンピアに向かって熱心にまくしたてている。どういうわけかミノタウロスは、ソーセージをくわえている。

「たまげた大金だわ」ぼーっとしながらミセス・バードが言った。さらに何度も何度も、繰り返して言う。「たまげた大金だわ」

オリンピアは、喜びと不安の板挟みになっているようだった。「ミスター・チルハースト、ほんとうにまちがいはないのですか？」

「まちがいはありません」ジャレッドはフォークを手に取り、卵料理を食べはじめた。「金のこととなると、ハートウェルはけっしてまちがえませんから」つまり、〈フレームクレスト海運〉で雇っている船長のひとりが、去年、莫大な金が不明になったことにかかわっているという彼の結論はまったくもって正しい、ということだ。しかし、ジャレッドはその返事だけでは満足できなかった。もっとたしかな証拠がほしかった。

「でも、まちがいでないわけがありません」オリンピアはあとに引かなかった。「おそらく、三百ポンドのまちがいだわ。それでも、前回、山のような商品を売って得た収益とくらべれば高額ですけれど」

「この数か月で、輸入品の相場が跳ね上がったのでしょう」ジャレッドはさらりと言った。

「さて、お許し願えるなら、きょうは一時間ほど授業の開始時間を遅らせたいのですが」

「どうして？」ヒューが強い調子で訊いた。「今朝は、雲と風の特性を教えてくれるはずだったのに」

「そうだよ」イーサンがたたみかけた。「キャプテン・ジャックがスペインの船長より気象についてくわしかったから、スペイン船になんとかつかまらずにすんだっていう話をしてくれるって、言ったのに」

「その話は、いずれ聞かせよう」ジャレッドは立ち上がり、懐中時計で時間を確認した。

「こちらの用事は、なによりも先に片づけなければならないのだ」するりとポケットに時計をすべりこませる。

オリンピアも立ち上がり、ジャレッドについて廊下に出た。子供たちに声が届かないあたりまで進むと、オリンピアは心配そうにジャレッドの腕に手をかけた。

「ミスター・チルハースト、地主のペティグリューさんを訪ねたりして、いらぬ問題に巻き込まれる心配はほんとうにないのね？」

「心配にはおよびません」ジャレッドは真鍮《しんちゅう》の洋服掛けからコートをはずした。秘密の鞘《さや》にしっかりおさめられた、短剣の重さをずっしりと手に感じる。コートに袖を通して前を合わせると、剣が肋骨《ろっこつ》のあたりにぴたりと落ち着いて、心地いい。

オリンピアは眉をひそめた。「わたしも、ごいっしょするべきだわ」

「その必要はありません」ジャレッドの胸は高鳴った。だれかに身の上を心配してもらうのはとても妙な感じだが、悪い気はまったくしない。「これでも、自分の面倒は自分でみるようになって、ずいぶんたつのですから」

「ええ、それはわかっていますけれど、あなたはうちで雇って働いていただいている方ですから、わたしにも責任があると思うのです。あなたには、厄介ごとに巻き込まれてほしくありません」

「感謝します、ミス・ウィングフィールド」ジャレッドは親指の付け根でそっと彼女の顎をささえ、軽くかすめるように唇で唇に触れた。「しかし、私がペティグリューから危険な目に遭わされるようなことは、断じてありません」オリンピアを見下ろして、いたずらっぽくほほえむ。「いまのところ、私が脅威に感じるものはひとつしかありません」

オリンピアは、不安そうに目を見開いた。「なんでしょう、それは？」

「あなたへの満たされぬ欲望がくすぶりだして、いまにも火炎を噴き上げるのではないかと、それを思うと心配でなりません」

「ミスター・チルハースト」オリンピアは鮮やかなピンク色に頬を染めたが、その目の奥には、期待に満ちた女性らしいときめきの光が宿っていた。

「では、のちほど、私のかわいいセイレーン」

低く口笛を吹きながら、ジャレッドは玄関に立っているオリンピアを残して、暖かな春の朝に足を踏み出していった。

「ミスター・チルハースト、待って」オリンピアは正面のステップに飛び出した。

ジャレッドは振り返ってほほえんだ。「なんでしょう、ミス・ウィングフィールド？」

「お気をつけになって。いいですね？」

「ええ、ミス・ウィングフィールド。用心に用心を重ねます」

ミノタウロスが家の角を曲がり、ころがるようにしてやってきた。舌をだらりと垂らして、さかんにしっぽを振りながら、期待をこめてジャレッドを見上げている。

「残念だが、今朝はいっしょに連れていけないのだ」ジャレッドは言った。「ここに残って、私の代わりにあたりを見張っていてくれ。すぐにもどる」

ミノタウロスは玄関のステップに坐り、ぺたっとオリンピアの脚に寄りかかった。みるからにがっかりしたようすだが、あきらめの心境らしい。

牧草地と小川沿いの木立を横切れば、ペティグリューの農園までは歩いていってもさほど時間はかからない。それにしても、最近になって私の人生は不思議なほど様変わりしてしまった、とジャレッドはのんびり歩きながら振り返っていた。

きのうの午後、オリンピアの図書室であった出来事には考えさせられた。ミセス・ペティグリューがオリンピアの評判についてあれこれ言っていて耳障りだったが、それにも一理あると、ジャレッドは認めざるをえなかった。オリンピアの評判について考えるなら、ふたりの行動は無鉄砲としか言いようがないのだ。オリンピアにはわからなくても、ジャレッドにはそれがわかる。

熱情というのは驚くべき感情だ、とジャレッドは思った。実際に感じてしまったいま、その力強さにはただ恐れ入るばかりだ。しかしながら、私は紳士であって、オリンピアを傷つけるつもりはない。たとえ彼女が、傷つけられてもかまわないようにふるまっていようと、決して許されることではない。

ペティグリューの邸《やしき》につづく小道を行くと、何匹も猟犬が押し込められた犬舎から、キャンキャンという鳴き声が聞こえてきた。ジャレッドは興味津々で、ペティグリューの地所のあちこちに目をこらした。農園の経営は順調のようだ。この農園の設備のうちどのくらいが、オリンピアと彼女の叔父からだましとった金でまかなわれたのだろう、とジャレッドはぼんやり思った。

ステップを上って、力をこめて正面扉をノックする。やがて扉が開いて、灰色のドレスに白いキャップとエプロンを身につけた、中年の家政婦が現れた。家政婦の目はまず、ジャレッドのアイパッチに釘付けになった。

「あなたが噂の、ウィングフィールドさんのところの新しい家庭教師さん？」家政婦はいきなり訊いた。

「チルハーストと申します。お話ししたいことがあると、ペティグリューさんにお伝えください」

「ここにはいらっしゃらないわ」家政婦はにべもなく言った。「いまは、この邸にはいらっしゃらない、ということ」

「では、どちらに？」

「たぶん、厩《うまや》のあたりに」家政婦はうっとりとジャレッドを見つめながら言った。「なんなら、お呼びしますよ」

「ありがとう。しかし、自分で探します」

ジャレッドは回れ右をして、ステップを降りていった。邸の横手を回ると、ペンキを塗り替えたばかりの厩舎《きゅうしゃ》が見えた。

開け放たれた勝手口の前を通りかかると、興奮気味の甲高い声が聞こえ、ジャレッドは耳を澄ました。

「あれがそうよ、まちがいない」さっきの家政婦が、だれかと話をしている。「新しい家庭教師よ、海賊だっていう噂の。なんでも、メドウ・ストリーム荘にやってきてから毎晩、ミス・ウィングフィールドをいいようにしているそうよ」

「わたしが聞いたところでは、これまでに雇われた家庭教師と同じように、こんどの人も私道の入口にある、猟場番人の小屋に寝泊まりしているって」ぴしゃりと言い返す声がした。

「だって、あの男が実際にどこで寝てるかなんて、だれにもわかりゃしないわ、そうでしょう？」家政婦も負けずに言い返した。「あの家でなにが起こっていようと、だれにもわかりっこない。ミス・ウィングフィールドもかわいそうにねえ」

「あまりかわいそうには思えないけれど」

「どうしてそんなふうに言えるの？　あの人は、きちんとした娘さんよ」家政婦は言い張った。「ちょっと変わっているのはたしかだけど。それだってあの人のせいじゃない。おかしな叔母さんたちふたりに育てられたからよ」

「きちんとした娘さんじゃない、なんて言っていないわ。でも、二十五歳にもなるのに、結婚してほしいって言ってくれる相手のひとりもいなかったのよ。いずれにしても、小さな甥っこたち三人の面倒をみているかぎりは、そんな人が現れるわけもない。毎晩、海賊にもてあそばれるのを、うっとり楽しんでいるに決まっているわ。それほど悪い運命でもないと思うけど」

「ミス・ウィングフィールドにかぎって、そんなことはないわよ」よほどショックを受けたのか、家政婦の声はうわずっている。「これまで悪い噂のひとつとして聞かなかったんだから。あんただってそれは知ってるはずよ。決まってるわ、あのろくでもない海賊にだまされているのよ。まったく、夜になったら、海賊はあの人になにをするんでしょうねえ」

「ミス・ウィングフィールドにとって楽しいことだといいけれど」

ジャレッドは奥歯を嚙みしめ、目的地に向かって歩きつづけた。

しばらくして薄暗い厩《うまや》に入っていくと、干し草と厩肥の臭いが鼻をついた。体格のいいつややかな鹿毛《かげ》の去勢馬がけげんそうにいななき、馬房の扉の上に頭を突きだした。ジャレッドは値踏みをするように、いかにも高そうな馬をじろじろと見た。

薄暗い厩舎の突き当たりの馬房から、ペティグリューの声がした。

「その雌馬は、ヘニンガーのところの新しい種馬に種付けさせるように手配したぞ。かなりの名馬だという話だ。たんまり金を取られるだろうが、それだけの価値はありそうだ」

「へい、旦那さま」

「鹿毛の左の前脚に新しい蹄鉄《ていてつ》をはかせたか？」乗馬用の鞭《むち》を手に、ペティグリューが馬房から出てきた。そのあとに、背は低いが針金のように強靭《きょうじん》そうな体格の厩番がつづく。

「きのう、蹄鉄工のところに連れていきました」厩番は言った。「もうなんの問題もないです、ミスター・ペティグリュー」

「よかった。来週、あれに乗って地元の狩りに出かけようと思っていたのだ」ペティグリューはなにげなく、鞭で自分の脚を軽く打った。「猟犬を見にいこう」ジャレッドの背後から差し込む日の光を受け、ペティグリューは目を細めた。「なんだ？　だれかいるのか？」

「チルハーストだ」

「チルハースト？」ペティグリューは警戒するような目で彼を見た。「私の厩舎でなにをしている？」

「ちょっと話がしたくて来たのだ、ペティグリュー」

「いいかね、私はあんたに言うことなどなにもない。私の土地から出ていってくれないか」

「すぐにいなくなるが、その前に、いくつか言っておきたいことがある」ジャレッドは、むっつり黙りこんでいる厩番をちらりと見た。「ふたりだけで話すべき話題だと思うが」

「まったく、なんと傲慢《ごうまん》な家庭教師だ」ペティグリューはひどく顔をしかめたが、短い鞭をかすかに振って合図して、厩番を外に出した。

ジャレッドは、厩番が扉の隙間から出ていって見えなくなるまで、待った。

「時間をとらせるつもりはない、ペティグリュー。はっきりさせたいことが二つある。まず、これ以上、ミス・ウィングフィールドを脅すのはやめろ」

「脅す？　どういうことかね？」ペティグリューは怒りをこめて吐き出すように言った。

「ミス・ウィングフィールドを脅した覚えなどないぞ」

「そうだろう、代わりに妻にやらせたのだから」ジャレッドは言った。「厳密に言えば、脅したとは言えまい。ただ、これだけは覚えておけ。きのうの脅しをつづけるのはもちろん、今後一切、彼女を脅かすようなことは許さない」

「ばかを言え。いい気になるんじゃないぞ、この鼻持ちならないろくでなしめ。いったいなんの話だ？」

「なんの話をしているのか、わかりすぎるほどわかっているはずだ、ペティグリュー。ミス・ウィングフィールドは、私をクビにしないと甥たちを遠くへやってしまうと言われたのだ」

「ミス・ウィングフィールドは、即刻おまえをクビにするべきだ」ペティグリューはわめいた。「自分でも、感じやすい少年たちによい影響をあたえているとは言えんだろう。もっと言うなら、傷つきやすい若い娘への影響はどうなんだ？」

「いずれにせよ、私はウィングフィールド家におけるいまの立場を降りるつもりはない。ミス・ウィングフィールドの手から子供たちを引き離そうとするなら、かならず後悔するぞ」

ペティグリューは目を細めた。「私は、ミス・ウィングフィールドとはもう何年も前からの付き合いだ。もちろん、彼女の叔母上たちの友人でもあった。ミス・オリンピアにとって最良と信じることをするのは、私の義務だと思っている。きさまのような男に脅されるつもりはないぞ、チルハースト」

「しかし、私はあなたを脅すつもりだ」ジャレッドはかすかにほほえんだ。「ミス・ウィングフィールドから子供たちを引き離そうと少しでも動き出したら、おまえが計画的に彼女の金をだまし取っていたことが世間に知れるよう、こちらも動き出すからそのつもりでいろ」

ペティグリューはぽかんと口を開けてジャレッドを見つめた。肉づきのいい顔が、みるみる赤黒くなっていく。「私が彼女をだましていたなどと、よくもそんなことが言えるな！」

「簡単に言えるぞ、確信をもって」

「嘘もいいところだ」

「嘘ではない」ジャレッドは言った。「事実だ。おまえがミス・ウィングフィールドに代わって処理した、この前の積み荷がどんなものだったかは、承知している。今回、私が彼女に代わって売った商品とほとんど同じだった。だとすれば、前回の品も同じくらいの価格で、そうだな、三千ポンド前後で売れたはずだ」

「そんなことはない」ペティグリューは歯のあいだから押し出すように言った。

「おまえは金を盗んだのだ、ペティグリュー」

「なんの証拠があって、そんなことが言えるのだ、このろくでなしめ」

「ああ、ところが、証明できるのだ。私にはロンドンに知り合いがいて、その気になれば、前回の取引について、なにもかもあっという間に調べ上げてくれるはずだ。おまえがミス・ウィングフィールドからくすねた金を返さなければ、そうするように知り合いに指示するぞ」

ペティグリューは怒りに顔をゆがませた。「私を脅したら、どんなことになるか教えてやる、畜生め」乗馬用の鞭を振り上げ、ジャレッドのいいほうの目を狙って鋭く振り下ろした。

ジャレッドは一方の腕で鞭を受けた。ペティグリューから鞭を引ったくって、不快感もあらわに床に投げ捨てる。さらに、コートのなかに手を入れて、鞘におさめてあった短剣を抜いた。

ぎょっとしているペティグリューを突いて背中を馬房の扉に押しつけ、短剣の先を喉元に当てる。「私を怒らせたな、ペティグリュー」

ペティグリューの視線は短剣に吸いついたまま離れない。舌先で唇を湿らせた。「ほんきじゃないだろう。私が訴えたら、おまえは縛り首だぞ、チルハースト」

「それはどうだか。しかし、訴えたければ訴えるがいい。しかし、その前に、これまでの二回分の積み荷を売ってだましとった金と同額の小切手を、ミス・ウィングフィールド宛てに振り出せ」

ペティグリューはぶるっと身震いした。その目に絶望の色が浮かんでいる。「そんなものはない。もう使ってしまった」

「なにに使った？」

「いまいましい」ペティグリューは小声で言った。「おまえごときになにがわかる？　最初の積み荷から得た金は、博打《ばくち》の借金の穴埋めに使った」

「トランプゲームでミス・ウィングフィールドの金をすったのか？」

「ちがう、そうじゃない。トランプゲームで負けて農園を失うところだったのだ」ペティグリューの額に汗の粒がびっしり浮き上がっている。「もうおしまいだと思った。破産する、と。ちょうどそんなとき、オリンピアがうちへやってきて、叔父が送ってきた商品を売りたいので相談にのってほしいと言われたのだ。願ってもないことだと思った」

「おまえにはそうでも、ミス・ウィングフィールドにとってはとんだ災難だ」ジャレッドは言った。

「農園がうまく立ち行くようになったら、金はすぐに返すつもりだった」ペティグリューはすがるような目をしてジャレッドを見た。「そのうち、つぎの積み荷が届き、そういうことなら農園のあちこちに手を入れられるではないか、と気づいたのだ」

「そして、二度目の積み荷の儲《もう》けも盗まずにはいられなくなった、というわけだな」ジャレッドは冷ややかな笑みを浮かべた。「それで、私を海賊よばわりするとは、厚かましいにもほどがある」

「施設を新たに改良すれば、農園の利益は倍増する」ペティグリューは必死になって言った。「ミス・ウィングフィールドにはすぐに金を返せるはずだ」

ジャレッドは高価そうな雌馬のほうに顎をしゃくった。「その馬も、農園を改善するにはどうしても必要だと思ったのか？」

ペティグリューはいきりたった。「男たるもの、狩りには狩りの馬が必要だ」

「では、きのう奥方が乗ってきたランドー馬車は？」

「妻にも、村社会で守らなければならない立場があるのだ。いいか、チルハースト、ミス・ウィングフィールドには一年か二年のうちに、かならず金は返す。誓ってもいい」

「すぐに返済を始めろ」

「ばかな、現金はないのだ」

「鹿毛の去勢馬を売って、必要な金を作ることから始めるんだな。少なくとも四、五百ギニーにはなるだろう」

「鹿毛を売る？　どうかしているんじゃないか？　買ったばかりの馬だぞ」

「いいから、買い手を見つけろ」ジャレッドは言った。「去勢馬を売ったら、つぎはランドー馬車の買い手を探すことだ。見たところ、おまえがミス・ウィングフィールドに返すべき金は、六千ポンド近い」

「六千ポンド？」ペティグリューは茫然とした。

「二か月以内に返済しろ」

　ジャレッドはペティグリューを解放した。短剣を鞘におさめて、くるりと背を向け、ゆっくり歩いて厩舎を出ていった。外に出ると、ペティグリューの暗い目つきをした厩番が、犬舎のそばでこちらをうかがっていた。

　ふとある考えが浮かんで、ジャレッドは足を止めた。そのまま犬舎に近づいていって、厩番の目の前に立つ。

「おとといの晩、おまえはミス・ウィングフィールドの絨毯に泥だらけの足跡をつけただろう」ジャレッドはさりげなく言った。「ブランデーのデキャンターも倒した。雇い主に盗んだ金を返すように話をつけてきたところだが、おまえにも、壊した窓の掛け金を弁償させてやる」

　厩番の目に恐怖の色が浮かんだ。ぼんやりとジャレッドを見つめてから、ひどく口ごもりながら言った。「そ、そんな、なんの話かわからないね。ゆうべだろうと、いつの晩だろうと、ミス・ウィングフィールドの図書室なんか、行ってない。誓ってもいい。旦那がなにを言ったか知らないが、俺は関係ない」

「足跡も、デキャンターも、壊れた掛け金も、彼女の図書室のものだったと、私はそう言いましたかね？」ジャレッドは慇懃に尋ねた。

うっかり罠にはまったと気づき、厩番はおびえて目を見開いた。「俺は悪くない。旦那に言われたとおり、やっただけだ。だれも傷つけちゃいない。そんな気はさらさらなかった。旦那に持ってこいと言われたものを探していただけだ、それだけだ。探してこないとクビにするって言われたんだ」

「なにを探していたんだ？　手紙か？」

「書類だ」と、厩番は言った。「机の抽斗《ひきだし》を探して、メモでも手紙でも、金のやりとりに関係ありそうなものはぜんぶ持ってこいと言われた。でも、机に近寄ることすらできなかった。いまいましい犬が吠えやがって、階上《うえ》で物音がしたから、泡食って逃げ出したんだ」

「あの家には二度と近づくな」ジャレッドは忠告した。「また忍びこんだりしたら、こんどはブランデーのデキャンターではなく私につまずくことになるぞ」

「わかった。あの家にはもう近づかない」

海賊の顔をしているのも、場合によっては便利なものだ。歩いてメドウ・ストリーム荘へ帰る途中、ジャレッドは思った。真剣に話を聞いてもらえる。

メドウ・ストリーム荘のステップを上り、扉を開けたとたん、混沌《こんとん》と混乱を絵に描いたような光景が目に飛びこんできた。一時間、留守をしただけなのにもう、家のなかは大混乱におちいっている。ジャレッドは苦笑いをした。家庭教師の仕事に終わりはないのだ。

玄関の間に入っていくと、ミノタウロスが興奮して吠え立てた。イーサンとヒューが埃まみれの大きなトランクを抱え、怒鳴るように声をかけ合いながら階段を降りてきた。ロバートも大声で、踊り場から指示をあたえている。ジャレッドの姿に気づいて、ロバートは満面に笑みを浮かべた。

「ミスター・チルハースト、おかえりなさい。オリンピアおばさんが、きょうはもう授業はやらなくていいって。旅行に出かけるから、荷造りをするんだ」

「きみたちのおばさんは、いますぐ海辺の町へ発とうと決められたらしい」なんと決断力のある人だ、とジャレッドは愉快になった。家族の者たちを少しでも早く、安全な場所へ移動させたいのだろう。

「ちがうよ、そうじゃないよ、ミスター・チルハースト」大きなトランクの重みによろめきながら、イーサンが言った。「ぼくたち、海辺の町なんか行かないよ。ロンドンへ行くんだ」

「ロンドンへ？」ジャレッドは驚いた。

「そう。わくわくしちゃうでしょう？」ヒューはにっこりした。「オリンピアおばさんが、たくさんお金が入ったからそれでロンドンへ行くって言うんだ。ぼくたち、ロンドンへ行くのは初めてなんだよ」

「オリンピアおばさんは、こんどの旅ではたくさん勉強をするんだって言ってるよ」ロバートが言った。「博物館へ行ったり、ヴォクスホール公園へ行ったりして、いろんなことをするんだって」

「きっとどこかの公園で博覧会をやってるから、花火を見たり、アイスクリームを食べたり、気球を上げてるのを見たりできるだろうって、オリンピアおばさんは言ってるよ」イーサンが言い添えた。

「曲芸師とか手品師とか、芸をしこまれたポニーがいるアストレーっていう劇場があって、そこへもたぶん行けるだろうって、おばさんは言ってる」ヒューが言った。「ロンドンの新聞の広告で読んだんだって」

「なるほど」ミセス・バードが折りたたんだシャツを山のように抱えて現れたのを見て、ジャレッドは眉を上げた。「ミス・ウィングフィールドはどちらに？」

「図書室においでです」ミセス・バードは浮かない顔をしていた。「ばかばかしいったらありませんよ。どうしてうちの人たちは、ふつうの人みたいにここにじっと暮らしていられないんでしょうかねえ。ロンドンへ逃げていくことなんか、ないじゃないですか」

ジャレッドはなにも答えなかった。図書室に入っていって、扉を閉めた。オリンピアは机に向かい、ロンドンの新聞を読んでいた。ジャレッドが入ってきた物音に気づいて、オリンピアはすぐに顔を上げた。

「ジャレッド。じゃなくて、ミスター・チルハースト、おかえりなさい」オリンピアは心配そうにジャレッドの全身に視線を走らせた。「なにもかもうまくいったのかしら?」

「あなたも子供たちも、二度とペティグリューに干渉されることはありません。くわしい話は、あとでさせていただきます。それよりも、ロンドンへ旅行するというのはどういうことですか?」

「すばらしい思いつきでしょう?」オリンピアは輝くような笑みを浮かべた。「叔父からの積み荷を売っていただいて、三千ポンドものお金が得られたのだから、みんなでロンドンへ行く費用だってまかなえます。子供たちにとってもすばらしい経験になるでしょうし、わたしも、この機会に日記に関する調べものができます」

「調べもの?」

「ええ。旅行探検学会が所蔵している西インド諸島の地図が見たいの。日記には、ある島について触れられていて、それがどの島なのか、わたしが持っているそのあたりの地図では確認できないので」

ジャレッドはすぐにはなにも言わず、ロンドンへ旅することになった場合、考えうる問題はなにかと必死で頭を働かせた。「どこに泊まるつもりですか?」

「あら、一か月だけ家を借りればいいでしょう。簡単なことだわ」

「簡単じゃない」

オリンピアは驚いて目をぱちくりさせた。「なんですって?」

一瞬、この家で自分がどういう立場なのか忘れてしまった、とジャレッドは気づいた。私はオリンピアから命令される立場であり、命令する立場ではない。残念ながら、命令をする習慣は身に染みついてしまっている。

「ほかならぬこの時期にロンドンへ旅するというのは、私にはひどく無分別な考えに思えます、ミス・ウィングフィールド」ジャレッドは言葉を選んで言った。

「なぜ?」

「まず、私も滞在先を見つけなければなりません。それが、あなたが借りられる家から遠く離れたところにある、ということも充分に考えられます。ロンドンの夜を、あなたと甥ごさんたちだけで過ごすというのは感心しませんね」ちょっと間を置いて、つづける。「おととい の夜、あんなことがあったばかりなのですよ」

「だれかがわたしの図書室に忍びこんだことをおっしゃってるの?」オリンピアは眉をひそめ、じっと考えこんだ。

「そのとおりです」ジャレッドは穏やかに言った。「運を天にまかせるわけにはいきません、ミス・ウィングフィールド。ここでは、私は小道をちょっといったところで寝泊まりしています。あなたが助けを求めれば、聞こえる距離です」

また彼女を欺いてしまうが、これまで重ねてきた嘘にくらべたらささいなことだ、とジャレッドは自分に言い聞かせた。おとといの夜の侵入者がペティグリューの厩番だったことは、できるだけ早くオリンピアに伝えるつもりだった。しかし、とにかくいまは、無謀としか言いようのないロンドン旅行をやめさせる口実が必要だ。

オリンピアはまたちょっと考えてから、うれしそうに目を輝かせた。「解決法はこれしかないわ。ロンドンへ行ったら、あなたはわたしたちといっしょに泊まるんです」

「あなたがたと？　同じ家に、ということですか？」ジャレッドは考えただけでめまいがしそうだった。

「もちろんです。あなたが泊まるところをべつに借りて、よぶんに家賃を払う必要などどこにもないわ。いらぬ無駄遣いです。それに、今後、だれだかわからないけれどガーディアンという人から身を守らなければならないなら、あなたはいつも、わたしたちの手の届くところにいてくださらなければ」

「手の届くところ」ジャレッドはぼんやりと繰り返した。

「同じ屋根の下に」オリンピアは励ますように言った。

「そうですか」同じ屋根の下。

麗しのセイレーンと同じ屋根の下で夜を過ごす、と思っただけでもう、ジャレッドは息苦しくなった。そうなれば、私の寝室はオリンピアの寝室と隣り合っているにちがいない。朝、彼女がドレスに着替える音も、夜、服を脱ぐ音も聞こえるだろう。

ジャレッドは心奪われるイメージをつぎつぎと思い浮かべた。風呂に入りに行くオリンピアと廊下で出くわすこともあるだろう。朝食を食べに行ったり、夜遅く、お茶を飲みに行ったりする彼女とばったり会って、いっしょに階段を降りていくこともあるだろう。朝も、昼も、夜も、彼女のそばにいられるのだ。

頭がどうにかなってしまうぞ、とジャレッドは思った。情熱に食い尽くされてしまう。ことあるごとにセイレーンの誘惑の歌に身をゆだねてしまいそうだ。

オリンピアと同じ屋根の下で過ごすのは、まさに天国だ。

あるいは地獄か。

「わたしの計画に、なにか不都合がありますか、ミスター・チルハースト？」

「そうですね」明確かつ決然と考えるのが、これほどむずかしく思えるのは生まれて初めてだった。「ええ。不都合があります」

オリンピアは問いかけるように首をかしげた。「それは？」

ジャレッドは気持ちを落ち着けようと、深々と息を吸いこんだ。「ミス・ウィングフィールド、私が言うまでもなく、このあたりでのあなたの評判は悪くなるいっぽうなのです。私があなたといっしょにロンドンへ行って、ひとつ屋根の下で暮らしたりすれば、あなたの評判はまさに地に堕ちてしまいます」

「自分の評判など、わたしは少しも気にかけていませんけれど、あなたの評判を守らなければならないのは承知しています。いずれにしても、前にも言いましたように、妙な醜聞に巻き込まれたりしたら、あなたのつぎのお仕事にさしつかえますから」

これだ、とジャレッドは思った。ロンドン行きに反対する理由として、彼女が認める気になれるのは、その一点だけらしい。「それはとても大事な問題です、ミス・ウィングフィー

りますルド。賢明にもあなたがおっしゃるように、家庭教師にとって醜聞はときとして命取りにな

ります」

「心配いりません。わたしは、けっしてあなたの評判を傷つけたりしませんから」オリンピアは励ますようにほほえんだ。「なにも厄介なことはありません。ともあれ、わたしたちがロンドンで同じ屋根の下で暮らしていても、アッパー・タドウェイのだれにも知られはしないんですから」

「あ……その……ええ、それはそうです。しかし――」

「ロンドンでも、アーテミス叔父さまからの積み荷を売ってくださったお友だちのほかに、あなたをご存じの方はいません。もちろん、そのお友だちはあなたの噂を広めるようなことはなさらないでしょうし」

「ええ……まあ、それは……」

「社交界に顔を出すわけでもあるまいし。そうよ、ロンドンのように人の多い大都会では、わたしたちは、その他おおぜいのひとりでしかない」オリンピアはくすっと笑った。「噂をするどころか、わたしたちに気づく人だっていないでしょう」

ジャレッドは、良識を働かせて状況をくつがえさなくては、と躍起になった。「あなたが借りる家の大家さんはどうです？　あなたが会おうとしている旅行探検学会の会員のみなさんはどうです？　だれになにを言われるか、わかったものではありませんよ、ミス・ウィングフィールド」

「そうねえ」オリンピアは羽根ペンでとんとんとやわらかく、机を打った。

その彼女の表情に、ジャレッドはなにかいやなものを感じた。「ミス・ウィングフィールド、言わせていただければ、あなたのような立場にいらっしゃる若い女性は、とにかく、こういったことは――」

「わかったわ」突然、オリンピアが言った。

「なにがわかったんです？」

「完璧な答えが。もし、わたしたちがいっしょに暮らしているのが知れて、あなたの評判に傷がつきそうになったら、夫婦のふりをすればいいのよ」

ジャレッドはぎょっとしてオリンピアを見つめた。驚きのあまり、声も出ない。

「どうかしら？　どう思われます？」オリンピアは期待をこめてジャレッドの返事を待った。なかなか返事がないので、さりげなくうながす。「これ以上はないくらい、賢明な計画だと思われませんか？」

「あの……それは――」

「いいですか、ミスター・チルハースト。節約のためだけでなく、便利さや安全の面でも、こうするのは理にかなっているんです。これだけ知的な解決策は、ほかにありえないわ」

その知性こそ、この問題にはなはだしく欠けている要素なのだと、ジャレッドはオリンピアに伝えたかったが、どう伝えればいいのか、その言葉が浮かんできそうもない。オリンピアと同じ家で暮らすだけでなく、彼女と夫婦のふりをするのだと考えただけで、頭がぼーっとして気が遠くなりそうだった。

セイレーンの歌に惑わされて、頭がどうにかなってしまったのだ。

「甥ごさんたちには、どう説明されるのです？」ジャレッドはようやく訊いた。

オリンピアは眉間に皺を寄せ、しばらく考えこんだ。やがて、その顔に輝くばかりの笑みがもどった。

「もちろん、あの子たちにはなにも言いません」オリンピアは言った。「わたしたちの関係について、根ほり葉ほり訊こうとする大人とあの子たちが接触するとは、まず考えられませんから。子供たちにとってあなたは家庭教師以外のなにものでもないんです。それ以上のことを詮索《せんさく》したがる人はいないでしょう。そうじゃありません？」

「まあ、そうでしょうね」ジャレッドはしかたなく同意した。よほどのことがないかぎり、大人は幼い子供にあれこれ訊いたりしない。

「うちにはお客さまも招かないでしょうし、あの子たちのことはなにも問題ありません」オリンピアは勢いこんでつづけた。

「とんでもないことになったぞ」ジャレッドは小声で言った。

「なんでしょう、ミスター・チルハースト？」

「いいえ、ミス・ウィングフィールド。なんでもありません」

そして、ほんの一瞬のうちに、ジャレッドは気持ちを切り替えた。生まれてからこれまでずっと、常識を養い、実用主義に徹して、まじめに考えつづけた褒美が手に入るのだと自分を納得させた。

私はもう、数日前と同じ男ではない。自分以外の家族を面倒ごとから守るため、という自惚《うぬぼ》れた理由で、お人好しにもほどがあるのだが、くだらない日記を買いに出かけたような、想像力のかけらもない、分別くさい実務家ではない。そうではなくて、私はすべてを焼き尽くすような欲望に取りつかれた男であり、情熱の翼で空に舞い上がる男なのだ。詩人であり、夢想家であり、ロマンチストだ。

ばか者だ。

私がセイレーンの呼びかけを無視して日記の探索をつづけていたら、問題はもっとずっと簡単だったかもしれない。

オリンピアの希望に満ちた愛らしい顔を見つめるジャレッドの耳には、岩に打ち寄せてはくだける波の音が聞こえた。

彼は、心のなかで運命の海に身を投じた。

「あなたの計画がうまくいかない理由はなさそうですね、ミス・ウィングフィールド。問題の解決法として理にかなっていますし、教育的経験をさせれば甥ごさんたちのためにもなるでしょう」

「あなたならきっと、わたしの計画の巧妙さに気づいてくださると思ったわ」

「おっしゃるとおりです。それから、貸家探しにあなたがお手をわずらわすにはおよびません。あなたの実務係として、私がふさわしい住まいを手配いたしましょう」

「ありがとう、ミスター・チルハースト。あなたがいらっしゃらなかったら、わたし、どうしていいかわからないわ」

7

ミスター・ブランシャールが西インド諸島に旅したときの思い出を語っているマスグレイヴ会館の講義室には、数えるほどしか人が集まっていなかった。

「ミスター・エルキンズが南太平洋へいらしたときのすばらしい講演をなさったときも、受講者はせいぜいこのくらいだったんですよ」オリンピアの隣に坐っていたふっくらした女性が、声をひそめて言った。「でも、こんなことを言うのもなんですけれど、ミスター・エルキンズのお話は、ミスター・ブランシャールよりずっと楽しめましたわ」

オリンピアとしても異論はなかった。ミスター・ブランシャールは旅の経験が豊富で、生まれながらに鋭い観察眼に恵まれているのはたしかだが、人前で話をするときになによりも重要な才能は持ち合わせていないらしい。聴衆を楽しませることが苦手なのだ。

オリンピアは、西インド諸島の地理について新しい情報が得られるかもしれないと期待に胸をふくらませ、講演会に足を運んだ。ライトボーンの日記を読みすすむうちに、謎を解く鍵のひとつはクレア・ライトボーンが言及している島、すなわちジャマイカの北に位置する小さな島の実際の場所を突きとめることにあると、はっきりしたのだ。

前の晩も、ジャレッドといっしょにブランデーのグラスをかたむけながら、オリンピアはそのことを説明しようとしたが、いつものように、話題を変えられてしまった。

オリンピアとジャレッド、それから、ミノタウロスを含めた家族と雇い人たちがロンドンに腰を落ち着けて、きょうで三日目だ。旅行探検学会が主催する催しに初めて参加するオリンピアは、この機会を心待ちにしていた。

しかし、残念ながらミスター・ブランシャールの退屈な話はオリンピアの好奇心をつなぎとめられなかった。ドレスの胸にピンで留めた時計を見ると、ジャレッドと甥たちが迎えにきてくれるまでまだ三十分もある。

ジャレッド。オリンピアは心のなかでは密かに、彼を名前で呼んでいた。ふたりのあいだの親密度はますます深まるいっぽうだと感じられ、彼をミスター・チルハーストとしては考えられなかった。けれども、彼の名を声に出して言うときにはかならず、きちんと姓で呼ぶように気をつけている。

それでも、彼のそばにいて堅苦しい言葉を使うには、かなりの意志の力が必要だった。廊下や階段で彼に出くわすたび、オリンピアはもう少しで欲望に負けて、彼の腕のなかに飛び込んでいきそうになる。こぢんまりした書斎で夜のひとときをいっしょに過ごすのも、もはや耐えがたくなりかけている。あとどれくらい自分を抑えていられるのか、オリンピアにもわからない。

ふたりきりでいるときはいつも、ジャレッドも彼女に劣らず自制心を発揮しているのが感じられ、わくわくするような緊張感はいっそう高まった。

その日の朝も、ジャレッドの寝室の前でまた、心臓が止まるような接触があった。オリンピアは階下で朝食を取ろうと、足早に廊下を歩いていた。両手に雑誌と地球儀を抱えていたので、前はよく見えていない。ちょうど寝室の前を通りかかったとき、ジャレッドが廊下に出てきた。

そうやってふたりが出くわすのは、オリンピアにしてみれば運命のめぐり合わせだ。それでも、ひょっとしたら心のどこかで計算していたのかもしれない、という思いはたしかにある。いずれにしても、オリンピアはジャレッドがいつ寝室から出てくるのか、正確に知っていたのだ。毎朝、壁一枚へだてた隣の部屋で、彼が物音をたてるのを聞きつづけて、きょうで三日になる。ジャレッドが七時ちょうどに、階下の食堂へ向かうのは承知していた。

「あらまあ。失礼しました」オリンピアはよろめき、落ちかけた地球儀をつかもうとした。

扉を閉めていたジャレッドは振り返り、まっすぐオリンピアに近づいてきた。

ジャレッドからオリンピアは見えにくい角度にいたにもかかわらず、彼の反応は素早く、少しの躊躇もなかった。オリンピアがつかみそこねた地球儀を、みごとに受けとめた。

「こちらこそ失礼しました、ミス・ウィングフィールド。ゆうべはよくお休みになれましたか？」

朝早く、ごく間近に立っているジャレッドの姿に目が釘付けになり、オリンピアは簡単な質問にもすぐには答えられなかった。数秒間、ただ彼を見つめて、この機会を逃さずキスをしてくれるだろうかと、それしか考えられない。

「はい、ぐっすり眠れました、ミスター・チルハースト」オリンピアは言い、彼の口が自分の口に重ねられないのでがっかりした。「あなたも、よくお休みになれました？」こんなふうに毎朝、彼と顔を合わせて、どうやって一か月も耐えていけるだろう？　オリンピアは気が遠くなりそうだった。

「最近はろくに眠れません」ジャレッドが言った。視線がオリンピアの唇をとらえている。「夜になると、あなたのことで頭がいっぱいになってしまうのです、セイレーン」

「まあ、ジャレッド」オリンピアは思わず口にした。「ではなくて、ミスター・チルハースト」胸の奥にしまいこんでいる痛いほどのあこがれの気持ちがうずき出して、なぜか泣きたくなる。「わたしも、夜はほとんどあなたのことばかり考えています」

ジャレッドはほとんどわからないくらいかすかに、けれども、ちょっと愉快そうにほほえんだ。「そのうち夜に、私たちの共通の問題についてなにか手だてを講じなければ、ふたりとも一睡もできなくなってしまいます」

ジャレッドがなにを言っているかわかり、オリンピアは狼狽《ろうばい》して目を見開いた。「ええ、もちろんですけれど、あの、わたし、あなたの一日の予定を狂わせてしまっているのでしょうね。一日の時間割を台無しにしてしまって、ほんとうにごめんなさい。日々の予定を守るのはあなたにとってとても大事なことだと、わかっているんです。健康のためには、毎晩しっかり睡眠をとらなければなりませんもの」

「なんとかやっていけますから、だいじょうぶですよ、ミス・ウィングフィールド」

そして、廊下のその場で、ジャレッドはオリンピアにキスをした。盗むような素早いキスだったが、その前にジャレッドは、子供たちが寝室からのぞき見していないかどうか、しっかりたしかめていた。

キスをしたあと、ジャレッドはなにごともなかったかのように、オリンピアの地球儀を抱えて階段を降りていった。

朝のキスのせいで唇がまだうずいているようだ、とオリンピアは思った。椅子に坐ったまま、ぴんと背筋を伸ばして、ふたたび講演に気持ちを集中させようとする。

ミスター・ブランシャールは講演用の机に置いた資料に覆いかぶさるようにして、物憂げにぼそぼそと話をつづけ、聴講者の数人を眠りに誘っていた。「砂糖だけでなく、西インド諸島の島々はほかに、煙草、コーヒー、貝類、木材など、さまざまな品を輸出しています。もちろん、文化的な生活を送るのに必要な商品はほとんどすべて、輸入にたよらざるをえません」

オリンピアはまた、気もそぞろになりかけていた。講演を聴きにやってきたのは、見知らぬ島々と伝説について知りたいからで、輸出入のことなどどうでもよかった。退屈をまぎらわせようと、数少ない聴講者のうち、オリンピアのそばに坐っている人たちをこっそり観察する。ほとんどが、ミスター・ブランシャールの講演を主催している旅行探検学会の会員だ。オリンピアが手紙をやりとりした人も、なかにはいるにちがいない。講演が終わったら、なんと言って自己紹介すればいいだろう、とオリンピアは考えた。

「今回の連続講演会では、ほかの講演にも参加されましたの？」手袋をはめた手で口元を隠しながら、隣のふっくらした女性が小声で訊いてきた。

「いいえ」オリンピアは小さな声で答えた。「わたしは、学会の会員ではあるんですけれど、最近、ロンドンに来たばかりなんです。おかげさまで、こうして初めて、公開講演会に参加できました」

「今回の講演が初めてだなんて、お気の毒だわ。オスマン帝国に関するミスター・ダンカンのお話は、それはもうすばらしかったのですよ」

「西インド諸島の地理にとくに興味があるので、この講演会はとても楽しみにしていたんです」

その女性は、オリンピアのほうへ身を乗り出した。「あらまあ、ほんとうに？　ミスター・トーバートとオールドリッジ卿もそんなことをおっしゃっていました。あとでお話をされたらいいわ」

オリンピアの胸は弾んだ。「ぜひお会いしたいです。おふたりの西インド諸島に関する論文は、季刊誌で拝読しました」

「きょうはおふたりともおみえよ。もちろん、部屋の端と端に分かれて坐ってらっしゃるわ」女性はくすりと笑った。「ご存じでしょうけれど、おたがいにひどくライバル心を燃やしてらっしゃるの。もう何年も反目し合っているのよ」

「そうなんですか？」

「あとでおふたりに紹介してさしあげるわね。でも、その前に、自己紹介させていただくわ。わたくしはミセス・ドルトンです」

「ミス・ウィングフィールドと申します。ドーセットのアッパー・タドウェイから参りました」オリンピアは早口で言った。「お会いできて光栄です、ミセス・ドルトン」

ミセス・ドルトンは驚きと喜びをこめて大きく目を見開いた。「ひょっとして、伝説の財宝と、異国の変わった習慣についてすばらしく興味深い論文を書いてらっしゃるミス・ウィングフィールド？」

オリンピアは真っ赤になった。だれかから直接、論文をほめられたのは初めてだった。アッパー・タドウェイでは、学会の季刊誌にわざわざ目を通す人さえいない。

「はい、そのようなテーマの論文を一、二度、手がけたことがあります」慎み深く聞こえればいいと期待しながら、オリンピアは言った。

「あら、まあ、なんてことでしょう。わたくしだけではなく、学会のみなさんも喜ばれるわ。ミスター・ブランシャールの講演が終わったらすぐ、あなたをみなさんにご紹介するわね」

「ご親切に、ありがとうございます」

「どういたしまして。あなたは学会員たちの賞賛の的で、伝説の人と言ってもいい存在なのよ、ミス・ウィングフィールド。ついこのあいだも、ミスター・トーバートとオールドリッジ卿がおっしゃっていたわ。あなたの論文をたずさえてイギリスを離れ、かの地の案内としない旅はもう考えられないそうよ」

「家庭教師を装っている？　あきれた。なんという向こう見ずな遊びをしているんです、チルハースト？」おかしみと尊敬と警戒心をこめて、フェリックス・ハートウェルは横目でジャレッドを見た。

「そう訊かれても、私自身、その答えがわかっているのかどうか、まるでわからないのだ、フェリックス」ジャレッドは唇をゆがめて苦笑いをした。さっきから視線は、少し離れたところで新しい凧《たこ》を揚げようと苦労しているイーサンとヒューとロバートに向けられたままだ。

凧は、みんなでオリンピアをマスグレイヴ会館まで送っていった直後に買った。オリンピアが無事、講演会会場に入っていくのを見届けてから、ジャレッドは子供たちを近くの公園へ連れていって、フェリックスに伝言を送った。

数分もしないうちにフェリックスはやってきた。頼りとしている実務係をジャレッドが高く評価する理由はいくつもあるが、そのひとつがそれだった。ジャレッドに劣らず時間に正確なのだ。ふたりは何年も前から仕事上のいい関係を築いており、ジャレッドはフェリックスを友人、ほとんど唯一、信頼できる友人と考えるようになっていた。

実際、ふたりには共通点がいくつもある、とジャレッドは認めていた。物静かで感情にふりまわされない性格――退屈だと言う人もいるが――も同じだ。個人的な用事も仕事上の用件も、論理的かつ実利的に片づけるところも似ている。父がよく言っているように、ふたりとも根っからの商人なのだ。

しかし、最近になって事情は変わった。自分の雇い主が熱情の哀れな犠牲者になり果てたと知ったら、フェリックスはどんな反応をするだろう、とジャレッドは思った。

フェリックスはふんと鼻を鳴らした。「私はあなたを知りすぎていますからね、自分がどういう理由でなにをしているのかわからないなどと言われても、にわかには信じかねますよ、チルハースト。あなたがなんの考えもなく、無計画になにかやるなど、ありえない。気まぐれや思いつきで行動する人ではありませんからね」

「きみの目の前にいるのは、変身した私なのだ」ジャレッドはフェリックスに視線を向け、短くほほえんだ。

フェリックスはぎょっとしてジャレッドを見つめ返した。ジャレッドは驚かなかった。いずれにしても、私だって自分の人格の新たな側面をまだ理解しきれていないのだ、と思った。変身した私を目の当たりにして、フェリックスが驚いたり混乱したりしても不思議はない。

頻繁に手紙はやりとりしていたが、ジャレッドが彼の実務係と直接に顔を合わせるのは数か月ぶりだった。最後に会ったのは、フェリックスが〈フレームクレスト海運〉の事業計画を再検討するため、デヴォンシャー（イングランド南西部の州、現在のデヴォン）沖のフェーム島にあるジャレッドの自宅を訪れ、二週間、滞在したときだった。

ジャレッドはめったにロンドンには足を運ばなかった。都会のうわべだけの華やかさは好まず、わが家のある島の壮大で荒削りな風景を心から愛していた。

たまにしか会わないが、長年の付き合いのあいだにフェリックスはほとんど変わっていないようにジャレッドには思えた。生まれながらの都会人で、それはやわらかい手や最新の流行を取り入れた上着のデザインを見ればわかる。一見したところ、愛想のいい開放的な男だが、じつは抜け目ない知性派で、ジャレッドはそこを高く買っていた。

「変身？　あなたが？」フェリックスはくぐもった笑い声をあげた。「ありえない。あなたほど慎重な策略家を、私はほかに知りませんからね。あなたの下で働くのは、チェスの名手の下で働くようなもの。つぎにどんな手を使うのか、読めないこともしばしばですが、いつも変わらずあなたがゲームを支配しているのはわかっています」

「今回、私はチェスのような駆け引きはしていない」彩り豊かな凧が浮き上がるのを見て、ジャレッドはうれしくなった。イーサンとヒューは歓声をあげ、凧糸を手に全速力で走っていくロバートのあとを追っていく。「それどころか、まるで玩具のように運命にもてあそばれている。いまの私は、あの凧のようなもの。ふわふわと宙を舞うしかない男だ」

「なんとおっしゃいました？」

「わかるはずだ、フェリックス。私は、むき出しの情熱という圧倒的な力に身をゆだねてしまったのだ」

「むき出しの情熱？　あなたが？　チルハースト、だれに話をしているつもりですか？　わたしはフェリックス・ハートウェルですよ。ここロンドンで、あなたの代理人として働くようになって、まもなく十年になります。あなたがどう仕事を進めて、どうまとめるか、この世のだれよりもよく知っています。おそらく、ほかのだれよりもあなたを理解しているのは、気質が似ているからではないかとも思っています」

「それはたしかだ、まちがいない」

「もちろんです。私があなたについてひとつ、たしかに知っていることがあるとすれば、それは、どんなたぐいの熱情にも惑わされるような男ではない、ということです。あなたは自制心の権化なのですから」

「いまはもう、そうではないのだ」ジャレッドは、その日の朝、自分の寝室から廊下に出たところで、オリンピアにキスをしたことを思い返した。そのとたん、熱い喜びが体を駆け抜ける。欲望の対象と同じ屋根の下で暮らすのは、思ったとおり、まさに甘美な拷問そのものだった。オリンピアも苦しんでいるのがわかり、それが唯一の慰めだ。「セイレーンの声を聞いて、なにをどうしていいのかわからなくなってしまった」

「セイレーン？」

「またの名をミス・オリンピア・ウィングフィールドという」

「あの、私をからかっておもしろがっているのですか?」フェリックスはむっとして訊いた。「つまり、ふざけている?」

「悲しいかな、私はふざけてなどいないのだ」ジャレッドはこれまでのいきさつをかいつまんで話したが、ライトボーンの日記と、それがきっかけでオリンピアとめぐり合ったことには、あえて触れなかった。いずれにしても、日記はもうどうでもいいのだ。「まあ、聞いてくれ、フェリックス。私は生まれて初めて、わが一族のばかげた行為はこういうものだったのかと理解しはじめているのだ」

「言わせていただければ、チルハースト、あなたの一族のとっぴな振る舞いや気まぐれを理解できる人などどこにもいません。気を悪くしないでほしいのですが、あなたは一族で唯一、分別のある人であって、それはあなたもよくご存じでしょう。私の耳にタコができるほど、あなたもそうおっしゃっていたではありませんか」

「血は水よりも濃いとはよく言ったものだ」ジャレッドはふたたびほほえんだ。「とんでもない激情の炎に身を包まれ、正気を保ってのんびりしていられる者がどこにいる?」

フェリックスは急によそよそしくなり、あきれてものが言えないと言いたげに首を傾げた。「私にはなにひとつわかりませんね。その、ミス・ウィングフィールドとかいうおかしな女性のそばにいるために、家庭教師を装うなどというのは信じられません。あなたは節度なく情熱を募らせるような人ではないはずです」

ジャレッドは急に真顔になって言った。「はっきりさせておきたいことがある、フェリックス。これはここだけの話にしてもらいたい。ミス・ウィングフィールドの評判に傷をつけてはならないぞ」

フェリックスはちらりとうかがうような目をしてジャレッドを見てから、そっぽを向いた。「長いあいだお仕えしてきた私です」と、ささやくような声で言う。「秘密を漏らすような人間ではないと、信頼していただけるものと思っていますが」

「もちろん、信用しているとも」ジャレッドは言った。「さもなければ、こんな話をするものか。さて、私がミス・ウィングフィールドの甥たちの家庭教師として雇われていることを口外しないのはもちろんだが、私がロンドンにいることもだれにも言わないでもらいたい」

突然、わかった、とばかりにフェリックスは表情を険しくした。その目には、安堵感にも似たものがにじんでいる。「ああ、もちろんそうでしょうとも。あなたは、お得意の巧妙なたくらみにかかわっておられるのですね。そんなことだろうと思いました」

ジャレッドはこれ以上、自分の立場を説明しても意味はないと思った。いずれにしても、ロマンスにかかわる情熱はごく私的なものなのだ。「私がこの街にいることを、だれにも言わないでもらえるだろうか？」

「もちろんです」フェリックスは目を細めて考えながら言った。「あなたはめったにロンドンには足を運ばれないし、いらしたとしても社交界には顔を出されませんから、あなたはどうしていらっしゃるかと、私が訊かれることもまずないでしょう」

「私もそう思ったのだ。それに、この街では、私の顔を知っている者はほとんどいない」

「あなたのお顔をご存じの、ごく限られた方々があなたを見かける可能性はほとんどないでしょう」フェリックスは苦笑いをした。「あなたは、上流社会の集まりには顔を出されないでしょうし、イッバートン通りのあの小さな家にあなたがいらっしゃるとは、だれも夢にも思わないでしょう」

「あの小さな家こそ、私が求めていたものなのだ、フェリックス。地方のつましい一家が暮らすのに、あれ以上にふさわしい家はない。クラブや最新流行の酒場さえ避ければ、私はまったくの〝名無しの権兵衛〟として、ロンドンじゅうを動き回れるということだな」

フェリックスは含み笑いを漏らした。「あの三人の子供を連れているかぎり、ハイドパークを馬で横切ってさえ、あなたとは気づかれますまい。人は、自分が見ると思っているものしか見えないものですから。保証しましょう。家庭教師をしているチルハースト子爵を目の当たりにしようとは、だれも夢にも思いませんよ」

「そのとおり」判断力に恵まれた実用主義者のフェリックスが、意外にも、突飛な企てにある種の道理を感じているようなので、ジャレッドはほっとした。もう自分の判断力はあてにならないな、とも思う。「われわれはみんな、無事だろう」

フェリックスは横目で疑わしげにジャレッドを見た。「なにから無事なのでしょう？」

「どんな災難です？」

「災難だ」ジャレッドは言った。

「もちろん、だれかに見つかる、という災難だ」ジャレッドは言った。「いまの状況では、いつ、だれに顔を見られてしまうか、知れたものではないし、私が恐れているのは、その影響だ。そんなことになっては、あまりに早すぎる」

フェリックスはまた心配顔になった。「早すぎるというのは？」

「なに、セイレーンを手に入れるのは骨が折れるし、フェリックス、なんにせよ、私にはまるでそういう経験がないのだ。きちんとした下地作りもできないうちに、計画がすべてがらがらと音をたてて崩れていくのは、耐えられない」

フェリックスはため息をついた。「私がこれほどあなたという方を理解していなければ、ほかのご家族に劣らず、あなたも常軌を逸した方になってしまったと決めつけていたでしょうね」

ジャレッドは声をあげて笑い、フェリックスの肩をぽんと叩いた。「それはぞっとする話だな」

「まったくです。気を悪くしないでくださいよ」

「心配するな、フェリックス。私は、ほんとうのことを言われて気を悪くなどしない。私の家族が奇人変人ぞろいだと噂《うわさ》されているのは、だれでも知っている」

「はい」フェリックスはためらいがちにつづけた。「ひとつ、お耳に入れておきたいことがあります」

「なんだね？」

「デミトリア・シートンがロンドンに来ているそうです。いまは、ご存じのとおり、レイデイ・ボーモントとして」

「ああ、それなら知っている」ジャレッドは穏やかな声のまま言った。

「ボーモント卿は、ちょっとした、しかし、なかなか治らない問題の治療のため、またロンドンに滞在されているそうです」

「まだ跡継ぎができないという問題だろう？」

「あなたの情報量の多さには、いつも驚かされます、チルハースト。めったにロンドンへはいらっしゃらないのに。おっしゃるとおりです。最近、結婚したばかりのボーモントですが、厳密な意味ではまだ結婚できていないという噂です」

「ほんとうかね？」そうだとしても、デミトリアは痛くもかゆくもないだろう、とジャレッドは思った。

「美しいレイディ・ボーモントと同じベッドにいても、不能を克服するにはまだ足りないようです」フェリックスは声をひそめて言った。

「気の毒に。しかし、レイディ・ボーモントは悲しんでばかりもいないと思うぞ」ジャレッドは言った。

「噂に聞いたところでは、またもや、あなたのおっしゃるとおりです」フェリックスは、頭上をさっとかすめていく凧を見つめた。「ボーモントが称号を次代に引き継ぐという義務を果たせなければ、レイディ・ボーモントは彼の全財産を相続するわけですから」

「そうだな」その金の多くを、あのろくでなしの弟、ギフォードに無節操にあたえるのはまちがいない、とジャレッドは思った。好きなだけ金が入るようになれば、あの弟のいやらしさにはますます磨きがかかるのだろう。

デミトリアは、唯一の肉親であるギフォードを溺愛《できあい》していた。姉の過保護のせいで、甘ったれで、わがままで、短気な放蕩《ほうとう》者となった弟はいつかだれかに命を奪われるだろう、というのがジャレッドの考えだ。

三年前、ギフォードに決闘を申し込まれた夜を思い出して、ジャレッドは顔をしかめた。時刻は夜明け、武器はピストル、と告げられたのは、ジャレッドがデミトリアとの婚約を破棄して、まだ一時間もしないうちだった。

ギフォードは、怒りにわれを忘れていた。姉を侮辱したとジャレッドを責め、償いをしろと詰め寄った。

もちろん、ジャレッドは決闘を拒んだ。いずれにしても、そのころの彼はまだ論理的で、思慮分別のある男であり、それなりの反応をした。どう考えても、なんの解決ももたらさない決闘に、自分や若いギフォードの命を賭ける意味はほとんどない。

決闘を拒まれ、若者の怒りの炎はさらに燃え上がった。ギフォードはジャレッドを臆病者と罵った。

「ボーモントはもう七十歳近く、体調も思わしくないそうです」フェリックスは言った。

「いますぐにでも、奥方が裕福な未亡人になる可能性はかぎりなく高い」

「ボーモントが不能を治したい一心で過激な行為におよんで、寿命を縮めているなら、なおのことだ」

　フェリックスは冷ややかにほほえんだ。「ボーモントの苦悩の種が癒されるのかどうか、興味のあるところです」

「治療がうまくいくといいのだが」

「そう思いますか？」驚きを隠せず、フェリックスはジャレッドを見た。「ミセス・ボーモントがまもなく自由の身になると聞いて、あなたは関心を示されるのではと、私は密かに思っていましたが」

　ジャレッドは肩をすくめた。「彼女が自由になろうがそうでなかろうが、もう興味はない」

「そうですか？　ますます美しさに磨きがかかったという、もっぱらの評判ですよ。愛人がいるという噂は、ボーモントと結婚するかなり前から聞いていませんし」

「そうかね？」ジャレッドはとくに興味もなさそうに訊いた。フェリックスとはたいていどんな話でもしたが、デミトリアの愛人については一度も話した記憶はない。いや、ほかのだれとも話した覚えはなかった。

　突然の婚約破棄をめぐって、さまざまな憶測が飛んだのは知っていたが、ジャレッドはどんな噂があったのか、あえて知ろうとはしなかった。

「レイディ・ボーモントにいまも愛人がいるとしたら」フェリックスはつづけた。「どんな巧妙な手を使っているのやら、いっしょにいるところはだれにも見られていないというわけです」

「隠さないわけにはいくまい」ジャレッドはにべもなく言った。「自分はまだ跡取りをつくってもいないのに、奥方に愛人がいるとわかって、ボーモントが許すとはとても思えない」

「おっしゃるとおりだ」一瞬、言葉を切ってから、フェリックスはつづけた。「もうひとつの件ですが」

「新しい情報はなにもないようだな？」

フェリックスはうなずいた。「残念ながら、新たな情報はまだなにひとつありません。横領を画策したのは、あの雇われ船長にちがいないのですが。それができる立場にいたのは、あの男だけです」

「証拠もなく、クビにするわけにはいくまい」

フェリックスは肩をすくめた。「わかりますが、このような問題では証拠をつかむのはほとんど不可能なのです。それが横領の厄介なところでして。しっぽをつかまえるのが、とにかくむずかしいのです」

「そのようだな」ジャレッドは凧が舞い上がるのを見つめ、イーサンとヒューがうれしそうに歓声をあげるのを聞いた。「もうしばらく待とう、フェリックス。あの船長をいますぐどうのこうのする気は、まだない」

「お望みどおりに」

「それにしても、いまいましい」ジャレッドは静かに言った。「裏切られるというのは、まったくもって腹立たしい。知らぬあいだに道化役を演じさせられるのは、耐えがたいものだ」

「よくわかります」

一瞬の沈黙が流れ、ふたりは男の子たちと凧を見つめた。

ジャレッドはポケットから懐中時計を出して、時間を確認した。「そろそろ失礼させてもらうぞ、フェリックス。約束の時間が迫っているのだ。子供たちに凧を降ろすよう言い聞かせるにも、しばらく時間がかかりそうだ。では、また」

「お望みのままに、チルハースト。いつもどおり、必要なときはご連絡いただければ、すぐに参上します」

「きみがいなければ、私はどうしていいのかわからないぞ、フェリックス」ジャレッドは頭をちょっとかたむけて別れの挨拶をすると、イーサンとヒューとロバートと凧を回収しに、公園を横切っていった。すでに四時近く、オリンピアをマスグレイヴ会館へ迎えにいかなければならない。

子供たちを説得して凧を降ろさせ、貸し馬車をつかまえるのに二十分かかった。混み合った通りをガタガタと馬車が進むあいだ、ジャレッドは二度も時計を引っぱり出して、時間を見た。

ロバートは、貸し馬車の窓の外を流れていく魅力的な景色から目をそらした。ふと、ジャレッドが懐中時計をポケットにしまうのが見えた。これで二度目だ。「遅れそうなの?」

「そうでなければいいのだが。運がよければ、講演が予定より長引いているということもありうる」

イーサンは両脚のかかとで座席と床のあいだをドンドンと打った。「オリンピアおばさんを馬車に乗せてから、もうひとつアイスクリームを食べていい？」

「昼過ぎにひとつ、もう食べただろう」ジャレッドは言った。

「わかってるけど、それはもう何時間も前だし、またすごく暑くなっちゃったから」

「オリンピアおばさんはぜったいにアイスクリームが気に入ると思うよ、賭けてもいい」自分のことはどうでもいい、と言いたげにヒューは言ったが、そうではないことがジャレッドには手に取るようにわかった。

「そう思うかい？」ジャレッドは考えこむふりをした。

「それは、もう、もちろん」ヒューのつぶらな瞳が期待に輝いた。「まちがいないよ」

「アイスクリームのことは、おばさんがどうおっしゃるか訊いてみよう」ジャレッドは窓の外をちらりと見た。「着いたぞ。おばさんが見えるかい？」

イーサンが窓から身を乗り出した。「あそこにいるよ。人に囲まれてる。手を振って呼んでみよう」

「いや、それはだめだ」ジャレッドは言った。「レディをそんなふうに迎えるものではない。ロバート、きみがおばさんのところへ行って、馬車までお連れしてくるのだ」

「わかりました」ロバートは貸し馬車のドアを開け、舗道に飛び降りた。「すぐにもどります」

「おばさんの腕を取るんだぞ、忘れるな」ジャレッドは言った。

「わかりました」ロバートは走って通りを横切っていった。

ジャレッドは扉を閉め、座席のクッションに体をあずけた。講演用の部屋がいくつもあるマスグレイヴ会館の前の小さな人垣に、ロバートが分け入っていく。

フェリックスの言うとおりだ、とジャレッドは思った。人は自分が見ると思っているものだけを見るのであり、旅行探検学会のだれひとりとしてチルハースト子爵に気づきそうもない。ジャレッドの知るかぎりでは、ここの学会員に個人的付き合いのある者はいなかった。それでも、用心するに越したことはない。

「オリンピアおばさんがロンドンにこんなにたくさん友だちがいたなんて、知らなかった」イーサンが言った。

「私もだ」ジャレッドはつぶやいた。オリンピアにもっとも近いところに立っている男たちふたりを観察する。ひとりはひどく太っていて、いまにも服が張り裂けてしまいそうだ。もうひとりはその正反対で、この数か月、断食をしていたかのようにがりがりにやせている。

ふたりとも、オリンピアが発する一言一句を夢中で聞いている。

「どうかしたの?」ヒューが心配そうに訊いた。

「いいや、ヒュー、なんでもない」ジャレッドは意識して穏やかな声で、なだめるように言った。いつものことだが、ヒューはオリンピアとの新たな人生がいつまたあっけなく終わってしまうかもしれないと感じるだけでも、すぐに動揺する。

しかし、オリンピアが新しい友人との会話を心から楽しんでいるのは事実だ。ジャレッドは、オリンピアがロバートの姿に気づいて馬車のほうに体を向けるのを見つめた。表情豊かな顔が楽しそうに光り輝いているのがわかって、ついむっとする。あの表情は、そばにいる男たちふたりとの会話に引き出されたものだ。

つまり、これが嫉妬《しっと》だな。そう思ってジャレッドはぎくりとした。

こんな不快な思いをするのは初めてだ。

冷静になろう、と思った。いずれにしても、熱情というとりとめのない感覚の海にこぎ出した男は、そんな向こう見ずな旅の暗い一面を見せつけられる運命なのだ。

「おばさんがこっちへ来る」イーサンが座席に坐ったたまま、ぴょんぴょんと飛び跳ねた。「おばさんは、アイスクリームを食べたがるかな？」

「わからない。おばさんに訊いてみればわかる」ジャレッドは身を乗り出し、貸し馬車の扉を押し開けた。ロバートが紳士のたしなみを忘れず、馬車に乗り込むオリンピアにうやうやしく手を貸すのを、満足げに見守る。

「ありがとう、ロバート」オリンピアはジャレッドと並んで座席に坐った。麦わら帽子のつばの奥の目が、熱に浮かされたようにきらきらしている。「みんな、楽しい午後を過ごせたのかしら」

「公園で凧を揚げたんだ」イーサンが言った。「すっごくおもしろかったよ」

「オリンピアおばさん、冷たくておいしいアイスクリームが食べたい？」ヒューがいきなり訊いた。「きょうみたいに暑い日に食べると、とてもおいしいと思うよ」

「アイスクリーム？」一瞬、きょとんとした顔をしてから、ヒューにほほえみかける。「そうね、きっとおいしいでしょうね。講演を聞いていた部屋も、とても暑かったのよ」

全員がジャレッドの顔を見た。

「意見が一致したようだ」ジャレッドは言った。馬車の屋根のはね上げ戸を開けて、おいしいアイスクリームを売っている最寄りの店へ連れていくようにと、御者に指示をする。

「きょうはいろいろ学ぶことができて、気持ちが舞い上がっているわ」ふたたび座席に腰を下ろしたジャレッドに、オリンピアは言った。「日記の解読をするのが待ち遠しくてたまりません」

「そうでしょうとも」失礼ではないが、そこはかとなく退屈感をにじませながら、ジャレッドは小声で言った。

あんなくだらない日記など腐ってしまえばいい。内心ではそう思っていた。出会ったばかりの友人たちをオリンピアがどのくらい気に入ったか、それがなにより知りたかった。

ジャレッドが講演会の話をじっくり聞けたのは、その日もかなり遅くなってからだった。イーサンとヒューとロバートがロンドンでどんな珍しい経験をしたか、話し出したら止まらなくなったのがいちばんの原因だ。

ジャレッドはおっとりかまえていた。ミセス・バードが部屋に引き上げ、子供たちがベッドに入ったあとでも、詳しい話を聞く時間はたっぷりある。

こうして夜遅く密やかに、オリンピアとふたりきりの部屋で味わう苦悩に耐えられるのも、ふたりはいつしか結ばれるという期待感があるからこそだった。ふたりのあいだでバチバチと放電している官能の緊張感に、オリンピアはそう長くは耐えられまい、とジャレッドは思っていた。もちろん、自分も耐えられそうにない。

夜も更けて、家のなかがようやく静かになると、ジャレッドはミノタウロスをキッチンに閉じこめ、オリンピアを探しにいった。小さな家のどこに彼女がいるかは、よくわかっていた。

ジャレッドが書斎に入っていくと、オリンピアは読んでいたライトボーンの日記から顔を上げた。彼女の輝く目と、たとえようもなく温かなほほえみに、ジャレッドの体じゅうの血がたぎる。これほど強烈な感情を経験しないまま、一生を終えていたかもしれないと思うだけで、背筋を冷たいものが駆け下りた。

「いらっしゃい、ミスター・チルハースト」オリンピアは読んでいた日記のページに、飾りつきの細長い革のしおりをはさんだ。「やっと落ち着きと静寂がもどったようですね。ほんとうに、あなたがいらっしゃらなかったら、どうやってあの子たちとかかわってこられたか、わたしにはわかりません」

「お宅の問題は、日々のきちんとした予定がなかったことです、ミス・ウィングフィールド」ジャレッドは、ブランデーのデキャンターが置いてあるテーブルに近づいた。デキャンターを手にして、グラス二つに注ぐ。「一日の時間割が定まったので、いまやすべては整然と進んでいく、というわけです」

「あなたのお力があったからこそだわ。ご自分を過小評価なさらないで」ブランデーグラスを持ってジャレッドが机に近づいてくると、オリンピアは言った。「時間割を定めただけだなんて、とんでもない」熱い尊敬のまなざしでジャレッドを見上げながら、グラスを受け取った。

「報酬にふさわしい働きができれば、と思っています」ジャレッドはブランデーをひと口飲み、礁湖のような色のオリンピアの目に、溺れてしまいそうだと思った。「きょうはずいぶん感激されていましたが、なにがわかったのです？」

まるでべつのことを考えていたかのように、オリンピアは、え？　という顔をした。すぐに気持ちを切り替えて、言う。「わたしが研究しているライトボーンの日記について、あなたがあまり興味をお持ちじゃないのはわかっています」

「ふむ」ジャレッドはあいまいな声を出した。

「前にお話ししたように、わたしは新たな地図を見て、解読の参考にしたいと思っているんです」

「そうおっしゃっていましたね」

「それで、きょうは、そういった資料へのつながりができました」オリンピアはうれしそうに目を輝かせた。「学会が管理しているすばらしい図書室には、膨大な数の地図が保管されているうえ、ある学会員の方が、個人で集めた地図を見せてくださるとおっしゃって」

恐れていたとおりだった。ジャレッドは、マスグレイヴ会館の前でオリンピアにまとわりついていた男たちを思い出した。「会員のどなたです?」

「ミスター・トーバートと、オールドリッジ卿です。おふたりが個人で所有してらっしゃる図書室にはそれぞれ、西インド諸島の地図がたくさん保管してあるそうです」

「日記を解読していることを、そのふたりに話したのですか?」ジャレッドは油断なく訊いた。

「いいえ、もちろん話していません。西インド諸島の地理にとても興味があるのだと、そうお伝えしただけです」

ジャレッドは眉をひそめた。「あなたの専門は伝説の研究だと、ふたりは知っているはずですが」

「ええ。でも、わたしがライトボーンの日記に記されている財宝を探していることが、おふたりに知れるはずはありません」オリンピアはきっぱりと言った。「日記に記されている伝説に、とくに興味を持っていることは、だれにも話していませんから」

「なるほど」

「ミスター・チルハースト、日記の話はあなたには退屈でしょうし、じつは、今夜はべつにお話ししたいことがあるのです」

「どんなお話ですか、ミス・ウィングフィールド?」

「言葉にするのはむずかしいわ」オリンピアは立ち上がり、机をぐるりと回って前に出てきた。地球儀のそばで立ち止まる。「きっと図々しい女だとお思いになるでしょうね。でも、そのとおりなんだわ」

ジャレッドは、期待感に下半身がこわばるのを感じた。「あなたを図々しいなどと、思えるわけがありません、ミス・ウィングフィールド」

オリンピアは指先で地球儀に触れ、ゆっくりと回転させた。「まず、ライトボーンの日記の研究をつづけさせてくださったあなたに、感謝します」

「そのことでしたら、私はなにもしていないのも同然です」

「それはちがいます。あなたが、叔父の送ってくれた積み荷を売る手はずをととのえてくださらなかったら、わたしはこうしてロンドンへ来る費用を手に入れられませんでした。それから、あなたが地主のペティグリューさんに話をしてくださらなかったら、わたしは甥たちといっしょにあの人たちの手の届かないところで暮らす道を選んで、研究をあきらめざるをえなかったでしょう。あなたがどう見てらっしゃるかはわかりませんが、こうしてみんなでロンドンへやってきて、わたしが自由に研究をつづけられるのは、あなたのおかげです」

「このロンドンであなたが探しているものが、きっと見つかりますように」

オリンピアはさらに地球儀を回すスピードを速めた。「たとえ日記に記されている財宝を見つけられなくてもかまいません。あなたのおかげで、夢にも思わなかったものをもう見つけたんですもの」

ジャレッドは凍りついたように動かなくなった。「そうなのですか？」

「はい」オリンピアはジャレッドを見ようとしなかった。くるくる回転しつづける地球儀を見つめている。「あなたは世事に通じた男性です。世界じゅうを旅して、変わった習慣をご自分の目でご覧にもなっています」

「ええ、旅行中にはそんなこともありました」

オリンピアは小さく遠慮がちに咳払いをした。「何度も申し上げたとおり、私も世事に通じた大人の女です」

ジャレッドはゆっくりとブランデーグラスを置いた。「ミス・ウィングフィールド、なにがおっしゃりたいのです？」

オリンピアは回転する地球儀から顔を上げた。欲望をたたえた目がうるんで輝いている。「世事に通じた大人の女性として、ひとつお訊きしたいことがあるので、あなたにも、世事に通じた男性として答えていただきたいのです」

「できるかぎり、ご希望に添えるよう努力しますが」ジャレッドは言った。

「ミスター・チルハースト」オリンピアの声はかすかにうわずっていた。いったん口をつぐみ、意を決したように息を吸いこんでから一気に言った。「理由はいくつかありますが、うちの家庭教師でいるあいだ、あなたはわたしとロマンチックな関係を結ぶことを望んでらっしゃるような気がするのです。わたしの思いちがいでしょうか？」

ジャレッドは、最後にかろうじて残っていたぼろぼろの自制心が、噴き上げる情熱の炎に焼かれて灰になるのを感じた。震える両手で、机の縁を握りしめる。

「いいえ、オリンピア、思いちがいではありません。あなたがわたしをミスター・チルハーストと呼ぶのをやめてくださるなら、ぜひともそのような関係を結びたいと思います」

「ジャレッド」猛スピードで回転している地球儀にくるりと背を向け、オリンピアは足早に部屋を横切って、まっすぐジャレッドの胸に飛びこんでいった。

8

「はしたないと思われはしないかと、心配でたまりませんでした」オリンピアはジャレッドのシャツの胸に顔をうずめるようにして、打ち明けた。ジャレッドの腕に抱かれるたびに味わうえも言われぬ気持ちの高ぶりに安堵《あんど》の喜びが加わって、頭がぼーっとなる。「あなたは完璧な紳士だから、わたしがあんなことを訊いたら怒り出されるのではないかと、びくびくしていました」

　ジャレッドはオリンピアの頭のてっぺんにキスをした。「私のかわいいセイレーン。完璧な紳士だなどと、とんでもない」

「いいえ、あなたはそういう方です」オリンピアは顔を上げ、おずおずとほほえんだ。「少なくとも、そうなろうとあらゆる努力をされているわ。あなたのなかの奥深いところに、荒々しいほどの情熱が脈打っているのは、あなたのせいではありません。あなたのそういう側面をわざと刺激しているのは、このわたしなんですから。そんなことをするのは、もちろん、とてもいけないことね」

「それはちがう、オリンピア」ジャレッドは両手で彼女の顔をはさんだ。彼の目は、揺るぎない思いを映してきらめいている。「そのような感情にいけないところは少しもないだろうし、たとえいけないものだとしても、私はまるで気にしません」

「そう思っていただけて、とてもうれしいわ。でも、きっとそう思っていただけるとわかっていました」オリンピアはジャレッドにさらにしなだれかかり、彼の両腿の筋肉が硬くて力強いことを意識した。「あなたとわたしは、そっくりではありませんか？　ほかの国でいろいろな経験をしたり、そこに住む人びとについて研究をしたりして、人間の本性を広い目で見ることができます」

「そう思われますか？」

「ええ、そう思います。わたしたちのように世事に通じ、世界的な視野を持つ者は、世の中の取り決めに縛られる必要はないのです」

ジャレッドはオリンピアの顔をさらに引き寄せ、目をのぞき込んだ。「あなたが私にどれほどの影響をあたえているか、あなたにはわからないでしょう」

「あなたがわたしにあたえている影響と、同じくらいであればいいのだけれど」オリンピアはささやいた。

「あなたの私への影響のほうが、千倍も大きいでしょう」ジャレッドの口がオリンピアの口からわずか二、三センチのところまで降りてきた。「あなたが私と同じ思いなら、情熱の炎に焼き尽くされてしまいますよ」

「まさに、情熱の炎に呑みこまれているわ」

ジャレッドは、感きわまったように小さなかすれ声でなにか言った。オリンピアはなにを言われたのかわからなかったが、知る必要はなかった。突然、ジャレッドの口が口に押しつけられ、彼の言いたいことははっきりと伝わってきた。今夜、ジャレッドはオリンピアの魂を貫くほどの熱情とともに、彼女を求めているのだ。

幸せ過ぎてどうしていいのかわからないまま、オリンピアは背伸びをしてジャレッドのキスに応えた。さらに体を密着させて、彼の熱さと力強さを求めた。ジャレッドは机の縁に背中をあずけて両脚を心もち広げ、筋肉質の左右の腿のあいだにそっとオリンピアをとらえていたが、彼女はほとんど気づいていなかった。

「なんとやわらかいのだ」ジャレッドはオリンピアの髪に両手の指を差し入れて、ゆるくまとめられていた髪の房をくずした。差し込んだ両手をそっと握ったり開いたりしながら、髪の感触を味わう。「なんとも言えずやわらかい」

オリンピアの閉じかけた視界の片隅に、彼女の小さな白いレースのキャップがゆっくりと絨毯《じゅうたん》に落ちていくのがよぎった。そのとたん、オリンピアはたとえようのない奔放な気分に満たされた。

「ああ、ジャレッド、この感じ、なにものにもたとえられないわ」なだれをうって押し寄せるさまざまな感覚にうっとりとして、オリンピアは思わず声をあげた。

「そうだ、私のかわいいセイレーン」情欲にかられて、ジャレッドの声は暗くしゃがれている。「なにものにもたとえられない」

ジャレッドは、口から喉元へと熱いキスでたどりながら、腕でオリンピアの頭をかかえた。キスの道筋が、胸飾りの細かくひだを取ったフリルに阻まれ、ジャレッドはいらだたしげに毒づいた。

「こんな苦しみにはもう耐えられない」ジャレッドはドレスの紐を手早くほどいた。「いますぐあなたをわがものにできないなら、ああ、かわいいオリンピア、私は頭がどうにかなって病院行きだ」

「わかるわ」オリンピアはジャレッドのシャツのボタンをはずしはじめた。「わたしも、目くるめくような感情に振り回されて、頭がおかしくなりそう」

ジャレッドは不思議な笑みをオリンピアに向けながら、ドレスを脱がせてウエストまで引き下ろした。「では、もうほかに道はない、そうだね？　今夜は、たがいに病院行きにならないように、助け合わなければ」

オリンピアはジャレッドのシャツの前を開き、むきだしの胸に目をこらして、ぼーっとなった。かすかに首を振る。「助け合えるかどうか、自信がないわ。わたしたち、もう自分を見失っているのかもしれないもの、ジャレッド」

「では、そのまま突き進むしかあるまい」ジャレッドは、光沢のある白い胸飾り布の紐をほどいてはずし、絨毯の上の、白いレースのキャップの隣に落とした。オリンピアの裸の胸を見下ろし、ジャレッドはじっと立ち尽くした。

熱い視線を感じて、オリンピアはみるみる頬を赤く染めたが、胸を隠そうとはしなかった。それどころか、どうしようもないほど彼に求められていると自覚して、さらに大胆になった。指を広げた両手をジャレッドの硬い胸に押しつけ、そのまま肩まですべらせていく。ジャレッドは深々と息を吸い込み、うめき声といっしょに吐き出した。頭を下げて、オリンピアの両手が背中をなで回すのを感じながら、彼女のふっくらと突き出た胸の先端にそれぞれ、キスをする。

「いい気持ちだ」ジャレッドはよいほうの目を閉じ、自分の胸にオリンピアの乳房が密着してつぶれるまで、彼女を引き寄せた。

「ほんとうに？」オリンピアはなおもジャレッドの背中をなでた。「わたしも好きよ、この感触。こうしていると、とても気持ちがいいわ、ジャレッド」

「ああ、オリンピア」

突然、ジャレッドは自制心を働かせるのをやめて、なにかに取りつかれたように思いのままに動き出した。両手でオリンピアのウエストをつかんで持ち上げ、くるりと体の位置を入れ替え、彼女を机の端に坐らせた。オリンピアのドレスのスカートがさらさらとかすかな音をたてた。

「ジャレッド？」机に坐らされたことに驚いて、オリンピアは問いかけるような目でジャレッドの顔を見た。

「甘い歌声を聞かせてほしい、私の美しいセイレーン」ジャレッドはオリンピアのドレスの裾《すそ》を膝の上までまくり上げた。両手で彼女の膝を広げて、左右の腿のあいだに体を割り込ませる。「破滅の道へと、私をおびき寄せるがいい」

「ジャレッド」

両脚のあいだにジャレッドが立っているという、妙な感覚をオリンピアが受け入れられずにいるのもかまわず、ジャレッドは両手で彼女の内腿のやわらかい肌に触れた。オリンピアは思わずジャレッドの腕をつかんだ。どう反応していいかわからない。

「恐がらなくていいんだ、私の美しいセイレーン」ジャレッドはオリンピアの肩の丸みにキスをした。「準備がととのえば、あなたが私に教えてくれるから」

どういう意味かとオリンピアが尋ねる暇もなく、ジャレッドの手は彼女の内腿をはい上がり、彼に向かって広げられたばかりの、やわらかくて熱く、敏感な部分に達した。

無防備な体の芯に触れられ、オリンピアは息を止めた。ジャレッドの指と女性らしいひだが触れている一点から四方八方へと、いてもたってもいられないような、とてつもない感覚が広がっていく。

「もう潤っている」ジャレッドは言った。「温かくて、なめらかで、南方の海のようだ」ジャレッドはその部分から指を引いて、自分の唇に触れた。かすかにほころぶ口元がたまらなく官能的だ。「潮の味さえする」

「ほんとうに？」オリンピアはジャレッドの左右の上腕をつかみ、必死ですがりついた。つぎになにをするべきか、わかっていたらどんなにいいかと思ったが、とにかく頭が働かない。

「ほんとうに。ぞくぞくする。少ししょっぱくて。すばらしいよ」

ジャレッドはふたたびオリンピアの両脚のあいだに手を伸ばし、そっと人差し指を差し入れた。

オリンピアは身を震わせた。「ジャレッド。わたし、なにを言ったらいいのかわからない」

「なにも言わなくていい、私のかわいいセイレーン、そのうち、私のために歌ってくれたら、それでいい」

ジャレッドがなにを言っているのか、オリンピアにはわからなかったが、気持ちは舞い上がるばかりで、説明を求める勇気もない。自分のなかにジャレッドの指の感触があるのは、とても不思議な感じで、体の震えが止まらない。つい、無意識のうちに両脚でジャレッドをはさみつけてしまう。

「さあ。私のために歌って、美しいセイレーン」ジャレッドはゆっくりと指を引き抜き、小さくうめき声をあげるオリンピアの顔を見つめた。「そう、それだ。もう一度歌ってくれ、かわいい人」

親指の先でジャレッドに触れられ、オリンピアは体を震わせながら、べそをかくように小さくあえいだ。

「ああ、刺激が強すぎるが、すばらしい歌だ」気は進まなかったが、ジャレッドはオリンピアの脚のあいだから手を引いた。

どうしてもう触れてくれないのだろうと思い、オリンピアは薄目を開けた。秘密の部分に彼の手を感じたくてたまらない。いま味わっている痛いほどのじれったさを癒してくれるのはあの手のほかにはないと、信じて疑わなかった。

「ジャレッド?」視線を下げると、ジャレッドがぎこちない手つきでズボンの前を開けようとしている。「お願いだから、また触ってちょうだい」

むせているようなジャレッドの笑い声は、うめき声に変わってやんだ。「地獄の悪鬼がすべて押し寄せてこようと、あなたに触れずにはいられない」

ジャレッドがズボンの前を開けた。締めつける布から解放されて、大きく直立したものが勢いよくあらわになり、オリンピアはぎょっとして目を見張った。

「ミスター・チルハースト」

ジャレッドは額をオリンピアの額に押しつけた。からかうようにほころんでいる口元がひどく官能的だ。「あなたは、どこかの島に伝わるという、奇妙な結婚の習わしの話をしてくれた。これも、その儀式に使われるシンボルのようなものだと思ってもらえるだろうか、ミス・ウィングフィールド? これは黄金でできてはいないが、あいにく、持ち合わせはこれだけなので」

オリンピアは思い出してぎくりとした。わたしったら、ばかみたいに黄金の男根像についてぺらぺらしゃべったりして。笑い飛ばすべきなのか、恥じ入って身を縮めるべきなのか、わからない。

「硬い黄金製でなくて、かえって都合がいいのかもしれません」オリンピアはやっとの思いで言った。「どのみち、とても大きいし、はかり知れない価値があるのはまちがいありません。盗もうとする人だっているかもしれない」

含み笑いをして応じていたジャレッドは、とうとう声を張り上げた。「私をからかうとは、命知らずの人だ、セイレーン」

オリンピアは半開きの唇を湿らせ、濃いまつげ越しにジャレッドを見上げた。「わたしが？」

「そう」ジャレッドはオリンピアの両足をつかんでさらに広げ、自分のウエストに巻きつけた。なおも一歩足を踏み出して、彼女の濡れたやわらかい入り口に彼自身をあてがう。

オリンピアがジャレッドの男性の部分を見てショックを受けたとしたら、それが自分の無防備な扉に押しつけられる感触には、まさに茫然自失となった。同時に、その感覚こそ、これまでずっとほしくてたまらなかったものにも思えた。

「さあ、お願い」オリンピアはジャレッドの肩をつかんだ。

「ああ」ジャレッドはオリンピアの尻を両手でつかんでじっとさせ、ゆっくりと彼女のなかへと進んでいった。

オリンピアは目を閉じ、彼が自分のなかに入ってくる不思議な感覚に全神経を集中させた。

ジャレッドに押し広げられていくにつれ、ぞくぞくするような期待感といっしょに心地よい戦慄がこみ上げてくる。オリンピアは自分の体にジャレッドのその部分がおさまるとはとても信じられなかったが、いま起こっているのはまさにそのことのようだった。

張り裂けそうなくらい押し広げられ、快感のさざ波が体じゅうに広がりはしても、オリンピアにとって心地よいばかりではない。

「なんということだ」突然、ジャレッドが体の動きを止めた。

「どうしたの？」オリンピアは目を開けた。ジャレッドが岩石のように硬くいかめしい表情を浮かべていた。オリンピアが指先を食いこませているジャレッドの腕の筋肉は、鋼の帯のように硬く張りつめている。「だいじょうぶ？」

ジャレッドはほとんどすがるような表情を浮かべ、食い入るようにオリンピアを見つめた。「オリンピア、あなたは自分を世事に通じた大人の女性だと言っていた」

オリンピアは夢みるようにほほえんだ。「ええ、言ったわ」

「だから、こういったことも少しは経験があるのだと、私は勝手に思っていた」

「個人的な経験はないわ」オリンピアは指先でそっとジャレッドの頬に触れた。「わたしは、あなたに教えていただくのをずっと待っていたのだと思うわ。なんと言っても、あなたは優秀な家庭教師なんだもの。そうでしょう？」

「私は、血迷った男だ」ジャレッドはアイパッチに覆われていないほうの目ではたと彼女を見つめた。「オリンピア、あなたはほんとうに、私がほしいと？」

「ほかのなによりも」オリンピアはささやいた。

「では、私が嵐を突き抜け、あなたのなかの安らぎの港にたどり着くまで、ありったけの力をこめて私にしがみついて」

その熱っぽい言葉に、オリンピアはうっとり溶けてしまいそうな気がした。どんな言葉を返せばいいのかわからず、ただ、ジャレッドにからませている両腕と両脚に力をこめて、さらに引き寄せた。

ジャレッドはオリンピアの尻のやわらかな曲線を、手のひらでしっかり包みこんだ。そのまま両手に力をこめて動かないように固定して、やわらかな彼女のなかへと一気に容赦なく突き進んだ。

オリンピアは体を硬直させ、驚いて口を開けた。ジャレッドは彼女の口を口で覆って、驚きと抗議の悲鳴を呑みこんだ。

完全に彼女のなかに入りきって、ジャレッドは体の動きを止めた。首から下はぴくりとも動かさず、おずおずと彼女の口から口を離した。

「だいじょうぶかい?」かすれた声でささやく。

「ええ」オリンピアは息を吸い込み、爪が食いこむほどしがみついていたジャレッドの背中からこわごわ手を離した。「だいじょうぶだと思うわ」

「証拠がほしい。私のために歌ってくれ、セイレーン」

ジャレッドはゆっくりと穏やかに腰を前後させてから、そのままふたたび、完全に彼女のなかにおさまった。

オリンピアの体にじわじわとまた熱さがよみがえり、ジャレッドの侵入によって引き起こされた痛みは、ほどなく消えた。オリンピアはジャレッドにしがみつき、官能の熱い海へと、深く、深く、導かれていった。

オリンピアは、自分のなかでふくれあがってうずいている渇望に圧倒されていた。いますぐにでもはじけてしまいそうだ。正体はわからないけれど、とにかくなにかを解き放ってほしいと、自分でも気づかないうちにジャレッドに懇願していた。

「もうすぐだ、私のセイレーン、すぐだ」彼女のなかにふたたび深く沈みこみながら、ジャレッドは約束した。

「いますぐよ、ジャレッド。お願いだから、どうにかしてちょうだい」

「注文の多い人だ」

そうは言っても、要求されてうれしくてたまらないという口ぶりだ。実際、オリンピアがますます募らせている欲求不満を、ジャレッドはあおりさえした。どんなタイミングで彼女のなかに突き進んだり、どのくらい腰を引けばいいのか、知り尽くしているらしい。ジャレッドにさらに欲望の炎をかき立てられ、オリンピアは限界までぜんまいを巻かれた玩具になったような気がした。

やがて、ジャレッドは手を下げ、ふたりの体がつながっている部分に指先でなにかしながら、さらにオリンピアのなかへと突き進んだ。

刺激はあまりに強すぎた。オリンピアのなかのぜんまいは弾け飛んだ。オリンピアは、こんな感覚を味わえるとは夢にも思っていなかった。繰り返し、快感の波に呑み込まれたあと、体ががたがた震え出した。喜びの悲鳴をあげたかったが、ジャレッドの口で口をふさがれ、かなわなかった。

オリンピアは最後にもう一度、深く貫かれるのを感じた。ジャレッドは大きく身を震わせ、オリンピアに口づけしたまま口を開けた。自分でもそれと気づかないまま、オリンピアはジャレッドの満足げな叫び声を呑み込み、同時に、ジャレッドはオリンピアの低い悲鳴を呑み込んだ。

すべてが終わると、ジャレッドは机の上のオリンピアを抱え上げ、よろよろとソファまで運んでいって、いっしょに倒れこむようにして横たわった。

ずいぶん時間がたってようやく、ジャレッドはなんとか頭を上げられるまで回復して、オリンピアを見下ろした。彼の体の下で、オリンピアはぐったりと手足を伸ばして横たわっていた。ほほえんでいる口元がどことなくとり澄まして見えるのは、女性としてすっかり満足しているしるしだ。とうとう自分の影響力に気づいてしまったセイレーンの笑みだ、とジャレッドは思った。

その影響力がどんなに大きなものか、それを教えたのが私なのだ。

「情熱的にもほどがあるわ、ミスター・チルハースト」オリンピアは言った。

ジャレッドは力なく笑った。とにかく、くたくただった。体はぐったりしているが、気持ちは舞い上がっている。「そうかもしれない、ミス・ウィングフィールド。しかし、言わせてもらえれば、情熱の激しさなら、あなただって私に少しも引けを取らない」

オリンピアはうれしそうにジャレッドに身をすり寄せ、両腕を彼の首に巻きつけた。「なにもかも信じられないくらい刺激的だった。あんな感じは、いままで一度も味わった覚えがないわ」

「そうではないかと思っていたよ、オリンピア」ジャレッドは頭を下げ、オリンピアの乳房のふくらみにそっとキスをした。だれにも渡したくない、という強い思いが体を突き抜ける。

オリンピアには情熱的だと言われたが、本人がわかりすぎるほどわかっているように、これまでの数少ない恋愛経験でジャレッドは、仕事をするときと同じで、いつもきちんと行儀よく女性と付き合ってきた。処女と関係を持ったことなど一度もない。

結ばれたときの感触から、オリンピアが処女だったのはまちがいなかった。ジャレッドの男性自身に、愛液に混じってわずかだが血がついていた。

自分を恥じるべきなのだろう、とジャレッドは思った。しかし、いま、感じられるのは深い満足感だけだ。それに、本人も言っていたように、オリンピアは学校を出たばかりの小娘ではない。二十五歳だ。世事に通じた大人の女性なのだ。

ジャレッドは声を出さずにうめいた。世事に通じた女性が聞いてあきれる。生まれた土地から一度として足を踏み出したこともない、うぶな女性であり、私はそんな彼女の弱みにつけこんだのだ。

それでも、いまのは私の人生でもっとも輝かしい経験だった。

ジャレッドは図書室でオリンピアを誘惑しようとしていた好色なドレイコットを思い出した。彼女を〝手出ししてもかまわない相手〟とみなしていた男は、アッパー・タドウェイにほかに何人いたのだろう、とジャレッドは思った。ほかに何人の男が、彼女に下劣な誘いかけをしたのだろう。

しかし、オリンピアは私だけのためにセイレーンの歌をうたう日を待っていたのだ。

自分はオリンピアに選ばれたのだと気づいて、ジャレッドは驚くと同時に、厳粛な気持ちになった。彼女は私にすべてを捧げてくれたのだ。なにかがこみ上げてきて胸が詰まり、ジャレッドは大きく息を吸い込んで、ようやく声を出した。

「オリンピア」と、冷静な声で呼びかける。「あなたが私に差し出してくれた宝物に、言葉に尽くせぬ敬意を表したい。私はあなたを、誠心誠意、大切にするつもりだ」

オリンピアは指先でジャレッドの顎の線をたどった。「もう充分に大切にしていただいているわ」にっこりほほえむ。「わたしが望むのはただひとつ、あなたができるだけ長くこの家にいてくださることだわ」

「家庭教師兼愛人として？」

オリンピアはぽっと顔を赤らめた。「ええ、そうね、もちろんだわ。ほかになにがあるかしら？」

「あなたの言うとおり、ほかになにがあるだろう？」ジャレッドは片方の腕で両目をおおった。いますぐ、すべてを洗いざらい話すべきだと思ったが、話せばなにもかもが変わってしまう。オリンピアはまちがいなく腹を立て、私の裏切りを許してはくれないだろう。

自分がオリンピアの立場だったら、とジャレッドは思った。だまされていたと知って激怒するだろう。デミトリアに恋人がいるのを突きとめたときのように。

ジャレッドは、その日の午後、自分がフェリックスに言った言葉を思い出した。知らぬあいだに道化役を演じさせられるのは、耐えがたいものだ。

オリンピアが真実を知ったら、道化役を演じさせられたと思うだろう。からかわれ、おもしろがられた、と。

立場が逆なら、自分はまちがいなくそう感じるはずだ。

ジャレッドは思わず奥歯を噛みしめた。真実を知ったオリンピアが、三年前、デミトリアに裏切られた私と同じ反応をしたらどうする？　私が、私の世界からデミトリアを追い払ったように、オリンピアの世界から追い払われたら、私はどうすればいい？

オリンピアが私に背を向け、立ち去ってしまったらどうする？

ジャレッドは、体のなかが冷たくなっていくのを感じた。

つぎになにをしたらいいのかわからない。いまの状況を論理的に把握できそうにない。

ひとつだけ、まちがいなくたしかなのは、オリンピアとのあいだに始まったばかりの情熱的な関係があまりに魅力的すぎて、すべてを捨てる危険を冒す気にはまだなれない、ということだ。

こうやっていやなことを先延ばしにした付けは、あとでほんとうのことを告げるときに、何倍にもなって返ってくるのだろう、とジャレッドは暗い気持ちで思った。おそらくオリンピアは、すべてを捧げた男にこんなかたちで裏切られたことを、決して許しはしない。オリンピアがなにもかも知ったら、もう二度と今夜のようには、私を信じたり、頼ったりしてくれない可能性もある。

ジャレッドはどうしても、オリンピアに背を向けられるのは耐えられなかった。まだいまはだめだ、と彼は思った。まだ彼女を見つけたばかりなのだから。

これほど面倒でむずかしい問題がほかにあるだろうか。

これが情欲を燃え立たせた報いなのか。

これほど厄介な立場に追い込まれたのは初めてでも、ジャレッドは、必要なのは時間ではないかと、なんとなく感じた。もう少し時間がたって、彼女にも私を大切に思ってもらえるようになれば、真実を話すという危険も冒せるかもしれない。

そうだ、答えは時間だ、とジャレッドは結論づけた。避けられないものを避けるための、現実的、かつ恐ろしく論理的な答えを見つけられてうれしくてたまらなかった。

そのとき、階下《した》のキッチンから犬のくぐもった鳴き声が聞こえ、ジャレッドの強引な思考は砕け散った。

ジャレッドは目を覆っていた腕を持ち上げた。「いったいなにごとだ？」

「ミノタウロスだわ」驚きを隠せず、オリンピアは言った。

「しょうのない犬だ。家じゅうの者が目を覚ましてしまうぞ」ジャレッドは体を横にころがしてソファから降り、立ち上がった。手早く服装をととのえる。

ミセス・バードと子供たち三人が書斎に飛び込んできて、いまのオリンピアのありさまを目にするかもしれないかと思うと、気が気ではない。

「服を着て」ジャレッドは命じた。「早く。私は犬を見てくる」燭台を手にして、扉に向かって歩き出す。

「あの、アッパー・タドウェイの家で図書室にだれかが忍びこんだ夜も、ミノタウロスはいまみたいに吠えたわ」オリンピアは眉をひそめて考えながら、上半身を起こしてソファに坐った。「また、だれかが忍びこんだ物音が聞こえたのよ」オリンピアは引き下げられていたドレスに急いで袖を通して、前を合わせた。

「私はそうは思わない。おそらく、通りの人声か物音に反応しただけだろう。あの犬はまだ、街の物音や匂いに慣れていないから」ジャレッドは戸口で一瞬立ち止まって振り返り、身なりをととのえているオリンピアを見た。つい見入ってしまいそうになる。

オリンピアの胸飾りは、繊細なレースのキャップと並んで絨毯に落ちたままだ。大きく開いた胸元を隠すローンの小さな布地がないだけで、ドレスの印象はがらりとちがって見えた。地味すぎるほど地味だったのが、優美な胸のふくらみを強調した大胆で刺激的なデザインのドレスになる。

オリンピアはよろよろと一歩、足を踏み出そうとして顔をしかめた。痛みがあるにちがいない、とジャレッドは気づいた。けれども、オリンピアは文句ひとつ言わず、ジャレッドはどう言って謝っていいのかわからない。

ジャレッドがどうしようかと決めかねているあいだに、オリンピアは立ちなおった。彼を見てにっこりほほえみ、扉に向かって足早にやってきた。

そのとたん、自分の体が素早く反応するのがわかり、ジャレッドは驚き、困惑した。ありったけの意志をかき集めて、いま片づけなければならない問題に気持ちを切り替える。

「ここで待っているんだ。私が行って、ミノタウロスがなにを気にしているのかたしかめてくる」ジャレッドは小声で言った。最後にもう一度、名残惜しそうな視線をオリンピアのふっくら盛り上がった胸から、紅潮した頰、乱れた髪へと走らせたあと、廊下に出た。

オリンピアは急いで彼を追った。「待ってちょうだい、ミスター・チルハースト。わたしもいっしょに行きます」

階段に向かって歩きながら、ジャレッドは一方の眉をつり上げてオリンピアをからかった。「ミスター・チルハーストだって？」

「これからも丁寧なしゃべり方はくずさないほうがいいと思います」オリンピアはひどく真剣な顔をして言った。「子供たちやミセス・バードの前では、これまでどおりのふたりでいるべきだわ」

「あなたがそうお望みならば、ミス・ウィングフィールド」ふたりで階段を降りはじめると、ジャレッドは声をひそめて言った。「しかし、どういう経緯であれ、この手があなたのスカートのなかにあるあいだは、あなたをオリンピアと呼ぶ権利を行使させてもらいますから、そのおつもりで」

「ミスター・チルハースト」

「世事に通じた男女はそうするものなのです」当然のことだと言いたげに、ジャレッドは告げた。とりあえず罪悪感は心の隅に追いやって、自分でも抑えきれない喜びにどっぷりと浸る。

ブランデーより酔いを誘う満足感が、ジャレッドの全身をめぐっていた。大空に舞い上がり、太陽に近づきすぎたイカロスになった気分だが、危険を冒す価値はあると思った。情熱的な男でいる報いのなんとすばらしいことか。そう思ってジャレッドはにやりとした。今夜、私は新たに生まれ変わったのだ。

「そんなふうにからかったりして、不作法だわ」オリンピアは早口で抗議したが、階下からまた哀れっぽい鳴き声が聞こえ、いったん口をつぐんだ。「ミノタウロスはまちがいなく、なにかを警戒しているわ」

「おそらく、隣の家にくみ取り屋が来たのだろう」

「かもしれないわ」

キッチンにつづく扉を開けたとたん、扉が開くのをいまかいまかと待っていたミノタウロスに飛びかかられ、ジャレッドはもう少しで仰向けにひっくり返るところだった。ミノタウロスはジャレッドを押しのけるようにして先を急ぎ、オリンピアの目の前であわてて立ち止まった。

「どうしたの、ミノタウロス?」オリンピアはミノタウロスの頭をそっとなでた。「この家には、わたしたちのほかにだれもいないわよ」

ミノタウロスはクーンと大きく鼻を鳴らし、オリンピアのまわりをうろうろしてから階段を上っていった。

「庭に出たいのかもしれない」オリンピアは言った。「しばらく外に出してみましょう」

「私がやろう」ジャレッドはキッチンをざっと見渡してから、ミノタウロスを追って階段へ向かった。上っていった。キッチンのなかは、大きな鉄製コンロのあたりにも、流し台の周辺にも、変わったようすはなかった。キッチンは家の正面の半地下にあり、明かり取りの窓にはしっかり錠が下りている。

ジャレッドは来た道を引き返して階段を上っていった。オリンピアもぴったりあとについていく。

ふたりは廊下を歩いて裏口へ行った。すでにミノタウロスが待っていた。敷居をしきりに引っかいている。

「たしかに変だわ」オリンピアは言った。「いつものミノタウロスとは明らかにちがう」

「あなたの言うとおりのようだ」ジャレッドは扉のかんぬきを抜いた。

ミノタウロスは開きかけの扉の隙間をすり抜け、塀で囲われた狭い庭に飛び出していった。

「また吠え出したら、近所迷惑だわ」オリンピアは不安そうに言った。

「まあ、それはそれでいいだろう。近所の人たちとはまだ一度も顔を合わせていないのだから」ジャレッドはオリンピアに燭台を渡した。「あなたは家のなかにいなさい。私は、ミノタウロスがなにを気にしているのかたしかめてくる」

ジャレッドはそっと夜気のなかへ出ていった。いまのように厳しい声で告げた命令はかならず守られてきたから、という単純な理由で、オリンピアに下した命令は守られるものと思いこんでいた。

ミノタウロスは、庭の突き当たりまで行って立ち止まった。後ろ脚で跳び上がりながら、塀のてっぺんの匂いを必死でかぐ。

ジャレッドが屋外便所の横を通り過ぎ、伸び放題の植え込みを分け入っていくと、ミノタウロスが塀越しに路地をのぞきこんでいた。あたりに明かりはほとんどないが、石畳の狭い通りに人通りがないのは、かろうじてわかる。

ジャレッドは、両隣の家の庭に目をこらした。どちらも真っ暗で静寂に包まれている。夜中が書き入れどきの屎尿処理人《ナイトマン》の気配はどこにもない。わざわざ日中に屋外便所のくみ取りを依頼する者はめったにいない。たいていの家では、屋内の便壺の内容物は正面玄関から外に出され、庭を抜けて、通りの荷車に捨てられる。悪臭で迷惑をかけないように、そういった作業をほとんど人の出歩かない夜中に依頼するのは、ごくふつうのことだった。「だれもいないじゃないか」ジャレッドはそっと言った。「でも、おまえはなにかに気づいたんだ、そうだろう、ミノタウロス？」

ミノタウロスはちらりとジャレッドを見てから、また塀の匂いをかぎはじめた。

「なにか見えますか？」オリンピアの声がした。

ジャレッドは振り返り、自分の指示が無視されたのを知った。オリンピアは燭台を家に置いて、ついてきたのだ。月明かりの下、オリンピアの目はいっそう大きく見え、左右の胸のあいだにはくっきりと魅惑的な影が刻まれていた。

ジャレッドは、命令に背かれていらだちながらも、オリンピアのやわらかな胸の感触がありありと思い出され、どぎまぎした。

「なにも見えない」と、ジャレッドは言った。「通りに人の気配はない。おそらく、数分前にここを通りかかった人がいて、ミノタウロスはそれが気になったのだろう」

オリンピアは塀越しに外をうかがった。「この家で過ごすようになってもう何日かたつけれど、夜、ミノタウロスが通りがかりの人を気にかけて吠えたことは一度もないわ」

「それはわかっている」ジャレッドはオリンピアの腕を取った。「家にもどろう。こんなところでうろうろしていても意味はない」

とげとげしい声に驚いて、オリンピアはジャレッドの顔を見た。「なにか気に障ることでも？」

ちゃんとした理由があって理にかなう命令を下したら、きちんと守ってほしいと、家庭教師が雇い主に伝えるにはどうすればいいだろう、とジャレッドは思った。けれども、自分のほんとうの身分を明かさないで、言いたいことを伝えるすべを思いつく前に、オリンピアが鋭い叫び声をあげ、ジャレッドは驚いて立ち止まった。

「驚いたわ、あれはなに？」オリンピアは芝生に落ちている小さな白い布を見つめた。「あなたが落としたハンカチなの、ミスター・チルハースト？」

「いや」ジャレッドは身をかがめて、皺《しわ》くちゃの白いリネンのハンカチを拾った。そのとたん、香水の香りがして、眉をひそめる。

強烈な香りをかいで、オリンピアは鼻に皺をよせた。ジャレッドを見つめる彼女の目はすっきりと澄みわたり、真剣そのものだ。「今夜、まちがいなく、この庭にだれかいたんだわ」

ジャレッドは、走ってきたミノタウロスがハンカチの匂いをかぐのを見つめた。「そのようだ」静かに言った。

「こうなるのではと、わたしは恐れていたんです、ミスター・チルハースト。もう疑う余地はないわ。わたしたちは、とても差し迫った状況にあるのよ」

「差し迫った状況？」

オリンピアは目を細め、香水の染み込んだハンカチを見つめた。「日記に記されていた、ガーディアンに気をつけろ、という警告は真剣に受けとめなければならないんだわ。埋もれた財宝の秘密を手に入れようとしている人が、まちがいなくいるのよ。でも、その悪者は、ロンドンのわたしたちの住所をどうやって知ったのかしら？」

「なんということだ、オリンピア」突然、不愉快な思いがつぎつぎと浮かんできて、ジャレッドは言葉を切った。きゅっと真一文字に唇を結ぶ。「私たちがロンドンにいることを、だれかに話したのか？」

「いいえ、まさか。それだけは漏らすまいと細心の注意を払ってきたわ。わたしは、あなたの評判をなによりも大切に思っているもの」

「だとしたら、旅行探検学会のあなたの知り合いがだれかを雇って、私たちのあとを追って住所を突きとめさせたのかもしれない」

「ええ、そういうことも充分に考えられるわ」オリンピアは勢いこんでつづけた。「そのうちのだれかが、なんらかのかたちでガーディアンとつながりがあるのよ」

あるいは、オリンピアの新しい友人のひとりが、あまたの先人と同じように、財宝の魅力に引きつけられたのだろう、とジャレッドは苦々しげに思った。ほかでもない家族の者がこれまでに、失われた財宝を求めてどこまで無茶を重ねてきたか、ジャレッドはよく知っていた。家族以外の者が、同じくらい無茶をしたとしても、まったく不思議はない。

旅行探検学会の会員はひとり残らず、ミス・オリンピア・ウィングフィールドの専門は伝説の研究と、埋もれた財宝の探索だと、よく知っているはずだ。

9

翌朝、目を覚ましたとたん、ジャレッドは小さなローン地の胸飾り布と、白いレースのキャップのことを思い出した。二つとも、ゆうべ、ふたりがオリンピアの書斎を出たときと変わらず、並んで床に落ちているはずだ。

「しまった」ジャレッドは上半身を起こし、ベッド脇のテーブルに置いてあったベルベットのアイパッチをつかんだ。

情熱的な関係を築くという作業は、最初に思ったよりはるかにむずかしそうだった。上流社会の悪名高い道楽者たちは、あちこちの愛人の寝室に楽々と出たり入ったりすると聞くが、よくもそんなことができるものだ。ひとりの女性との一途でわかりやすい関係を築くだけでも、さまざまな危険に遭遇しかねないと、ジャレットは早くも気づきかけていた。

たぶん、私は生まれつきこういったことが苦手なのだ。そう思いながら上掛けを払いのけ、ベッドから出た。そのいっぽうで、ゆうべの逢い引きはこれまでの人生でも、劇的な出来事のひとつにちがいないとも思える。いや、もっとも劇的な出来事だった。

しかし、こうして夜が明けると、そんなめざましい冒険につきものの、七面倒くさいこまごまとしたこともあらわになってくる。大事なことからひとつずつ片づけていくしかあるまい、とジャレッドは自分に言い聞かせた。まずは、ミセス・バードや男の子たちのだれかに見つかる前に、胸飾りとキャップを回収しなければ。

きちんと整理された衣装戸棚から、白い綿のシャツとズボンをさっと取り出す。ブーツをはいていては時間がかかるので、裸足で行くことにする。

手早く服を着て、寝室の扉に近づく。そっと扉を開けて、用心深く廊下を見渡した。ちらりと懐中時計を見ると、まだ五時半にもなっていない。

運がよければ、すでにミセス・バードが起き出しているとしても、まだ自分の部屋にいるか、キッチンで朝食の準備をしているか、どちらかだ。

足音を忍ばせて階段を降りながら、ジャレッドの思いは書斎の絨毯の上に落ちているはずの小物から、庭で見つけた不気味なリネンのハンカチへと移っていった。

ゆうべ、だれかが庭にいたのはまちがいない。泥棒か強盗が、隙あらば家のなかに忍び込もうと狙っていたのだろう。しかし、オリンピアはそんなありきたりな説明には耳を貸そうとしない。

ジャレッドは小声で毒づいた。オリンピアが伝説のガーディアンに関心を持てば持つほど、すでに混沌としている彼の人生がいっそう面倒なことになっていくようだ。

書斎の扉を開けると、机の前に胸飾りとレースのキャップが落ちているのが見えて、ジャレッドはほっと小さく安堵の息を漏らした。落としたときのまま、絨毯の上に並んでいるのは、われを忘れて燃え上がった喜ばしい夜の、可憐な証拠の品だ。ジャレッドは下半身がまたかーっと熱くなるのを感じた。生きているかぎり、ゆうべのことは忘れないだろう。

かすかにほほえんで腰をかがめ、絨毯の上の胸飾りとキャップに手を伸ばす。オリンピアの髪から落ちたヘアピンも三本あったので、拾った。

「なにか忘れたんですか？」戸口から、ミセス・バードの低い声が響いた。「そんなことだろうと思いましたよ」

「なんというタイミングだ」ジャレッドはキャップと胸飾りをつかんだまま腰を伸ばし、振り返った。どうにでもなれ、という心境だった。「きょうはずいぶんと早いお目覚めですね、ミセス・バード？」

ミセス・バードはもちろん、ごまかされるつもりはなかった。嚙《か》みつきそうな顔をしてジャレッドをにらみつけ、両手を腰に当てて肘を張った。「紳士面をしながら、目当てのものを手に入れたが最後、さっさといなくなる人がいるそうじゃないですか。あなたもその手合いですか？」

「私は、この家を離れる予定はありませんよ、ミセス・バード。これでお返事になっているかどうか」

ミセス・バードは目を細め、まじまじとジャレッドを見た。「離れてもらったほうがいいかもしれませんねえ。あなたがここに長居すればするだけ、ミス・オリンピアはあなたに惹かれるようですから」

少なからず興味を引かれ、ジャレッドはミセス・バードを見た。「そう思われますか?」

ミセス・バードの顔が怒りにひきつり、みるみる赤黒くなった。「いいかい、このろくでなしの海賊め、お嬢さんを悲しませたりしたら、このわたしが許さないよ。ゆうべ、あなたがなにをしたか知らないが、ミス・オリンピアは慎みのある女性なんです。お嬢さんが疑うことを知らないうぶな性格だからって、それにつけこむとは言語道断」

ジャレッドは謎のハンカチのことを思い出し、これまで考えもしなかった可能性に気づいて愕然《がくぜん》とした。「教えてください、ミセス・バード、ゆうべ、ここでなにがあったか、あなたはどうしてそんなによくご存じなんです? もしかして、庭から私たちのようすを見張っていたんですか?」

「見張っていた? 見張っていたって?」ミセス・バードはひどく傷ついたようだった。「そんなこと、するわけがないでしょう。わたしはスパイじゃないんだから」

遅ればせながら、ジャレッドはハンカチに染み込んでいた香水の香りを思い出した。いつも亜麻仁油や磨き粉や、たまにかすかにジンの匂いをさせている彼女とは、どう考えても結びつかない。

「申し訳ありません」ジャレッドは苦笑いをしながら言った。

ミセス・バードの怒りは静まらなかった。「わたしには目も耳もあるんです。ゆうべは庭でこそこそしたりして、ちゃんと聞こえてましたよ。なんだろうと思って窓を開けたら、あなたがたふたりが庭でひそひそ話をしていましたよ。それから、家に向かう前に、あなたがミス・オリンピアにキスをするところも、ちゃんと見えましたよ」

「ほんとうですか？」あのときは、なんとかオリンピアの気持ちをガーディアンからそらしたくてキスをしたのだ、とジャレッドは思い出した。目的が達成されたかどうかは、よくわからない。

「見ましたよ。それだけじゃありません。明かりの具合で、かわいそうなミス・オリンピアのドレスに胸飾りがついていないのも、見えたんですよ。つまり、だれかが、きっとあなたでしょうけど、お嬢さんの胸飾りを取ったということです」

「なんと観察眼の鋭い人だろう、ミセス・バード」

「あなたの目的はお嬢さんを誘惑することだろうと思っていましたけど、そのとおりでしたよ。ゆうべの庭のようすを見て、今朝はだれよりも早く起きて、書斎を確認しようって、わたしは思ったんです。それで、たしかめてみたら、案の定、お嬢さんの小物が床に落ちていて、なにがあったかよーくわかったんですよ」

「なんと賢い人だ、ミセス・バード」

ミセス・バードはとがめるように、ふっくらした顎を突き出した。「わたしが拾おうとしたら、階上《うえ》であなたが扉を開ける音がしたんです。もうこれで、あなたが罪を犯したことは火を見るよりも明らかってもんです。そうでしょう？」

「あなたのすばらしい調査力と筋の通った推理には、舌を巻きました、ミセス・バード」ジャレッドは充分に彼女の注意を引こうと、たっぷり間を置いてから言った。「そのような才能を自在に操れるのだから、この家の仕事をクビになってもボウ・ストリート・ランナー（現在の警官にあたる）として勤まるでしょう」

ミセス・バードはぎくりとして、一瞬、目を見開いたが、すぐにジャレッドをにらみつけた。「ふん。わたしを脅そうったってむだですよ。ミス・オリンピアがわたしをクビにするはずはありません。そんなこと、わかりきってるじゃありませんか」

「そうだろうか？ あなたは気づいていないかもしれないが、ミス・ウィングフィールドはこの家を取り仕切るにあたって、ますます私の意見をたよりにされるようになっているんです」

「お嬢さんがわたしをやめさせたりするもんですか」ミセス・バードはきっぱり言った。

「それはもう、おやさしい方なんですから。このわたしを脅したと知れたら、クビになるのはあなたのほうですよ」

「私があなたなら、彼女の思いやりの深さをたしかめるのはやめておきますよ、ミセス・バード。とりわけ、あなたが彼女を見張っていたのが知れてしまった場合は」

「ばかをお言いでないよ。見張ってなんかいませんって」

「なるほど、しかし、ゆうべ、ここでなにがあったか、あなたがなにもかも知っているとわかったら、お嬢さんは見張られていたとは思わないでしょうか？ 私の言うとおりになさい、ミセス・バード。よけいなことはしゃべらないで、自分のやるべきことをやっていればいいんです」

激しい怒りがこみあげ、ミセス・バードはきゅっと唇を結んだ。「あなたは悪魔だ、そうでしょう？　地獄の妖術使いみたいにこの家に入りこんできて、なにもかもめちゃくちゃにした。階上《うえ》にいるわんぱく小僧たちにも魔法をかけて、借りてきた猫みたいにしてしまった。指をパチンと鳴らして、三千ポンドもの大金を出したと思ったら、こんどはミス・オリンピアをたぶらかしたりして」

「最後はちょっとちがいますね、ミセス・バード」ジャレッドはすたすたと扉に向かって歩きながら言った。

「ミス・オリンピアをたぶらかして、いいようにしたんです」ミセス・バードはちらりとジャレッドの顔色を見て、賢明にも一歩後ずさって戸口の脇によけた。「ちゃんとわかってますよ」

「そう判断されたなら、きちんと状況を把握しているとは言いかねますね」ジャレッドはミセス・バードの横を平然と通り過ぎ、階段へ向かった。

「ちょっと、どういうことですか？」ミセス・バードは声を張り上げた。

「魅せられて、わがものにされたのは、この私です」丁寧に言った。

ジャレッドは振り返りもせず、一度に二段ずつ階段を上っていったが、踊り場に着くまで、ミセス・バードがはらわたの煮え返るような思いでにらみつけているのが背中にはっきり感じられた。

あの口うるさい婆さんは癇に障るが、たいした問題ではない、と廊下を歩きながらジャレッドは思った。充分、対処できる相手だ。

ジャレッドはオリンピアの寝室の前で立ち止まり、そっとノックをした。小走りに近づいてくる足音がかすかにして、やがてオリンピアが扉を開けた。

「おはようございます、ミス・ウィングフィールド」白いローンの寝巻きに、あわててはおったらしい更紗《さらさ》模様のガウン姿の彼女を見て、ジャレッドはほほえんだ。

濃い赤毛が、魅力的な顔のまわりに燃え立つ炎のようだ。ジャレッドを見て、オリンピアはぽっとピンク色に頰を染めた。早朝の淡い日のなかで見る彼女は、たまらなく所有欲をかきたてる。ジャレッドは彼女の背後で誘いかけているような、乱れたベッドをちらりと見た。

「ミスター・チルハースト、こんな時間にどうなさったの？」オリンピアは身を乗り出すようにして、廊下の左右を確認した。「だれかに見られてしまいます」

「ゆうべ、あなたはすっかり忘れていたようだが、こんなものがあったのでお届けにあがりました」ジャレッドは胸飾りとキャップを持ち上げた。

「あら、まあ」オリンピアはジャレッドが掲げた品を見た。ショックを受けたのか、大きく目を見開いている。つぎの瞬間、ジャレッドの手から胸飾りとキャップを引ったくった。

「あなたがちゃんと覚えていて、取りにいってくださって、ほんとうによかったわ」

「残念ながら、私が行く前にミセス・バードに見つけられてしまいました」

「まあ、なんてこと」オリンピアはため息をついた。「彼女、取り乱していたかしら？　あの人は、この家にあなたがいることをとても気にかけていたから、すべて、悪いほうへ悪いほうへと考えてしまいそうな気がするわ」

「おっしゃるとおりですが、よけいなことをべらべらしゃべるような非常識な人ではないと、私は信じています」ジャレッドは頭を下げ、オリンピアに温かいキスをした。「朝食の席でお会いするのを楽しみにしていますよ、ミス・ウィングフィールド」

ジャレッドはあとずさり、顔を真っ赤にしているオリンピアを見つめながら扉を閉めた。そして、小さく口笛を吹きながら廊下を歩いて、自分の寝室にもどった。

「おはよう、オリンピアおばさん」

「きょうはとってもきれいだよ、オリンピアおばさん」

「おはよう、オリンピアおばさん。いいお天気だね？」

オリンピアが朝食専用の食堂に入っていったとたん、勢いよく椅子から立ち上がったヒューとイーサンとロバートに、オリンピアはにっこりほほえみかけた。

「おはよう、みなさん」オリンピアは言い、イーサンが小走りにやってきて椅子を引いてくれるのを待った。男の子たちが最近になって身につけたマナーに、オリンピアはまだどことなく違和感を覚える。「ありがとう、イーサン」

誉めてもらいたそうに、イーサンがジャレッドを見た。ジャレッドがかすかにうなずく。イーサンはにっこりして席についた。

食卓の上座についたオリンピアが前を見ると、下座に坐っているジャレッドの意味深長な視線にとらえられた。ゆうべ、オリンピアのなかに芽生えたほんわかとした幸福感が、ふたたびこみあげてくる。スプーンを取り上げる指がかすかに震えた。

人を愛するというのはこういう感じなのだ、とオリンピアは思った。まぎれもない事実に気づいたのは、ゆうべだった。それまでもジャレッドを思っているのはまちがいなかったが、オリンピアの思いは情熱よりはるかに奥深いものだった、と。

つまり、愛だ。そんな感情を抱くことは永遠にないだろうと、オリンピアはあきらめかけていた。いずれにせよ、世事に通じた二十五歳の女は現実的でなければならない。

愛するということ。

その感覚は、失われた伝説の謎を解くよりも、他の国の不思議な習慣を調べるよりも、はるかに刺激的だ。

愛。

今朝、オリンピアの人生はあふれるほどに満たされていた。叔母のソフィーとアイダが亡くなってから味わった寂しさは、どこかへ消えてなくなった。魂の丸ごとすべてで魂と向き合ってくれるような男性をとうとう見つけたのだ。

でも、彼とずっといっしょにいられるわけではない、とオリンピアは自分に言い聞かせた。いっしょにいられるのは、数週間か、数か月か、奇跡のような運に恵まれて、最大限に長くなってもせいぜい一、二年だろう。いつの日か、ジャレッドがつぎの働き口を求めてほかの家に行ってしまうのは、まちがいない。それが家庭教師というものだ。幼かった男の子たちはやがて成長し、家庭教師はつぎの職場へ向かう。

けれども、それまでは、海賊の顔をした男性、という姿でわたしのもとに届いた、とてつもなく熱い愛をぞんぶんに味わおう、とオリンピアは自分に誓った。

「それで、きょうはみんなでどこへお出かけなの？」しっかりとした冷静な声であってほしいと願いながら言った。心のなかは、その正反対だ。喜びという感情は隠すのがむずかしい、といまになってわかる。オリンピアが幸福感に満たされているのが手に取るようにわかり、ジャレッドも目をきらきらさせて彼女を見つめている。

「ぼくたち、ミスター・ウィンズローの機械博物館へ行くんだ」ロバートが言った。

「本物そっくりに動く、ぜんまい仕掛けの巨大蜘蛛がいるんだって」ヒューが大きな声で言った。「女の人たちは恐いだろうけど、ぼくは恐くないよ」

「機械仕掛けのクマと小鳥もあるんだって」イーサンが言い添えた。

好奇心をかき立てられ、オリンピアはジャレッドを見た。「とてもおもしろそうだわ」

「おもしろいという、もっぱらの評判です」そう言って、ジャレッドはトーストにジャムを塗った。

オリンピアはちょっと考え込んだ。自分なりにきょうの計画を立てていたが、機械博物館を見学に行くという新しい案はたまらなく魅力的だ。「わたしもみんなといっしょに博物館へ行きたいわ」

「大歓迎です。どうぞごいっしょにいらしてください」ジャレッドはトーストを口にした。

「そうだよ、オリンピアおばさん、いっしょにおいでよ」ロバートが言った。「すっごくおもしろいよ」

「それに、勉強になるんだ」イーサンが真面目ぶって言った。

「そうでしょうとも」博物館へ行けば勉強になるだけではない、とオリンピアは思った。ジャレッドといっしょに午後を過ごすチャンスを得られる。「いいわ、みんなといっしょに行くことにしましょう。博物館へは何時に出かけるのかしら？」

「三時です」ジャレッドが言った。

「ちょうどいいわ。マスグレイヴ会館で地図を見せていただく約束があるけれど、充分に間に合います」

「学会のコレクションにあなたのお役に立つような資料があるとは思えませんな、ミス・ウィングフィールド」ローランド・トーバートは背中で両手を組み合わせ、オリンピアのそばをうろうろしながら言った。「西インド諸島の地図といっても、ここにはろくなものがありませんからね。その点、私の自宅の図書室には、すばらしい地図がたくさんありますよ」

「そのうち、ぜひ見せていただきたいわ、ミスター・トーバート」オリンピアはさりげなく少しだけ、トーバートから離れた。不潔な服と、汗と、その匂い消し用の香水が混じったひどい匂いがして、かなわなかった。「でも、わたしはきちんと順を追って調べを進めたいのです」

「そうでしょうとも」トーバートはまたオリンピアににじり寄った。すでに机に広げた最初の地図の横に、べつの地図を広げているオリンピアの肩越しにのぞきこむ。「このような地図でなにを探していらっしゃるのか、具体的に話してはくださいませんか？」

「このあたりの正確な地理が知りたいのです」オリンピアは意識してあいまいに言った。まだいまの段階では、ジャレッド以外のだれにも、ほんとうのことを打ち明ける気はない。

「地図の記載に、微妙にちがっているところがあるので」

「なるほど」トーバートは知ったかぶりをして言った。「そのあたりの島々をすべて地図に示すのはむずかしいですからね」

「おっしゃるとおりです」オリンピアは机に身を乗り出し、二枚の地図を慎重に見くらべた。

ジャマイカの北にあるという、名のない謎の島はどちらの地図にも記されていない。新しい地図には、古い地図のほうにはない小さな点のような島がひとつ二つあるが、場所が西インド諸島から少しはずれている。

「きょうの午後遅くなら都合がよいのですが」トーバートが言った。「ぜひ、うちへいらしてください、ミス・ウィングフィールド」オリンピアが地図の一方をくるくる巻き上げるのを、トーバートは見つめた。「私の地図を見ていただけるように、それまでに準備をととのえておきましょう」

「ありがとうございます。でも、きょうの午後は予定があるのです」オリンピアはまたべつの地図を広げた。「今週の終わりあたりでは、ご都合はいかがでしょうか?」

「もちろん、けっこうですよ」トーバートは肉づきのいい腰に回した両手をまた組み合わせ、かかとに体重をかけて前後に体を揺すった。「ミス・ウィングフィールド、あなたはオールドリッジ卿のコレクションもご覧になるのでしょうね」

「ご親切にも、見にくるようにとおっしゃっていただきました」オリンピアは眉間に皺を寄せ、新しい地図に目をこらした。

「この機会に、あなたに忠告申し上げたいことがあります」

「なんでしょう?」地図から顔も上げずに訊いた。

トーバートは、こほんと咳払いをしてから言った。「私の義務と感じてお話しするのですが、あなたの研究のどんなことであれオールドリッジ卿に明かされるときは、慎重に慎重を期されるべきです」

「そうなのですか?」オリンピアは驚いてトーバートを見た。「いったいどういうことでしょう?」

トーバートはさっと図書室のなかを見渡し、初老の図書館員を含めてだれも、話し声の聞こえる範囲にいないのを確認した。オリンピアのほうにぐいと身を乗り出して言う。「オールドリッジは若い女性を平気で利用する男なのです、ミス・ウィングフィールド」

「利用する?」トーバートの香水の強烈な匂いがして、オリンピアは鼻に皺を寄せた。「わたしの隙に付け入るということですか?」

トーバートは一瞬、うろたえた顔をしたが、すぐに立ちなおった。「あなた個人にたいしてどうこうということではありません、ミス・ウィングフィールド」ぼそぼそとあとをつづける。「あなたの研究を利用する、ということです」

「わかりました」この香水の香りはなぜか知っているような気がする、とオリンピアは思った。

「いいですか、あなたの専門が、古い伝説や外国の習慣の研究だということは、よく知られています」トーバートはいわくありげにくすりと笑った。「あなたが学会誌に発表された論文には、財宝の存在がそれとなくほのめかされている古い伝説のことも記されていた、というのも事実です」

「おっしゃるとおりです」オリンピアはちょっと肩をすくめ、また体を傾けて地図に見入った。「でも、どなたかが実際に財宝の在処《ありか》を突きとめたという話は聞いたことがありません。研究の醍醐味は、調査作業そのものにあるのです」

「そう思っているのは、研究作業に知的価値を認めている私たちくらいのものです」トーバートはよどみなく言った。「残念ながら、それ以外の人にとっては、研究や探索の高尚な魅力よりはるかに、黄金や宝石にたいするさもしい魅力のほうが大きいのです」

「おっしゃるとおりなのでしょうけれど、ミスター・トーバート、そういう方が学会のような学究的な集まりにいらっしゃるとは思えません」

「悲しいかな、それはあなたの思いちがいです」トーバートは冷ややかにほほえんだ。「人間とはもともとそういうものなのか、私たちの集まりにも、無教養で下品な宝探し屋は何人かいます」そう言って、背中をぴんと伸ばした。「そして、こんなことを言うのは残念なのですが、そのひとりがオールドリッジなのです」

「ご忠告は心に留めておきます」またトーバートの香水の匂いが鼻をつき、オリンピアは眉をひそめた。ああ、もう少しで思い出しそう、と彼女は思った。最近、かいだ香りだ。ごく最近に。

そうだわ、ゆうべよ。

「ここは、暑くはありませんか？」トーバートはポケットからハンカチを引っぱり出し、汗の浮き出た額をぬぐった。

オリンピアの目は、リネンのハンカチに釘付けになった。彼女とジャレッドが庭で見つけたものと、まったく同じハンカチだ。

ガラスケースの底を、ぜんまい仕掛けの巨大蜘蛛が行ったり来たりしている。脚の運びがガクガクと不自然だが、そこがかえって魅力的だ。蜘蛛が追いかけているネズミも、同じように脚の運びがぎこちない。

オリンピアは、イーサンとヒューとロバートと並んでガラスケースにへばりついていた。四人とも、うっとりとケースのなかを見つめている。ジャレッドはケースの反対側にいて、穏やかな表情で蜘蛛の動きをながめていた。

「ね、すっごく大きいでしょう？」イーサンはうれしそうにオリンピアを見た。「オリンピアおばさんは、恐い？」

「いいえ、ぜんぜん」オリンピアは蜘蛛から視線を上げ、イーサンのがっかりした表情に気づいた。「この怪物が襲ってきても、あなたたち三人が守ってくれるんだもの、恐いわけがないでしょう？」

イーサンは満足げにほほえんだ。「ミスター・チルハーストを忘れないで。彼だっておばさんを守ってくれるよ。そうでしょう、ミスター・チルハースト？」

「なにがあろうと、最善を尽くします」ジャレッドは小声で厳かに言った。

「だって、機械仕掛けの蜘蛛じゃないか」十歳の少年らしく、ロバートがばかにしたように言った。「人に危害を加えるわけがないよ。そうでしょう、ミスター・チルハースト？」

「まあ、そうだろう」ジャレッドは言った。「しかし、ぜったいということはありえないからね」

「そうだよ」イーサンがうれしそうに言った。「ぜったいはありえないんだ。たとえば、いま、ここでこいつをケースの外に出したら、すっごい騒ぎになるに決まってるよ」

ロバートが部屋の奥に目をやると、観光客たちが機械仕掛けのクマの動きに目をこらしている。「考えてもみてよ。あそこの女の人の足首に突然、ガシャッとこの蜘蛛がしがみついたら、どうすると思う？」

「悲鳴をあげるに決まってる」ヒューが言った。さらに、ガラスケースの上の掛け金を見て、なにか考えている。

ジャレッドが眉をつり上げて言った。「考えるだけむだだぞ」

男の子たち三人はがっかりしていっせいにうめき声をあげ、また蜘蛛の観察を再開した。

オリンピアは素早くあたりをうかがってから、ジャレッドに近づいた。この日初めて、彼とふたりきりで話をする機会を逃しはしない。トーバートのハンカチについてわかったことを、ジャレッドに告げたくてたまらなかった。

「ミスター・チルハースト、どうしてもお話ししたいことがあります」

ジャレッドはほほえんだ。「なんなりとお話しください」

「ふたりきりでお話ししたいのです」オリンピアは、ぜんまい仕掛けの珍品がぎっしり並んでいるべつの部屋に入っていった。

ジャレッドはのんびりとオリンピアについていって、機械仕掛けの兵士が飾られているケースに近づいた。「さて、ミス・ウィングフィールド？」ケースの土台近くの把手をひねると、兵士がみるみる体をこわばらせ、ぴんと背筋を伸ばした。「どんなお話でしょう？」

オリンピアはちらりと横目で勝ち誇ったようにジャレッドを見てから、機械仕掛けの兵士に夢中になっているふりをした。「侵入者がだれなのか、わたし、突きとめられたみたい。

たぶん、彼がガーディアンよ」

　把手をつまんでいたジャレッドの手が動きを止めた。「ほんとうですか？」

「ええ、ほんとうに」オリンピアは機械仕掛けの兵士をもっとよく見ようとするようにガラスケースに身を乗り出した。「信用されないかもしれないけれど、侵入者はほかのだれでもなく、ミスター・トーバートよ」

「トーバート？」ジャレッドはまじまじとオリンピアを見た。「いったいどういうことです？」

「ゆうべ、わたしたちが見つけたハンカチはミスター・トーバートのものだと、わたしはほぼ確信しています」オリンピアは、機械仕掛けの兵士が小さなライフルを掲げはじめるのを見つめた。「あの方は、きょうの午前中、学会の図書室でハンカチを使われたのですけれど、それがわたしたちが見つけたハンカチとまるで同じだったのです」

「ハンカチは、どれも同じように見えるものです」ジャレッドはそっけなく言った。

「そうね。でも、そのハンカチはわたしたちが見つけたものと同じ香りがしたんです」

　ジャレッドはかすかに眉をひそめた。「たしかですか？」

「まちがいありません」オリンピアは、機械仕掛けの兵士がライフルで狙いを定めるのを見つめた。「でも、もうひとつ、べつの可能性もあります」

「というのは？」

「トーバートとオールドリッジは敵対し合っています。きょうの午前中も、トーバートは苦心して言葉を選びながら、オールドリッジには気をつけるようにと、わたしに忠告しました。ゆうべ、オールドリッジ卿がわざとあのハンカチを庭に落としたということも考えられます」

「いったい、なんのために？」

オリンピアはじれったそうに横目でジャレッドを見た。「わたしがあの方に悪い印象を持つように、ですわ、もちろん」

「しかし、あなたがハンカチの持ち主を特定できなければ、オールドリッジの計画はむだに終わったわけでしょう」ジャレッドは指摘した。

「ええ、わかっています。でも、現にわたしは、持ち主を特定できたのですから」

「あなたがこんなに簡単に持ち主を特定できると、オールドリッジに予想できたとは思えません。私には、彼が今回の件にかかわっているとはとても思えない」ジャレッドはオリンピアに体を向け、真剣な表情で見つめた。「オリンピア、あなたにはもうこの件にかかわってほしくない」

「でも、ミスター・チルハースト――」

「私にまかせて」

「それはできません」オリンピアは顎を突き出した。「私の研究にかかわる問題だもの。ガーディアンや、だれであれ財宝を狙っている人たちから日記を守る義務は、このわたしにあるわ」オリンピアは下唇を嚙みしめ、じっと考えこんだ。「そうは言っても、認めないわけにはいかないわ。ミスター・トーバートはどう見ても伝説の一部には見えない。あの方がガーディアンとつながりがあるとはとても思えません」

「そら見たことか」ジャレッドは歯を食いしばったまま言った。「トーバートだろうが、ガーディアンだろうが、私はあなたに近づいてくる者すべてから、あなたを守ります。あなたに保護が必要なときは、いつだって」

オリンピアは驚いてジャレッドを見つめた。「どういう意味でしょう？　もちろん、どんなときでも用心するに越したことはないけれど」

「ミス・ウィングフィールド、ハンカチの件はすべて私にまかせてください。トーバートには、ゆうべ、庭で起こったようなことは二度とさせません」

「あの方と話をするの？」

「話をしてしっかりわからせますから、ご安心を」

オリンピアは安心して、ほっと息をついた。「よかったわ、すべて、あなたにおまかせします」

「感謝します、ミス・ウィングフィールド。それでは――」

ジャレッドが言い終わらないうちに、背後のくぐもった話し声や、ぜんまいのカチカチいう音を切り裂くように、女性の甲高い声がした。

「チルハースト。ここでなにをしてらっしゃるの？」

ジャレッドの視線はオリンピアを通り抜け、彼女の背後から近づいてくるだれかに注がれた。「なんということだ」

オリンピアが、ジャレッドの冷ややかで謎めいた表情に気づいたとたん、またさっきの女性の声がした。

「チルハースト、あなたなんでしょう？」

オリンピアが振り返ると、息を呑むほど美しい女性がすべるような足取りで部屋を横切り、こちらへやって来る。やがて、彼女は立ち止まり、冷たい笑みを浮かべてジャレッドを見た。ここでジャレッドに会ったのがよほどおもしろいのか、淡いブルーの目をきらきらさせている。

しばらくのあいだ、オリンピアは見知らぬ美しい女性を見つめることしかできなかった。淡い金色の髪は優雅にピンでまとめられ、その上に、とても独創的なデザインの、おそらく目が飛び出るほど高いにちがいない小さな青い帽子をかぶっている。スカイブルーのアフタヌーンドレスの上に着ているスペンサー（丈が短く、体にぴったりした上着）も深いブルー。色揃いのキッド革の手袋だけでも、わたしのドレスと、靴と、帽子と、ハンドバッグをすべて合わせたよりも高価だろう、とオリンピアにはわかった。

女性には連れがいた。同じくらいお洒落な女性で、こちらは黄色ずくめだ。美しさではブロンドの彼女にかなわないが、異国風の魅力が匂い立つようだ。青ずくめの女性とはなにもかも正反対。羽根の縁飾りがついた帽子から見え隠れする髪は、つややかな濃い茶色だ。目も黒っぽい。ほっそりした友人とはちがって肉づきがよく、ふっくらしている。

「少し前にあなたを見て、わが目を疑ったわ、チルハースト」ブロンドの女性が言った。「あなたがロンドンにいらしているって噂で聞いたけれど、信じていなかったの。あなたは、めったにこちらにはいらっしゃらないから」

「こんにちは、デミトリア。いや、レイディ・ボーモントとお呼びするべきかな？」ジャレッドは丁寧に、しかし突き放すように頭を下げた。

「デミトリアでけっこうよ」デミトリアは連れの女性を見た。「コンスタンスのことは、覚えてらっしゃるわね？」

「よく覚えています」ジャレッドは冷たい笑みを浮かべた。「レイディ・カークデール」

「チルハースト」レイディ・カークデールのコンスタンスは形だけの笑みを浮かべた。それから、オリンピアを見た。

デミトリアも連れと同じようにオリンピアを見た。「こちらのお友だちはどなたなの、チルハースト？　あなたはこちらの方とイッバートン通りの家に住んでいるという噂を聞いたわ。でも、わたくしは嘘だと思っていた。そういう愛人関係を結ぶなんて、あなたらしくないもの」

「レイディ・ボーモント、レイディ・カークデール、私の妻を紹介させてください」ジャレッドの声はいつにも増して落ち着き払っていたが、オリンピアに向けられた一見、判読不明な視線には、まぎれもない警告の色が浮かんでいた。

私の妻。

オリンピアはようやく、自分があんぐり口を開けていることに気づいた。あわてて口を閉じて、身を引き締めた。なんとか危機を乗り越えなければならない。いずれにしても、万が一、ジャレッドの知人と顔を合わせて尋ねられたら、ふたりは夫婦だと言えばいいと思いついたのは、オリンピアなのだ。いまや、ジャレッドの評判は危機に瀕している。オリンピアの毒に、ジャレッドはオリンピアの指示にしたがっているだけだ。オリンピアとしては、話を合わせるしかない。

「はじめまして」オリンピアははきはきと言った。

「まあ、なんてすてきなお話」デミトリアは博物館の展示品を見るように、まじまじとオリンピアを見た。「これ以上の驚きはないわ。つまり、チルハーストはようやく肩書きへの義務を果たして、子爵夫人にふさわしい方を見つけられたのね」

10

「子爵ですって?」三十分後、足音も高く、オリンピアは自分の書斎に入っていった。さっと帽子を取るなり、回れ右をして、ジャレッドと向き合う。機械博物館での一件以来初めて、オリンピアはジャレッドとふたりきりになれたのだ。抑えきれない怒りがふつふつとこみ上げてくる。「あなたが子爵?」

「あんな形で知らせることになって、とても残念だ、オリンピア」ジャレッドは扉を閉め、錠を下ろした。扉に背中を向けてオリンピアと向き合う。ジャレッドの表情は、彼女を妻と紹介したときから変わらず、近づきがたく謎めいている。「もちろん、あなたには説明を聞く権利がある」

「わたしもそう思います。わたしはあなたの雇い主ですから、ミスター・チルハースト」オリンピアは眉をひそめた。「ではなくて、子爵さま。なんだっていいわ。いまいましい。なんにせよ、紹介状を見せてほしいとしつこく言うべきだった。あなたは、叔父にも紹介状など見せていないのでしょう?」

「それは、まあ、ええ」と、ジャレッドはつぶやいた。「そうです、見せていません。叔父上は、見せるようにともおっしゃらなかった」

「叔父は、うちの家庭教師に雇おうという人に、紹介状を見せるように言わなかったと言うの?」信じられなくて、オリンピアは詰め寄った。

「じつは、叔父上は私を家庭教師として雇われたわけではないのだ」ジャレッドは平然として言った。

「ますます訳がわからない。具体的に、いったいなんのために叔父はあなたを雇ったのですか、子爵さま?」

「叔父上はなにかをさせるために私を雇われたわけではない。積み荷に付き添ってアッパー・タドウェイまで行ってくれないかと、私に頼まれただけだ」ジャレッドはオリンピアを見た。「こう言ってはなんだが、自分ながらいい仕事をしたと思っています」

「ばかばかしい」オリンピアは帽子をソファに放り、机をぐるりと回ってジャレットと向き合った。こうして机に向かっているときがいちばん、自分が強く感じられるし安心していられるような気がした。オリンピアは勢いよく椅子に腰かけ、ジャレッドをにらみつけた。

「よろしければ、話のつづきを聞かせていただけるでしょうか、子爵さま。この場で、ぼんやりした愚か者役を演じるのは、もうたくさんなので」

ジャレッドの片方だけの目が、一瞬、きらりと光った。心の痛みのせいかもしれないし、むっとしたせいかもしれない。どちらなのか、オリンピアにはよくわからなかった。なんであれ、オリンピアは背筋がぞっとした。

ジャレッドはゆっくり椅子に腰かけ、ブーツをはいた両脚をぐいと伸ばして、マホガニー材の椅子の肘掛けに肘をのせた。両手の指先を突き合わせて、考え深げな目をしてオリンピアを見る。「ひどくこみ入った事情があるのだ」

「事情がこみ入っていることは、どうぞ気になさないで」オリンピアはほほえみ、わたしも穏やかに、冷静にならなければと自分に言い聞かせた。「おおまかな流れを把握できるくらいの頭はあると、自負しておりますから」

ジャレッドは唇を引き締めた。「たしかに。わかった、どこから始めればいいだろう?」

「もちろん、初めからお願いするわ。あなたはなぜ、うちの家庭教師に雇われたふりをなさったの?」

ジャレッドは口ごもり、ふさわしい言葉を探した。「叔父上にお会いしたいきさつについては、これまでに話したとおりだ、オリンピア。フランスで偶然にお会いした叔父上に頼まれ、私は荷物が無事、あなたのもとに渡るのを見届けることになった」

「家庭教師の勤め口を探していたのでなければ、なぜ、わざわざそんなことを引き受けようと?」

「ライトボーンの日記のためだ」ジャレッドはさらりと言った。

オリンピアが衝撃のあまりあんぐりと口を開けたのは、この日二度目だった。「日記ですって？　日記のことを知っていたの？」

「知っていた。私も追っていたのだ、日記を」

「驚いた」オリンピアは、体じゅうから気力がすべて抜け出てしまったような気がした。椅子の背にぐったりと体をあずけて、なんとか素早く頭を回転させようとする。「そうね。それですべてに説明がつくわ」

「そうとはかぎらないだろう」

「日記を追っていたあなたは、アーテミス叔父さまに先を越されたので、叔父さまに会うように画策した。ここまでは合ってるわね？」

「そのとおりだ」ジャレッドは付き合わせた左右の指先で、トントンとリズムを取りはじめた。「しかし――」

「そのうちあなたは、日記がもうわたしのところへ送られる積み荷の一部として船に運びこまれていると知った。そこで、積み荷の付き添いができるように、手はずをととのえた」

ジャレッドはちょっと首をかしげた。「あなたの賢さにはいつも舌を巻いてしまいます、オリンピア」

誉められても喜んではだめ、とオリンピアは自分に命じた。愛する男性から甘い言葉をもらったからといって、舞い上がっている場合ではない。ジャレッドは計画的にわたしをだましていたのだ。それを忘れてはいけない。「うちにたどり着いたあなたは、ここにいつづける方法を見つけた。わたしが家庭教師を求めていると、すぐに気づいたのでしょうね」

「叔父上からあらかじめ聞いて知っていました」と、ジャレッドは認めた。「あなたは、この六か月で三人の家庭教師にやめられてしまった、と」

「だから、これはしめたとばかりに家庭教師のふりをして、ライトボーンの日記のそばにいつづけたんだわ」

ジャレッドはオリンピアの頭の上の壁を見つめた。「日記のために私があなたをだましたように見えるのは無理もない」

「自分では日記を解読できないかもしれないと不安だったから、できることなら、わたしに伝説の鍵を解かせようと思ったんだわ」

「そう見えるのもわかっています」

オリンピアは眉をひそめて考えこんだ。「どうして日記のことを知っているの、ミスター・チルハースト？　ではなくて、子爵さま」

「ジャレッドと呼んでほしい」と、静かに言う。「叔父上と会ったときに日記を探していたのは、日記が私たち家族のものだからだ」そう言って、かすかに肩をすくめた。「つまり、実際に存在するのであれば、財宝もわれわれ家族のものです」

オリンピアは凍りついた。「家族のものって、どういう意味？」

「クレア・ライトボーンは私の曾祖母だ」

「まさか、そんなこと」オリンピアは危うく椅子から転げ落ちそうになった。「あなたの曾祖母さまが？　伯爵夫人の？　でも、そんな肩書きは日記には触れられていないわ」

「曾祖母は、ジャック・ライダーがまだたんなるキャプテン・ジャックだったときに結婚した。彼がフレームクレスト伯爵になったのは、西インド諸島からイギリスにもどって数年後だ。うちの家族はあまり話したがらないが、実際のところ、彼は爵位を買ったようなものなのです」

「驚いた」

「当時は、爵位を買うのもそうむずかしいことではなかった」ジャレッドは穏やかに言った。「莫大な金と影響力さえあれば手にできた。ジャック・ライダーはその両方を持っていた」

「ええ、もちろんでしょう」オリンピアは、日記をざっと拾い読みしたときにそのような書き込みがあったのを思い出した。ジャック・ライダーは大金持ちになって西インド諸島からもどってきたのだ。イギリスに腰を落ち着けてからも、ますます莫大な富を得たという。

「フレームクレスト伯爵の肩書きを手に入れたあと」ジャレッドはつづけた。「曾祖父は二つ目の爵位、つまり、チルハースト子爵という肩書きを手に入れた。これは、フレームクレスト伯爵の後継者が名乗る爵位だ。いまは私が名乗っています」

つぎつぎと容赦なく襲ってくる衝撃に、オリンピアは頭がくらくらした。「あなたは伯爵位の後継者。あなたの曾祖父さまは、クレア・ライトボーンのミスター・ライダー」クレアの最愛のライダーさまだ、とオリンピアは思った。

「そうです」

わたしの最愛のチルハーストさま。

いま、目の前で新事実を明かされて、オリンピアの気持ちは落ち込むいっぽうだった。最初から、ミスター・チルハーストをいつまでもそばに置いておくことはできないとわかっていたはずよ、と自分に言い聞かせる。それでも、胸の奥のどこかでずっといっしょにいられたらいいと望んでいた。わずか数週間で終わってしまうとは思いもしなかった。

オリンピアの夢はあまりにもあっけなく終わろうとしていた。あまりに早すぎる。なにか方法を見つけて、あとほんのわずかでも長引かせなければ。

ジャレッドはどうなのだろう、と半分自棄《やけ》になりながら、オリンピアは思った。ふたりで分かち合った情熱が彼にとって無意味だとは、とても信じられない。それでも、彼は胸にわたしを抱きながら、わたしをあざむいていた。たぶん、わたしを愛してはいなかったのだろう。わたしがほしかっただけ。そうにちがいない。

オリンピアは論理的に考えようと必死になった。「そうね、あなたが日記を手に入れたかったのも無理はないわね、ミスター・チルハースト。あなたがた家族のものだと主張する権利は、まちがいなくあるわ。何年も前から探していたのも当然。先にわたしが在処《ありか》を突きとめたと知って、さぞ腹立たしかったでしょうね」

「どうしてもジャレッドと呼べないのなら、チルハーストと呼んでほしい」

「なんだっていいわ」オリンピアははつらつとした明るい笑みを作ろうとがんばった。「でも、これでわたしたちの調査に新たな道筋ができたのはたしかだわ」

ジャレッドは戸惑いの目でオリンピアを見た。「そうだろうか？」

「もちろんよ」オリンピアは勢いよく立ち上がり、窓辺に近づいていった。背中で両手を組み合わせて、ちっぽけな塀で囲まれた庭に目をやる。危険は覚悟のうえで、細心の注意を払って話を進めなければならない。

「あなたの言っている意味がわからないのだが、オリンピア」

オリンピアは深々と息をしてから、言った。「あなたがご存じの家族の歴史は、わたしにとって有益な手がかりになるかもしれない。そうなれば、日記を解読するうえで助けになる可能性もあります」

「それはどうだろう。私が知っている家族の歴史など、キャプテン・ジャックと彼のとんでもない冒険にまつわるほら話のようなものばかりだ」

オリンピアの爪が手のひらに食い込んだ。これからも日記の解読をつづけさせてもらえるように、なんとかしてジャレッドを説得しなければ。彼との関係を終わらせないための口実は、たったひとつ、それしかないのだ。

「どう転ぶかはわからないわ」オリンピアは言った。「でも、そういったほら話にも、日記のあちこちに見られる奇妙なフレーズの解明に役立つ情報が潜んでいるかもしれない」

「ほんとうに？」ジャレッドはまだ疑わしげだ。

「ええ、まちがいないわ」オリンピアはくるっと振り返って、ジャレッドと向き合った。

「わたしは、どうしても日記の解読をつづけたいの。結果はもちろん、喜んであなたにも伝えるわ。隠された財宝の秘密は、あなたがた家族のものだとわかっていますから」

ジャレッドの表情がこわばった。「オリンピア、私はライトボーンの日記の秘密など、まったくもって、どうでもいいのだ。前にもはっきりそう言ったはずだ」

「どうでもいいはずがないわ」オリンピアは聞き入れなかった。「苦労して日記を探したうえ、謎を知りたい一心で巧みにこの家に入りこんだくらいだもの。わかってほしいのは、あなたがわたしをあざむいた理由は、わたしにはわかりすぎるほどわかるということよ」

「わかる、と?」

「そうよ。そして、あなたの企みはとても巧妙だったと思う、と言わざるをえないわ。きょうの午後、レイディ・ボーモントに会いさえしなければ、企みは完璧に成し遂げられていたはず」

「それはあなたの勝手なこじつけだ、オリンピア」

「こじつけだなんて、とんでもない。いまになってよく考えると、あなたがしたことはすべて筋が通っていると思えます」

「あなたはきっと、私が家庭教師に徹していなかったのはなぜだろうと不思議に思っているだろう」ジャレッドは静かに言った。「なぜ私はあなたを誘惑したのかと、自問しているにちがいない」

オリンピアは両手の指を組み合わせ、顎を突き出した。「いいえ、ミスター・チルハースト。そのようなことを自問してはいません」

「なぜだ?」ジャレッドは椅子から立ち上がった。「あなたのような立場の女性なら、そうするのがふつうだろう」

「もう答えはわかっていますから」オリンピアは痛いほどジャレッドの視線を感じていた。

「わかっている? どんな答えだというのだ、オリンピア? 私はなぜ、あんな行動に出たと説明する? ふたりともわかっているように、私は紳士らしからぬ振る舞いをした。あなたをいいように利用したと、たいていの人は言うだろう」

「それはまったくちがうわ」オリンピアはジャレッドをにらみつけた。「わたしたちは、たがいをいいように利用したのよ」

ジャレッドは悲しげに口をゆがめた。「たがいを?」

「そうよ。わたしたちはたがいに、世事に通じた大人の男女よ。自分たちがなにをしているかは、しっかりわかっていたはず。ふたりのあいだに起こったことについて、非難されるべき者がいるとすれば、それはわたしよ」

「あなたが?」ジャレッドは驚いてオリンピアを見つめた。

オリンピアは真っ赤になりながらも、まっすぐジャレッドの目を見返した。「あなたは紳士です。でも、度を越した情熱家でもあるのだと、わたしはすぐに感じました。そして、その事実につけこんだのよ」

ジャレッドは咳払いをした。「度を越した情熱家?」

「もちろん、一族の特徴でしょう」オリンピアはいたわるように言った。「いずれにしても、あなたはミスター・ライダーの子孫なのですから。日記の、彼にまつわる記述を見るかぎり、熱烈な感情の持ち主だったとわかります」

「言わせてもらえれば、この世の中で、私を度を越した情熱家だと感じてくれるのは、おそらくあなたしかいないだろう、オリンピア」どこか悲しげに、ジャレッドは口をすぼめてほほえんだ。「実際のところ、私はひどく退屈な人間だと思われているのだ」

「どうかしているわ。そんなことを言うのは、あなたをよく知らない人よ」

「家族はみんな、私を退屈でおもしろみにかける男だと思っている。家族以外もそう。レイディ・ボーモントも同じだ」

オリンピアは一瞬、あっけにとられた。「そう言えば、もうひとつ、お訊きしたいことがあります。レイディ・ボーモントはどういう方なんでしょう？ 古くからのあなたのお友だち？」

ジャレッドは体の向きを変え、なにも言わずにオリンピアの机まで歩いていった。机に寄りかかって、腕組みをする。

「レイディ・ボーモントは、最近までミス・デミトリア・シートンだった」と、まったく感情を交えずに言った。「三年前、ほんの短いあいだだが、私と彼女は婚約していた」

「婚約を」どういうわけかその事実は、これまでに起こったどんなことよりも強く、オリンピアの心をかき乱した。「わかりました」

「ほんとうに？」

「とてもきれいな方だわ」オリンピアは、こみ上げてくるパニックの予感をなんとか抑えこもうとした。

かつて、ジャレッドが美しいデミトリアを愛していたという情報を、オリンピアは思うように処理できなかった。彼には過去に付き合った女性がいるだろうとは、いまのいままでほんきで考えたこともない。そういった方面にまったく経験がないはずはないと感じていたが、実際に、ほかの女性を愛していたかもしれないと、じっくり考えるのは避けていた。彼は、婚約するほど彼女を愛していたのだ。

「きょう、詳しくあなたに話して退屈させるつもりはないが、さまざまな理由があって、デミトリアと私はたがいにとってふさわしくないと判断したのだ」ジャレッドは言った。

「まあ」ほかに言うべき言葉が見つからなかった。

「婚約は、発表後すぐに破棄された。婚約にかかわる行事はすべて、ロンドンではなく私たち一族の地盤であるフレーム島で執り行われたから、婚約破棄にまつわる噂話はほとんど広がらなかった。一年前、彼女はボーモント氏と結婚していまにいたる、というわけだ」

「まあ」オリンピアはまだ、口にするべきほかの言葉が思い当たらなかった。本能的に、話はもっと複雑なのだろうと感じたが、自分には詮索《せんさく》する権利はないともわかっていた。「では、いまはもうなんの関係もない、ということのようね」

「そのとおり」

「でも」大事な問題以外は口にするまいと心に決めて、オリンピアはさらにつづけた。「きょうの午後、あなたがレイディ・ボーモントに姿を見られてしまって、わたしたちは不幸な状況に立たされてしまったわ」

「私は不幸な状況だとは思わない」ジャレッドは言った。「ばつの悪い状況、と言ったほうがふさわしいだろう」

「ええ、まあ、言い方はどうでもいいわ。大切なのは、状況に対処しなければならないということ」

「私から提案がある」ジャレッドはじっとオリンピアを見つめた。

「わたしにも提案があるの」オリンピアは狭い書斎をうろうろ歩きはじめた。「やらなければならないことは、わかりきっているわ」

「そうだろうか？」

「もちろんよ。荷物をまとめて、すぐにアッパー・タドウェイへもどるべきだわ」

「あなたがそう望むなら、そうしよう。しかし、ロンドンを離れても問題の解決にはならない」

「なるわ」オリンピアは強い視線をジャレッドに投げかけた。「さっさと荷物をまとめて帰れば、あなたのほかのお友だちや知り合いに会う心配もない。アッパー・タドウェイへもどったら、あなたはいままでどおり、家庭教師のふりをしていればいいのよ」

「とても賛成しかね――」

「わたしも日記の解読をつづけられるわ」オリンピアは熱をこめて言った。「なにもかも、ロンドンへ来る前のままよ」

「ひとつ屋根の下に暮らしていることを知られてしまったら、夫婦のふりをしようと言ったのは、あなただろう？」

オリンピアは真っ赤になった。「そんないい加減なことを言ったりして、責任はすべてこのわたしにあります。でも、公正な立場で言わせていただければ、わたしの計画は、あなたが見た目どおりの、生まれも財力もほどほどの紳士だったなら、完璧にうまくいったはずなんです。計画が台無しになったのは、あなたが、伯爵位の後継者である子爵さまだからよ」

「わかっている」ジャレッドは申し訳なさそうに言った。

「ごくありきたりなふたりだったら、わたしたちの関係など、だれも気にも留めないわ。でも、いまとなっては、あなたの肩書きと身分のせいで、わたしたちの関係は社交界の格好の醜聞ネタになってしまうはず」

「それはよくわかっている。起こってしまったことはすべて、私の責任だ」

オリンピアはため息をついた。「ご自分を責めないで。こうなるのは、あなたの性質や気質を思えば、避けられなかったのかもしれない。過度に情熱的な男性はつねに噂のタネを提供する危険と隣り合わせなんだわ。でも、いますぐアッパー・タドウェイへもどれば、噂もすぐに消えてしまうに決まっています」

「もう手遅れだ」ジャレッドは言った。「私たちはもうチルハースト子爵と子爵夫人と、名乗ってしまったのだから。そういった噂がただあっさり消えてしまうとはとても思えない」

「こんど、あなたがロンドンにいらしたときに、あれはすべて冗談だったとおっしゃればすむことだわ」オリンピアはすかさず言った。

ジャレッドはオリンピアを見つめた。「すべてを冗談にして片づけろと？」

「そうなさるのがいいわ」オリンピアは懸命になって言った。「わたしはただの友だちだったと説明してください」

「友だち？」

オリンピアは眉をひそめた。「そうじゃなければ、あなたの愛人だとか、そんなふうにおっしゃればいい。ロンドンでは殿方が愛人を囲うのも珍しいことではないと、わたしもよく知っています。いつの時代もそういうことはあったのだし」

「ばかな」ジャレッドは奥歯を嚙みしめた。「あなたの評判はどうなるんだ、オリンピア？」

「ロンドンでわたしを知っている方はいないし、アッパー・タドウェイまでくだらない噂話が聞こえてくるとは思えません」オリンピアはうろうろ歩き回るのをやめて、つま先でトントンと床を打ちながら言った。「それに、わたしはべつに噂になってもかまわない。前にもお話ししたように、自分の評判がどうなろうと気にしませんから」

「私はどうなる？」ジャレッドは静かに訊いた。「私とて、世間の評判は気にかけざるをえない」

オリンピアは不安そうにジャレッドを見た。「あなたならうまく危機を切り抜けて、悪い評判がたつこともまずないでしょう」

「そうだろうか？」

「この先、家庭教師の仕事の口を探すわけでもないのだし」オリンピアは指摘した。「あなたがどんな女性を誘惑したところで、だれも気にしないわ。いずれにしても、わたしは社交界には縁がありません。あなただって、めったにロンドンにはいらっしゃらないのでしょう？　だから、あなたはほんの数か月、ロンドンに現れなければ、それでいいのよ」

「私はべつの解決法を考えているのだ、オリンピア」

「え？　どんな？」

「これを事実にしてしまうのだ。結婚特別許可証を得て、密かに結婚すればいい。正確にいつ結婚が成立したか、気にする人などいないだろう」

「結婚」オリンピアは口のなかがからからになった。「あなたと？」

「いけないだろうか？　じつに理にかなった解決法だと思うのだが」

「ありえないわ」オリンピアは気を取りなおし、足早に自分の机の向こう側へ回った。崩れるように椅子に坐り、気を落ち着かせようと大きく息をつく。「ぜったいに不可能よ、ミスター・チルハースト、ではなくて、子爵さま」

ジャレッドは背筋をぴんと伸ばして、オリンピアと向き合った。両手を机について、身を乗り出した。その表情は石像のように険しい。

「どうしていけない？」歯を食いしばったまま脅すように訊く。

オリンピアはぎょっとした。けれども、見えすいた脅しに屈するわけにはいかないと気を取りなおした。「第一に、あなたは子爵さまです」

「だから？」

あっさり問い返され、オリンピアはとまどった。「わたしは子爵さまの妻になれるような女ではありません」

「それは私が判断する」

オリンピアは目をしばたたいた。「たまたまふたりして厄介な立場に追い込まれたという理由だけで、わたしに結婚を申し込まれるの？」

「いずれにせよ、オリンピア、私はあなたに結婚を申し込むつもりだった」

「そう言ってくださるのはうれしいけれど、子爵さま、失礼を覚悟で言わせていただければ、わたしにはとても信じられません」

「私を嘘つき呼ばわりするのか、ミス・ウィングフィールド？」

オリンピアはぎくりとして身構えた。「そうじゃないわ。あなたはただ、まさにあなた自身がそうであるように、高貴な紳士らしく振る舞われているだけなの」

「ばかな」

「あなたのような身分の方にふさわしい解決の仕方だと思うわ」オリンピアは言った。「でも、あなたを望みもしない結婚に追いこむわけにはいかない。そんな犠牲を払う必要はどこにもないのよ」

「信じてほしい、ミス・ウィングフィールド、私はほんとうにあなたと結婚したいのだ。どんな犠牲を払ってでも、毎晩、あなたとともに眠りたい」

オリンピアは全身が真っ赤になるのがわかった。「子爵さま、それはあなたの情熱的な気質が言わせていること。熱情は使う時と場所によっては疑いなくすばらしいものですけれど、結婚の確固たる理由にはなりえません」

「私はそうは思わない、ミス・ウィングフィールド」ジャレッドはいきなり両手を持ち上げ、オリンピアの顔を左右の手のひらではさみつけた。頭を下げて、むさぼるようなキスをする。

驚きのあまり、オリンピアはまったく抵抗できなかった。ジャレッドの口にふさがれた口を開けて、彼にキスされるときはいつもそうであるように、ただ身を震わせた。そして、かすかにうめき声をあげた。

ジャレッドはオリンピアから手を放し、たとえようもなく満足げな表情を浮かべて一歩あとずさった。「情熱的な私と情熱的なあなたなのだ、ミス・ウィングフィールド、いっしょになればうまくいかないわけがない」

ジャレッドは扉に向かって歩き出した。

オリンピアは息を吸い込み、必死で声を振り絞った。「待ってください、子爵さま。どこへいらっしゃるの?」

「結婚特別許可証を手に入れて、このうえなく密やかな結婚を成り立たせる手はずをととのえる。新婚初夜を迎える準備をしておくように、ミス・ウィングフィールド」

「ちょっと待って、ミスター・チルハースト、ではなく、チルハースト子爵さま。厳密に言えば、あなたはまだわたしに雇われている身です。わたしの許可なく、そのような指図をするのは許しません」

ジャレッドはドアの錠をはずして開けた。ちらりと振り返って言う。「忘れているなら言わせてもらうが、ミス・ウィングフィールド、私はやってきたその日から、あなたの家の雑事をすべて取り仕切ってきた。しかも、その方面の才能に恵まれている」

「それはよくわかっています、でも――」

「この期におよんで、日常のこまごました厄介ごとで、あなたが頭を悩ませる理由はないのだ、ミス・ウィングフィールド。あなたは、そういうことは得意ではない。すべて、私にまかせていればいいんだ」

ジャレッドは廊下に出て、蝶番《ちょうつがい》が振動するほど強くドアを閉めた。

オリンピアは立ち上がろうと腰を浮かせたが、思いなおした。どすんと坐りなおして、うめき声をあげる。かっとして高圧的な態度に出るジャレッドを目の当たりにするのは初めてだったが、驚くには当たらないと思った。度を越した情熱家にはありがちなことだ。

それでも、わたしと結婚するなどというばかげた思いつきを実行させるわけにはいかない。いずれにしても、あの方は、真の愛ではなく、情熱と面目に突き動かされているだけだ。

そのうち、一時の感情にかられて決断してしまったことを後悔するに決まっている、とオリンピアは悲しい思いで自分に言い聞かせた。やがて、わたしを恨むようになり、わたしの心はばらばらに砕け散ってしまうだろう。

彼が自らの情熱に呑み込まれるのを阻まなければ、とオリンピアは思った。彼を心底愛しているからこそ、この結婚を成立させるわけにはいかない。

それに、よく考えれば、そもそもこの混乱を引き起こしたのはわたしなのだ。おさめられるのは、このわたししかいない。

夕食時間の少し前に、ジャレッドの寝室をだれかがノックした。ジャレッドは小さな書物用テーブルに向かって、父親に手紙を書いていた。

「入りなさい」

ジャレッドが顔を上げると、扉が開いてロバートとイーサンとヒューの姿が現れた。部屋に入ってくる小さな行列の最後尾に、ミノタウロスがくっついてくる。

三人の幼い表情が硬くこわばっているのを見るなり、ジャレッドは羽根ペンを置いた。坐ったまままちょっと体をひねって、一方の腕を椅子の背にのせる。

ロバートが肩をそびやかして言った。「こんばんは」

「こんばんは。なにか話があるのかね？」

「はい」ロバートは深々と息を吸い込んだ。「三人でここに来たのは、ミセス・バードが言っていたのはほんとうかどうかたしかめるためです」

ジャレッドは思わず悪態をつきそうになるのをこらえた。「具体的に、彼女はなんと言っていたんだね？」

イーサンがうれしそうに目を輝かせて言った。「あなたは子爵だって。家庭教師なんかじゃないって」

ジャレッドはイーサンを見た。「ミセス・バードは半分正しいが、半分はまちがっている。私は子爵だが、同時に、この家で家庭教師としていささかも恥ずべきところのない仕事をしてきたと自負している」

イーサンは困惑顔でちらりとロバートとヒューの顔を見た。「ええと、はい、そうです。あなたはとてもいい家庭教師です」

ジャレッドは軽く会釈をした。「ありがとう」

ヒューは心配そうに眉を寄せた。「それで、子爵さまになっちゃっても、あなたはぼくたちの家庭教師でいてくれるんですか？」

「私としては、もちろん、これからもきみたちの勉強をみるつもりでいる」ジャレッドは言った。

ヒューは少しだけ肩の力を抜いた。「よかった」

「やった」イーサンはにっこりした。「うれしいな。ぼくたち、またべつの家庭教師に教えてもらうのは、いやだから」

ロバートは、眉をひそめて双子の弟たちを見た。「そんなことを話しにここへ来たわけじやないだろう」

「なにを話しに来たんだね、ロバート？」ジャレッドは静かに尋ねた。

ロバートは脇に下げていた手をぎゅっと拳に握った。早口で一気にまくしたてる。「ミセス・バードが言っているんだ。あなたはオリンピアおばさんをいいようにして、ほしかったものを手に入れたし、ロンドンじゅうに正体がばれてしまったから、すぐにいなくなるだろう、って。あなたがオリンピアおばさんと結婚しないってわかったら、みんなの噂になるかららって」

「質問があるんだけど」返事をしようとしているジャレッドを差し置いて、イーサンが言った。「オリンピアおばさんをいいようにした、ってどういう意味？」

ロバートはイーサンをにらみつけた。「黙ってろよ、このばか」

「訊いてるだけなのに」イーサンは小声で言った。

「ミセス・バードは、あなたがおばさんを傷物にしたって言ってるんだ」ヒューがジャレッドに言った。「でも、ちょっと前におばさんに、傷になったのかって訊いたら、すごく元気でぴんぴんしてるって言ってた」

「それはうれしいことだ」ジャレッドは言った。

「そういう単純な話じゃないみたいだけど」ロバートは居心地悪そうに体を揺すった。「ミセス・バードは、なにもかも丸くおさめるには、あなたがオリンピアおばさんと結婚するしかないけど、あなたはとてもそんなことはしそうにないって」

「ミセス・バードの最後の予想ははずれだ」ジャレッドは言った。「私はもう、きみたちのおばさんに結婚を申し込んだ」

「そうなの？」ロバートは驚いたようすだったが、やがて、期待に目を輝かせて言った。「ぼくたち、なにがどうなっているのか、よくわからないんだけど、オリンピアおばさんにとって悪いことにはなってほしくないんだ。おばさんは、ぼくたちにすごく親切にしてくれるからね」

ジャレッドはほほえんだ。「おばさんは、私にもとても親切にしてくれる。だから、できることはなんでもして、きみたちのおばさんに悪いことが起こらないようにするつもりだ」

「よかった」ロバートはほっとして満面に笑みを浮かべた。「あなたがおばさんの面倒をみてくれるなら、なんの問題もないね？」

「そうだ」ジャレッドは嚙みしめるように言った。「ひとつだけ小さな問題があって、それを解決しなければ、私の思いどおりにおさまりそうにないのだが、それもなんとかうまく対処できると思っている」

新たな不安にかられて、ロバートは顔をしかめた。「問題ってなに？　ぼくたちが力になるよ」

「うん、手伝う」ヒューが身を乗り出すようにして言った。

「なにをすればいいか、言ってよ」イーサンが急いであとにつづいた。

ジャレッドは両脚をにゅっと伸ばして椅子の背に体をあずけ、両方の肘を椅子の肘掛けにのせた。両手の指先を突き合わせる。「さっきも言ったとおり、きみたちのおばさんに結婚を申し込んだのだが、まだ承諾してもらえずにいる。彼女が承諾してくれないかぎり、残念ながら、すべて丸くおさまる、というわけにはいかないのだ」

イーサンとヒューとロバートは、不安そうな視線を交わし合った。

「いつまでも」と、ジャレッドは穏やかにつづけた。「のんびりかまえているわけにはいかない。きみたちのおばさんにはできるだけ早く、私との結婚に同意してもらいたい」

「ぼくたちからおばさんに話をするよ」ヒューがすかさず言った。

「そうだよ」イーサンがうなずいた。「ぼくたち、きっとおばさんがあなたと結婚するように説得できるよ。ミセス・バードは言ってるよ。こういう状況で結婚を拒むのは、頭がどうかした女の人だけだって」

「オリンピアおばさんは、頭がどうかしてるわけじゃないからね」ロバートはジャレッドに請け合った。「たまに、ぼんやりすることがあるだけなんだ。ほんとうは、すごく頭もいいし。ぼくたちがおばさんを説得して、かならずあなたと結婚する気にさせるよ」

「すばらしい」ジャレッドは椅子に坐ったまま身を乗り出し、ペンを手に取った。「では、説得に取りかかってくれたまえ。夕食の席で会おう」

「わかりました」ロバートはお辞儀をして、扉に向かった。

「きっとうまくやります」イーサンはジャレッドに言った。素早く、けれども丁寧に頭を下げて、ロバートのあとにつづく。

「心配しなくてだいじょうぶだから」ヒューが自信満々で言った。「たいていの場合、おばさんは聞き分けがいいんだ。ぼくたちでなんとかして、あなたと結婚する気にさせるよ」

「ありがとう、ヒュー。きみたちの力添えに感謝するぞ」ジャレッドは重々しく言った。

床に坐っていたミノタウロスが体を起こし、勢いよくしっぽを振りながら、足早に男の子たちのあとを追っていった。

頼りになる支援者たちの小さな一団が出ていって、扉が閉まると、ジャレッドは手紙のつづきに取りかかった。

拝啓
父上がこの手紙を受け取られるころには、私はアッパー・タドウェイのミス・オリンピア・ウィングフィールドと結婚している所存です。私からお伝えするのもおこがましいのですが、ミス・ウィングフィールドはかならずや私にふさわしい妻になってくれるはずの女性です。
本来なら、父上にもご列席いただけるよう、結婚式の日取りを決めるべきなのですが、先延ばしにできない事情がありますことを、どうぞご諒察ください。一日も早く、父上に新妻を紹介できます日を楽しみにしています。

敬具
ジャレッド

ジャレッドが手紙に封をしていると、また扉をノックする音がした。

「どうぞ」

扉が開いて、ミセス・バードが一歩だけ、部屋のなかに足を踏み入れた。そのまま立ち止まり、挑むような、うかがうような目でジャレッドを見つめた。「どういうことなのか、自分でたしかめに来ました」

「なるほど、ミセス・バード」

「坊ちゃんたちにおっしゃったことはほんとうですか？　ミス・オリンピアに結婚を申し込まれたんですか？」

「ええ、ミセス・バード、申し込みました。あなたにはまったく関係のないことですが」

ミセス・バードは一瞬、驚きの表情を浮かべた。やがて、その顔はあからさまな疑いの表情に変わった。「ほんとうに結婚を申し込まれたなら、どうしてミス・オリンピアはまもなく結婚しようという女性のように振る舞わないんです？」

「おそらく、私の申し出を断るつもりなのでしょう」

ミセス・バードはぎょっとしてジャレッドを見つめた。「お嬢さんが断るつもりですって？」

「残念ながら」

「ちょっと待ってください」ミセス・バードは首を振りながら言った。「あのお嬢さんは、たまにとんでもない行動に出られることがあるんです。お嬢さんが悪いんじゃありません。ミス・ソフィーとミス・アイダがおかしな考えを吹き込んで育てたせいです。それでも、こんどのことではちゃんと分別を働かせてもらわなくちゃなりません」

「あなたが、きちんと彼女を導いてくれるものと信じていますよ、ミセス・バード」ジャレッドは手紙を差し出した。「それはそうと、この手紙を出してきていただけますか？」

ミセス・バードはジャレッドの差し出した手紙をおずおずと受け取った。「あなたはほんとうに子爵さまなんですか？」

「はい、ミセス・バード。子爵ですよ」

「それなら、あなたの気持ちが変わらないうちに、ミス・オリンピアを結婚する気にさせなければ。子爵さまと結婚だなんて、こんないい話は二度とありはしませんからね」

「そのように考えてもらえてうれしいですよ、ミセス・バード」

11

オリンピアはペンを置き、解読したばかりの謎めいた一文を見つめて考えこんだ。

サイリーンの逆巻く波の下に、秘密の鍵を探せ。

ガーディアンに用心しろという忠告に劣らず、意味がわからない。しかし、これも財宝の秘密を解く手がかりのひとつだと、オリンピアはほぼ確信できた。

さらに推理をつづけようとした矢先に、書斎の扉をノックする音がした。

「どうぞ」新たな手がかりに心を奪われたまま、気のない返事をした。

扉が開いた。ミセス・バード、ロバート、イーサン、ヒューが列をなして書斎に入ってきて、オリンピアの机の前に横に並んだ。ヒューのあとからのんびり歩いてきたミノタウロスが、列のいちばん端に加わった。

オリンピアがライトボーンの日記からしぶしぶ顔を上げると、目の前に、なにやら決意を秘めた顔がずらりと並んでいる。なにごとかと困惑して、全員の顔を見返した。

「こんにちは」オリンピアは言った。「なにかあったの？」

「そりゃもう」ミセス・バードが言った。「問題が大ありなんです」

ロバートとイーサンとヒューが、いっせいにうなずいた。

「だったら、ミスター・チルハーストに相談してちょうだい」解読したばかりの一文にまだ気を取られたまま、オリンピアは言った。「あの人は、問題を解決するのが、それは得意だから」

「お忘れのようですね。あの方は、いまやチルハースト子爵さまですよ」ミセス・バードがぴしゃりと言った。

「そうだよ、オリンピアおばさん」イーサンが横からさらに言った。「あの人のことはもう、子爵さまって呼ばなくちゃ」

「ああ、そうね。あなたたちの言うとおりよ。また忘れてしまったわ。いいわね、問題があるなら子爵さまに相談してちょうだい」オリンピアは心ここにあらずというようすでほほえんだ。「きっときちんと解決してくださるわ。いつもそうだもの」

ロバートが意を決したようにぴんと背筋を伸ばした。「はっきり言わせてもらうけど、オリンピアおばさん、問題はおばさんなんだ」

「わたしが？」説明を求めて、オリンピアはミセス・バードの顔を見た。「いったいどういうことなの？」

ミセス・バードは両手を握りしめ、でっぷり張り出した腰に押しつけて、口をへの字に曲げた。「あのろくでなしの海賊が、お嬢さんに結婚を申し込んだって言っているんですよ」

オリンピアは急に真顔になった。「それがどうしたの？」

「それだけじゃありません。お嬢さんはまだ申し出を受け入れていない、って」ミセス・バードはつづけた。

オリンピアは意識して冷静な笑みを浮かべ、ミセス・バードを見つめた。「わたしは、とてもじゃないけれど子爵さまと結婚はできないわ。そうでしょう？」

「なんで？」ロバートが詰め寄った。

「そうだよ、なんで？」イーサンが繰り返した。

オリンピアは眉を寄せた。「だって、あの方は子爵さまよ。いつの日か伯爵さまになられるの。そういう立場にふさわしい奥さまが必要だわ。わたしみたいな者ではなく」

「おばさんのどこがいけないの？」ヒューが訊いた。「ぼくは、いまのままのおばさんが好きだよ」

「そうだよ、おばさんはすごくすてきな女性だよ」ロバートが誠意をこめて言った。

「それに、お嬢さんはあの子爵に傷物にされたんですよ、ミス・オリンピア」ミセス・バードが小声で言った。「しかも、子爵のほうがお嬢さんと結婚したがってるんですから」

「ぼくはミスター・チルハーストに、じゃなくて、チルハースト子爵にちゃんと言ったんだ。おばさんは傷なんかついてないって」イーサンは言った。「すごく元気でぴんぴんしてるって言ったんだけど、あの人はそれでもやっぱり、おばさんと結婚しなきゃいけないって思っているんだ」

「そうなんだ」ヒューがさらに言った。「それで、ぼくたちもおばさんはあの人と結婚するべきだと思ってるんだよ、オリンピアおばさん。そうしないと、あの人はうちの仕事をやめて出ていっちゃうかもしれないし、そうしたら、ぼくたちはまた新しい家庭教師に勉強をみてもらわなきゃならなくなると思うんだ。キャプテン・ジャックのことならなんでも知ってて、川を渡らなくても川幅を測れたり、凧《たこ》がどうして飛ぶか知ってる家庭教師なんか、もう見つけられっこないよ」

「これは名誉にかかわる問題なんだ」ロバートが脅すように言った。

朝からずっと感じていた不安な気持ちがまたぶり返して、オリンピアはぎくりとした。

世事に通じた女性として、オリンピアが自分の評判をとくに気にかけないのは事実でも、ジャレッドが誇り高い男性であるのはまちがいない。ことのほか名誉にもこだわるだろう。彼がほんとうに、自分の名誉心を満たすために結婚しなければならないと感じているなら、どうやって彼に思いなおさせたらいいのか、オリンピアには見当もつかなかった。

「名誉にかかわる問題だって、だれがそう言ったの？」オリンピアは慎重に訊いた。「ミスター・チルハーストがあなたにそう言ったの、ロバート？」

「わたしですよ。これは名誉にかかわる問題だとロバート坊ちゃんに言ったのは」ミセス・

バードが言った。「それはまぎれもない事実だし、あなただってそれはわかってらっしゃるはずです、ミス・オリンピア」

オリンピアは甥たちの期待に満ちた顔を見渡した。「この話はふたりだけでつづけましょう、ミセス・バード」

「だめだよ」ロバートがあわてて言った。「ぼくたち、みんなでおばさんを説得するって、子爵さまに言ったんだから」

オリンピアはまじまじとロバートを見つめた。「ほんとうなの?」

「ほんとうだよ。ぼくたちに協力してもらえるってわかって、子爵さまはすごくうれしそうだったよ」ロバートはきっぱりと言った。

「わかりました」椅子に坐ったまま、オリンピアは背筋をぴんと伸ばした。子供を利用するような戦術に出るからには、ジャレッドはなにがなんでもオリンピアに結婚の申し出を受け入れさせる気でいるのだ。

事態は新たな局面を迎えたと、ミセス・バードは感じたらしい。ちらりと鋭い目でオリンピアの顔を見てから、男の子たちを追い払いはじめた。「さあ、もういいですね。三人とも言うべきことは言ったんですから。さっさと階上《うえ》に行ってくださいな。あとはわたしがミス・オリンピアと話をしますから、まかせてください」

ロバートは納得しかねているようすだ。「ぼくたちの助けが必要になったら、呼んでくれるね、ミセス・バード?」

「はいはい、そうしますよ。さあ、もう出ていってください」

男の子たち三人はきちんとお辞儀をすると、また列をなして書斎から出ていった。ミノタウロスがあとにつづく。ささやかな行列が出ていって書斎の扉が閉まったとたん、騒々しい足音と犬の爪が床をひっかく音が響いた。

ドタドタと階段を上ったあとに、階上の廊下を駆けていくけたたましい足音がつづく。ジャレッドが家にいるあいだは、だれもあんなふうに走ったり足音を響かせたりしない。

「子爵さまはお出かけのようね？」オリンピアは言った。

「はい、ミス・オリンピア、午後からお出かけになりました」ミセス・バードは小首をかしげた。「大事な用事があるとおっしゃって。たぶん、結婚の特別許可証を取りにいらしたんでしょう」

「ああ、どうしましょう」オリンピアは日記を閉じて、椅子の背に体をあずけた。「いったいどうしたらいいの、ミセス・バード？」

「あの方と結婚するんです」

「それはできないわ」

「あの方にふさわしい子爵夫人になれそうにないからですか？」

「そうじゃないわ。子爵夫人になるために知っていなければならないことは、なんであれ学べるとは思うの。そんなにむずかしいことではないだろうし」

「だったら、結婚しないほんとうの理由はなんなんです？」

オリンピアは窓に視線を向けた。「結婚できないほんとうの理由は、あの方がわたしを愛していないことよ」

「はっ。そんなことじゃないかと思っていましたよ。いいですか、ミス・オリンピア、端《はな》っから愛のために結婚する人なんてどこにもいやしません」

「わたしはそうは思わないわ、ミセス・バード」オリンピアはぼんやりと言った。「わたしを愛していない人と結婚するなんて、想像もできない」

「あの方と関係を持つのはかまわないみたいじゃないですか」ミセス・バードはぴしゃりと言った。

図星を指され、オリンピアは首をすくめた。「あなたにはわからないのよ」と、あいまいにつぶやく。

「よぉーくわかっていますとも。いつになったら、現実に目を向けてくれるんでしょうねえ？ お嬢さんのいちばんの問題はなにか、教えてさしあげましょうか？」ミセス・バードは挑むように身を乗り出した。「いつもいつも本に埋もれて、おかしな伝説を追いかけたり、外国の妙な風習を調べたり、そんなことばかりしているからいけないんです。いざ大事な問題が起こったとき、筋のとおったまともな考え方ができないんですよ」

オリンピアはこめかみをもみほぐした。午後から頭痛がしていた。オリンピアにはめったにないことだった。「あの方は、きのう、ミスター・ウィンズローの機械博物館でわたしといっしょにいるところを婚約者に見られたという理由だけで、わたしに結婚を申し込まれたのよ」

「婚約者」ミセス・バードはあきれかえってオリンピアを見返した。「あの腐れ海賊には婚約者がいるんですか？　お嬢さんとひとつ屋根の下に暮らして、どうやってわがものにしようか悪知恵を働かせながら、どこかに婚約者なんか隠していたんですか？」

「いいえ、そうではなくて、彼女はいまはもうレイディ・ボーモントなの」オリンピアはため息をついた。「婚約は、たしか三年前に解消されたそうよ」

「どうしてです？」ミセス・バードはずばりと訊いた。

「相性がよくなかったのよ」

「はっ。それだけなもんですか、賭けてもいいですよ」ミセス・バードの目がずる賢そうにきらりと光った。「三年前、子爵さまと婚約者のあいだになにがあったか、調べるのもおもしろいかもしれませんねえ」

「どうして？」オリンピアは探るような目でちらりとミセス・バードを見た。「どう考えても、わたしには関係のないことなのに」

「そうは思えませんね。言わせていただければ、子爵さまはとても変わった方です。もちろん、社交界の人たちは、たいていはちょっと変わっていますけどね。それでも、わたしはチルハースト子爵ほど変わった方は見たことがないですよ」

「そうは言うけれど、あなたは社交界に知り合いはいないはずだわ、ミセス・バード。社交界にいて、変わっていない方がどんなふうだか、あなたにわかるのかしら？」

「家庭教師でもないのに家庭教師のふりをするのは、変わった人に決まってますよ」ミセス・バードは負けずに言い返した。

「そうせざるをえない事情があったのよ」

「そうでしょうか？」オリンピアがまたこめかみをもむのを見て、ミセス・バードは眉をひそめた。「頭をどうかされたんですか？　頭痛がするんですか？」

「ええ。階上《うえ》に行って、しばらく横になるわ」

「わたしの樟脳《しょうのう》油とアンモニア水を持っていってさしあげましょう。効果覿面《てきめん》ですよ」

「ありがとう」なにがなんでもジャレッドと結婚するべきだと思いこんでいるミセス・バードと、これ以上、議論しないですむならなんだっていい、とオリンピアは思った。わかりきった理屈はもう訊きたくなかった。もうさんざん、気持ちが求めるほうへと向かいそうになる自分と戦って、押しとどめてきたのだ。オリンピアは立ち上がった。

机の前に出ようとしたちょうどそのとき、真鍮《しんちゅう》製のドアノッカーを打つ耳障りな音が、ガンガンと響いた。階上からミノタウロスのくぐもった鳴き声が聞こえる。

「あの方ですよ、まちがいありません。いまじゃ子爵さまだから、自分で扉を開けるわけにはいかない、っていうんでしょ」ミセス・バードは足早に廊下に出ていった。「社交界は横柄な天狗《てんぐ》だらけですよ」

オリンピアは階段までの距離を思い浮かべた。このまま急いで行けば、書斎でまたジャレッドに詰め寄られる前に、寝室に逃げ込める。

忍び足で書斎の扉に向かっていると、玄関から声が聞こえてきた。三人のうちふたりの声の主がわかり、オリンピアはその場に凍りついた。

「奥さまはご在宅ですかどうか、見てまいります」オリンピアが聞いたこともない声音をつかって、ミセス・バードが告げた。人を人とも思っていないような、じつに傲慢な口調だ。しばらくして、ミセス・バードが書斎の戸口に現れた。よほど気持ちが高ぶっているのか、顔が真っ赤だ。「ご婦人がおふたりと殿方がおひとり、訪ねておいでです」と、声をひそめてきっぱり告げた。「チルハースト子爵夫人にお会いになりたい、とおっしゃっています。お嬢さんはもう子爵さまと結婚したと思われています」

「わかっているわ。まったくもう。だから言わないこっちゃないのよ」

「応接室にお通ししました」

「わたしは具合が悪いと伝えてちょうだい、ミセス・バード」

ミセス・バードは、戦いにおもむく将軍のように肩をそびやかした。「お三人に会わなければ、へんに思われます。きっとうまくいきますから」

「チルハーストがいないのに、無理よ」

「だいじょうぶです」ミセス・バードは自信ありげにうなずいた。「あなたは子爵夫人だと思いこめばいいんです。ばれるものですか」

「ああ、もう、なんてひどい話。こんな厄介な状況、とてもじゃないけれど対処できないわ、ミセス・バード」

「だから、心配いりませんって。なにもかもわたしがうまくやりますから。ああ、そうだ、これは殿方がくださったみなさんの名刺です」

「見せてちょうだい」オリンピアは名刺を受け取り、目をこらしてうめき声をあげた。「レイディ・ボーモントと、レイディ・カークデールと、どなたなのか、ギフォード・シートンという方ね」

「お茶の用意をしてきます」ミセス・バードは言った。「心配しないでください。お客さまの前では、お嬢さんのことはかならず、奥さま《マダム》とお呼びしますから」

オリンピアがどうやって引き止めるべきか考えているうちに、ミセス・バードは書斎から飛び出していった。

差し迫る不運の気配を感じながら、オリンピアはのろのろと廊下を歩いて応接室へ向かった。奇跡のようにジャレッドがもどってきて事態を収拾してくれたら、と望まずにはいられない。

なんとか彼を説得して、これからも秘密の関係をつづけることにしなければ、彼はここから去ってしまい、わたしはこういった厄介な問題にもひとりで対処しなければならないだろう、とふと思う。

もちろん、日々の雑事や問題を自分で解決することくらいなんでもない、とオリンピアは重苦しい気持ちで思った。でも、ジャレッドがいなくなれば、わたしの心はばらばらに砕けてしまうだろう。その修復の手だては、想像すらつかない。

デミトリアとコンスタンスはソファの両端に離れて坐っていた。それぞれ、青と淡い黄色のドレスをまとったふたりの姿は、まるで一枚の優雅な絵画のようで、質素な応接室にはひどく不釣り合いだ。

オリンピアより二つ三つ若そうに見えるハンサムな男性が、窓辺に立っていた。髪の色はデミトリアと同じ明るさの金髪だ。服装はひと目で最新流行とわかる。クラヴァットを複雑なかたちに結び、プリーツ入りのズボンをはいている。仕立てのいい上着は短めのウエスト丈だ。

「レイディ・チルハースト」ソファに坐ったまま、デミトリアは穏やかにほほえんだが、その目はあくまでも冷ややかで、オリンピアのあらを見逃すまいとずる賢くきらめいている。「わたくしの親友のレイディ・カークデールとはもう、きのう、お会いになったわね。弟のギフォード・シートンを紹介させていただくわ」

「ミスター・シートン」ジャレッドがいつもやっているのを真似て、オリンピアはお辞儀をした。

「レイディ・チルハースト」ギフォードはほほえみ、物憂げだが優雅な足取りでオリンピアに近づいてきた。オリンピアの手を取って頭を下げ、手の甲に軽く唇をかすめる。「お近づきになれて、たいへんうれしく思います」

「どうしてもお邪魔したいと言い出したのはギフォードですの」デミトリアがそっけなく言った。「それで、コンスタンスとわたくしは付き合うことにしたのです」

ギフォードはうっとりとオリンピアを見つめた。「あなたは、姉から話を聞いて想像していた姿とは、まるでちがいます、マダム」

「いったいどういう意味でしょう？」オリンピアは握られていた手を引っ込めた。頭痛のせいなのか、ささいなことにもカッとしてしまう。この美しく着飾った人たち、いますぐここからいなくなって、わたしをひとりにしてくれないかしら？

「お気に障ったなら申し訳ありません、マダム」ギフォードはすかさず言った。「あなたは地方のご出身にちがいないとデミトリアが言っていたものですから、見た目もそのような方だとばかり思っていたと、それだけのことです。こんなに魅力的な方とは思っていませんでした」

「ありがとう」ほめられても、オリンピアはどう返事をしていいのかよくわからなかった。

「どうかおかけください、ミスター・シートン。家政婦がお茶の用意をしていますから」

「すぐにおいとまします」コンスタンスが静かに言った。「わたしたち、好奇心にかられてやってきただけですから」

オリンピアはむっとしてコンスタンスを見た。「好奇心？」

デミトリアがころころと笑い声をあげた。「ご存じでしょうけれど、チルハーストとわたくしは婚約していたことがあるんですのよ。きのう、子爵がとうとう結婚したと知って、弟は少しでもあなたについて知りたくてたまらなくなったんだわ」

ギフォードの笑みが冷笑に変わった。「子爵が妻に求める条件はひじょうに特殊ですからね。彼が求めるすべてを満たされたご婦人がどんな方か、ぜひお会いしたいと思ったのです」

「なんのお話をされているのか、わたしにはまるでわかりません」オリンピアは言った。

ギフォードは窓辺の椅子に腰を下ろした。オリンピアに興味をそそられているらしい。

「社交界の仲間入りをされる前に、事実を知っておかれたほうがよろしいですよ、マダム。チルハーストが姉のほんとうの経済状態を知って婚約を解消したのは、周知の事実です。彼は姉を相続人だと誤解していたのです。おわかりでしょう？」

「いいえ、わかりません」オリンピアは血統書付きの三匹の猫に取り囲まれ、殺される前になぶりものにされているネズミになったような気がした。

ギフォードが目を細めて言った。「三年前、チルハーストははっきり言ったのですよ。妻に求める条件はただひとつ、たんまり金を持っていることだ、と」

「ギフォード、お願いよ」デミトリアはたしなめるような目で弟を制してから、オリンピアを見て苦笑した。「チルハーストは肩書きは貴族ですけれど、彼の家族さえ認めているように、考え方は商人そのものなんですの」

「チルハーストにとっては、なにもかもが取引なんだ」ギフォードが吐き捨てるように言った。

「ねえ、ギフォード、わたしにはよくわかるわ。レイディ・チルハーストはあの方にふさわしい女性よ」コンスタンスの口調には、思いやりが感じられないこともなかった。「とても

めてだった。

「どうしてそう思われるんですか？」オリンピアは驚いて尋ねた。現実的と言われたのは初

現実的な方のようだもの」

ギフォードは眉を寄せた。「そうとしか思えないでしょう？　あなたは莫大な財産をお持ちのはずだ。さもなければ、チルハーストがあなたと結婚するわけがない。そのうえ、あの男が膨大な資産を管理しているのはまちがいないのに、こんな、ロンドンでも悪い評判しか聞かないような一画にあなたを住まわせている」ギフォードはオリンピアの地味なキャラコのドレスをさげすむように見た。「それから、あなたが着るものにろくに金をかけていないのは明らかだ。だれが見ても、あなたは金銭的にしっかりした人だと思うでしょう、マダム」

「チルハーストはさぞお喜びでしょうね」デミトリアはほほえんでいたが、目は冷ややかで、声にはたっぷり棘《とげ》が含まれていた。「あの方は、わたくしに湯水のごとく財産を使われてしまいそうで恐かったのだと思うわ。でも、見る目があったのかもしれない。わたくしは、美しいものが好きだと認めざるをえないもの」

コンスタンスがおもしろそうにほほえんでデミトリアを見た。「ええ、そのとおりだわね、デミトリア。そして、美しいものは概して高価ね」

「それでも、高いお金を払うだけの価値があるんだわ」デミトリアが言った。

ギフォードは不愉快そうに目をぎらつかせた。「チルハーストは腐るほど金を持っている。

クロイソス（紀元前六世紀ごろのリディア王国最後の王で、莫大な富を持つことで伝説化された）並みの金持ちだ。財産持ちの妻をめとる必要などなかったのだ」

怒りの抗議をしようとオリンピアは口を開けたが、デミトリアとコンスタンスが不安そうに目を見交わしているのを見て、思いとどまった。

つぎの瞬間、オリンピアは急にぴんときて、その場の空気が張りつめている理由がわかったような気がした。デミトリアとコンスタンスは、きょう、ここへ来たくはなかったのだ。ギフォードの暴走をくい止めようとしかたなくやって来たが、むだに終わったようだ。ギフォードのたぎるような怒りとやり場のない思いはすべて、ジャレッドに向けられている。

オリンピアはじっと考えこんだ。

デミトリアがギフォードの不作法な態度をとりつくろおうと、早口で言った。「弟のことは許してくださいね。チルハーストからあからさまに決闘を拒まれたものだから、もう三年もたつというのにまだ腹を立てているのです」

オリンピアは息が止まるほど驚いた。一瞬、まじまじとデミトリアを見つめてから、ギフォードに顔を向けた。「まさか、ほんとうにあなたは、チルハーストに決闘を申し込まれたのですか？」

「気を悪くしないでください、マダム。しかし、ほかにどうしようもなかったのです」ギフォードはそわそわと立ち上がり、ふたたび窓辺に寄った。「あの男は、姉にそれはひどい仕打ちをしたのです。私は、決闘を申し込まざるをえなかった」

「ねえ、ギフォード」デミトリアは不安そうな目をしてちらりと弟を見た。「古い話を蒸し返してもしかたがないわ。いずれにしても、三年も前のことだし、わたくしはいまはもう、幸せな結婚生活を送っているのですもの」

オリンピアはギフォードのこわばった肩を見つめた。「あなたがおっしゃっているほかにも、いろいろと事情があったのでしょうね、ミスター・シートン」

ギフォードは肩をすくめた。「いいえ、そんなことはまったくありません。チルハーストが婚約を破棄したあと、私は彼に決闘を申し込みました。私の知るかぎり、あなたはデミトリアを手ひどく侮辱したとしか思えない、と言って」

デミトリアが力なくため息をついた。コンスタンスが慰めるように、彼女の腕に触れた。

「お姉さまを侮辱したとあなたに責められ、チルハーストはなんと答えたんでしょう？」どうしても知りたくて、オリンピアは訊いた。

「きちんと礼を尽くして謝罪されたわ」デミトリアがさらりと言った。「そうじゃないこと、ギフォード？」

「そうですよ、いまいましい。それがまさに、あの男のしたことだ。謝罪して、決闘場へは行かないと言った。ろくでもない臆病者。そういう男なのだ、あいつは」

「ギフォード、そういうことはレイディ・チルハーストの前で口にするべきじゃないわ」デミトリアは心なしか取り乱していた。

「お姉さまのおっしゃるとおりよ」コンスタンスが小声で言った。

「私は、レイディ・チルハーストに事実をお話ししているだけです」ギフォードは声を張り上げた。「どういう男と結婚したか、知るべきなんだ」

オリンピアはギフォードを見つめた。「頭をどうかされたのですか？ わたしの夫は臆病者ではありません」

「もちろんだわ」デミトリアがすかさず言った。「だれであれ、チルハーストを臆病者と言って責めようなどとは夢にも思わないはずです」

「ばかな」ギフォードはきゅっと口を結んでから、さらに言った。「あの男は臆病者以外の何者でもない」

コンスタンスがうめき声をあげた。「だから言ったんだわ。弟さんについてここへ来るのは賢明ではないって、デミトリア」

「どうすればよかったと言うの？」蚊《か》の鳴くような声でデミトリアが訊いた。「あの子はなにがなんでも、きょう、ここへ来ると決めていたのよ」

オリンピアの頭痛はますますひどくなるいっぽうだった。「きょうの午後はもう、わたしは十二分にお客さまのお相手をしたと思っています。どうぞ、みなさん、お引き取りください」

デミトリアがなだめるような声をあげた。「どうか、弟の失礼をお許しください、レイディ・チルハースト。かっとしやすい気性のうえに、とても姉思いなんですの。ギフォード、あなた、騒ぎは起こさないと約束したはずよ。さあ、レイディ・チルハーストにお謝りなさい」

ギフォードは目を細めた。「ほんとうのことを言っただけなのに、謝る必要はないでしょう、デミトリア」

「お姉さまの顔を立てると思って謝るのよ」コンスタンスが冷ややかに言った。「わたしたちのだれひとりとして、過去の醜聞が蒸し返されることは望んでいないわ。そんなことになったら、関係するすべての人が苦しむだけよ」一瞬、微妙な間を置いてつづける。「ボーモントだって、そんな話を耳にして喜ばれるとは思えない」

最後のひと言にはなんらかの威力があったようだ、とオリンピアは気づいた。憤懣やるかたない、という目をして、ギフォードは姉とコンスタンスを見た。そして、のろのろとオリンピアのほうに体を向けて、おざなりに頭を下げた。

「申し訳ありません、マダム」

もうたくさんだ、とオリンピアは思った。「そのように謝られても、わたしはなにも感じませんから。きょうはたまたま、とても忙しい日なのです。よろしかったら、みなさん――」

「わたくしたちのことを悪く思わないでくださいな、レイディ・チルハースト」デミトリアは手袋をはめた。「当時はこんなひどいことはないと思っていたけれど、ギフォードによく言っているように、最近は三年前の出来事があってかえってよかったのではないかと、わたくしは思っているのよ。そうじゃなくて、コンスタンス？」

「そのとおりだわ」コンスタンスが言った。「チルハーストが婚約を破棄しなければ、デミトリアはボーモントと結婚していなかったわ。わたしが思うに、彼女はチルハーストよりボーモントと結婚するほうがはるかに幸せだったもの」

「それはまちがいないわね」デミトリアはオリンピアを見た。「ボーモントはわたくしにとてもよくしてくださるのよ、マダム。あの方を夫に選んで、わたくしはほんとうに満足しているわ。ですから、チルハーストに未練はありません。ほんとうに、露ほども」

ギフォードが小声で毒づいた

オリンピアの頭痛はさらに悪化して、ずきずきと割れるように痛んだ。ちゃんとした子爵夫人なら、どうやって招かれざる客を応接室から追い出すのだろう、と思った。オリンピアはチルハーストにもどってきてほしかった。彼なら、どうすればいいか知っているだろう。

「お茶をお持ちしました、マダム」ミセス・バードが戸口に現れ、大きな声で言った。いつになく上品なアクセントだ。「お注ぎいたしますか？」

オリンピアは顔を上げた。お客たちとの話を中断できたのがうれしかった。「ありがとう、ミセス・バード」

ミセス・バードはにっこりほほえみ、ゆさゆさと体を揺すって応接室に入ってきた。両手でしっかり抱えている大きなトレーには、貸家に備えつけてあったのをかき集めてきたらしい古びた茶器セットが、はみださんばかりに載っている。あちこち欠けている陶器はどれも厚みがあり、華奢な女性ならトレーを持ったとたん、重くてへたりこんでしまっただろう。

ミセス・バードは小さなテーブルにトレーを置いて、がさつなほど手早く、お茶の準備を始めた。カップとソーサーがぶつかり合い、スプーンがガチャガチャと音をたてる。デミトリアとコンスタンスは啞然としてトレーとミセス・バードを見つめている。ギフォードはあざけりの笑みを浮かべていた。なんとかして応接室から邪魔者を追い出したいオリンピアは、もう一度やってみることにした。

「すみませんが」と、意を決してお客たちに告げた。「昼過ぎからひどく体の調子が悪いのです。みなさまには、今後もおくつろぎいただいてけっこうですけれど、わたしはいますぐ階上《うえ》の寝室に引き取らせていただきます」

オリンピア以外の全員が驚いて彼女を見た。

「でも、お茶の用意ができたばかりなのに」ミセス・バードが悲しそうに抗議した。やおら重いポットを持ち上げる。「お茶を一杯飲むまで、どなたもこの部屋から出しやしませんよ」

「お茶をいただいている時間はなさそうだわ」デミトリアはあわてて言った。すっくとソファから立ち上がる。

「ほんとうに」コンスタンスも立ち上がった。「もうおいとましなければ」

「心配しなくても、あっというまに注ぎますから」ミセス・バードはカップのひとつに紅茶を注ぎ、デミトリアに差し出した。「さあ、どうぞ」

デミトリアは反射的に手を伸ばした。あわててカップとソーサーをうまくつかみそこねたのと、ミセス・バードが手を離したのはほとんど同時だった。

カップが揺れて、ソーサーの上で横倒しになった。紅茶がデミトリアの美しいブルーのドレスに飛び散る。デミトリアは小さく悲鳴をあげ、急いであとずさった。

「あら、まあ」オリンピアはあきらめ半分で言った。

「きのう届いたばかりのドレスなのよ」デミトリアは怒りにまかせ、濡れてしみになったところをこすった。「信じられないくらい高価なものなんだから」

コンスタンスはレースの白いハンカチを取り出し、デミトリアのガウンのしみをそっと押さえはじめた。「だいじょうぶよ、デミトリア。新しいドレスなら、ボーモントが一ダースでも買ってくださるわ」

「そんなことはどうでもいいのよ、コンスタンス」デミトリアはさげすむような目でミセス・バードを見た。「無能な家政婦だわね、レイディ・チルハースト。どうしてこんな人を使って平気でいられるのかしら？」

「ミセス・バードはとても有能な家政婦です」オリンピアは誠意をこめて言った。

「もちろんです」ミセス・バードは脅すようにティーポットを振った。「子爵夫人のなかの子爵夫人に仕えているんですから、そうでしょう？」ポットから紅茶がこぼれて、絨毯を濡らした。

「驚いたわ」コンスタンスがあきれながらもおもしろそうに言った。「とてもじゃないけれど、信じられない。いいこと？　わたしたち、今夜はこれからニューベリー家のカードパーティに顔を出すのよ。たったいま起こったことを話しても、みなさん、きっと信じられないわ」

「わたしたちを噂の種にするのは許しません」オリンピアは嚙みつくように言った。立ち上がって、さらにもう一度、お客たちを追い払おうと身構える。

犬がワンワンとけたたましく吠える声が廊下に響いた。

階段の上からヒューが怒鳴っている。「もどってこい、ミノタウロス。こっちだよ。もどってくるんだ」

甲高い口笛があとにつづいた。犬の爪が床を引っかく音がする。

つぎの瞬間、ミノタウロスが応接室に飛び込んできた。そのままお客を歓迎しようと前のめりになって走っていく。途中、太いしっぽがお茶のトレーを打ち、カップが二つ、床に落ちて割れた。

「おや、まあまあ」ミセス・バードがうんざりして言った。「代わりのカップを取ってこなければ」

「わたくしたちのことなら、いいのよ」デミトリアがすかさず言った。

ミノタウロスがソファに飛び乗り、コンスタンスは驚いておずおずとあとずさった。「この犬を追い出してちょうだい」

コンスタンスの声を聞いて、ミノタウロスは大きな頭を彼女のほうへ向けた。だらりと舌を垂らしたまま、コンスタンスに近づいていく。

ってていく。


「おいおい」ギフォードはまごついていた。とりあえず、犬の首輪をつかもうと部屋を横切っていく。

ミノタウロスがうれしそうにワンと吠えた。見知らぬ人が追いかけっこをして遊んでくれるものと思いこんだようだ。

オリンピアは、正面扉が開いて、また閉まる音を聞いた。振り向くと、ジャレッドが玄関の間からやってくるのが見えた。すぐに応接室の戸口へ行って、両手を腰に押しつけてジャレッドを迎えた。

「お帰りになったんですね、子爵さま。そろそろだと思っていました」

「なにかあったのだろうか?」ジャレッドが礼儀正しく訊いた。

オリンピアは手をひらひらさせて、背後の混乱きわまる騒々しい状況を示した。「とにかくどうにかして、応接室にいらっしゃるみなさんを落ち着かせてください」

ジャレッドは近づいてきて、応接室の状況を冷静に観察した。

「ミノタウロス」ジャレッドは穏やかに声をかけた。

ギフォードにつかまらないように逃げ回っていたミノタウロスがぴたりと足を止め、全速力で走ってきた。ジャレッドの前で立ち止まってお坐りをすると、ほめてもらいたそうに彼を見上げた。

ジャレッドに頭のてっぺんに手を置かれ、ミノタウロスはにんまりした。

「行け」ジャレッドは静かに命じた。「階上だ、ミノタウロス」

ミノタウロスは素直に腰を上げ、すたすたと応接室をあとにした。

ジャレッドはミセス・バードを見た。「お茶はもうけっこうですよ、ミセス・バード」

「でも、まだみなさん、ひと口も召し上がっていないんですよ」ミセス・バードが抗議した。

ジャレッドは冷ややかだが失礼にはあたらない視線をギフォードに向けた。「お客さまはお茶を召し上がる時間はないようだ。あなたもお連れのみなさんも、ちょうどお帰りになられるところだったのでしょう、ミスター・シートン？」

ギフォードは憎悪のくすぶる目でジャレッドを見ながら、上着の袖についた犬の毛をはらった。「まあ、そんなところだ。わけのわからない騒々しい状況はもう、充分に味わわせてもらった」

「ごきげんよう、レイディ・チルハースト」デミトリアは言った。

コンスタンスといっしょに、デミトリアは足早に戸口に向かった。ギフォードがすぐあとにつづく。

ジャレッドはさっと脇によけて、応接室を出ていく三人に道を譲った。

オリンピアが見ていると、応接室を出ていくデミトリアがからかうような流し目をジャレッドに送った。

「前から変わった人だとは思っていたけれど、チルハースト、変わった家庭でお育ちになったあなたにしても、この家の異常さといったら尋常ではないわ。いったいどうなさったのかしら、子爵さま?」

「私が家庭内をどう管理しようとあなたの知ったことではないでしょう、マダム」ジャレッドは言った。「招待されもしないのに、この家に来るのはもうやめていただけるとありがたい」

「ろくでなしめ」正面扉から外に出ながら、ギフォードは声を殺して言った。「おまえと結婚したのがどういうことか、哀れな奥方はまだわかっていないのだろう」

「やめなさい、ギフォード」デミトリアが言った。「いらっしゃい。きょうの午後は、まだあちこち行くところがあるのよ」

「どこだろうと、ここほどはおもしろくないと思うわ」コンスタンスが小声で言った。

お客たちは正面のステップを降りていった。待たせてあった馬車に三人が乗りこむのを見届けもせず、ジャレッドは正面扉を閉めた。振り返ってオリンピアを見る。

「あの三人のだれひとりとして、今後、お客として迎えることを禁じる」ジャレッドは言った。「いいかね?」

そのひと言で、とうとうオリンピアの堪忍袋の緒が切れた。すたすたと階段に向かいながら言った。「わたしに命令しないでちょうだい、チルハースト。忘れないでほしいわ。この家を仕切っているのはまだわたしで、あなたはうちの雇われ人なのよ。ご自分の立場をわきまえて、それなりの行動をしていただけるとありがたいわ」

彼女の癇癪を無視して、ジャレッドは言った。「オリンピア、あなたに話がある」

「あとにしてください。きょうは人生最悪の日だったわ。夕食まで、寝室で休んでいます」階段を半分上りかけたところで立ち止まり、振り返ってジャレッドをにらみつけた。「それはそうと、子爵さま、結婚の件で、甥たちやミセス・バードにまでわたしを説得するようにせがんだりして、そこまで自分をおとしめて、ほんとうにそれでいいんですか?」

ジャレッドは階段の下まで歩いていって、親柱を握った。「いいんだ、オリンピア、それでいい」

「少しは恥を知るべきです、子爵さま」

「死にものぐるいなのだ、オリンピア」ジャレッドは困っているようにも見える不思議な笑みを浮かべた。「なんでもするし、なんでも言う。どんなに自分をおとしめてもいいし、どんな手段にも訴える。あなたを妻にするためなら」

この人はほんきなのだ、とオリンピアは思った。踏みとどまらなければ、という思いの最後のひと握りが、火に投じた蠟《ろう》のようにみるみる溶けていく。気分は最悪で、頭も痛んだが、ぞくぞくするような期待感に体を貫かれた。

「あれこれ策を講じる必要はもうありません」オリンピアは言ったが、まだジャレッドに腹を立てていたし、とてつもない冒険に足を踏み出してしまったと、痛いほど自覚していた。

「わたし、あなたと結婚することに決めました」

ジャレッドは握りつぶさんばかりに強く、彫刻がほどこされた親柱の頭を握りしめた。

「ほんとうに?」

「はい」

「ありがとう、オリンピア。あなたがその決心をあとで悔いないように、努力しよう」

「わたしはきっと後悔すると思います」オリンピアは皮肉をこめて言った。「でも、それはどうしようもないことでしょう。では、しばらくのあいだ、わたしをひとりにしてくださ
い」

「オリンピア、ちょっと待って」ジャレッドはオリンピアの顔をじっと見つめた。「私が出かけているあいだに気持ちが変わった理由を聞かせてもらえるだろうか？」

「いいえ」オリンピアはふたたび階段を上りはじめた。

「オリンピア、お願いだ。どうしてもあなたの答えが聞きたい。このままでは、ヘビの生殺しだ。子供たちに説得されて気が変わったのか？」

「いいえ」

「では、ミセス・バードの熱意に負けたのか？　あなたはそうではなくても、彼女はあなたの評判をひどく気にかけていたから」

「わたしの決断とミセス・バードはなんの関係もありません」オリンピアはもう階段を上りきろうとしていた。

「ではなぜ、私との結婚に同意してくれたんだ？」ジャレッドは声を張り上げた。

オリンピアは階段を上りきったところで立ち止まり、冷たく見下すようにジャレッドを見た。「わたしの気が変わったのは、家庭内のありとあらゆる問題に対処するということにか

けて、あなたの右に出る者はいないと気づいたからだわ」

「どういうことだ？」ジャレッドはいぶかしげに尋ねた。

「あら、とても簡単な話です、子爵さま。わたしはあなたを手放したくないのです。有能なスタッフにはなかなかめぐり合えませんもの」

ジャレッドは驚いてオリンピアを見つめた。「オリンピア、まさか、私が家庭内をうまく取り仕切れるという理由だけで、私と結婚するわけではないのだろう？」

「わたしとしては、それだけでも結婚するには充分だと思いますけれど。そうだわ、ひとつ、うかがいたいことがあります」

ジャレッドは目を細めて訊いた。「なんだろう？」

「サ、イ、リ、ー、ンという言葉の意味をご存じ？」

ジャレッドは目をぱちぱちさせた。「セイレーンは、分別のない水夫を惑わせて船を座礁させるという、神話に登場する精だが」

「そのセイレーンではなくて」オリンピアはじれったそうに言った。「つづりで言うと、eがyになるサイリーンです」

「サイリーンはキャプテン・ジャックが西インド諸島でバカニーアとして鳴らしていたころ、乗っていた船の名だ」ジャレッドは言った。「なぜそんなことを？」

オリンピアは階段の手すりを握った。「ほんとうに？」

ジャレッドは肩をすくめた。「父から聞いた話だ」

「見返しの絵」と、オリンピアはつぶやいた。

ジャレッドは眉をひそめた。「それがなにか?」

「覚えていらっしゃらないかもしれないけれど、日記の見返しには、荒れ狂う海、そう、逆巻く波の海を航行する古めかしい船が描かれているの。一隻の船の舳先《へさき》には、女性の彫像が飾られている。たぶん、あれはセイレーンだわ」

「キャプテン・ジャックの船にはそんな彫像がついていたと聞いている」

オリンピアは頭が痛いことも忘れていた。スカートの裾を持ち上げて階段を駆け降りてくる。

「オリンピア、待ちなさい。どこへ行くんだ?」脇を駆け抜けていく彼女に、ジャレッドは強い調子で訊いた。

「書斎にいますから」オリンピアは戸口で振り返って言った。「しばらく、とても忙しくなりそうだわ、ミスター・チルハースト。だから、どなたがいらしても会いませんからそのつもりで」

ジャレッドは眉をつり上げた。「かしこまりました、ミス・ウィングフィールド。お宅の雇われ人のひとりとして、喜んであなたの指示にしたがいます」

オリンピアはジャレッドの鼻先でばたんと扉を閉めた。すぐに机に近づいて、クレア・ライトボーンの日記を開く。

立ったまま、表紙の見返しに描かれている絵をしばらく見下ろしてから、おずおずとペンナイフを手にした。

五分後、オリンピアは荒れ狂う海を航行する〈サイリーン〉号の絵が描かれた見返しをはがして、その下に隠されていた地図を見つけた。

島の地図だった。西インド諸島の、地図に載っていない島の地図。しかし、完全な地図ではない。半分に破られた片方だ。

もう半分はない。

地図の下のほうになにか書いてある。

　全体の半分と半分、サイリーンとサーパントはひとつになるべし。錠は鍵を得て、開け放たれるのを待っている。

オリンピアは急いで裏表紙の見返しを開いて、荒れ狂う海にもまれながら進む船の絵を見つめた。もちろん、舳先には大海ヘビ《サーパント》の像がついていた。はやる気持ちをおさえて見返しのページをはがした。

しかし、地図の残りの半分は見当たらない。

12

朝食の皿の左手に、ジャレッドは予定帳を置いた。予定帳というのはそばにあるだけで心強い、と思った。自分の運命を自分で支配している、という気になれる。そんな思いはまったくの幻想にすぎないのだが、度を越した情熱のとりこになっている者は、ある種の幻想を大切にするものなのだ。

「午前中の授業はいつもどおり、八時から十時までだ」ジャレッドは言った。「きょうは、地理と数学を勉強する」

「地理の時間に、またべつのキャプテン・ジャックの話を聞かせてくれる？」卵料理を口いっぱいにほおばりながら、ヒューが訊いた。

ジャレッドはじろりとヒューを見た。「食べながら話すのは感心しないぞ」

「失礼」ヒューは卵料理をごくんと飲みこみ、にっこりした。「ほら。もう食べてない。キャプテン・ジャックの話はしてくれるの？」

「そうだよ、ミスター・チルハースト、じゃなくて、子爵さま」ロバートが言った。「キャプテン・ジャックの新しい話を聞かせてくれますか？」

「ぼくは、キャプテン・ジャックが航海中に経度を知るのに使う、特製の時計を作ったときの話が聞きたいなあ」イーサンがすかさず言った。

「その話はもう聞いたじゃないか」と、ロバート。

「もう一回、聞きたいんだ」

ジャレッドは、オリンピアが心ここにあらずといったようすで、スグリの実のジャムを塗ったトーストを食べている姿を、こっそりうかがった。彼女の目の表情が気になってならなかった。ほかのなにかに気を取られているようにぼんやりして、よそよそしい。朝食を食べに階下に降りてきたときからずっとそうなのだ。

今朝は、ジャレッドの部屋の前で、偶然を装った計画的遭遇もなければ、熱いまなざしのからまり合いも、密かなキスもなく、オリンピアが頬を赤く染めることもない。これほど大事な日の始まりだというのに不吉だ、とジャレッドは思った。

「キャプテン・ジャックがボストンへ向かう航海中、経度を計算したことにまつわる、とても勉強になる話があったはずだ」ジャレッドは言い、もう一度、予定帳に視線を落とした。

「授業が終わったら、私はきみたちのおばさんを旅行探検学会の図書室へお連れする」

それを聞いて、オリンピアは少しだけ反応した。「ちょうどよかったわ。学会の地図コレクションで確認したいことが、まだひとつ二つあるので」

きょうは彼女が結婚する日だと、だれに想像できるだろう？　ジャレッドは苦々しい思いだった。オリンピアにとって、私と結婚するよりも、古地図をあさりに図書室へ行けることのほうがはるかに刺激的でわくわくするのはまちがいない。

「あなたが学会の図書室で調べものをしているあいだ」と、ジャレッドは言った。「私は約束があるので、フェリックス・ハートウェルに会います。仕事のことで話し合わなければならないので。ロバート、イーサン、ヒュー、きみたちは公園で凧揚げをしていなさい。私の話し合いが済むころには、昼食の時間になっているだろう」

イーサンが、椅子の床に近い横桟をかかとで蹴りながら言った。「午後はなにをするの？」

「椅子を蹴るのはやめないか？」ジャレッドは上の空で言った。

「はい、わかりました」

ジャレッドは予定表に記されたつぎの項目を見つめ、下半身の筋肉という筋肉が期待と不安にこわばるのを感じた。オリンピアの気が変わっていたらどうしよう？

ぜったいに、翻意などされてはならない。

私だけのセイレーンをわがものにできるかどうかという瀬戸際に、心変わりなどしないでくれ。

これほど熱く、強く求めているたったひとりの女性を、この手につかまえられそうなのだ。この期におよんで気持ちを変えないでくれ。

「昼食を終えたら」ジャレッドはありったけの自制心をかき集めて、抑揚のない声で言った。「きみたちのおばさんと私は、正式な結婚の届け出をしてくる。すべて、手はずはととのえてある。手続きにさほど時間はかからないだろう。私たちがもどったら――」

テーブルの反対側の端で、金属が陶器にぶつかる音がした。

「あらあら」オリンピアが小声で言った。

ジャレッドが目を上げたとたん、スグリのジャムの壺がテーブルの端から落下するのが見えた。壺に差してあったスプーンもいっしょに落ちていく。

イーサンが忍び笑いを漏らした。オリンピアはあわてて椅子から立ち上がって身をかがめ、自分のナプキンで絨毯をぬぐったが、ほとんどむだな努力に見えた。

「放っておきなさい」ジャレッドは言った。「ミセス・バードが片づけてくれます」

オリンピアはぼんやりとジャレッドを見てから、目を伏せ、なにも言わずに椅子に坐った。

どうやらオリンピアは、見た目ほど自分の結婚に無関心なわけではなさそうだ。ジャレッドは自分のなかのなにかがほんの少し、ほぐれるのを感じた。両肘をテーブルについて左右の指先を突き合わせ、ふたたび予定帳に気持ちを集中させた。

「今夜、夕食はいつもより早めに始める」と、ジャレッドはつづけた。「食事のあと、ヴォクスホール公園に花火を見に出かける予定なのでね」

予想どおり、イーサンとヒューとロバートからいっせいに歓声があがった。

「あの、すごい計画だと思います」期待感にロバートの顔は輝いていた。

「ぼくたち、花火って見たことないんだ」イーサンがはしゃいだ声で打ち明けた。

「公園では、楽団が演奏をしてる？」ヒューが訊いた。

「おそらく」ジャレッドは答えた。

「アイスクリームを食べてもいい？」

「いいだろう」ふたりの結婚をヴォクスホール公園で祝うと知り、オリンピアはどう思っているだろうと、ジャレッドは彼女の表情に目をこらした。ひどく気分を害する女性もいないわけではないと、いまになって急に不安になったのだ。

しかし、オリンピアの目はみるみる輝き出した。「すばらしい考えだわ。わたしも、花火が見たくてたまりません」

ジャレッドは心のなかでほっと安堵のため息をついた。私の体にはロマンチックな骨のかけらもないと言ったのはだれだ？　と密かに思う。

「ヴォクスホール公園の闇の小道《ダークウォーク》を散歩してもいい？」ロバートがおずおずと訊いた。

ジャレッドは一瞬、眉をひそめた。「どうして闇の小道を知っているのだ？」

「きのう、公園で会った男の子が、いろいろ話してくれたんだ」イーサンが説明した。「闇の小道に入っていくのは、すごく危険なんだって」

「そうなんだ」ロバートが言った。「ヴォクスホール公園の闇の小道を歩いていって、そのまま帰ってこない人もいるって」ぶるっと身震いをする。「ほんとうだと思う？」

「いや、思わない」ジャレッドは言った。

「ほかの男の子が言ってたけど、何年もその子の家で働いていたメイドも、闇の小道で行方不明になったって」ロバートはジャレッドに言った。「もう二度と姿を見た者はいないんだって」

「おそらく、召使いと駆け落ちしたのだろう」ジャレッドは予定帳を閉じた。

「ぼく、どうしても闇の小道を歩きたい」ロバートはあきらめきれずに言った。

テーブルの向かい側のヒューがロバートを見て顔をしかめた。「公園で会った男の子に、闇の小道を歩けるもんなら歩いてみろって言われたから、行きたいだけだろ？　でも、ぼくたちみんなでいっしょに散歩したら、歩いたってことにはならないよ。チルハースト子爵さまがいっしょにいたら、悪いやつは恐がって近づいてこないからね」

「そうだよ」イーサンが勝ち誇ったようにうなずいた。「子爵さまとぼくたちがいっしょにいたら、悪者は近づいてこない。あの男の子に自慢したいなら、ひとりで闇の小道を歩かなきゃだめだね。そんな恐ろしいこと、ロバートにはできっこないさ」

「そうだよ」ヒューがばかにした口調で言った。「恐くて、ひとりで闇の小道なんか歩けないよ」

ロバートは双子の弟たちを交互ににらみつけた。「恐くないさ。闇の小道くらい歩けるよ」

「恐がってるくせに」ヒューが言った。

ジャレッドは双子たちを見て、一方の眉をつり上げた。「そこまで。教養豊かな者は、人から挑まれたりけしかけられたりしても、相手にしない。そんなばかげた挑戦をふっかけられても超然として、分別と道理を働かせて自分なりの判断を下すものなのだ。さあ、朝食を終えたら、きょうの授業の準備をしてきなさい」

「はい」最後にもう一度、ロバートをからかうように横目で見ながら、ヒューは勢いよく立ち上がった。

イーサンもくすっと笑って立ち上がった。

ロバートは弟たちを決然と無視して立ち上がり、オリンピアにお辞儀をした。

ジャレッドは、オリンピアとふたりきりになるのを待って、テーブルの反対側の端に坐っている彼女をまっすぐ見つめて言った。「きょうの予定はお気に召しましたか？」

オリンピアはかすかにびくりとしたが、すぐに言った。「ええ。はい、もちろん」意味もなくスプーンを振って、さらに言う。「予定を立てたりすることが、あなたはほんとうに得意でらっしゃるから。そういった方面は、もう、あなたに全面的に頼ってしまっているようです、わたし」

「ありがとう。ご期待に添うように、最善を尽くします」

オリンピアはちょっと眉をひそめた。「わたしをばかにしてるんですか、チルハースト？」

「いいえ。最近ますますばかのようになっているのは、この私のほうです」

オリンピアの目に戸惑いの色がよぎった。「ジャレッド、どうしてそうやってふざけて、熱い胸のうちを茶化すの？　情熱的な思いの持ち主だということを、認めるのがいやなの？」

「経験から知っているのだ。男が情熱のおもむくままに動いていると、たいていは人生で失敗をする、と。無分別な不摂生をしたり、危険な冒険にかかわったり、ありとあらゆる向こう見ずな行動に向かってしまう」

「悪い結末を迎えるのは、情熱を抑えられない場合だけ」オリンピアは穏やかに言った。

「あなたの情熱はいつも抑制がきいています」そう言うオリンピアの顔がみるみる真っ赤になった。「ただし、ロマンチックな情熱に呑み込まれているときだけは、べつかもしれない」

「そう」ジャレッドは言った。「あなたと愛を交わしているときだけはべつだ」じっとオリンピアの目を見つめる。あなたは私の最大の弱み、アキレス腱《けん》なのだ、私のセイレーン。ジャレッドはコーヒーを飲み終え、意識してゆっくりカップを置いた。「それでは失礼します、オリンピア。生徒たちが待っているので」

「ジャレッド、待って、大事な話があるの」オリンピアは出ていこうとするジャレッドに手を差しのべた。「ライトボーンの日記を解読して、また新たなことがわかったの」

「愛しい人、私たちが結婚しようという日に、そのいまいましい日記のことだけは話し合いたくない。そのばかげた話題を私が毛嫌いしているのは、あなたも知っているはずだ」ジャレッドは頭を下げ、オリンピアの唇にかすめるようなキスをした。

「でも、ジャレッド――」

「もうまもなく訪れる新婚初夜に向けて、ほかに考えるべきことを見つけておきなさい」ジャレッドはやさしく命じた。「おそらく、ライトボーンの日記に劣らず夢中になれるだろう」

ジャレッドは朝食専用の食堂を出ていった。

「ロンドンの別邸を住めるようにしろと？」フェリックスは机に前のめりになって手を伸ばし、自分のグラスに赤ワインを注いだ。「もちろんです。喜んで手配しましょう。当然、使用人も調達するのでしょう？」

「そうだ」ジャレッドは両手の指先をとんとん突き合わせながら、素早く頭を働かせた。「だが、家政婦は探さなくていい。すでにいるから」

フェリックスは疑わしげな視線をジャレッドに向けた。「アッパー・タドウェイから連れてきた家政婦ですか？　ロンドンで子爵邸を切り盛りできるとは思えないがなあ。経験がないから無理でしょう」

「なんとかする」

フェリックスは肩をすくめた。「いいでしょう、あなたが決めたことです。ワインは？」

「いや、けっこうだ、ありがとう」

「では、私だけで、目前に迫っているご結婚を祝して乾杯させてもらいましょう」フェリックスはぐーっとワインを飲み、グラスを置いた。「それにしても、このうえなく変わったやり方を選んだものですね。結局、あなたも変わり者ぞろいの一族の血を、ある程度は引いていたようです」

「おそらく」

フェリックスは声を殺して笑った。「しかし、こんなおめでたい知らせでありながら、新聞で世間に発表するわけにはいきません。社交界の連中はもう、あなたは結婚していると思いこんでいるのだから。こんな大事な人生の節目をどうやって祝うつもりか、訊いてもかまわないでしょうか？」

「今夜は、婚約者の甥たちを連れてヴォクスホール公園へ花火を見に出かける」

「ヴォクスホール。なんとまあ」フェリックスは顔をゆがめた。「その予定を、花嫁はどう思っているんです？」

「彼女は、そういった計画のようなことはすべて、私にまかせきりなのだ。話は変わるが、フェリックス」

「はい？」

ジャレッドはポケットに手を入れ、トーバートのハンカチを取り出した。「これをミスター・ローランド・トーバートに返してほしい」そのとき、伝えてほしいことがある」

フェリックスは興味ありげにハンカチを見つめた。「なにを伝えるんです？」

「このハンカチがレイディ・チルハーストの庭に置き去りにされるような出来事がふたたびあるようなら、彼女の夫と個人的に話し合うことになる、とトーバートに伝えてくれ」

フェリックスはハンカチを受け取った。「承知しました。しかし、これをあの男からの脅しと受けとめるのはどうだろう、チルハースト。トーバートは人目を忍んでレディの庭に出入りするような男ではありません」

「わかっている。私も、あの男のことは心配するにはおよばないと思っているのだ」ジャレッドはブーツをはいた両脚をぐいと伸ばして、古くからの友人の顔をあらためて見た。「もうひとつ、話し合いたいことがある。あれから、保険業者と話をしたのだろうか？」

「話はしましたが、私がこれまでに調査してわかったこと以上に有益な情報は得られませんでした」フェリックスは渋い顔をして立ち上がり、部屋をうろつきはじめた。「今回の横領を陰で画策したのはキャプテン・リチャーズだと断定するべきでしょう。ほかに説明のしようがないのだから」

「リチャーズとは長い付き合いだ。きみとほとんど同じくらいだよ、フェリックス」

「わかっています」フェリックスは首を振った。「こんな受け入れがたい知らせを伝えなければならず、私としても心苦しいのです。あなたがどれほど忠義や誠実さを大事に思っているか、よくわかっています。長年、信じつづけてきた者から裏切られて、さぞつらいでしょう」

「前にも言ったように、私は道化役を演じるのは好かないのだ」

三十分後、ガラガラと車輪を鳴らしてやってきた貸し馬車が、ボーモント家の洒落た私邸の前で止まった。

ジャレッドは馬車を降りた。「待っていてくれ」と、御者に声をかける。「長くはかからない」

「へい、承知しました」

ジャレッドはポケットから金時計を取り出し、文字盤に視線を落としながら正面ステップを上った。子供たちはミセス・バードにまかせて家に残し、デミトリアを訪ねてきたのだ。あとでオリンピアを学会の図書室まで迎えに行くのであまり時間の余裕はなかったが、問題はないだろう、とジャレッドは思った。デミトリアに語るべきことが山ほどあるはずもない。

執事が扉を開け、ジャレッドの地味な服装と、同じくらいさえない貸し馬車へと、見下すような視線を向けた。ボーモント家の私邸にやってくる客のほとんどは、貸し馬車ではなく立派な自家用馬車で乗りつけるのだろう。

「チルハーストがお話をしたいと、レイディ・ボーモントに伝えてほしい」前置きもなく、いきなり告げた。

軽蔑しきった表情を浮かべ、執事は言った。「名刺をお持ちですか？」

「持っていない」

「レイディ・ボーモントが来客を迎えられるのは、午後三時以降と決まっております」

「私が来ていることを伝えていただけないなら」ジャレッドは丁重に言った。「自分で伝えに行くしかありませんね」

執事は一瞬顔をゆがめたが、賢明にも扉を閉じて、客人の来訪を告げに行った。ジャレッドがステップに立って待っていると、ふたたび扉が開いた。

「レイディ・ボーモントが応接室でお会いになるそうです」

ジャレッドは返事もしなかった。さっさと玄関の間へと進み、デミトリアがいるという応接室に勝手に入っていった。デミトリアは部屋のいちばん奥でジャレッドを待っていた。淡いブルーと白の絹のスカートを、ブルーと金色のソファに優雅に広げて。よそよそしい笑みを浮かべて、近づいてくるジャレッドを迎える。その目は冷ややかで警戒心に満ちている。

ふと、ジャレッドは思い出した。彼女が私を見るときの表情は、いつもあのように打ち解けなかった。三年前、私はあの表情を自制心と慎み深さの表れと勘違いしたのだ。そして、それこそがまさに私が妻に求めている資質だと思った。

やがてジャレッドは、デミトリアが自制し、隠そうとしていたのは、彼にたいする嫌悪感だったと気づいたのだ。

「おはようございます、チルハースト。あなたがいらっしゃるとは、驚きだわ」

「そうかね？」ジャレッドは贅《ぜい》を尽くして飾られた室内をさっと見渡した。壁という壁はブルーのシルク地に覆われている。暖炉の飾り棚は彫刻をほどこした白い大理石だ。古典的な趣の窓は、分厚いブルーのベルベットのカーテンで縁取られ、その向こうに広々とした庭園が見える。目に見えるすべての鼻持ちならない贅沢さが、ボーモントの莫大な富を見せつけている。

「望むものはすべて手に入れたというわけだな、デミトリア」

デミトリアは皮肉をこめて会釈した。「手に入れられないのではと疑ってらした？」

「いいや。一瞬たりとも疑ったことはない」ジャレッドは立ち止まり、贅をきわめた部屋にすっかり溶け込んでいるデミトリアを見た。こんな彼女がかつては文無し同然だったとは、だれも想像すらしないだろう。「あなたはいつも、こうと決めたらかならずやり遂げる女性だった」

「わたくしたちのように裕福な家に生まれつかなかった者は、こうと決めたことを貫かないかぎり、どうしようもなく不安定な人生を送るはめになる。でも、あなたはそんな不安な立場などこれっぽっちも理解できないんだわ、ジャレッド、そうじゃなくて？」

「おそらく」そんな不安ならとっくの昔に経験済みだと告げて、なんの意味があるだろう？私の子供時代、一家の財政は火の車だったうえ、感情的な変人ぞろいの家族はつねに混乱状態にあったと言っても、デミトリアは聞く耳を持たないだろうとジャレッドは思った。

そう言えば、私はデミトリアに自分の過去を話したことがない、とジャレッドは気づいた。話したところで、彼女がとくに興味を持ったとも思えない。デミトリアの関心はいつも、自分と弟の将来にしかなかったのだ。

デミトリアは気だるそうに、一方の腕をソファの背にかけた。「こんな早い時間からわたくしを訪ねていらしたのは、なにか理由があってのことなのでしょう？」

「もちろん」

「もちろん」と、棘のある声で繰り返す。「あなたがなにかやるのは、なにかしら理由があるときだけ、そうでしょう、ジャレッド？　あなたの人生はすべて、あなたなりの理由と、金時計と、あの愚かしい予定帳に支配されているのよ。いいわ、ともかく、あなたがここにいらした理由を話してちょうだい」

「きのう、あなたと、あなたの弟と、あなたの無二の親友レイディ・カークデールが、私の妻を訪ねてきた理由が知りたい」

さも驚いたと言いたげに、デミトリアは目を見開いた。「あら、ジャレッド、なんとおかしな質問かしら。わたくしたちは、ロンドンにいらした彼女を歓迎したかっただけよ」

「嘘をつく相手は夫だけにしてもらおうか。あのお年では、あなたがなにを言おうと、喜んで信じてくれるだろう」

デミトリアはきっと唇を結んだ。「わたくしの結婚について、とやかく言わないでいただきたいわ、チルハースト。なにも知らないくせに」

「知っているのは、あなたが結婚したのはおそらく欲に目がくらんだせいで、ボーモントが結婚したのはなんとしてでも跡継ぎに恵まれたいから、ということだ」

「あらまあ、チルハースト。上流階級の人間が結婚する理由といえば、欲を満たすことと跡継ぎの確保という二つでほとんどすべてだわ。それはあなただってご存じのはず」デミトリアは目を細め、考えながら言った。「イッパートン通りに隠していた、あのおかしな女性とあなたのつながりは、もっと高尚な感情に根ざしたものだなんて、まさか、おっしゃらないわよねえ？」

「私の結婚について話し合いたくて、ここへ来たわけではない」

「では、どうしていらしたの？」

「あなたと、あなたの鼻持ちならない弟に、私の妻にはもう近づくなと告げるためだ。ふたりとも、こんど私の妻をなぶり者にしたら、ただではおかない。いいか？」

「どうしてわたくしたちが彼女をなぶり者にしていたなんて思うのかしら？　わたくしたち、どんな女性があなたのお眼鏡にかなったのか、知りたかったただけよ」

「わざわざオリンピアに会いにくるとは、よほど退屈な毎日を送っているのだろう」

「退屈？　彼女はそんなに退屈な方なの？」わざと意味を取りちがえ、デミトリアはしらばくれた。「それはお気の毒に。彼女はあとどのくらい、あなたの興味をつなぎとめていられるんでしょう？　それとも、退屈で貧相な才女は、まさにあなたの趣味にぴったり、ということかしら？」

「やめないか、デミトリア」

「求めていたものは手に入れたの、チルハースト？」デミトリアの目が冷ややかな怒りを帯びてきらりと光った。「あなたのいまいましい計画にしたがう女性を？　情熱なんて知りもしないから、あなたに情熱のかけらもないことに気づきもしない女性を？」

「私の私生活についてあれこれ心配してもらわなくてけっこうだ」部屋を出ようと回れ右をしてから、ジャレッドは立ち止まった。「あなたは、ほしいものを手に入れた、デミトリア。それで満足することだ」

「それは脅しなのかしら、ジャレッド？」

「そのようだ」

「血も涙もない思い上がったろくでなしだわ」ソファの背もたれにかけたデミトリアの手が、小さな拳を握りしめた。「あなたにとって、人を脅すのは朝飯前なのよ。生まれながらにしてすべてに恵まれ、財産も爵位も持っているから、自分はほかの者よりはるかに上だと信じこんでいるの。でも、いいこと教えましょうか、ジャレッド？　わたくし、あなたをうらやましいとは思わない」

ジャレッドはほほえんだ。「それを聞いてほっとした」

「ほんとうに、これっぽっちもうらやましくありませんことよ、子爵さま」デミトリアの目に炎が燃え上がった。「あなたは、血のたぎるような情熱がどんなものか知ることなく、一生を終える運命なんだわ。どこへさらわれていくかもわからない、暴力的な感情に身をゆだねるのがどんなことか、けっして知ることはないのよ」

「デミトリア――」

「魂で魂に触れてくれる相手とともにいるという、えも言われぬ喜びを知ることもない。商売人の心しか持たないあなたには、恋人の反応を引き出す影響力を持つ、というのがどういうことかさえわからないんだわ。そうじゃなくて、ジャレッド？」

デミトリアの視線をとらえたジャレッドは、彼女も彼と同じ日の午後を思い出しているのだとわかった。ジャレッドが、フレーム島の厩舎で彼女にキスをしたときのことだ。

それまでの慎みのあるかすめるようなキスではない。ジャレッドとしては、デミトリアから反応を引き出そうと、必死に努力したのだ。その行為には、キスをした本人もされたデミトリアも驚いたが、それで得た答えに驚きはしなかった。

あの日、ふたりは真実に気づいたのだと、ジャレッドはわかっていた。ふたりのあいだに情熱はかけらもない、と。自分が結婚に情熱を求めていることさえ、ジャレッドはそのとき初めて知った。そんな自分の弱みに気づいたのは、いわばデミトリアのおかげだ。

「私としては、自分で最善と思う生き方をするしかあるまい」ジャレッドは言った。「では、ご機嫌よう、デミトリア。もう二度と、私の妻をわずらわせないでほしい。それから、もうひとつ、忠告しておく。あなたのろくでもない弟が私の目の前に姿を現さないように気をつけたほうがいい」

「どういうこと？」デミトリアの目に警戒の炎が燃え上がった。「あなたにあの子を傷つけられるもんですか。わたしの夫は金持ちの有力者よ。必要なら、ギフォードをあなたから守ってくれるわ」

ジャレッドは眉をつり上げた。「あなたの夫は、自身の不幸な悩みの解決法を探すのに必死で、あなたの愚かな弟を守るどころではないだろう。それに、ほんとうにシートンのためを思うなら、あなたは彼を守るのをやめるべきだ。もう二十三歳なのだぞ。とっくに大人になっていい年だ」

「あの子は大人よ、ばかを言わないで」

「いや、子供だ。聞き分けのないだだっ子。わがままで、気むずかしくて、怒りっぽい。なにかあるたびに、あなたが必死で守るから、いつまでたってもひとり立ちできないのだ。彼を大人にしたかったら、自分のやることには自分で責任を持つように学ばせるべきだ」

「わたくしは、これまでずっと弟の面倒をみてきたんです」デミトリアは叫ぶように言った。「あなたに助言などしてほしくないし、その必要もありません」

ジャレッドは肩をすくめた。「お好きなように。しかし、あなたでもシートンでも、またわれわれにちょっかいを出したら、こんどは私も紳士らしく振る舞いはしないと覚悟してほしい。かつてそうしたことは、あなたも覚えているだろう。あんなことは一度でたくさんだ」

「あなたにはわからないのよ」デミトリアは歯を食いしばったまま言った。「そうよ、わかったことなんか一度もないんだわ。出ていって、チルハースト。そうじゃないと、うちの者に言って叩き出すわよ」

「それにはおよびません。喜んでおいとまいたしますから」

振り向きもせず、ジャレッドは大股で廊下に出ていった。執事の姿はなかったが、応接室の扉のすぐ外にギフォードが立っていた。その顔は怒りに青ざめている。

「ここでなにをしているんだ、チルハースト？」

「きみの魅力的な姉上をお訪ねしたのだが、心配するようなことはなにもない」ジャレッドはギフォードをよけて歩き、正面玄関へ向かった。

「姉上になにを言った？」

扉の把手に手をかけて、ジャレッドは立ち止まった。「彼女に言った言葉をそのままきみにも言おせてもらおう。二度と私の妻に近づくな、シートン」

ギフォードは端正な顔をゆがめ、怒りをこめてせせら笑った。「おまえの脅しは口先だけだ。私に手出しできるわけがないんだ。さすがのおまえも、ボーモントほどの有力者には刃向かえまい」

「私がきみなら、ボーモントの庇護はあてにしないぞ」ジャレッドは扉を開けた。「姉上を頼りにもしない」

ギフォードはジャレッドに向かって一歩足を踏み出した。「いまいましいやつめ、チルハースト、なにが言いたいのだ?」

「きみがまた妻に近づいて私を怒らせたら、その代償は払ってもらうと言っているのだ」

「なあ、チルハースト」ギフォードは穏やかな声で挑発した。「まさか、私に決闘を挑むつもりではないだろうな? 知ってのとおり、あまりに理性的で、分別がありすぎ、救いようのない臆病者のおまえは、私と決闘の場に臨むような危険は冒せまい」

「きみとその話を蒸し返しても無意味だ。警告したことを忘れるな」そう言い残して正面ステップに出ると、ジャレッドはできるだけ静かに扉を閉めた。

貸し馬車はまだ通りで待っていた。

「マスグレイヴ会館まで」と、御者に声をかける。「急いでくれ。約束があるのだ」馬車の扉を開けて、乗り込んだ。

「へい、承知しました」御者はあきれたようにため息をつき、手綱をゆるめた。

貸し馬車がボーモントの私邸から離れると、ジャレッドは座席のクッションに体をあずけた。私に感情のない男というレッテルを貼るデミトリアはまちがっている、と思った。いまの私は、かつて経験したことのないほど激しく心をかき乱され、苦しんでいるのだから。

きょう、私は結婚する。計画が実現したのだから、ゆったりと充実感に浸っているべきなのだ。オリンピアはもうまもなく神と人の法において、正式に私の妻となる。しかし、今朝、目覚めたときに感じたなんとも言えない不安は、いまも私につきまとっている。

胸の奥を万力で締めつけられているような感覚の正体が、わからない。求めてやまない女性が、いままさに自分のものになろうとしているというのに。

ジャレッドは、オリンピアが結婚の申し込みを受け入れてくれたほんとうの理由がわかっているとは言いかねた。

オリンピアは最初、結婚を拒否したのに、きのうデミトリアとの一件があってから、気が変わったと告げたのだ。

ジャレッドはにぎやかな通りに目をやった。もちろん、オリンピアは私が家庭内をうまく取り仕切られるという理由だけで、結婚に同意したのではあるまい。ほかにもなにか理由があるはずだ。ないわけがない。

彼女は私がほしいのだ、とジャレッドは自分に言い聞かせた。情熱的に反応していた彼女を思い出せば、そう確信できるはずだが、なぜかそれができない。オリンピアは、欲望を満たすだけ、あるいは自分の評判を守るために結婚するのではないとはっきり言っていた。世事に通じた女性だと自分でも言っているのだ、とジャレッドは皮肉混じりに思った。そんな理由で結婚を決めるわけがない。

では、なぜ、私との結婚に応じる気になったのだ? ジャレッドはまた自分に問いかけた。これまでに何度問いかけたか、もう覚えていない。とにかく、この疑問がきのうから頭を離れないのだ。きのうの午後、訪ねてきたデミトリアの言葉か、あるいは行動が、オリンピアを結婚の同意へと駆り立てたのはたしかだと思った。しかし、それが釈然としないのだ。

応接室でデミトリアに会って、話のつじつまを合わせるには結婚するしかないという結論に達した、というならわからないでもないが。

いずれにしても、とジャレッドは思った。結婚していると言って世間をあざむこうと企むのと、実際に、そんな大それた欺瞞《ぎまん》を実践してしまうのでは、天と地ほどもちがう。自分では世間をよく知っていると言っていても、しょせん、オリンピアは地方の小さな村育ちのうぶな娘だ。結婚していると嘘をついたところで、なんとかうまく切り抜けられると無分別にも思ったとき、自分がなにをしようとしているのか、ろくにわかっていなかったのだろう。

もちろん、そんな企みをしながら、オリンピアは子爵と結婚するはめになるとは夢にも思っていなかったはずだ。私を家庭教師だと信じきっていたのだから。出会ったときに身分を偽ったりしなければ、彼女の計画はひょっとしたらうまくいっていたかもしれない、とジャレッドは認めざるをえなかった。

こんなつらい思いをしているのも自分のせいだと、ジャレッドはわかっていた。不安にさいなまれ、どうやって解けばいいのかわからない疑問に悩み、希望と絶望のはざまでふらふら揺れ動いているのも、いたしかたないと思った。

それもこれも、無鉄砲に情熱を募らせた報いなのだ。

それなら、それでかまわない。ジャレッドは不気味な笑みを浮かべた。男が猛り狂う欲望の流れに身をまかせたら、なにが起こっても不思議ではない。私にできるのは、渦巻く流れに引き込まれず、ただ浮かんでいるように努力することだけだ。

今夜はわれわれの新婚初夜だ。なにがあろうと、全身全霊で求めていたことをやり遂げる。今夜、同じベッドのなかで、オリンピアは私の妻になる。ようやく、確実に彼女をわがものにしたという安心感とともに、思う存分、愛の行為を楽しもう。

結婚を受け入れてもらえた理由ははっきりしなくても、私が彼女に感じているのと同じくらい熱烈に、オリンピアが私を求めているのは火を見るよりも明らかなのだ。

それだけで満足とは言いがたかったが、デミトリアのときよりははるかにいい、とジャレッドは思った。

ヴォクスホール公園の夜空を染める花火はそれは華々しく、オリンピアはもう少しで不安な思いを忘れそうになった。

わたしは結婚したのだ。

現実はあまりに突拍子もなく、どうしても自分の新しい立場を受け入れられない。ジャレッドと結婚したなんて。

ありえない、と思える。きょうの午後、ロンドンの町外れで、司祭の立ち会いのもとで行った簡素な式はとても事務的で、それもあって、なかなか実感もわかない。

わたしたちは永遠に結ばれたのだ。

ひどいまちがいを犯していたらどうしよう、とオリンピアは思い、急にいても立ってもいられなくなった。わたしのようには、彼がわたしを愛してくれなかったら、どうすればいい？

それでも、彼がわたしをほしがっているのは疑いようがない、とオリンピアは自分に言い聞かせた。情熱という土台があれば、きっとその上になにか積み重ねていけるはずだ。なにがあっても、積み重ねるのよ。

けれども、情熱は愛ではない。わたしは世事に通じた大人の女性だ。叔母のソフィーとアイダはわたしに愛の大切さを説き、なにが愛で、なにが愛でないのか、教えてくれた。だから、肉体的な欲望と、もっと深くて結びつきの強い絆《きずな》はまったくちがうものだとよくわかっている。

オリンピアは心からジャレッドを愛していたが、彼が心を開いて自分を愛してくれるかどうかは、確信が持てなかった。ジャレッドは激しい感情をよいものとは思っていない。自分を欺いて、感情を抑えつけている。

ただし、わたしと愛を交わすときだけはべつだ。

オリンピアは小さなハンドバッグをきつく握りしめ、夜空にまた花火がはじけるのを見つめた。

わたしと愛を交わすときだけはべつ。

今夜、オリンピアは伝説の財宝を探しに出かける冒険者のように意欲に燃え、恐いものはなにもない、という気分だった。なにを犠牲にしてでも、ジャレッドの情欲を愛に変えるという、困難な探索に乗り出そうと思った。

「わあ、あれを見て」夜空に炸裂して、滝のように流れ落ちてくる色とりどりの火花を見て、イーサンがため息混じりに言った。隣に立っているジャレッドをちらりと見て、さらに言う。「こんなにきれいなもの、これまでに見たことがある?」

「いいや」花火ではなくオリンピアの顔を見つめながら、ジャレッドは答えた。「見たことはない」

オリンピアが横目で見ると、静かな炎をたたえたジャレッドの目がきらりと輝くのがわかった。これほど危険を感じさせるジャレッドは見たことがなかった。

ジャレッドの目を見たとたん、オリンピアの内面に夜空の花火よりも輝かしく美しい火花が飛び散った。えも言われぬ視線でとらえられ、伝説上の絶世の美女になったような気がした。

「音楽もすごくいいね」ヒューが声を張り上げた。「もう、ぞくぞくしちゃうと思わない、オリンピアおばさん？」

「ええ、そうね」オリンピアは自分の声がかすれ、それに気づいたジャレッドがすべてお見通しだと言いたげに口元をほころばすのがわかった。彼にはわかっているのだ。オリンピアが音楽のことではなく、今夜、あとでジャレッドにどんなふうに触れられるのだろうかと考えていることを。「ほんとうに、胸が躍るわね」

「セイレーンの歌だ」オリンピアだけに聞こえるように、ジャレッドはささやいた。「とても抗えない」

オリンピアはもう一度、思いきって視線を動かして、ジャレッドの横顔を盗み見た。そのとたん、厳然として揺るぎない彼の顔に男っぽい期待感がにじんでいるのがわかり、その場に膝から崩れ落ちそうになる。

ジャレッドはオリンピアの腕を取った。緊張感をはらんでいよいよ盛り上がる旋律がヴォクスホール公園の上空に舞い上がり、観衆がどよめきを上げた。

「今夜、ここには何千人という人が集まっているんだろうね」ロバートが言った。

「少なくとも二、三千人はいるだろう」ジャレッドは言った。「つまり、三人のうちだれが迷子になっても不思議はないということだ」男の子たちの上気した顔をじっと見つめる。

「三人とも、私の目の届かないところへは行かないと約束してほしい」

「はい、ぼくは……」ロバートは素直に従いかけたが、夜空にまた花火がはじけて火花が降り注ぎ、言葉を切って歓声を上げた。

「約束する」イーサンは色鮮やかな花火を見つめたまま、大喜びで拍手をしながら言った。

ヒューはうっとりとオーケストラを見つめていた。「約束する。楽器を演奏するのはむずかしいよねえ？」

ジャレッドはオリンピアの目を見つめて言った。「じっくり時間をかけて努力しなければならない」と、穏やかに言う。「しかし、価値のあるものはそうやって初めて手に入れられるのだ。どうしてもその手でつかみたいと思ったら、進んで全力を傾け、困難に立ち向かうことだ」

オリンピアは、ジャレッドが楽器の演奏法について話しているのではないとわかった。オリンピアに語りかけていたのだ。彼がなにを言っているのか正確にはわからなかったが、なにかを誓っているような気はした。その日、手渡された金の指輪のずっしりとした重さを感じながら、オリンピアは弱々しくほほえんだ。

「ドラムはどう？」ヒューはなおも尋ねた。「うまく叩けるようになるのは、そんなにむずかしくないと思うな」

「練習のしがいがあるという点では、まちがいなくピアノのほうが上だろう」

「そう思う？」ヒューは真剣な顔つきでジャレッドを見上げた。

「そう思う」ジャレッドはかすかにほほえんだ。「楽器を習いたいなら、だれか先生を雇って教えてもらえるように手配しよう」

ヒューはぱっと顔を輝かせた。「そうしてくれると、うれしいなあ」

オリンピアはジャレッドの腕に手をかけた。「ほんとうに、わたしたちによくしてくださるのね、子爵さま」

ジャレッドは手袋をはめたオリンピアの手の甲にキスをした。「お安い御用です」

「ロバートはどこ？」突然、イーサンが声をあげた。

「さっきまでここにいたのに」ヒューが言った。「たぶん、アイスクリームを買いにいったんだよ。ぼくもほしいな」

オリンピアはふとわれに返り、心配でたまらなくなった。急いであたりを見渡す。興奮気味に花火をながめている群衆のなかに、ロバートの姿は見当たらない。「あの子、どこかへ行ってしまったみたいだわ、子爵さま。目の届くところにいると約束したのに、姿が見えない」

ジャレッドは小声で毒づき、オリンピアの手を離した。「闇の小道だ」

オリンピアはジャレッドを見た。「なんですって？」

「ロバートは闇の小道を歩いてみたいという誘惑に勝てないのではと思っていたが、そのとおりだった」

「ああ、そうだったわ。歩けやしないだろうと言われたと、今朝、話をしていたんだわ」ジャレッドのいかめしい表情を見て、オリンピアは不安に襲われた。「闇の小道はほんとうにそんなに危険なの？」

「いいや」ジャレッドは言った。「しかし、それは問題ではない。ロバートは私の目の届くところにいると約束した。それなのに、目の届かないところへ行ったのだ」

「ロバートをぶつの？」イーサンが心配そうに訊いた。

ヒューが顔をしかめた。「できるものならやってみろってけしかけられたんだ。だから、行っちゃったんだ」

「理由はどうでもいい」ジャレッドは不気味なほど静かに言った。「問題は、彼が約束を破ったことだ。しかし、これはロバートと私のあいだの問題だ。さあ、私は彼を探しにいくから、そのあいだ、おばさんのことはきみたちにまかせたぞ。三人とも、私がもどるまでここにじっとしているんだ」

「わかりました」蚊の鳴くような声でイーサンが言った。

「オリンピアおばさんの面倒はぼくたちがみるよ」

ジャレッドはオリンピアを見た。「心配しなくていい、オリンピア。ロバートはだいじょうぶだ。すぐに連れてもどってくる」

「ええ、もちろんです」オリンピアはヒューの手を握り、イーサンに手を差しのべた。「ここから一歩も動かず、待っています」

ジャレッドは背中を向け、歩いていった。すぐに、その姿は人ごみにまぎれて見えなくなった。

ヒューはオリンピアの手をきつく握りしめていた。下唇を震わせている。「ミスター・チルハースト、じゃなくて、子爵さまはロバートのこと、すっごく、すっごく怒ってるみたいだ」

「とんでもない」オリンピアは穏やかに言った。「ちょっと腹を立てていらっしゃるだけよ」

「ロバートのせいで、子爵さまはぼくたちみんなのことがいやになるよ、きっと」ヒューが心配そうに言った。「手がかかってしょうがないから、もう面倒みきれないって思うかもしれない」

オリンピアは身をかがめてヒューに言った。「落ち着いてちょうだい。ミスター・チルハーストは、ロバートのことはもちろん、ほかにどんなことがあっても、怒りにまかせてわたしたちを放り出したりされないわ」

「そうだよ、そんなこと、いまはもうできっこないよね？」急に顔を輝かせてイーサンが言った。「だって、オリンピアおばさんと結婚したんだから。子爵さまは、これからずっとぼくたちといっしょにいるんだよね？」

オリンピアはイーサンを見つめた。「そのとおり。ずっといっしょにいらっしゃるわ」

オリンピアははっとした。さっきまでの期待感や昂揚感がみるみるしぼんでいく。突き詰めて考えれば、ジャレッドが面目と情欲ゆえにわたしと結婚したのは明らかなのだ。

その結果、彼はわたしとずっといっしょにいるはめになってしまった。

13

闇の小道を歩けるものなら歩いてみろとけしかけられたロバートは、はやる気持ちを抑えきれないだろうと察するべきだった。そうジャレッドは思った。あの子がいなくなったのは私のせいだ。自分が背負うべき責任を忘れて、新婚初夜のことばかり考えていたのだから。一日じゅう、情欲に胸を焦がしていたらこの始末。情欲がからむと、きまってこういうことになる。

ジャレッドが闇の小道を目指して進むにつれ、ヴォクスホール公園の庭園を照らすさまざまな色のランタンはまばらになっていった。弱々しい月の光は差していても、あたりはほとんど真っ暗だ。広大な庭園の奥深く入っていくと、背後で聞こえていた音楽も人びとのざわめきも消えてしまった。

やがて、うっそうとした木立が両側から迫ってきて、広い庭園を長々と横切る小道はますます暗くなっていく。明らかによからぬ目的で暗がりに入りこんだカップルの気配もあちこちに感じる。ひときわ濃い茂みの前を通りかかったときには、女性の甘えるようなみだらな笑い声と、そのすぐあとに、男性がしきりになにかをねだる低い声が聞こえた。

しかし、ロバートがいる気配はどこにもない。

ジャレッドは闇という闇に目をこらしながら、判断をまちがえたのかもしれないと思った。おそらく、ロバートはここへは来ていないのだろう。そうだとしたら、片づけなければならない問題は予想よりはるかに大きい。

新婚初夜の夢想がみるみる遠のいていく。この調子では、午前一時までに全員いっしょに帰宅して、ベッドに入れたら運がいいくらいだ。

今夜の予定がすべて、がらがらと音をたてて崩れていく。

小道の脇の葉ががさごそと動いて、男が小さく咳払いをするのが聞こえた。

「えへん。もしかして、チルハーストという名の金持ちさんかい？」

しゃがれたささやき声に思考を中断させられ、ジャレッドは立ち止まった。小道の左手の、木々が密集したあたりに体を向ける。

「チルハーストだ」

「だと思った。アイパッチをしてるって聞いてたもんでね。〝恐ろしげな海賊そのもの〟って言ってたしな」

「だれが言っていたんでしょう？」

「俺の雇い主さ」小柄で痩せているが、強靭《きょうじん》そうな体つきの男が木立のなかから現れた。薄汚れた茶色の帽子に、しみだらけのシャツ、ずり落ちそうなズボンをはいている。ゆっくり小道に出てくると、隙間の目立つ歯をむき出してほほえんだ。「こんばんは、子爵さん。取引するにはいい晩じゃないかい？」

「どうでしょう。それで、あなたは？」ジャレッドは訊いた。

「そうさなあ」筋張った小男は顎をさすりながら考えた。「仲間は〝根なしのトム〟って呼ぶよ」男はにんまりした。「よかったらそう呼んでくれ」

「ありがとう。私がだれなのか、あなたはもう知っているようだから、自己紹介は省略してさっそく本題に入ろう。今夜は、ぜったいにないがしろにできない大事な約束があるものでね」

根なしのトムはうれしそうにうなずいた。「あんたは予定を守るのが大好きなんだってな。チビ助が言っていたよ。うれしいじゃないか。俺も商売人でね。あんたや、今夜、俺を雇った旦那と同じさ。商売人はぜったいに約束は守らなければ。そうだろ？」

「まさにそのとおり」

「俺たち商売人は、相手とどう取引をしたらいいか知っているんだ」根なしのトムは悲しそうに首を振った。「ほかの連中とはちがってね」

「ほかの連中とは？」ジャレッドは辛抱強く尋ねた。

「見た目は立派でもおつむの弱い連中さ。俺がなにを言っているかわかるだろう？　わかってるに決まってる。取引なんて簡単なことなのに、いつもキーキー感情的になるようなタイプだよ。連中はすぐにピストルをふりかざして、ばかみたいに脅しをかけてくる」

「ああ、そういう連中なら知っている」

「しかし、俺たちみたいに分別のある人間もいるってことさ、子爵さん」根なしのトムはわかったような顔をしてうなずいた。「いつも頭んなかは穏やかにして、感情的にならずに理屈で突き詰め、取引を決める。うちらは、取るに足らない金の問題でカッカしないのさ。だろ？」

「カッカするだけむだなのだ」ジャレッドは同意した。「そう言えば、あなたの言うチビ助はどこにいるのか、訊いてもかまわないだろうか？」

「安全なところにいるから、心配ないよ。公園を出てちょっと行ったところに隠れてもらってる。チビ助を早く返してもらいたかったら、まあ、あんたはそう思っていると俺は踏んでるわけだが、取引に応じることだな」

「話を聞きましょう」ジャレッドは腹立ちを抑え、ロバートを心配する気持ちが表情に出ないように意識した。動揺しているしるしを見せて、いいことなどなにもない。根なしのトムの言うとおりなのだ。ロバートのためにも、ここは商売の取引と同じように応じるしかない。
二、三か月前、ジャレッドはスペインで似たような経験をしていた。従兄弟《いとこ》ふたりを解放するように、盗賊たちと取引をしたのだ。
勝手に無鉄砲なことをしたあげく、苦境に追いこまれた者を助けるのはジャレッドの運命にも思えた。

この私はだれが助けてくれるのだ？　と、ジャレッドは思った。

そんな思いを頭の片隅に押しやり、いま、片づけなければならない問題に気持ちを集中させる。

コートの内側におさめた短剣の重みは心強いが、それを引き抜くのは気が進まない。経験から言って、最後の手段とばかりに暴力に訴えてもまずうまくいかないし、それは交渉の失敗のしるしにほかならない。たいていは、問題を片づけるもっといい方法がある。もっと穏やかで、健全で、筋の通った解決策がある。

「そう言ってもらえると、ありがたい」おたがい世事に通じた大人だ、とばかりに、根なしのトムはウインクをした。「さてと、ほんとに簡単な話なんだ、子爵さん。俺の雇い主は、あんたからなにかをもらいたがっている。それをくれたらあのチビ助を返すと、そういうことだな」

「あなたの雇い主は私のなにをほしがっているんだね？」

「俺にはなにも言わなかったな。ここだけの話だが、俺は目ん玉が飛び出るような額の金じゃないかと思ってる。この手の取引がどういう仕組みになってるかは、あんたならよく知ってるはずだ。俺は、今夜、お宅のチビ助を連れ去ってあんたに言づてをしろ、としか言われていないんだ。そのあとがどうなろうと、俺は知っちゃいない」

「言づてというのは？」ジャレッドは訊いた。

根なしのトムはズボンのベルトをぐいと引き上げ、重大な秘密を打ち明けるように言った。「あしたの朝、あんたのところに届く手紙に、いつ、どこへ行けばいいか書いてある。なにを持っていけばいいかも、その手紙に書いてある」

「それだけかね?」

「残念ながら」根なしのトムは肩をすくめた。「さっきも言ったが、俺の役目はそれっきりさ」

「今夜のあなたの骨折りに雇い主はいくら払ったのか、訊いてもいいだろうか?」ジャレッドはやさしげに訊いた。

根なしのトムは興味津々でジャレッドを見つめた。「俺に言わせりゃ、そいつはいい質問だよ、子爵さん。じつにいい質問だ。たまたまだが、俺は時間と手間をかけたわりには、もらえるもんが少なすぎると思っていたもんでね」

「驚きはしませんよ。あなたの雇い主は商売人だという話だったが、商売人というのは、なにかというと値切りたがるものだ、そうでしょう?」

「やつらにとっては空気を吸うみたいに当たり前のことだからねえ、子爵さん」

「あなたのように才能のある人は、費やした時間にたっぷり金を払ってもらうべきなんですよ」ジャレッドはポケットから時計を引き出し、文字盤を見て眉をひそめた。暗くて時計の針は読めなかったが、淡い月の光を受けて、金時計はかろうじてきらりときらめいた。

「そうだよ、おっしゃるとおりだ、子爵さん」高価そうな時計を見て、根なしのトムは目を輝かせた。「仕事熱心な者にとって、時は金、だからな」

ジャレッドは鎖を指に引っかけ、誘いかけるように時計を揺らした。「われわれのような忙しい者がなによりも大事にするのが、効率です。だらだらと数時間もかけるのではなく、数分で満足できる取引ができるなら、金になる仕事をひと晩でいくつもこなせるというわけです」

「俺に言わせりゃ、あんたの理解力は桁外《けたはず》れだね」

「ありがとう」ジャレッドは金時計をまたゆっくり揺らして、月光にきらめかせた。「それで提案ですが、いまこの場で取引をしてしまえば、ずいぶんと面倒が避けられるとは思いませんかね?」

根なしのトムは、イワナが疑似餌《ぎじえ》を見るような目で金時計を見つめた。「それもそうにちがいない」

「いまのあなたの依頼人は、今回の仕事にいくら払うと言っているんです?」

根なしのトムはずる賢そうに目を細めた。「四十ポンドだ。前金で二十、残りは仕事がうまくいったら払うと言っている」

嘘つきめ、とジャレッドは思った。根なしのトムが受け取る金は、全額でせいぜい二十ポンドくらいのものだろう。金時計はそれよりはるかに価値がある。

「よろしい、では、取引しましょう」ジャレッドは金時計を握りしめた。「さっきも言ったように、私は今夜、大事な約束があるのです。あなたの言うチビ助を連れてきてくれたら、

いますぐ手間賃の残りを請求できるなら、話はべつだが」

この時計を差し上げましょう。そうすれば、あなたはあしたまで待つまでもなく、いますぐ手間賃を得られる」

「時計、かね？」根なしのトムは考えこんだ。「そう言われりゃ、依頼人から手間賃の残りの半分を受け取れる保証はないわけだ、なあ？」

「そのとおり」ジャレッドは一拍置いてから言った。「依頼人の正体を知っていて、支払いを請求できるなら、話はべつだが」

「名前なんか知らないし、あっちも俺の名前を知らないよ。俺は仲介者を通して仕事をするほうが好きなんだ。なんといっても安全だからな」

「なんと賢明な」ジャレッドはいらだちを抑えた。今夜、依頼人の名前がわかったらどんなにか手間がはぶけただろう。わからないからには、大事な時間を費やして正体を突きとめなければ。

「そうだよ、子爵さん、仕事をするときは細心の注意を払わなきゃな。それで、その時計だが」

「ご覧のとおり、純金製だ。しかも、細工もすばらしい。鎖の先の飾りにも相当な価値があるはずだ。買えば百五十ポンドはするが、古買人に売るよりは、今夜の仕事の記念に取っておくのもいいかもしれない」

「記念品かね？　仲間に見せたら、びっくり仰天するだろう、なあ？」根なしのトムはぺろりと唇をなめ、またベルトを引っぱり上げた。「その代わり、あのチビ助を連れてきてほしいってことだろ？」

「そのとおり。今夜、返してほしい」ジャレッドは根なしのトムを見つめた。「あしたもいろいろ大事な用事があるから、身代金を払うような時間の無駄遣いをしたくないのだ」

「わかったよ、子爵さん」根なしのトムはあっけらかんとほほえんだ。「ついてきな。あっという間に一件落着だよ」

根なしのトムはくるりと背を向けて小道からそれ、下草の茂みに分け入った。

ジャレッドは時計をポケットにしまい、片手をコートの内側に差し入れた。短剣の柄を握ったが、秘密の鞘《さや》から引き抜きはしない。

数分後、ふたりは公園の敷地を抜けて通りに出た。根なしのトムは、ずらりと並んで客待ちしている馬車を縫うように進み、足早に裏道に入っていった。暗がりに、黒っぽい小型の貸し馬車が待っていた。

汚らしい肩マントを引っかぶった男が、御者台で身を丸めている。ジャレッドに気づいて、男はぎくりとした。持っていたジンのフラスクを下げて、御者台の下にしまいこむ。

「なんだ、どういうことだ？」御者は根なしのトムをにらみつけた。「そいつも連れていくとは、聞いてないぞ」

「連れていくんじゃないよ」根なしのトムがなだめるように言った。「俺はこの人と取引したんだ。あのチビ助はこの人に渡す」

「見返りは？」御者は嚙みつくように訊いた。

「今回の手間賃の三倍はする時計だ」

御者は刺すような目でジャレッドを見た。幾重にもなったマントのふところに手をつっこむ。「だったら、こいつの時計とチビ助と、両方ちょうだいしたらどうだ？」

ジャレッドは根なしのトムに一歩近づき、小柄な彼の首に一方の腕を巻きつけた。鞘から短剣を引き抜いて、切っ先を喉元に突きつける。「取引は取引のまま終わらせたいんだが」

ジャレッドはささやくように言った。「お望みなら、もっとややこしいことにしてやるぞ」

「落ち着きなよ、子爵さん」根なしのトムはあわてて言った。「俺の友だちはちょっとばかり短気なんだ。あんたや俺みたいに冷静じゃないのさ。だが、俺の子分だから、俺の言うことは聞く」

「だったら、ポケットからピストルを出して、地面に捨てろと言え」

根なしのトムは御者をにらみつけた。「この人が言ったとおりにしろ、デイビー。今夜の仕事をうまくやれば、たんまり金が入ってくるんだ。話をややこしくするんじゃないよ」

「その男、信用できるのか？」デイビーは疑わしげだ。

「あたりきしゃりきよ」根なしのトムがしゃがれ声で言った。「約束はぜったいに守る男だと、俺の依頼人も言ってたくらいだ」

「わかった。あんたがたしかだって言うなら」

「俺にとってたしかなのは、喉笛をかき切られたくないってことだ」根なしのトムは怒鳴った。「さあ、チビ助を馬車から降ろしたら、俺たちはずらかるぞ」

男は一瞬ためらったあと、御者台から飛び降りた。馬車の扉を開けて片手をなかに突っ込み、両腕をしばられて猿ぐつわをされたロバートを引っぱり出して、石畳の通りに立たせた。

「ほらよ」御者はうなるように言った。「さあ、俺たちにくれるっていう時計をよこしな」そう言って、ジャレッドに向かってロバートの背中を突いた。

ロバートは恐怖に大きく目を見開き、よろよろと前に出た。ロバートに見られる前に、ジャレッドは短剣を下げた。さらに短剣を持った手を根なしのトムの背後に回し、さりげないふりをして、また小男の背中に短剣の先端を当てた。

「こちらへ来なさい、ロバート」

静かに命じるジャレッドの声を聞き、ロバートはあわててあたりを見回した。あっと、くぐもった声をあげる。その目からみるみる恐れが消えて、たとえようのない安堵感が広がった。

ジャレッドは短剣をふところの秘密の鞘におさめた。一歩あとずさって、ポケットから金時計を取り出す。それから、根なしのトムを馬車のほうへ押し出した。

「さあ、行くがいい」ジャレッドは言った。「用件は済んだ」

「俺の時計は？」根なしのトムが情けない声をあげた。

ジャレッドは根なしのトムめがけて、高々と時計を放り投げた。月明かりを受け、金時計がきらめきながら弧を描く。根なしのトムは飛びつくようにして時計をつかみ、満足げに笑い声をあげた。

「あんたと取引できて楽しかったよ、子爵さん」根なしのトムは言い、時計をポケットに押し込んだ。

ジャレッドはなにも答えなかった。ロバートの体をつかまえると、引っ張るようにして足早に裏道を抜け、少しは安全と思われるにぎやかな通りに出た。そこでようやくロバートの猿ぐつわをほどいた。

「だいじょうぶか、ロバート?」

「はい」ロバートの声はかすかに震えていた。

ジャレッドはロバートの両手首に食い込んでいた紐をほどいた。「これで自由の身だ。さあ、行くぞ。おばさんと弟たちが待っている。これ以上、心配をかけるわけにはいかない」

「あいつに時計をあげちゃったんだね」ロバートは打ちひしがれた顔でジャレッドを見上げた。

「私の目の届かないところへは行かないと約束したはずだ」ジャレッドはロバートを導いて行き交う馬車のあいだを縫い、ふたたびヴォクスホール公園へ向かった。

「ほんとうにごめんなさい」ロバートはささやくように言った。「どうしても、ひとりで闇の小道を歩いて見たかったんだ。やれるもんならやってみろって言われたから」

「挑まれて応じるほうが、約束より大事なのか?」ジャレッドは大股ですたすたと人ごみをかき分けて歩き、オリンピアと双子を残してきた明るい一画を目指した。

「いなくなったのに気づかれる前に、もどるつもりだったんだ」ロバートは弱々しい声で言った。

「もういい。その話のつづきはあしただ」

ロバートはもう一度、横目でちらりとジャレッドの顔を盗み見た。「ぼくのこと、すっごく怒ってるでしょうね」

「とても失望しているよ、ロバート。怒っているというのとは、ちがう」

「わかりました」ロバートはそれっきり黙りこくった。

花火の打ち上げは終わっていたが、大テントのなかではまだバンドがにぎやかに演奏をつづけていた。オリンピアは、不安と退屈を持て余しているようすの双子と待ちつづけていた。やがて、近づいてくるジャレッドとロバートの姿が見えて、オリンピアの目から不安の色が消えた。

「よかったわ」安堵感もあらわに、オリンピアは言った。「わたしたちも、あなたを探しに闇の小道へ行こうと思っていたところよ」

「そうなんだ」と、横からイーサンが言った。「三人いっしょなら、ロバートを探しに行っても危ないことはないって、オリンピアおばさんが言ったんだ」

根なしのトムと交渉中、最悪のタイミングでオリンピアと双子が現れたらどうなっていただろうとジャレッドは思った。すると、ついに我慢できなくなって、この三十分ばかり、抑えに抑えていた怒りと心配をあらわにしないではいられなくなった。

「双子たちとここを離れないようにと言ったはずじゃないか」ジャレッドは静かに言った。「私が命じたら、従ってもらえるものと思っているのだが、マダム」

ぴしゃりと頬を打たれたかのように、オリンピアはジャレッドを見つめた。けれども、つぎの瞬間には、わかりました、と視線で伝えた。「はい、子爵さま」オリンピアは素直に言った。

オリンピアはすぐにロバートを見た。「なにがあったの、ロバート？　いったいどこへ行っていたの？」

「闇の小道を歩いていたら、悪いやつに誘拐されたんだ」どことなく誇らしげにロバートは言った。けれども、ジャレッドを見たとたん、うれしそうに目を輝かせていたロバートはしゅんとなった。「公園から連れ去られてしまったんだよ。あしたまで帰さないって言われた」

「ぼくたちをかついでるんだろ？」イーサンがとがめるように言った。

信じられないけどほんとうならすごい、という顔をして聞いていたヒューが、ジャレッドにたしかめた。「ぜんぶ、作り話でしょう？　ロバートは誘拐なんかされてない。ぼくたちをだましているんだ」

「残念だが、ロバートの話はほんとうだ」ジャレッドはオリンピアの腕を取り、公園の門に向かって歩きだした。

「どういうことなの？」オリンピアは身をよじってジャレッドの手から逃れ、ロバートの両肩をつかんだ。さらにぐいと引き寄せる。「ロバート、ほんとうなの？　今夜、だれかに連れ去られたの?」

ロバートはこくりとうなずき、うなだれた。「ひとりで闇の小道なんか行くんじゃなかった」

「なんてこと」オリンピアはロバートをきつく抱きしめた。「だいじょうぶ?」

「うん、もちろん」ロバートは身をよじってオリンピアの腕から逃れ、ぴんと背筋を伸ばした。「ミスター・チルハースト、じゃなくて、子爵さまが助けにきてくれるってわかってたからね。ただ、今夜のうちに来てくれるかどうかはわからなかった。あしたまで待たなきゃならないかもしれないと思っていた」

「でも、どうしてあなたがさらわれたの?」オリンピアは訊いた。ジャレッドを見て、さらに言う。「訳がわからない。誘拐犯の要求はなんだったの?」

「わからない」ジャレッドは言い、ふたたびオリンピアの腕を取った。子供たちについてくるようにうながし、門をくぐって公園の外の通りに出た。「正直言って、まだじっくり考える余裕がなく、ロバートがさらわれた理由もわからないのだ」

「そうよ」と、オリンピアは小声で言った。「ロバートがさらわれた理由はひとつしか考えられない」

「どんな理由?」ヒューがすかさず訊いた。

「犯人はライトボーンの日記がほしかったのよ」断固とした確信をこめて、オリンピアは言った。

「ばかな」ジャレッドは小声で吐き捨てた。

「犯人は、なにかを手に入れたくてロバートをさらったにちがいないわ」オリンピアは説明した。「ロバートと引き替えに日記を要求したはずよ。そんな人物はひとりしか考えられない」

オリンピアの想像力豊かな頭がなにを思いつくか、ここまできてようやくジャレッドは気づいた。「いいかい、オリンピア……」

「ガーディアンよ」オリンピアは重々しく言った。「わからないの？　彼にちがいないわ。恐ろしいことが起こる前に、彼を止めなければ。ボウ・ストリート・ランナーを雇って、つかまえてもらうべきだわ。それでうまくいくかしら、子爵さま？」

ついにジャレッドも本音をぶちまけた。「ばかばかしい、オリンピア、そのガーディアンがどうのこうのと、くだらない話をするのはやめてもらえないか？　そんな人物はいやしない。いたとしても、とうの昔に死んでいる。それに、こんなところでこんなときに、つまらない想像にうつつを抜かすのはおかしいぞ」

ジャレッドに腕を取られたまま、オリンピアは体をこわばらせた。男の子たち三人は、黙りこくってとがめるようにジャレッドを見つめている。ジャレッドは声をひそめて自分をののしった。

胸にたぎっている怒りはほとんど、自分に向けられたものだとジャレッドはわかっていた。私は義務を怠ったのだ。もっとしっかりロバートを見守っているべきだった。それなのに、新婚初夜のことばかり考えていた。

そうわかっても、不快な気分はますます募るいっぽうだ。このままでは新婚初夜は台無しになりかねない。私を探しにくるつもりだったオリンピアは、もう少しで厄介ごとをさらに深刻なものにするところだった。そんな思いだけが頭のなかをぐるぐる回って、ほかになにも考えられない。

しかも、この期におよんでオリンピアは、すべてはガーディアンのせいだと言い出す始末だ。

新婚初夜を迎えようという男が、こんなばかばかしいことに頭を悩ませるべきではない。貸し馬車を止めながら、ジャレッドは思った。たとえ、もとはと言えばすべて自分の責任だったとしても。

「どうやってロバートを返してもらったの、子爵さま?」いつものように好奇心を抑えられず、イーサンが訊いた。

「そうそう」勢いよく馬車に乗り込みながら、ヒューも訊いた。「どうやってロバートを助けたの?」

返事をしたのはロバートだった。ちらりとうかがうようにジャレッドを見てから、あわてて目をそらして言った。「子爵さまはぼくを返してもらう代わりに、悪いやつに時計をあげたんだ」

「時計を?」イーサンが目を丸くした。

薄暗い馬車のなかがしんと静まり返った。ガラガラと車輪の音だけが響き、全員が驚いてジャレッドを見つめていた。

「ああ、なんてこと」オリンピアがささやいた。

「ひえー」イーサンが小声で言った。

「信じられない」ヒューが言った。「あのきれいな時計を？　ロバートを返してもらうために、あれを渡しちゃったの？」

ロバートは背筋を伸ばした。「ほんとうだよね？　子爵さまはぼくを助けるために、悪者に時計をやってくれたんだ」

ジャレッドはイーサンとヒューの顔を交互に見てから、ロバートを見つめた。「それについては、あすの朝九時から話し合おう、ロバート。それまでは、三人ともその話題にいっさい触れてはならない」

馬車のなかはふたたび静まり返った。

とりあえず、誘拐騒ぎを話題にするのを禁じたことに満足して、ジャレッドは座席のクッションに体をあずけ、物憂げな視線を窓の外に向けた。新婚初夜への最悪の前奏曲だな、と彼は思った。

それにしても、最近はどうしてこうも、ものごとが予定どおりに進まないのだろう？

一時間半後、オリンピアは狭い寝室のなかをうろうろ歩き回っていた。ネグリジェに更紗《さらさ》模様のウールのガウンをはおってから、たんすの上の時計に目をやるのはこれで四度目だ。ジャレッドの寝室からは、まだなんの物音もしない。

もう一時間近く前から、家のなかは静まり返っていた。ジャレッドのほかはもう全員、眠りについている。ミノタウロスさえ、寝場所に決められているキッチンへ引っ込んだ。公園からもどると、ジャレッドは全員に階上《うえ》に行くように命じ、自分はブランデーのボトルといっしょに書斎に引きこもった。そのまま、まだ出てくる気配はない。

今夜は新婚初夜だが、オリンピアはもうあこがれや期待を込めてそのときを待ちのぞんではいなかった。それどころか、新婚初夜を迎えられるかどうかさえ確信は持てない。ジャレッドの陰鬱な気分はそこらじゅうに伝染して、家全体が暗く沈んでいた。

オリンピアはジャレッドの不機嫌は感じても、その理由をすべて理解しているとは言えなかった。彼は今夜の異常な出来事に気持ちをかき乱されたのだと、納得しようとも思った。それで頭に血が上るのは不思議でもなんでもない。いずれにしても、勝手にひとりでふらふら出かけていってさらわれたロバートを救うために、やりたくもないことをやるはめになったのだから。

それに、ロバートを誘拐した悪者たちと交渉しながら、ほんとうにいやな思いもしたはずだ。ロバートを救うためとはいえ、なにより大切にしていた時計を手放さなければならなかったのも、耐えがたかったにちがいない。

結局のところ、いつもは冷静沈着なジャレッドさえ、今夜の出来事には動揺してしまったのだろう。

それでも、とオリンピアは思った。新婚初夜にこんな感じの悪い態度を取るのは理解できない。

狭い寝室の隅に行き着いたオリンピアは、くるりと回れ右をして、反対側の壁に向かって歩き出した。胸の奥深くに不安感が芽生え、ざわざわと広がっていく。

オリンピアは祈った。階下の書斎にいるジャレッドが、ふと後悔の念にとらわれ、どうしてこんなことになってしまったのだと思い悩んでいませんように。

今夜の出来事のせいで、ジャレッドがわたしと結婚したのはまちがいだったのではと考えはじめたらどうしよう、とふと思う。

とどのつまり、わたしと甥っこたちのような厄介者は面倒みきれない、とジャレッドが結論を出してしまったらどうしよう？

階下でジャレッドがブランデーを飲んでいるのは、階上《うえ》にいる女のようなお荷物を背負い込んでしまったことを忘れるためだったらどうしよう？

オリンピアは化粧台の前で立ち止まり、眉をひそめて鏡のなかの自分を見つめた。わたしとジャレッドが結婚せざるをえなくなったのは、わたしだけの責任ではない。今回の厄介ごとはすべて、ジャレッドが子供たちの家庭教師としてうちに入り込んだことが引き金になっているのだ。

彼は最初からわたしをあざむいていたのよ。そうせざるをえなかった理由もわからないことはないけれど、だからといって、すべての責任がわたしにあるというのは納得できない。それに、最初に彼を雇ったのはわたしでも、彼だってその気になれば家庭教師を辞められたのに、そうはしなかったのだから。

オリンピアはつんと顎を突き出した。新婚初夜に、罪のない雇い主にこんな冷たい仕打ちをする権利は、ジャレッドにはない。

筋のとおった判断を下して力がわいてきたオリンピアは、ずり落ちかけたキャップをかぶりなおして、ガウンのベルトをあらためて結び、寝室の扉に近づいた。扉を開けて、静まり返った廊下に出る。

階段の最上段からでさえ、ろうそくの明かりが書斎の扉の下から漏れているのが見える。オリンピアは背筋を伸ばし、足音を忍ばせて階段を降りていって、廊下を横切った。

扉をノックしようと手を上げたが、思いなおして把手を回した。胸を張って書斎に入り、後ろ手に扉を閉めた。

ジャレッドの姿が見えたとたん、オリンピアはぎくりとして体の動きを止めた。彼を見ただけで、思っていたよりはるかに不安な思いに襲われてしまう。

ジャレッドはオリンピアの椅子に坐っていた。ゆったりと手足を投げ出している姿は、優雅にくつろいでいる肉食獣を思わせる。ブーツをはいた両足を無造作にオリンピアの机にのせ、書斎もそのなかの一切合切もすべて、自分のものだと言わんばかりだ。

ジャレッドはもうとっくに上着を脱いでいた。書斎で一本だけともされたろうそくの明かりにぼんやり照らされ、シャツの前が半分はだけているのが見える。片手に持ったグラスには、まだ半分、ブランデーが残っている。左の目をおおっているベルベットの黒いアイパッチのせいで、半開きになったいいほうの目の輝きが、ぞくりとするほど威圧的に見える。

「こんばんは、オリンピア。もうぐっすり眠っているのだとばかり思った」

明らかに不機嫌そうな声で言われ、オリンピアは身構えた。「お話がしたくて降りてきたんです、ミスター・チルハースト」

ジャレッドは眉をつり上げた。「ミスター・チルハースト？」

「子爵さま」オリンピアは苛立たしげに言いなおした。「あることについて、あなたと話し合いたいのです」

「そうなのかい？　それはやめておいたほうがよさそうだ、マダム。今夜はよしたほうがいい」ジャレッドはオリンピアを見つめ、乾杯するようにブランデーグラスを掲げた。「ご存じのように、あまり機嫌がよくないのでね」

「わかります」オリンピアはおずおずとかすかにほほえんだ。「今夜はたいへんな思いをされましたものね。あなたのように感情の細やかな方が、あのような残念な経験をされて影響を受けないはずがありません。気持ちを癒す時間が必要なのは当然です」

「当然だ」と繰り返し、ジャレッドは口をゆがめた。自棄になっているのか、からかっているのか、きらりと目を輝かせ、ブランデーをぐいとあおる。「繊細で、生まれつき感情の起伏の激しいわれわれのような男は、誘拐のような出来事に遭遇すると多かれ少なかれ感情的に影響を受けてしまうのだ」

「わたしに隠しだてしたり、ご自分の性格をごまかしたりする必要はありません、チルハースト」オリンピアは静かに言った。「わたしたちはわたしたちでしかないのだから、その範囲で最善を尽くすべきです」深呼吸をして、勇気をかき集める。「わたしたちの結婚にも、同じことがあてはまると思うんです、子爵さま」

ジャレッドはいとわしげにオリンピアを見た。「そうかね?」

オリンピアは一歩足を踏み出し、ガウンの前を喉元できつくかき合わせた。「大事なのは、言うなれば、わたしたちがふたりでひとつになってしまったことです」

「ふたりでひとつ。なんと麗しい」

「わたしと結婚したのはまちがいではなかったかと、あなたが考えなおしているのはわかっていますし、ほんとうに申し訳ないと思っています。覚えていらっしゃるとは思いますが、わたしは思いとどまっていただこうとしたんです」

「よく覚えているよ、マダム」

「ええ、でも、残念なことに、結婚してしまった以上、ほかにどうしようもありません。最善の道へ向かうように努力するべきです」

ジャレッドはブランデーグラスを机に置いて、椅子の肘掛けに両肘をのせた。左右の指先を突き合わせて、謎めいた表情でオリンピアを見つめる。

「あなたも、結婚したことを後悔しているのだろうか、オリンピア？」

一瞬ためらってから、オリンピアは言った。「あなたがわたしと結婚せざるをえないと思われたのは残念に思います。そんなふうに思われないように、わたしがなんとかするべきでした」

「私は、しかたなく結婚したわけではない」

「いいえ、そんなはずはありません」

「私がなにを言っても異議を唱えるつもりかな？」ジャレッドはきゅっと唇を引き締めた。

「あなたと結婚したのは、そうしたかったからだ」

「まあ」ジャレッドにはっきりと言われ、オリンピアは驚きを隠せなかった。急に元気がわいてくる。「それを聞いて、ほんとうに安心しました、子爵さま。少し心配だったから。ほかに名誉に恥じない道がないという理由だけで結婚することになったとは、だれだって考えたくありませんから」

「知ってのとおり、私は一度婚約を破棄している。安心しなさい。その気であれば、あなたとの関係にも終止符を打っているはずだ」

「わかりました」

「あなたと同じように、私も人にどう思われようが、醜聞を引き起こす可能性があろうが、あまり気にしないたちなのだ」

オリンピアはまたもう一歩、机に近づいた。「それを聞いて、ほんとうにうれしく思います、子爵さま」

ジャレッドはかすかに首をかしげ、からかうような表情を浮かべた。「私をジャレッドとは呼べそうもないのだろうか？　今夜、この部屋にいるのは私たちふたりだけだ。それに、たったいま、あなたが指摘したように、私たちは結婚したのだ」

オリンピアは顔を赤らめた。「ええ、もちろんです。ジャレッド」

「なぜ、私と結婚したのだ、オリンピア？」

「なんですって？」

ジャレッドは、ろうそくの明かりに照らされたオリンピアの顔を見つめた。「なぜ私と結婚したのかと、訊いたのだ。家に置いておくとなにかと便利だという、それだけの理由からなのか？」

「ジャレッド」

「きのう、私の申し出を受け入れたとき、あなたはそのようなことをほのめかしたはずだ。いちばん評価できるのは、私がいると家のなかのことが整然と運ぶところだと、あなたはそうはっきり言った」

オリンピアは頭のなかが真っ白になった。「そう言ったのは、頭が痛かったし、応接室でレイディ・ボーモントと、レイディ・カークデールと、ミスター・シートンといろいろあって、すっかり動転してしまったからだわ。あなたからの申し出を喜んで受け入れた理由は、ほかにもたくさんあります」

「ほんとうに？」ジャレッドは両手の指先をとんとんと突き合わせた。「私は、これまであなたが思いこんでいたほどは役に立つ男ではないようだが。今夜は、もう少しでロバートを見失ってしまうところだった」

「あなたがロバートを見失ったのではなく、あの子がふらふら出かけていったからあんな目に遭ったんだわ」オリンピアはむきになりかけていた。「あなたはあの子を救ったのよ、ジャレッド。わたし、一生忘れないわ」

「今夜、わざわざ書斎に降りてきたのはそのためだろうか？　ロバートを見失ったけれど、あとで救ったから、そのお礼を言いに来てくれたのか？」

「もうたくさん」オリンピアはいきなり足早に書斎を横切り、机の目の前に立った。「わざとわたしを手こずらせているとしか思えないわ」

「なるほど、そうかもしれない。機嫌があまりよろしくないのだ」

オリンピアは目を細めた。「こうしてわざと言い争いをしかけるのは、たんにわたしを困らせるために決まっているわ」

「言い争いを始めたのは私ではない」突然、ジャレッドは机にのせていたブーツの足を下ろして、立ち上がった。ぬっとオリンピアの目の前に立ちはだかる。「あなただ」

「わたしじゃないわ」オリンピアは後ずさりしそうになるのを必死でこらえた。

「いや、あなただ。私がひとりでここに坐って、あれこれ自分のことを考えていたら、少し前に、あなたがふらふらとやってきたのだ」

「わたしたちの新婚初夜なのよ」オリンピアは歯を食いしばったまま言った。「あなたは、階上でわたしといっしょにいるはずなの。わたしがあなたを探してこんなところに来るのは、おかしいのよ」

ジャレッドは両手の手のひらをバンと机に押しつけ、身を乗り出した。「どうして私との結婚に同意したのか、言うんだ、オリンピア」

「答えは知っているはずだわ」気持ちが高ぶり、頭に血が上った。「これまでに、ほしいと思った男性はあなただけだから、結婚したのよ。触れられると、全身に欲望がみなぎってしまう唯一の男性だから。わたしを理解してくれる唯一の男性だから。わたしをへんだと思わない唯一の男性だから。ジャレッド、あなたのおかげでわたしの夢は現実になりかけているのよ。どうしてあなたとの結婚を望まずにいられるかしら、すてきな海賊さん？」

その瞬間、書斎は静寂に包まれた。オリンピアは高い橋の上で足を踏み外し、うなりをあげる底なしの奔流に落ちていくような気がした。

「ああ」ジャレッドは小さく声をあげた。「おそらくそうだろうと思っていたのだ」オリンピアに手を差しのべる。

そして、彼女をつかまえたとたん、ふたりはいっしょに情熱の激流に呑みこまれていった。

14

触れたとたん、オリンピアからほとばしる怒りが、もっと激しい熱情へと変わるのを、ジャレッドは感じた。

あなたのおかげでわたしの夢は現実になりかけているのよ。

こんなことを言ってくれる女性は、これまでひとりとしていない、とジャレッドは思った。これほど私を求めてくれた女性はいなかった。

なにがあろうと、オリンピアのジャレッドへの欲望は揺らがないようだった。平凡な家庭教師だと思いこんでいたときも、ジャレッドを求めていた。ほんとうの身分を知ってからも、彼を求めた。ジャレッドが自分と同じものを、つまりライトボーンの日記の秘密を追い求めているとしか思えなくても、彼を求めつづけた。彼の肩書きにも財産にも興味を示さなかった。

ひたすら彼を求めていた。

私が求めうると思っていた以上のものだ、とジャレッドは気づいた。けれども、充分ではない。満足するにはなにかが足りない。それがなにかはわからなかったが、ほんとうの宝物はまだ手の届かないところにある。

それでも、これほどそれに近づけたことも、こんなに多くをあたえられたと感じたことも、かつて一度もなかった。賢明な男は手に入れられるものをわがものとして、自分は運がいいと思う。

海賊はつかんだものを手放さず、あとは成り行きにまかせる。

ジャレッドはオリンピアの体を持ち上げて引き寄せ、机を越えさせた。さらに、胸に抱き寄せて、そのまま椅子に坐りこむ。オリンピアはジャレッドにしなだれかかった。熱く、かぐわしく、脈動する欲望はふくれ上がるいっぽうだ。

「ジャレッド」オリンピアは両腕を彼の首にからませ、そっと口に口を押しつけた。オリンピアの唇の隙間から、低い官能のうめきが漏れる。

まくれあがったネグリジェとガウンの裾から突き出て、ゆるやかな曲線を描いているオリンピアのふくらはぎに、ジャレッドはそっと触れた。なぜか、図書室で初めてオリンピアを見たときの記憶がよみがえった。あのときの彼女は、ドレイコットのいやらしい手に足首をつかまれ、逃れようと必死になっていた。

オリンピアはほかのどんな男にも触れられたくないのだ、とジャレッドは思った。私だけだ。

私だけに触れられたがっている。

重ねたオリンピアの口が開いて、ジャレッドは誘われるまま、濡れて引き締まって暗い、彼女の口のなかに舌を差し入れた。さらに奥へと舌をすべりこませ、気が遠くなるほど濃厚なキスを味わいつくす。オリンピアは身を震わせた。好奇心旺盛の子猫のように執拗に、舌でジャレッドの舌にじゃれついた。

ジャレッドはふくらはぎをつかんでいる指先に力をこめてから、手のひらを太腿へとすり上げていった。オリンピアの肌は、バラの花びらを思わせる。信じられないほどやわらかい。

一方、ジャレッドは硬くこわばり、オリンピアをわがものにするときを目指して張りつめていた。その欲求の激しさに、ジャレッドの両手は震えていた。

ジャレッドはオリンピアの腿のあいだに指を滑りこませた。オリンピアは重ねていた口を離してあえぎ声を漏らし、彼の肩に顔を埋めた。

そして、ジャレッドのためにかすかに脚を広げた。

「そうだ」ジャレッドはささやいた。オリンピアの熱く湿った部分を手のひらで覆うと、自分の身が粉々になってしまうような気がした。オリンピアは落ち着きなく、手のひらにさらに体を押しつけ、ジャレッドは彼女と口を重ねたままうめき声をあげた。

オリンピアの欲望はめくるめく香りを放ってジャレッドをそそのかし、誘いこみ、魔法の呪文の力で縛りつける。

「セイレーン」

両脚のあいだの小さな真珠を探り当てられ、オリンピアは小さく叫び声をあげた。彼女の爪が華奢な鉤爪となって、ジャレッドの背中に食い込む。ジャレッドの指先が潤いはじめた。

ジャレッドは更紗模様のガウンの前をはだけて、清楚なローン地のネグリジェの襟元を開いた。甘い果実を思わせる乳房をあらわにして、そっと小さくひとかじりする。

欲望が一気に高まり、オリンピアは身もだえした。「ジャレッド、我慢できないわ」

オリンピアはやわらかな手のひらでジャレッドの顔を挟みつけ、気まぐれで荒々しく、甘美な熱情をこめてキスをした。硬くこわばった部分にオリンピアの引き締まった尻の丸みが押しつけられ、ジャレッドは息を呑んだ。

オリンピアは片手をジャレッドのシャツのなかに滑りこませて素肌をなで、縮れた胸毛をそっと引っ張った。さらに身をくねらせて頭を下げながら、舌先で彼の体を味わう。

ジャレッドは、オリンピアが膝から滑り落ちそうになっているのがわかった。床に落ちないように、しっかり彼女をつかまえる。そのうち、彼女がズボンの前を開こうとしていることに気づいた。

ジャレッドは強く息を吸い込み、手早く自分でズボンの前を開いた。そして、彼は解き放たれた。その部分をオリンピアの手に押し当てると、彼女は小さく驚きの声をあげた。女らしく慎み畏れながら、オリンピアはジャレッドに触れた。

「この感触、とても好きよ」オリンピアはささやいた。指先でそっと握りしめる。「荒々しくて、誇らしげで、力強い」

彼女の言葉と指先に刺激され、ジャレッドは目に見えない限界を超えてしまいそうになった。急に胸が空っぽになったようで、うまく息ができない。目を閉じて、オリンピアのやわらかな手のなかに熱い体液をほとばしらせないように必死でこらえた。

オリンピアにその部分を初めて触れられながら、ジャレッドはその恍惚感を振り払って正気にもどれるかどうか、自分でもわからなかった。

正気にもどりたいのかどうかさえ、よくわからない。

やがて、オリンピアが体をすべらせて床に降りようとしているのがわかった。彼女はジャレッドの目の前にひざまずいて、彼の両腿のあいだに体を割り込ませた。ジャレッドはまぶたを開けて、オリンピアを見下ろした。

オリンピアはジャレッドの脈打つ男性自身をまじまじと見つめていた。

「オリンピア？」

名前を呼ばれてもまるで耳に入らないようだ。ますます不思議そうに指先で触れつづけている。「ほんとうにすばらしいわ、ジャレッド。とても刺激的よ。古代の伝説に謳《うた》われた偉大な英雄のよう」

「なんということだ」ジャレッドはささやいた。「あなたにそうされていると、ほんとうに英雄になったような気になれる」ジャレッドはオリンピアの髪に両手を差し入れ、強く拳を握った。彼女のキャップが床に落ちたのも、まるで気づかない。

オリンピアは、ジャレッドの股間をおおっている黒っぽい巻き毛に指先をからませた。首をかたむけて、腿の内側にキスをする。

「そこまで」もうこれ以上、官能の責め苦には耐えられない。

ジャレッドは椅子から立ち上がり、絨毯の上に仰向けに横たわった。低くハスキーな声で呼びかけ、オリンピアを自分の上に引き寄せる。

「ジャレッド？　わからないわ」オリンピアはジャレッドのむき出しの胸に両手を押しつけて、体を支えた。心からの戸惑いと、ぞくぞくするような期待感をこめて、ジャレッドを見下ろす。

ジャレッドはオリンピアの両脚を引き寄せて自分の腰に沿わせ、下腹部の上にまたがらせた。「ある地域の原住民のあいだでは――」ジャレッドは急に言葉を切って歯を食いしばり、はじけそうになるのをこらえた。オリンピアの潤って温かい部分が、ジャレッドの男性自身の先端に押しつけられたのだ。「外国では、つまり、こういうことはごくふつうの習慣なのだ」

オリンピアはとまどって目をぱちぱちさせ、そういうことなのかと納得したように、やわらかくほほえんだ。ゆっくりと用心深く体を沈めて、秘められた部分でしっかりとジャレッドをとらえる。「外国って、具体的にはどこなのかしら、ミスター・チルハースト？　ご存じのように、わたしは新しい知識を仕入れるのが大好きなの」

ジャレッドはオリンピアを見上げ、その目にいたずらっぽく官能的な笑みが広がるのを見て、にやりとした。「では、あなたに教えることのリストをあとで作ることにしよう、ミス・ウィングフィールド」

「お手間でなければ、ぜひ」

「手間なものか。ご存じのように、私は家庭教師だよ。リストを作るのは大の得意だ」

ジャレッドはオリンピアの腰をつかんで固定し、彼女の不意を突いて、素早く的確に下半身を突き上げた。

「ジャレッド」驚いて大きく見開かれたオリンピアの目は、欲望の高まりとともにまた細くなった。「こんなに興味深い習慣はないわ」

「あなたならきっと気に入ると思っていた」ジャレッドは両手でオリンピアの腿の曲線をたどった。「まちがいないと思っていた」

そのうち、ジャレッドは言葉を発する余裕もなくなった。セイレーンの歌に全身で応えずにはいられない。欲望の高まりに体をこわばらせ、ひたすら耐えていた。オリンピアのなかは熱く、濡れていて、心地いい。ジャレッドをしっかりと締めつけ、包み込んで、自分の一部にしてしまう。

彼女の奥深くに突き進んでから数分間というもの、ジャレッドはひとりではないと感じていた。自分の神髄である魂に触れることのできる唯一の女性といっしょにいるのだと思った。孤独な島から救ってくれる唯一の女性だ。

「私の美しいセイレーン。私の妻」

オリンピアがふいに叫び声をあげた。体を震わせ、このうえなくきつくジャレッドを締めつける。

やがて、オリンピアは甲高く甘美なセイレーンの歌をうたいはじめた。ジャレッドのためだけにうたう歌だ。ジャレッドは最後にもう一度、彼女の奥深くに突き進み、荒々しい未知の海へと身をゆだねた。

「花火」と、ジャレッドはつぶやいた。

オリンピアはもぞもぞと体を動かした。ジャレッドの汗ばんだ硬い体に体を重ね、脚と脚とをからめている。波打つ赤毛がジャレッドの裸の胸を横切っていた。

「なんとおっしゃったの?」オリンピアは丁寧に訊いた。

「今夜のあなたとの秘め事は、火花の飛び散る花火のまんなかにいるようだった」ジャレッドはがっしりした手でオリンピアの髪をひと房持ち上げて、ろうそくの明かりにかざして見つめた。その顔にゆっくり笑みが広がる。「あなたは、才知あふれるセイレーンだ。たとえ言い争いながらでも、私を誘惑できる」

オリンピアはくすりと笑った。「気を悪くなさらないで。でも、あなたを誘惑するのはとても簡単」

ジャレッドは真顔になった。「あなただけに簡単に誘惑されるのだ」

ジャレッドの雰囲気ががらりと変わっても、オリンピアは少しも動じなかった。彼女自身、このうえなくくつろいで満足していたせいかもしれない。ジャレッドのアイパッチで覆われていないほうの目を見つめて、彼の内面のベールが一時的に開かれているのをふたたび感じた。そして、ジャレッドが世間に向けてかぶっている穏やかな仮面を透かして、どこまでも激しく深い情熱的な魂をのぞき込んでいる自分に気づいた。

「そう言ってもらえてうれしいわ、ジャレッド。わたしも同じだから」オリンピアは静かに言った。「こんなふうに求めてしまう男性は、あなただけだから」

「私たちはもう正式な夫婦だ」目に見えない契約書に調印するように、ジャレッドは厳かに言った。「どちらも引き返すことはできない」

「わかっています。さっき、わたしが言おうとしたのはそのことよ」

「ああ、そうだった。演説していたな。わたしたちはふたりでひとつなのだから、いまの状況で最善を尽くすべきよ」

ジャレッドに口真似をされ、オリンピアは真っ赤になった。「結婚したからには、実際にどうするべきなのかはっきりさせたかっただけだわ」

「実務的な用件や日常のこまごました用事は私にまかせてくれ」ジャレッドは言った。「その手のことを片づけるのは得意中の得意だ」

オリンピアは眉をひそめた。「それにしても不思議だわ、ねえ?」

「なにが?」

「まちがいなく、とても情熱的な方なのに、実務に強いなんて。あなたの自制心は並みたいていのものではないんだわ、子爵さま」

「ありがとう。四六時中、自分を抑えようと努めているのだ」

オリンピアは満足そうにほほえんだ。「ええ、そうね。そして、たいていはうまく自分を抑えてらっしゃる。ジャレッド？」

「なんだい？」

オリンピアはベルベットのアイパッチを留めている黒いバンドに触れた。「この目がどうして見えなくなったか、話してくれたことはないわね」

「あまり楽しい話ではないのだ」

「それでも、話してほしいわ。あなたのすべてが知りたいの」

ジャレッドは指先をオリンピアの髪に差し入れ、かき上げた。「私には従兄弟がふたりいる。チャールズとウィリアムだ。一族の評判にたがわず風変わりなふたりだ」

「どういうこと？」

「なかなかかわいげはあるのだが、ふたりとも軽薄なうえに向こう見ずで、まわりに迷惑をかけてばかりだった。十四歳と十六歳で、ふたりは自由貿易を始めようと思い立った。そうこうするうちに、フランスと取引をしているという密輸入業者と知り合いになったのだ」

「それで、どうなったの？」

「私がその計画を知ったのは、ふたりが新たな取引をする予定の晩だった。私の父と叔父は夢みたいな冒険的事業にかかわっていてイタリアにいた。私は心配してやってきた叔母に、チャールズとウィリアムがけがをしないように守ってやってくれと言われたのだ」

「あなたはいくつだったの？」

「十九歳だ」

「では、あなたは十九歳のときから……それで、あの、その夜、とんでもないことが起こってしまったのね？」オリンピアはどぎまぎしながら訊いた。

ジャレッドはうんざりしたように唇をゆがめた。「もちろん、とんでもないことが起こった。家族のだれかがばかげた計画を立てれば、かならず面倒が起こる。このときは、密輸品を運んで海峡を渡ってきた船の船長に問題があった」

「船長はなにをしたの？」

「従兄弟たちが船から積み荷を運んで、無事に陸揚げすると、もう従兄弟たちの手伝いはいらないと言い出した。若造ふたりと儲けを分け合いたくなかったのだ。密輸品をすべて自分のものにして、関係者を消してしまおうとした」

オリンピアはぎょっとしてジャレッドの見えないほうの目を見つめた。「従兄弟の方たちを殺そうとしたの？」

「私が現場に着いたとき、船長はチャールズに銃を向けていた。従兄弟たちは丸腰だった。私は父の短剣を持っていた」ジャレッドはいったん言葉を切り、さらに言った。「幸いにも、使い方は父から教わっていた。残念なことに、船長は短剣を使った喧嘩では私より経験豊富だった。最初のひと突きで目をやられた」

「なんてこと」オリンピアはささやいた。「危ないところだったのね。殺されていたかもしれないんだわ」

ジャレッドはオリンピアの髪から顔へと視線を移した。そして、謎めいた笑みを浮かべた。「しかし、ご覧のように、私は殺されなかった。従兄弟たちも殺されなかった。終わりよければすべてよしだ、セイレーン」

オリンピアはきつくジャレッドを抱きしめた。「もう二度と、そんな危ないことはしないでちょうだい、ジャレッド」

「安心しなさい、私もそういう危ないことはあまり好きではないのだ」ジャレッドは低い声で言った。「決して自分からかかわったりはしない」

オリンピアはなおもジャレッドにしがみついた。「ジャレッド、その晩の出来事のせいで、それからのあなたがどんなにつらい思いをしたかと思うと――」

「考えなくていい」ジャレッドは両手でオリンピアの顔を挟みつけた。「私の言っていることがわかるかい？　そのことはもう考えず、二度と話題にもしないでくれ」

「でも、ジャレッド――」

「オリンピア、もう終わったことだ。十五年も前に終わったのだ。あの晩以来、この話は一度も口にしたことがなかった。きょうが初めてなのだ。もう話したくはない」

よくわかったと言いたげに、オリンピアはジャレッドのこわばった顎にそっと触れた。

「船長は亡くなったのね？　あなたや従兄弟を殺そうとした船長を、あなたは殺さざるをえなかったんだわ。だから、あなたは、その夜なにがあったのか話したがらないのよ」

ジャレッドは指先をオリンピアの口に押し当てて黙らせた。「もうその話はおしまいだ、セイレーン。話してもなにもいいことはない。起こってしまったことは変えられない。過去は過去に、そっと留めておくのがいちばんだ」

「わかったわ、ジャレッド」オリンピアは口を閉ざした。頭をジャレッドの肩に押しつける。ジャレッドがどんなに凄惨な夜を過ごしたか、つぎつぎと想像がふくらんで、頭がくらくらしてくる。

彼は知的な人だ、とオリンピアは思った。感受性が豊かで、洗練された感覚の持ち主でもある。そんな彼が暴力的な経験をして、無傷のままでいられるはずがない。最悪の傷は表面ではなく、内面に埋もれているものだ。

ジャレッドがかすかに体を動かした。「ロバートのことだが」

起こったばかりの問題に急いで頭を切り替え、オリンピアは眉を寄せた。「ええ、ロバートには恐い思いをさせてしまったわ。今夜、ヴォクスホール公園でなにがあったのか、いまのうちに話し合っておきましょう」

「実際のところ、話し合うべきことはあまりないのだ、オリンピア」

「まさか。あの子をだれがなぜ誘拐したのか、推理しなくては。ガーディアンがライトボーンの日記を追っているというわたしの説を、あなたがまるで問題にしていないのはわかっているけれど、わたし、少しは可能性を考えてみるべきだと真剣に思うの」

「ばかばかしい」ジャレッドはのろのろと上半身を起こし、ズボンの前を閉じて、一方の膝を立てて腕をのせた。そして、オリンピアの不安そうな顔を長々と見つめてから言った。

「あなたは、なにがどうなっていると思っているんだ？　キャプテン・ジャックの時代の亡霊が財宝を探してそのへんをうろついていると、ほんきで考えているのか？」

「ばか言わないで」オリンピアは目にかかる髪を押し上げ、ガウンの襟を指先でもてあそんだ。「もちろん、わたしだって幽霊がいるなんて思っていないわ。でも、経験から言わせてもらえれば、どんなにとっぴな伝説でさえ、背後には一片の真実がひそんでいるの」

「あなたのほかに、だれもライトボーンの日記など追いかけていないのだよ、マダム」

「ミスター・トーバートはどうなの？」オリンピアは詰め寄った。

「あなたが古い伝説を調べていることをトーバートが知っているのはまちがいないが、具体的にどんな伝説かは知らないはずだ。それに、あの男が誘拐などという大それた行動に出るとはとても思えない。金に困ってもいないだろう。もちろん、彼はガーディアンでもない」

オリンピアはしばらく考えてから言った。「そうね、あの人が伝説に夢中になるようなタイプには見えない、というあなたの意見には賛成だわ」

「さすがに鋭い観察眼だ」ジャレッドはそっけなく言った。

「でも、今夜、ロバートを連れ去った人物は、理由があってそうしたはずよ」

「もちろん、理由があってのことだし、ごく単純な理由であるのはまちがいない。金だ」

「お金？」オリンピアは驚いてジャレッドを見つめた。「つまり、わたしがアーテミス叔父さまから送られた積み荷を売って三千ポンド手にしたことを、だれかが知っているというの？」

「そうじゃない」ぴしゃりと否定する。「そんなことは言っていない」ジャレッドは立ち上がり、オリンピアの体も引き上げて目の前に立たせた。「オリンピア、私はロバートを誘拐した人物があなたの三千ポンドを狙っていたとも、日記を狙っていたとも思っていない」

オリンピアは不安そうにジャレッドの目をのぞきこんだ。「だったら、どうしてわざわざロバートを誘拐したのよ？　裕福な家庭の子供でもないのに」

「いまは裕福な家の子だ」ジャレッドはさらりと言った。

オリンピアは驚きのあまりしばらく言葉を失った。もどかしげに唾を呑み込んで、尋ねる。「あなたのおうちのこと？」

「ありがたいことに、キャプテン・ジャックの失われた財宝がなくても、フレームクレスト家は繁栄の一途をたどっている。今夜、ロバートが連れ去られたのは、私からたんまり身代金を引き出そうとした悪党のしわざにちがいない」

「なんてこと」オリンピアは手探りで椅子を引き寄せ、どすんと勢いよく坐りこんだ。「そんなふうには考えもしなかったわ。わたしと結婚するはめになったあなたが、ロバートの身の安全に責任を感じるとだれかが考えるなんて、思いつきもしなかった」

「オリンピア、はっきり忠告しておこう。私が自分の意志に反してしかたなくあなたと結婚したようなことをまた匂わせたら、私はまちがいなく烈火のごとく怒りだすぞ。あなたと結婚したのは、そうしたかったからだ。いいかね？」

オリンピアはジャレッドの断固とした表情を見上げた。「わかりました、子爵さま」

「いいだろう」ジャレッドは時計に手を伸ばし、ポケットになにも入っていないことに気づいて小声で毒づいた。背の高い置き時計に目をやる。「そろそろ階上に上がって、ベッドに入るというのはどうだろう。ほんとうに今夜はいろいろあったから、私はすぐにでもベッドに横になりたくてたまらない」

「ええ、もちろん」オリンピアは立ち上がった。誘拐の件を思い出して、気持ちはすっかり沈んでいた。ついいましがた、ジャレッドと愛を交わしたときの天にも昇るような幸福感は跡形もない。

ジャレッドはろうそくを手にしながら、じっとオリンピアを見つめた。「オリンピア、あなたが私の妻になっても、ふたりの関係はなにも変わらない。わかるかい？　私はこれからも家のなかの雑事をこなし、ロバートとイーサンとヒューの面倒をみつづける。あなたはそういったこまごまとした厄介ごとに頭を悩ませる必要はない。私があなたがたみんなの世話を引き受ける」

オリンピアは悲しげな笑みを浮かべた。「ええ、ジャレッド」背伸びをして、ジャレッドの引き締まった顎にキスをする。「でも、ひとつだけ、前と同じにはできないことがあるわ」

ジャレッドは一方の眉をつり上げた。「それはなんだろう？」

オリンピアは真っ赤になりながらも、挑むようなジャレッドの視線から目をそらさずに言った。「わたしが言いたいのは、眠るときのことよ。あの、わたし、気づいたの。たったいま、わたしたちが利用した目的で書斎を使う必要はもうないって」

ジャレッドはいかにもバカニーアらしい笑みを浮かべた。「そうだね、マダム、もうあなたの書斎に隠れてこそこそする理由はどこにもない。ベッドで愛を交わすという、イギリスの伝統的な習慣を試してみるべきだ」

ジャレッドはオリンピアにろうそくを持たせて、彼女を抱き上げた。それから、廊下に出て階段へ向かい、二階へとオリンピアを運んでいった。

二つの半分がひとつの全体となる前に、サイリーンの主はサーパントの主と和解すべし。

ライトボーンの日記で見つけた最新の手がかりを読んで、オリンピアは眉間に深い皺を寄せた。〈サイリーン〉の主というのはキャプテン・ジャック以外に考えられない。〈サーパント〉の主というのは、彼の以前の友人でありパートナーの、エドワード・ヨークにちがいない。

ふたりが仲たがいしたことをクレア・ライトボーンはよくは知らなかったはずだ。喧嘩の現場は西インド諸島であり、時期は彼女がイギリスのミスター・ライダーに出会うはるか前だ。しかし、彼女の新婚の夫が、ヨークや彼の一族とはもう二度と取引はしないと誓ったという記録は、日記に残されている。

しかし、天国でバカニーアがどんなもてなしを受けたかは知らないが、ふたりともとっくの昔に死んでしまっている。ふたりが和解する道はどこにもない。

二枚に破られた地図をひとつにするすべもない。

「いまいましい」オリンピアは小声で毒づいた。求めている答えがもうすぐそこにあるという予感はあった。けれども、それには地図の失われた半分を探さなければならない。フレームクレスト家の地図の半分が、ライダー一族を経て子孫に伝えられたように、もう半分もヨーク家の子孫に伝えられたのだろうか。

とうの昔に亡くなったバカニーアの子孫を、どうやったら探し出せるだろう？

オリンピアは、磨き上げられた机の表面を、ペンでこつこつ打ちながら考え込んだ。失われた財宝の探索にジャレッドがもっと興味を示してくれたらいいのに、と思う。教養豊かなだれかといっしょに、この話を分かち合えたらどんなにいいだろう。しかし、この件に関してジャレッドは決して折れようとしない。これからも、いっしょに財宝を探してはくれないだろう。

ジャレッドが日記について話したがらないのは、日記の秘密が知りたくて結婚したのではないことを示す、彼なりのやり方なのだとオリンピアは感じていた。それでも、ジャレッドの協力がなければ、研究はますますむずかしくなるいっぽうだ。

扉をノックする音がして、オリンピアは現実に引きもどされた。

「どうぞ」と、いらだたしげに声をあげる。

イーサン、ヒュー、ミセス・バード、ミノタウロスが一列になって行進するように、書斎に入ってきた。犬までが気むずかしい顔をしている、とオリンピアは気づかずにはいられなかった。

「なにかあったのかしら？」オリンピアは心配そうに訊いた。

ヒューが一歩前に出た。「ロバートのせいでたいへんなことになっちゃう」

オリンピアはペンを置いた。「なんですって？」

「ロバートのせいでたいへんなことになるんじゃないかって、ぼくたちは心配しているんだ」イーサンが真剣な表情で説明した。「チルハースト子爵さまはロバートを取りもどすために、あのすばらしい金時計をあげちゃったんだ。ロバートはダイニングルームでひどく殴られるだろうし、ぼくたちみんなも、すぐに出ていけって言われるよ」

「まあ、ゆうべのことでチルハーストがロバートを殴るなんてありえないわ」オリンピアは言った。「わたしたちだって、ここを追い出されたりしないし」

「でも、なかには追い出される者もいますよ」ミセス・バードはすっかり憔悴して見えたが、口ぶりは強気だ。「子爵さまがご自分でそうおっしゃったんですから」

オリンピアはびっくりした。「子爵さまが？」

「ええ、そうですよ。あした、みんなでロンドンの広い別邸に引っ越すって。そして、使用人を雇うって」ミセス・バードは勝ち気な表情をいきなりくしゃくしゃにして、声をうわずらせた。「子爵さまは執事を雇われるんですよ、ミス・オリンピア。ほんものの執事です。いったいわたしはどうなるんです？　ちゃんとした使用人を雇ったら、子爵さまにはもう、わたしみたいな田舎者の家政婦は必要ありませんよ」

「ぼくたちといっしょにいるのもいやだと思うよ」ヒューがぼそっと言った。「ロバートのために時計をなくしちゃったんだから、なおさらだよ。ぼくたちみんな、船に乗せられてヨークシャーの親戚のところへやられちゃうんだ」

イーサンが一歩前に出て言った。「ぼくたちで子爵さまに新しい時計を買ってあげられると思う、オリンピアおばさん？　ぼくは六ペンス持ってるんだ」

ヒューはイーサンをにらみつけた。「ばか言うなよ、イーサン。たった六ペンスぽっちで、子爵さまがロバートの身代金代わりにした時計なんか、買えるわけないよ」

ミセス・バードはおいおい声をあげて泣き出した。「わたしたちのだれひとりとして、あの方はいっしょにいるつもりはないんです。いちばんに見捨てられるのが、このわたしなんです」

カーッと頭に血が上って我慢できなくなり、オリンピアは勢いよく立ち上がった。「もうたくさん。これ以上、そんなばかばかしい話は聞きたくないわ。広い別邸に引っ越すという話は知らないけれど、引っ越したってなんの問題もない。わたしたちはいままでどおり、なにも変わりはしないの。わたしはゆうべ、チルハーストの口からはっきりそう聞きました」

ミセス・バードは気味の悪い上目遣いでオリンピアを見た。「だったら、あの方はまたあなたをだましたんですよ、ミス・オリンピア。あなたがたが結婚されたからには、なにもかも変わってしまうんです」

「ありえない」揺るぎない確信をこめて、オリンピアは小さな家族を見つめた。「なにもかも、彼がここへ来たときと同じだって、彼はそう言ったわ。チルハーストはロバートを殴ったりしない。あなたをやめさせもしないわ、ミセス・バード。だれもヨークシャーに追い払ったりもしない」

「どうしてそんなことがわかるんです、ミス・オリンピア?」ミセス・バードは強い調子で訊いた。声はまだ暗くても、希望を感じたのか心なしか目に力がもどっている。

「あの方はかならず約束を守ると信じているからよ」オリンピアは静かに言った。「それに、あなたがたはみんなわたしの家族で、チルハーストはそれを知っているわ。だから、わたしたちのあいだを引き裂いたりするはずがない。そんなことはこのわたしが許さないと、よくわかっているのよ」

ミセス・バードの目にちらついていた希望の光が消えた。「まだあの方の雇い主みたいな口のきき方をするんですね、ミス・オリンピア。あなたはもう、この家で命令を下す立場じゃないんです、それが現実なんです。あなたはチルハーストさまの奥方で、それですべてが変わってしまうんです。いまや、この家のご主人はあの方です。なんだって、あの方の好きなようにできるんです」

ミノタウロスが甘えたように鼻を鳴らし、オリンピアの手に大きな頭を押しつけた。

「ゆうべはあんなことになってしまって、ほんとうにごめんなさい」ロバートは全身をがちがちにこわばらせて、ジャレッドの目の前に立っていた。まっすぐ前方を見つめ、ジャレッドの左肩の背後の壁に視線を固定させ、ぴくりとも動かさない。

ジャレッドはダイニングルームのテーブルに両肘をつき、左右の指先をとんとんと突き合わせていた。じっとロバートの顔を見ると、下唇の震えをこらえようと必死になっているのがよくわかる。「私がどうしてきみに失望したか、きちんと理解しているのだろうか、ロバート？」

「はい」ロバートはぱちぱちとまばたきをした。

「きみが面倒ごとに巻き込まれたからではない。きみを助けるために、上等な時計を失ったからでもない」

ロバートはちらりとジャレッドを横目で見てから、また前方の壁を見つめた。「時計のことは、ほんとうにすみませんでした」

「それはもういいのだ、忘れなさい。男の名誉にくらべたら安いものだ。男にとって、名誉以上に大事なものはない」

「はい、子爵さま」

「だれかに約束をしたら、ロバート、約束を果たすためにできうるかぎりのことを全力でやらなければならないのだぞ。少しでも手を抜いてはだめだ。力を尽くさないような者は、名誉に値するとは言えない」

ロバートは音をたてて鼻をすすった。「はい、子爵さま。約束します。これからは名誉を傷つけないように、気をつけます」

「それを聞いて安心した」

ロバートは不安そうにちらりとジャレッドを見た。「子爵さま、どうしてもお願いしたいことがあるんです。ぼくなんか、お願いできる立場じゃないのはわかっているけれど、心配をかけたからなんでもしてあげるって約束してしまったので」

「というと？」

ロバートはごくりと唾を呑み込んだ。「ぼくのせいで、ほかの子たちを罰しないでくださ い。イーサンとヒューはまだ小さいんです。ふたりとも、ヨークシャーへやられてしまうんじゃないかって心配しています。それから、ふたりと離ればなれにされたら、オリンピアおばさんはすごく悲しむって、ぼくはわかっています。おばさんはぼくたちのことがとっても好きなんです。ぼくたちがいなくなったら、寂しがります」

ジャレッドはため息をついた。「だれも遠くへやったりしないぞ、ロバート。今後、きみと、きみの弟たちと、きみのおばさんの面倒は私がみる。きみたちへの責任は私がきちんと果たすから、安心しなさい」そう言って皮肉な笑みを浮かべた。「あわよくば、これからはゆうべのようなへまはしたくないものだ」

ロバートは顔をしかめた。「ゆうべ、あんなことになった責任はぼくにあります」

「残念だが、きみも私も悪かった、と考えざるをえない。私はきみから目を離すべきではなかった。若さゆえの無鉄砲から、きみが闇の小道の誘惑に負けてしまうだろうと察して当然だったのだ」

ロバートは不思議そうな顔をした。「どうしてぼくの気持ちがわかるんですか？」

「私も、きみと同じ少年だったころがあるからね」

ロバートは驚いてジャレッドを見つめた。

「そうだろう、わかっている。とても信じられないだろう」ジャレッドはテーブルにのせていた両手を下げて、椅子の背に体をあずけた。「さあ、もうその話題はおしまいだ。つぎの話に移ろう」

ロバートは口ごもりながら訊いた。「あの、よかったら、ゆうべのことでぼくはどんな罰を受けるのか、はっきり教えてほしいんですけど」

「いま言ったとおり、その話はもう終わりだ、ロバート。きのうの件できみが自分を責めたのはわかっているから、もうそれで充分だ」

「ほんとうに？」

「もちろん。自責の念を持ったのは、きみが大人の男になるべく一気に成長したしるしだ」

ジャレッドは満足げにほほえんだ。「私もうれしいよ、ロバート。生徒がきちんと約束を守る立派な若者に変貌するのを見届けるのは、家庭教師の大事な目的のひとつなのだから」

言いながら、まさにそのとおりだと気づいて、ジャレッドは少なからず驚いた。家庭教師という仕事はなんとやりがいがあるのだろう。これほど自分のためにもなる仕事は少ないかもしれない。若者を教育して導けば、文字どおり未来をかたちづくることになるのだ。

ロバートは堂々と胸を張った。「わかりました。もう二度と失敗しないようにがんばります。ということは、あなたはオリンピアおばさんと結婚したけれど、これからもぼくたちの家庭教師でいてくれるんですか？」

「もちろんだ。私もこの仕事がおもしろくてならないのだ。しかし、いまはすぐに考えなければならない問題がほかにある。ロバート、ゆうべあったことをよく思い出して、正確に話してほしい。きみが拘束されているあいだに、やつらがなにを話していたか、すべて知りたいのだ」

「わかりました。でも、たったいま、もうその話はおしまいだって言ったはずだけど」

「きみにかかわる話はおしまいと言ったのだ」ジャレッドは言った。「しかし、片づけなければならないちょっとした問題がまだひとつ二つある」

「どんな問題ですか？」

「だれが連中を雇ってきみを誘拐させたか、突きとめなければならない」

ロバートは目を丸くした。「その人を突きとめるんですか？」

「それにはきみの力が必要だ」

「ぼく、できるかぎりのことをします」ロバートは眉をひそめて考えこんだ。「でも、助けになれるかどうかわからないなあ。あの人たちが依頼人についてしゃべっていたので覚えているのは、あなたに劣らず取引上手だ、っていうことだけだから」

「お聞きおよびでしょうけれど、恋人がいたというもっぱらの噂なんですのよ」レイディ・オールドリッジはひどく意味深な目でオリンピアを見ながら、ティーカップを差し出した。

「チルハースト子爵は、婚約者がとても言い訳のしようのない状況で恋人と会っているところを見つけてしまって、その場で婚約を破棄されたんですって。もちろん、だれもその場にいたわけじゃありませんから、はっきりしたことはわかりませんけれど。関係者はいっさい口を閉ざしていますし」

　オリンピアはむっとして眉をしかめた。「噂は噂でしかありませんし、その話はもうこれきりにしていただきたいと思います、マダム」

なんてつまらないところへ来てしまったのだろう、とオリンピアは思った。レイディ・オールドリッジからのお茶の誘いを受け入れたのは、断るのは失礼だと思ったからだ。この二時間、オールドリッジ卿の図書室で過ごしたオリンピアは、たとえ地図のコレクションに役立ちそうなものが皆無でも、少しは礼儀正しくしなければと思っていた。しかし、いまになって思い知らされたのだが、運の悪いことに、レイディ・オールドリッジは根っからの噂好きだった。

「おっしゃるとおりよ、レイディ・チルハースト。わたくしも噂なんて取るに足らないものだと思いますの」レイディ・オールドリッジの独りよがりな表情を見れば、言葉とは裏腹に、噂のすべてを信じているのはまちがいない。

「ほんとうに。では、話題を変えましょう」オリンピアはわざと退屈そうに言った。

レイディ・オールドリッジは残念そうにちらりとオリンピアを見た。「もちろんだわ、マダム。あなたのご機嫌を損ねるつもりはなかったのよ。ご主人のご家族やレイディ・ボーモントについて悪く言うつもりはなかったと、わかっていただきたいわ」

「彼女の話もしたくありませんから」

「レイディ・ボーモントがどうしたって？」しかめ面をして、オールドリッジ卿が応接室に入ってきた。オリンピアが見学を終えてから数分間、図書室に残って、大事な地図を決められた抽斗《ひきだし》にしまっていたのだ。「彼女とレイディ・チルハーストが調べていらっしゃる西インド諸島の地図に、どんな関係があるのだ？」

「なにもありませんわ、あなた」レイディ・オールドリッジはやさしくほほえんだ。「三年前、チルハースト子爵とレイディ・ボーモントの婚約がなぜ、どんなふうに破棄されたのか、という古いお話をしていただけです」

「なんとつまらない話を」オールドリッジはブランデーが置かれたテーブルにゆったりした足取りで近づき、自分のグラスを満たした。「婚約を破棄したチルハーストはまさに正しいことをしたと言うべきだ。彼ほどの立場の人物が、結婚前にもうべつの男と関係を持つような女性と結婚してはいけない」

「もちろんだわ」レイディ・オールドリッジはつぶやき、うかがうようにオリンピアを見た。

「名誉というものを考えなければ」オールドリッジは言った。「フレームクレスト家はひどく変わった方が多いと聞いているが、名誉を重んじるということには、ひとり残らずいつも変わらずとても熱心なのだ」

レイディ・オールドリッジは冷ややかにほほえんだ。「チルハースト子爵がそんなに名誉を重んじる方なら、婚約者とふたりでいるところを見てしまったあと、どうしてその愛人に決闘を申し込まなかったのかしら？　それに、レイディ・ボーモントの弟さんに決闘を申し込まれたのに、チルハースト子爵は相手にしなかったとも聞きました」

「おそらく、頭がよすぎて、女性をめぐって殺されるような危険は冒せないのだろう」オールドリッジ卿はまたごくりとブランデーを飲んだ。「いずれにしても、だれでも知っているように、チルハースト子爵は恐ろしく冷静沈着な方だ。一族はみんな陽気な熱血漢らしいが、あの方だけはべつだ。いっしょに仕事をした者に訊けばわかる。思慮分別のある冷静な方なのだ」

「わたしの夫と仕事をされたことがおありなのですか？」とにかく話題を変えたくて、オリンピアは尋ねた。

「あります。荷物を梱包する過程をお手伝いしました」オールドリッジ卿は満足そうにうなずいた。

「夫と面識がおありとは存じませんでした」オリンピアは言った。

「いえ、面識はありません。直接、取引したことはないのです。ご主人はめったにロンドンにはいらっしゃいませんから。仕事はすべて、代理人を通してなさっています」

「ミスター・ハートウェルですか？」

「そのとおりです。フェリックス・ハートウェルはもう何年も、ご主人の実務係として働いておられます。でも、チルハースト子爵が指示をあたえてらっしゃるのは、だれでも知っています。お祖父さまと父上が財産を使い尽くされたあと、独力でフレームクレストの富をふたたび築き上げられたのですからねえ。一家の財政というのは、いいときもあれば悪いときもあるのがふつうです。しかし、チルハースト子爵が主導権を握ってからは、財政はよくなるいっぽうとか」

「夫は、お金にかかわることを管理するのがとてもじょうずなのです」内心、誇らしく思いながらオリンピアは言った。

「ほんとうに、ご主人が大好きでいらっしゃるのね、レイディ・チルハースト」レイディ・オールドリッジはティーカップをつまんだ。「とてもいいお話だけれど、状況を考えると不思議と言えなくもないわね」

「状況とおっしゃると？」女主人に心底いらだちながら、オリンピアは強い調子で訊いた。

こんな人たちにも礼儀正しくするのが子爵夫人に求められる条件なら、新たな役割を担うのはほんとうに厄介なことだ。

「夫も申しましたとおり、チルハースト子爵には情熱というものがまったくないというもっぱらの評判ですわ。感情がない、とも言われていらっしゃいます。婚約中、レイディ・ボーモントがべつの男性に慰めを求めたのはそういうわけかもしれないと、つい思ってしまいますわ」

オリンピアは叩きつけるようにティーカップをソーサーに置いた。「わたしの夫はあらゆる点で尊敬に値する男性です、レイディ・オールドリッジ。情熱に欠けているだなんて、とんでもない」

「ほんとうに？」レイディ・オールドリッジは意地悪そうにきらりと目を輝かせた。「それなら、なぜ、婚約者の恋人に決闘を申し込みもせず、彼女の弟さんに決闘を申し込まれても無視されたのかしら？」

オリンピアは立ち上がった。「夫がなにをどう決めようと、あなたには関係のないことだわ、レイディ・オールドリッジ。わたしは失礼させていただきます。時計がちょうど四時を打ったので、もう帰らなければ。夫は四時に迎えに来てくれると言っていましたし、あの人は時間にはとても正確なので」

オールドリッジはあわててブランデーグラスをテーブルに置いた。「玄関までお送りしましょう、レイディ・チルハースト」

「ありがとうございます」オリンピアはオールドリッジを待ちはしなかった。決然とした足取りで応接室を出ていった。

オールドリッジは玄関の間でオリンピアに追いついた。「地図のことではお力になれずに残念でした、レイディ・チルハースト」

「気になさらないでください」

実際、オリンピアはクレア・ライトボーンの日記に触れられている未知の島がどこにあるのか、その手がかりとなる地図は見つからないかもしれない、とほとんどあきらめていた。島そのものの地図の半分は持っていても、その島が大海のどこにあるのかがわからない。

「レイディ・チルハースト、トーバートに用心なさいという私の忠告をお忘れではないでしょうね？」オールドリッジは不安そうにオリンピアを見た。「あの男は信用なりません。あの男とかかわるときは慎重に慎重を期すと約束してください」

「気をつけますから心配なさらないでください」オリンピアが帽子の紐を結び、オールドリッジの執事が玄関の扉を開けた。

ステップの下で、ジャレッドが貸し馬車に乗って待っていた。イーサンとヒューとロバートもいっしょだ。

オリンピアはほっとしてほほえみ、ステップを駆け降りて家族の輪に加わった。

15

「ねえ」フレームクレスト家の別邸の階段を上りきり、正面の扉にジャレッドが鍵を差し込んで回すと、ヒューは小声で訊いた。「このなかを見るの？」

「ここは、この家で最高の部屋だ。いろんなおもしろそうなものがいっぱいある」イーサンは言い、ヒューの背中にぴったりくっついて部屋に入ると、所狭しと並んでいるトランクや布で覆われた家具を見つめた。「この古いトランクのどれかに、すっごい宝石が山ほど隠してあるに決まってる」

「ほんとうにそうだとしても、少しも驚かないわ」オリンピアは言い、ろうそくを高く掲げた。子供たちの頭越しに、広くて薄暗い部屋のなかをのぞきこむ。大きくてはかなげな蜘蛛の巣が、ろうそくの淡い明かりを受けて、ぼろぼろのベールのように揺れている。

イーサンの言うとおりだ、とオリンピアは思った。ジャレッドが案内して回ってくれている古い邸には多くの部屋があったが、物置のように見えるその部屋にはどこよりも興味をそそられる。

　とくに変わった部屋ではなかった。もっとも変わっているのは階下のギャラリーで、どこにも通じていない階段があった。階段は中途半端な長さで、石造りの壁にただ突き当たっていた。けれども、いま、みんなで探索している部屋には、このうえなく興味深いものがぎっしり詰まっているような気がする、とオリンピアは思った。

「なにがしまってあるのか、想像もつかないわ」

「ひとりやふたり、幽霊が潜んでいるかもしれない」ロバートが異様に目をきらきらさせて言った。「なんか、すごく不気味な感じじゃない？　ぼくが読んでる本にある、幽霊に取りつかれたお城の部屋にそっくりだ」

「幽霊」興奮と恐怖にかすれた声でヒューが繰り返した。「ほんとうにここに幽霊がいると思う？」

「きっとキャプテン・ジャックの幽霊だよ」陰気な声でイーサンが言った。「で、その幽霊は壁をすり抜けて、階下のギャラリーの階段を降りていくんだ」

　ジャレッドはかすかに眉をつり上げてイーサンを見た。

　オリンピアは眉をひそめて考えながら言った。「なるほど、おもしろい発想ね。キャプテン・ジャックの幽霊だなんて」

「キャプテン・ジャックは自分のベッドで安らかに亡くなったのだ」ありえない、とばかりに、ジャレッドはさらりと告げた。「八十二歳で亡くなって、フレーム島にある一家の墓所で永遠の眠りについた。当時、この邸は建ってもいなかったのだ」

「じゃあ、このすばらしいお邸はだれが建てたの？」ヒューが訊いた。

「キャプテン・ジャックの息子のキャプテン・ハリーだ」

ヒューは大きく目を見開いた。「あなたのお祖父さまが建てたの？　すごく有能な方だったんだね」

「たしかに、祖父は有能だった」ジャレッドは言った。「金を使うことにかけては有能だった。祖父は独創的なやり方で一族の富を激減させたが、その一例がこの邸だ」

「一族の残りの財産はどうなったの？」イーサンが訊いた。

「私の父と叔父がほとんど使い果たしてしまった。母がいなければ、われわれはみんないまごろ貧乏生活を送っていただろう」ジャレッドは説明した。

「あなたたちが貧乏にならないように、お母さまはなにをしたの？」ロバートが訊いた。

「私にネックレスをくれたのだ」ジャレッドはオリンピアの目を見て言った。「母が祖母から贈られ、その祖母は曾祖母から贈られたというネックレスだ」

「クレア・ライトボーン？」オリンピアは目を見開いて尋ねた。

「そうだ。ダイヤモンドとルビーがふんだんに使われた非常に高価な品だった。私が十七歳になった日に、いつか結婚する女性に贈りなさいと言って、母が私に渡してくれた。途切れることなく、フレームクレスト家の子爵夫人に引き継がれていくようにと望んでいたのだ。母はロマンチックな人だった」

「あなたがいつか結婚する人って、オリンピアおばさんのことだ」ロバートは指摘した。

「ネックレスをおばさんにあげた？」

「そうだよ、オリンピアおばさんにあげたの？」話に興味を引かれたらしく、ヒューも繰り返した。

「いいや」ジャレッドは感情のかけらも見せずに言った。「ネックレスは十九歳の誕生日に売ってしまった」

「売った」イーサンはがっかりしてしかめ面をした。

「まさか、ありえない」ロバートは見るからにしょんぼりしてしまった。

ヒューはジャレッドを見つめた。「曾祖母さまのきれいなネックレスを売っちゃったの？　奥さんに贈らなければならないのに、どうしてそんなことができるの？」

「ネックレスを売った金で、当時まだわれわれ一族のものだった唯一の船を修復した」ジャレッドはオリンピアの目から視線をそらさずにつづけた。「その船は、現在、私が運営している事業すべての基盤になった」

オリンピアはジャレッドの確固たる信念を見て取り、母親のネックレスを売らざるをえなかった彼の心苦しさを自分のことのように感じた。「とても現実的で賢明な行動だったと思います、子爵さま」オリンピアは元気づけるように言った。「あなたがフレームクレスト家の富を再建するためにネックレスを売ったことを、お母さまは誇りに思われたにちがいないわ」

「そうでもないのだ」ジャレッドは冷ややかに言った。「母はうちの一族らしく、芝居がかったところがあったのでね。最後に残っていた船を修理する金をどうやって調達したか知って、母は泣いていた。しかし、その結果のほうはしっかり楽しんでいた」

「どういうこと？」ヒューが訊いた。

ジャレッドは大きな邸全体を示すように片手を動かした。「母は、このロンドンの邸でしょっちゅう贅沢なパーティを開いた。人を楽しませるのが大好きで、膨大な金を費やして舞踏会や夜会を催したのだ。ある部屋にシャンペンの滝と小さな池を作らせたときのことは忘れようにも忘れられない」

「すごい」と、ヒューが小声で言った。「滝が全部、シャンペンなんて」

ロバートは不思議そうに首をかしげた。「でも、またお金持ちになってから、ネックレスは買いもどしたんでしょう？」

ジャレッドはぐっと歯を食いしばってから言った。「買いもどそうとしたのだが、遅かった。とっくの昔に宝石商はネックレスをばらばらにして、さまざまな腕輪や指輪やブローチに作りなおしていた。その商品もすべて、いろいろな人たちに買われていた。すべての宝石を見つけて、元どおりに修復するのは不可能だった」

「じゃあ、永遠になくなってしまったんだね」ヒューは言い、芝居がかったため息をついた。

ジャレッドは小さくうなずいた。「残念ながら」

オリンピアは顎を突き出した。「わたしには、あなたは正しいことをなさったとしか思えないわ、子爵さま。そのような状況で筋の通った効果的な方策を採られて、称賛されて当然ですし、家族のみなさんも心のなかでは感謝されていると思います」

どうだか、と言いたげにジャレッドは一方の肩を持ち上げ、薄暗い部屋のなかを見渡した。扉の錠を開けるのに使った重い鍵が、ジャレッドが持っている鉄の輪からガチャリと音をたてて垂れ下がった。「いまとなってはどうでもいいことだ、そうじゃないかね？ すべては終わったことだ。幽霊が棲み着いているとか、宝物があるにちがいないという話だが、私としてはこの部屋でおもしろいものが見つかるとは思えない。ご覧のとおり、埃《ほこり》にまみれた家具があるだけだ。一族の色あせた肖像画が二、三枚はあるかもしれないが」

「肖像画」オリンピアの体を興奮が駆け抜けた。「そうだわ。クレア・ライトボーンの肖像画がしまってあるかもしれない。ひょっとしたら、キャプテン・ジャックの絵だって」

ジャレッドは最後にもう一度、そっけなく部屋のなかを見回した。「おそらく。お望みなら、あとで探すといい。あっという間に時間がたってしまった。そろそろ夕食の時間だろう」ジャレッドは無意識のまま、いまでは時計の入っていないポケットに手を伸ばした。

オリンピアはぎくりとして身を縮めた。イーサンとヒューとロバートはジャレッドの手を見つめて息を詰めている。

指先が空のポケットの内側をかすめ、ジャレッドは寂しげに唇をゆがめた。なにも言わずに体の向きを変え、扉に向かって歩き出す。「さあ、もどろう。家のなかの案内ごときに、これ以上時間はかけられない」

男の子たちはしぶしぶジャレッドのあとにつづいた。オリンピアはもう一度最後に物足りなそうに部屋を見渡してから、みんなを追って廊下に出た。そのうちまた、じっくり探索できる機会もあるだろう。オリンピアはそう思って自分を慰めた。

ジャレッドは両手の指先を突き合わせ、新しい執事を値踏みするように見つめた。執事だけは探さなくていいとフェリックスに伝えて、彼を雇ったのはジャレッド自身だ。

執事候補者の面接は自分でやるつもりだとジャレッドに告げられ、フェリックスは驚いた。「まさか、わざわざ自分で執事を選ぶつもりじゃないでしょうね、チルハースト」

「残念だが、この件だけは自分で決めなければならないのだ」ジャレッドは言った。「いろいろと特殊な素養が必要とされる役職だからな」

フェリックスはなおもぽかんとしてジャレッドを見つめた。「また、どうして？」

ジャレッドは困惑している友人を見て、かすかにほほえんだ。「たぐいまれな女性である、いまのうちの家政婦と働かなければならない人物だからだ」

「だから、彼女にはやめてもらって、訓練を受けて経験もある家政婦を探してこようと言ったのに」フェリックスはつぶやいた。

「それはできない。ミセス・バードの代わりを雇うなど、私の妻が承知するまい。心から彼女を慕っているのだ」

なのですか?」フェリックスは妙な目つきでジャレッドを見た。「そんな問題で、奥方に指図されて平気

残念だが私も従順な夫なのだと言いたげに、ジャレッドは一方のてのひらを上に向けた。

「新妻を甘やかすのがうれしくてたまらないのだと言っておこう」

フェリックスは聞こえよがしに鼻を鳴らした。「むき出しの情熱に身をゆだねてしまったというあなたの話が、だんだん信じられるようになってきましたよ、チルハースト。それにしても、あなたらしくもないですね、友よ。一度、医者に診てもらったほうがいい」

「そう思うか?」

フェリックスは含み笑いを漏らした。「思います。しかし、ボーモントがかかっている医者に相談するのはやめたほうがいい。あちこちから伝え聞くところによると、あのやぶ医者はまだ、ボーモントの不幸な悩みを解決できずにいるらしいので」

ボーモントの医者には相談するなというフェリックスの忠告を思い出し、ジャレッドはかすかに笑みを浮かべ、元ボウ・ストリート・ランナーのミスター・グレーヴスを見つめた。

墓《グレーヴス》とはまさに名は体を表すだ、とジャレッドは思った。グレーヴスは背が高く、猫背で、死体のようにやせこけている。いつも変わらず陰気な表情は葬儀屋を思わせる。執事の職を求めるボウ・ストリート・ランナー数人と面接をしたジャレッドは、用心深く知的な目をしているという理由で彼を選んだのだ。

「では、この家におけるあなたの職務は理解してもらえただろうか?」ジャレッドは訊い

た。

「はい、子爵さま、理解したと確信しております」グレーヴスはもじもじしながら新しい黒い上着の裾を引っ張った。立派な服は着慣れていないらしい。「ご家族から目を離さず、見知らぬ者や子爵さまが認めていらっしゃらない人物が邸内に入らないように万全を尽くす、ということです」

「そのとおり。それから、おかしな出来事や疑わしいことがないかどうかにも、目を光らせていてほしい。私が邸内にいないあいだの出来事は、どんなにつまらないことでもすべて、毎日、報告するように。いいかね?」

「はい、子爵さま」グレーヴスは猫背を伸ばそうとしたが、むだに終わった。「おまかせください。別件でも、ご指示にうまく応えられたと自負しておりますが?」

「そうだったな、グレーヴス」ジャレッドは両手の指先をとんとんと突き合わせた。「きみと、きみの友人のフォックスはすばらしい働きを見せて、私が自説を証明するのに必要な証拠を集めてきてくれた」

「満足していただけて、フォックスも私も光栄に思っております」

「前にも話したとおり、私には、妻の甥がだれかに誘拐されたと信じるに足る理由があるのだ。それから、以前われわれが住んでいたイッバートン通りの家に、だれかが忍び込もうとした可能性もある。警戒を怠らないでくれたまえ。泥棒に入られるうんぬんよりも、私ははるかに家族の身の安全を気にかけているのだ」

「わかりました、子爵さま」

「よろしい、では、すぐに仕事に取りかかってもらおう」ジャレッドはふと眉を寄せた。「それからもうひとつ聞いてほしい、グレーヴス」

「はい？」

「うちの家政婦のミセス・バードとうまくやっていくように、あらゆる努力を払ってほしい。雇い人同士のいざこざにかかずらうのは好まないのだ。いいかね？」

グレーヴスはうれしそうに目を輝かせた。「承知しました。ミセス・バードと私はもう近づきになりました。こう言ってはなんですが、感じのいい女性です。ほんとうに元気いっぱいで。昔から、元気のいい女性は大好きなのです」

ジャレッドは思わずほほえみそうになるのをこらえた。「その点については、心配するにはおよばないようだ。では、下がってもかまわないぞ、グレーヴス」

「はい、子爵さま」

ジャレッドは新しい執事が図書室から出ていくのを待った。それから、立ち上がって机の向こうから出てきて、窓辺に立った。庭はまだ悲惨な状態だが、何年も放置されていた壮大な邸の内側は、がらりとようすが変わった。埃はすべて払われ、なにもかもぴかぴかに磨き上げられた。木造部分はつややかな光沢を帯びて、窓ガラスはまぶしく輝いている。奇怪にさえ見えた大きな邸は奇跡のような変貌を遂げ、男の子たち三人と妻のわが家になったのだ、とジャレッドは思った。

いや、まったく逆だ、と気づいてジャレッドははっとした。男の子たち三人とオリンピアのおかげで、不気味な邸がわが家に変わったのだ。

しばらく考え込んでから、ジャレッドはまた机の向こうにもどって椅子に腰かけた。抽斗の錠を開けて、予定帳を取り出す。ページを開いて、この二、三か月間に書きつけた一連のメモに丹念に目を通した。

あらゆる可能性を考えても、明らかな結論を避ける道はもう見つからなかった。証拠は積み重ねられ、もう無視できない。避けられないものを、どうしてこんなに長いあいだ、見ないふりをしてきたのだろう、とジャレッドは思った。こんなことに二の足を踏むなどとは、私らしくもない。

最初から犯人ではないかと疑ってはいた。しかし、横領ではなく、ほかに説明のしようがあるのではと望みをつなぎつづけていたのだ。

そろそろ実際の行動に移らなければ。もう道化役は充分に演じさせてもらった。

オリンピアがチルハースト子爵と結婚していたという話は、野火のようにみるみる広まった。オリンピアはむしろ、広まってほしくなかった。

子爵夫人でいるのはなんと面倒なのだろう。二日後、時代がかったフレームクレスト家の町用馬車から手を支えられて降りながら、オリンピアは思った。肩書きがあると、ひとりで歩き回ることさえできないようだ。

出かける前のことだ。古い馬車を車庫から出して、磨き上げ、頑丈そうな葦毛《あしげ》二頭を付けるようにと、ジャレッドは使用人に指示した。それから、オリンピアが邸を離れるときはかならず、新たに雇った召使いとメイドがひとりずつ、同行するようにと命じた。

新しいメイドは気のいい十七歳の娘で、言われたとおり、立派な馬車からオリンピアにつづいて降りると、マスグレイヴ会館の正面ステップを上っていった。

「あそこのベンチにでも坐って、待っていてちょうだい、ルーシー」オリンピアは図書室の外の廊下に並んでいるベンチのほうに手を振った。「わたしは、一時間くらいでもどりますから」

「はい、奥さま」ルーシーはきちんと膝を曲げてお辞儀をした。

オリンピアは広々とした図書室に足早に入っていった。初老の図書館員が会釈をして迎える。

「ご機嫌麗しゅうございます、レイディ・チルハースト。これまでの失礼をどうぞお許しください」

「おはよう、ボッグス」オリンピアは手袋をはずして、図書館司書にほほえみかけた。「失礼だなんて、どういうことかしら？　いつも親切にしていただいているのに」

「失礼ながら、あなたさまがチルハースト子爵夫人とは存じなかったのです、マダム」ボッグスは申し訳なさそうにオリンピアを見た。

「ああ、そのこと」オリンピアはひらひらと手を振った。こういう状況になったらどうするか、あらかじめジャレッドと話し合って決めていた。「あなたがご存じなかったのは当然です。夫は私生活をとても大事にする人なので、ロンドンにいるあいだはふたりとも名を伏せて行動していたのです。でも、知り合いに見つかってしまいましたので、身元を隠すようなばかな真似をしてももう意味がないと、夫は観念したのです」

輝かしい肩書きの持ち主が身元を隠したがる理由がわからず、ボッグスは見るからにとまどっていたが、それについてなにか言うほど不作法ではなかった。「そうだったのですか、マダム」

「もう一度、西インド諸島の棚へ行って、海図や地図を見せていただいてかまわないかしら？」

「かまうものですか」ボッグスは、地図の保管庫へ入っていくオリンピアにお辞儀をした。「ご自由にご覧ください、マダム。学会のほかの会員の方がいらしたので、鍵はもう開けてあります。男性会員がひとり、いろいろ探してらっしゃるところだと思います」

「まあ？」オリンピアはかすかに眉をひそめた。「ミスター・トーバートかオールドリッジ卿かしら？」

「いいえ、ミスター・ギフォード・シートンです」

「ミスター・シートン？」オリンピアは驚きのあまり、危うくハンドバッグを取り落とすところだった。「あの方が会員だったとは、知りませんでした」

「会員でいらっしゃるんですよ。お姉さまがボーモント卿と結婚されてすぐ、入会されました。二年前になるかと思います。たいていは西インド諸島の棚をご覧になっています」

「そうですか」オリンピアは地図の保管庫の扉に近づき、かび臭い室内をのぞいた。

ギフォードは大きなマホガニー材のテーブルの前に立ち、広げた地図を食い入るように見つめていた。ふと顔を上げて、オリンピアに気づく。ギフォードは冷ややかな笑みを浮かべた。

「レイディ・チルハースト」ギフォードは地図が丸まらないように一方の手で端を押さえたまま、オリンピアに向かって小さく優雅に会釈した。「お会いできて光栄です。あなたがよく学会の図書室を利用されているとは、うかがっていました」

「おはようございます、ミスター・シートン。いまのいままで、あなたが旅行探検学会で活動なさっているとは存じませんでした」

「学会の季刊誌に掲載されたあなたの論文はすべて、読ませていただいています」ギフォードは小声で言った。「すばらしく有益な論文ばかりです」

「ありがとうございます」オリンピアは一気に有頂天になった。図書室でギフォードに会って身構えていたが、すっと気持ちが楽になった。テーブルに近づいていって、地図を見た。

「西インド諸島の地図を調べてらっしゃるのね。論文を書いてらっしゃるのか、こちらのほうへ旅行を計画なさっているのかしら?」

「どちらも可能性はあります」ギフォードはじっとオリンピアを見つめた。「あなたもこの地域に興味をお持ちなんですね、レイディ・チルハースト。このあたりの海図や地図を調べていらっしゃると、ボッグスから聞きました」

「そのとおりよ」オリンピアは、ギフォードが広げていた地図に目をこらした。「でも、この地図はまだ見たことがないわ。とても古そうな地図ね」

「そうです。私はこれを先月見つけて、見たいときにすぐに見られるように、べつにして秘密の抽斗にしまっていたのです」

「ほんとうに?」オリンピアは食い入るように地図を見つめた。「ここではずいぶん調べものをしたけれど、この地図を見かけなかったのも無理はないわね」

「たしかに」ギフォードは一瞬ためらってから、地図のほうに手を向けた。「よろしかったら、どうぞご覧ください。なかなか興味深い地図です。学会のコレクションにあるどの地図でも見つけられなかった小さな島がいくつか、描かれているのです」

「それはたいへん」オリンピアはハンドバッグを無造作に横に置いて、古びた羊皮紙にかじりついた。

「西インド諸島の地図にない島々に興味がおありのようですね、マダム?」

「ええ、そうなんです」オリンピアは地図に覆いかぶさるようにして、ほかの海図で見て知っている特徴ある地形を探した。一見したところ、大まかで装飾のほとんどない海図は役に立ちそうには見えない。「地形の描かれ方がとても変わっているわ。ほかの地図とくらべるとずいぶんおおざっぱな印象だし」

「百年以上前に、西インド諸島を航海したバカニーアが個人的に描いたものだと聞いています」

「バカニーアが描いた地図？」反射的に顔を上げたオリンピアは、ギフォードにまじまじと見つめられていたことに気づいた。「ほんとうに？」

ギフォードは肩をすくめた。「ボッグスからそう聞きました。でも、そういうことはだれにもほんとうかどうかわからないですよね？　地図には署名もありませんから、描いた人物を特定するすべもありません」

「ますます興味をそそられるわ」オリンピアはふたたび地図を食い入るように見つめた。

「ほんとうに古そうな地図」

「ええ」ギフォードは居心地悪そうに体を揺らしてから、自分にも地図が見えるようにオリンピアにぴったり寄り添うようにして立った。「レイディ・チルハースト、このあいだの午後はあのような失礼な振る舞いをして、すみませんでした。ほんとうに申し訳なく思っています」

「気になさらないで」ほかの地図では気づかなかった小さな点のような島を見つけて、オリンピアはさらに目をこらした。「あのような出来事にさまざまな思いがからむのは理解できます」

「長いあいだ、姉と私はふたりきりで人生を歩んできたのです」ギフォードは言った。「姉がボーモントと結婚するまで、私たちは金銭的にとても不安定な暮らしをしていました。ふたりとも貧民院か債務者監獄で生涯を終えることになるのではと、恐れていた時期もあったほどです」

オリンピアは急にふたりが気の毒になった。叔母のソフィーとアイダが残してくれたわずかばかりの遺産のおかげで、少なくとも、彼女はそういった恐れを抱いた覚えはない。「頼れるような親戚はいらっしゃらなかったの？」「おふたりとも、どんなにか心細かったでしょうね」オリンピアは心から言った。

「いませんでした」ギフォードは悲しげにほほえんだ。「だから、ふたりでやりくり算段してどうにか暮らしていたのです、マダム。残念ながら、たいていの場合、より大きな負担を背負っていたのは姉でした。まだ幼かった私は、長いあいだ、ろくな助けにもなれませんでしたから。恵まれた結婚をして安心できるまで、姉は自分と私の生活の面倒をみなければならなかったのです」

「そうだったのですか」

ギフォードはきゅっと唇を結んでから言った。「私の家族はいつも変わらず貧しかったわけではありません。デミトリアと私が厄介な境遇に落ちぶれたのは、父に金銭感覚が皆無だったせいです。さらに悪いことに、父は賭事に目がなかった。賭事で相続財産の残りをすべて失った翌朝、父はピストル自殺しました」

オリンピアは目の前の地図のことはすっかり忘れていた。ギフォードの目に宿る苦悩を見て見ぬふりはできない。「ほんとうにお気の毒に」

「私の祖母は莫大な遺産の相続人だったんですよ」

「お祖母さまが？」

「はい」過去にさかのぼり、その場面をはっきり見ているかのように、ギフォードは遠い目をした。「祖母は私の曾祖父から世界的規模の海運業を引き継いで、男性も顔負けなほどたくみに経営していたんです」

「とても頭のいい女性だったのでしょうね」

「桁外れに賢い女性だったと言われています。アメリカから世界の果てまで船を向かわせて、絹や香辛料や紅茶を輸入していた時期もあったそうです」

「アメリカ？」

「はい。私の曾祖父は、ボストンで海運業を始めたのです。祖母もそこで育ちました。やがて、祖母は船長のひとりと結婚しました。名前はピーター・シートン」

「あなたのお祖父さま？」

ギフォードはうなずいた。「私は祖父も祖母も知りません。父はふたりのたったひとりの子供でした。両親が亡くなると事業を引き継ぎました。そのうち船を売って、イギリスへ渡りました」ギフォードは一方の手を拳に握った。「結婚した父は、さらに遺産を浪費しつづけました」

「お母さまはどうなさったの？」

ギフォードはきつく握りしめた手を見下ろした。「私を産んで亡くなりました」

「そして、あなたには頼れる人はお姉さまだけになったのね」

ギフォードは目を細めて言った。「姉にとっても頼りにできるのは私だけなんです。チルハーストが姉との婚約を破棄したとき、私が怒りにわれを忘れた理由も、わかっていただけると信じています。チルハーストの関心を引こうと、姉はそれは努力していました。母が遺してくれた最後の宝石を質に入れて、あの夏、チルハーストの気を引くのに必要なドレスも買いました」

オリンピアはギフォードの上着の袖に触れた。「ミスター・シートン、あなたがたの不幸な家族環境を知って、胸が痛みます。でも、どうか、あのような結果になったからといって、夫を責めないでください。私は夫をよく知っているからはっきり言えます。夫が婚約を破棄したのは、お姉さまがお金に困っていると知ったからではないわ」

「デミトリアは私にほんとうのことを話してくれたのです。私は、チルハーストではなく姉のほうを信じます」ギフォードは突然、テーブルに背を向けた。「なにもかも不公平きわまりないんだ」

「でも、お姉さまは結婚されて金銭的な不安はなにもなくなって、満足されているように見えるわ。あなたもボーモント卿の義理の弟になられて、いろいろな面で恵まれているはずよ。それなのに、どうして満足されないのかしら?」

ギフォードはくるりと体の向きを変えてオリンピアと向き合った。その顔は怒りと絶望にひきつっている。「なぜなら、公正じゃないからだ。わからないんですか? 公正なものか。チルハーストはすべてを手にしているのに、私たちはなにも持っていないんだ。なにひとつ」

「ミスター・シートン、わからないわ。わたしには、あなたも望んでいたすべてを手に入れたように思えるの」

ギフォードは自制心を取りもどそうと必死だった。一瞬、目を閉じて、大きく息を吸い込む。「失礼しました、レイディ・チルハースト。つい自分を見失ってしまったようです」

オリンピアは弱々しくほほえんだ。「話題を変えたほうがよさそうだわ。いっしょにこの海図を調べましょうか？」

「それはまたつぎの機会に」ギフォードはポケットから時計を引き出し、文字盤に視線を落とした。「ほかに約束がありますので」

「わかりました」オリンピアはギフォードの時計を見て、ジャレッドがロバートと引き替えに失った時計を思った。「とてもすてきな時計ね。そういう時計はどこへ行ったら買えるのかしら？」

ギフォードはちょっと眉をしかめた。「これはボンド通りの小さな店で買いました。鎖と先端の飾りは、あとで特注で作らせましたが」

「そうなの」興味を引かれ、オリンピアは一歩ギフォードに近づいた。「時計本体にも、鎖の先の飾りにも、とても珍しい図柄が彫ってあるのね。ヘビの一種かしら？」

「大海ヘビ《サーパント》です」ギフォードはするりと時計をポケットにしまった。「ご存じのとおり、神話や伝説に登場する生き物です」ギフォードはほほえんだが、目は冷めていた。「われわれ一族が世界から正当に評価されていた時期の象徴なのです。では、よろしければ、私は失礼させていただきます」

「ご機嫌よう、ミスター・シートン」

オリンピアは、大股で地図の保管庫を出ていくギフォードの後ろ姿を考え深げに見送った。ひとりになると、ふたたびテーブルの上の海図に視線を落とした。しかし、気持ちはもう、稚拙な出来の地図に向かってはいなかった。

とにかく、ギフォードの時計と、鎖の先の飾りに彫られた凝ったデザインのことしか考えられない。

見覚えのある図柄なのが不思議でならなかった。

「おかえりなさいませ、マダム」グレーヴスはフレームクレスト家の大邸宅の扉を開いて支え、オリンピアが正面ステップを駆け上ってくるのを待った。「お客さまがおみえでございます」

「お客さま？」オリンピアは玄関の間で立ち止まり、振り返って新しい執事を見た。「ミセス・バードは知っているの？」

「はい、マダム、知っております」グレーヴスは含み笑いを漏らした。「そして、てきぱきと準備中です」

ちょうどそこへミセス・バードがやってきた。「お帰りになられたんですか、ミス・オリンピア？　そろそろもどられるころだと思っていました。きょうの夕食には、いつもよりふたり分、多く用意するようにと旦那さまからご指示がありました。それから、寝室をふたり分、ご用意しなければならないんです。こういったことは、これからもちょくちょくあることなんでしょうかねえ？」

「そうねえ、わたしにはよくわからないわ」オリンピアは言った。「旦那さまがお友だちを何人もてなされるつもりなのかも知らない」

「おみえなのはお友だちではありませんよ」ミセス・バードは脅すような口調で言った。「お身内です。旦那さまのお父さまと叔父さまですよ」ミセス・バードは声をひそめてあたりを見回し、玄関の間にほかにだれもいないのを確認した。「旦那さまのお父さまは伯爵さまですよ」

「ええ、知っているわ」オリンピアは帽子の紐をほどいた。「うちにお客さまがいらしても、あなたならうまく対処してくれるとわかっているわ、ミセス・バード」

グレーヴスはミセス・バードを見て、うっとりほほえんだ。「もちろん、できますとも、マダム。ここでいっしょに働くようになってまだ日は浅いですが、ミセス・バードはまちがいなくとても有能な女性です」

ミセス・バードの顔が炎のように真っ赤になった。「わたしはただ、きょうみたいなことがどのくらい頻繁にあるのか知りたかっただけです。だって、ほら、いろいろ予定を立てなければならないし」

「手が必要なら、いつでも私に言ってくださいミセス・バード」グレーヴスは歌うように言った。「いつでも、できるかぎりのことをしてお手伝いします。ふたりで力を合わせれば、なんでも解決しますとも」

ミセス・バードはぱたぱたとまつ毛をはためかせた。「ええ、ふたりならきっとうまくいきますわ」

「もちろんですとも」グレーヴスは言った。

オリンピアはふたりを交互に見ながら訊いた。「旦那さまとお客さまはどちらに?」

「旦那さまは図書室にいらっしゃいます、マダム」グレーヴスは言った。「お客さまは、階上に坊っちゃまがたとごいっしょにおられます。伯爵さまと弟君は、ロバートさまと、イーサンさまと、ヒューさまにお話をなさっているようです」

図書室へ向かおうとして、オリンピアは体の動きを止めた。「お話を?」

「キャプテン・ジャックという方のお話かと存じます、マダム」

「まあ、それなら、甥たちは話を聞けて大喜びのはず」オリンピアは図書室の扉の把手に手を伸ばした。

「失礼します、マダム」グレーヴスがあわててやってきて、扉を開けた。

「ありがとう」不慣れなサービスにちょっと戸惑ったが、オリンピアは礼儀正しく言った。

「いつも、こうして扉を開けてくれるのかしら?」

「はい、マダム、お開けいたします。私の務めのひとつですから」グレーヴスはお辞儀をして、図書室に入るオリンピアを見送った。

ジャレッドは机に向かっていた。オリンピアが入ってくるなり、さっと顔を上げた。「ご機嫌よう、愛しい人」と言って、立ち上がる。「お帰り。お客さまが見えている。父と叔父だ」

「ええ、そううかがいました」

ジャレッドはオリンピアの背後で扉が閉まるのを待った。そして、誘いかけるようにほほえんだ。

オリンピアは小走りに部屋を横切り、ジャレッドの胸に飛び込んだ。キスを求めて、顔を持ち上げる。

「結婚をすると、こういうことができていいものだ」ようやくオリンピアの顔から顔を離して、ジャレッドはつぶやいた。

「わたしも同じよ」気は進まなかったが、オリンピアは一歩あとずさった。「ジャレッド、いまさっき、ギフォード・シートンと不思議なお話をしてきたの。それで、ひとつ二つ、あなたに……」

官能的な笑みを浮かべていたジャレッドの顔が、一瞬のうちに怒りで真っ赤になった。

「なんだって?」

オリンピアは眉をひそめた。「そんな大きな声を出さなくてもだいじょうぶです。よく聞こえていますから。ミスター・シートンととても不思議なお話をしてもどってきたところだと、そう言っただけです」

「シートンがあなたと話を？」

「そうです、その話を、いまからしようと思っているんです。マスグレイヴ会館の、学会の図書室でお会いしたんです。それがほんとうに不思議なんですけれど、ミスター・シートンはわたしと同じで、西インド諸島にとても興味を持っていらっしゃるの」

「あのろくでなしめ」すごみのあるささやき声で言う。「あなたには近づくなと言ったはずだ」

オリンピアは眉をひそめた。「そんなひどい呼び方をされてはいけません。ミスター・シートンはいろいろ問題を抱えてらっしゃるの。とてもつらい人生を送ってきたんだわ」

「シートンは、悪賢くて気の短い、厄介者のチンピラだ。あなたには近づくなと、あれだけきつく言ったのに」

「お願いだから、よく聞いてちょうだい、ジャレッド。ミスター・シートンが悪いわけじゃないわ。わたしたち、学会の図書室でたまたま会ったのよ」

「どうだか。おそらくシートンはあなたが図書室に入り浸っているとどこかから聞きつけて、鉢合わせするように計算してやってきたのだ」

「まさか、ジャレッド、考え過ぎだわ。ミスター・シートンは西インド諸島にほんとうに学究的な興味をお持ちのようすだったわ。それどころか、あの方が図書室で見つけた地図を、わたしに見せてくださったりもしたのよ」

「それもこれも下心があってのことだ」ジャレッドは机の向こうに回り、厳しい顔をして椅子に坐った。「いずれにしても、この件は私が対処する。あなたは、今後、シートンとのいかなる接触も避けるように。おわかりかな、マダム？」

オリンピアはぎょっとしてジャレッドを見つめた。「もうたくさん」

「たくさん？　まだ始めてもいないのに。くちばしの黄色いシートンには目に物見せて、すぐには忘れられないようにしてやる」

「ジャレッド、そんなひどい口のきき方は許せないわ。わたしの夫になったというだけで、筋の通らない命令をしたり、いまみたいに乱暴な口をきいたりできるとは思わないでちょうだい」

ジャレッドは冷ややかな目でオリンピアを見た。「あなたが日々のこまごました用事にかかわりたくないことは、よくわかっているのだ、マダム。それはそれでいいだろう。しかし、些細なことだが、われわれの結婚生活に関して、ひとつだけよく覚えておいてほしいことがある」

オリンピアは目を細めた。「些細なことって？」

ジャレッドは椅子の背に体をあずけ、両肘を肘掛けにのせて、左右の指先を突き合わせた。「この家の主人は私だ。私は自分が最善と思ったようにやるし、それに合わせて決断も下す。あなたは、その決断に従わなければならないのだ、マダム」

オリンピアはぽかんと口を開けた。「従わないわ。あなたの決断にたまたま同意できるというならべつだけれど、ミスター・シートンに関してあなたがわたしに命じたことには、同意できません」

「ばかな、オリンピア、私はあなたの夫だぞ。あなたは、私の言うとおりにすればいいのだ」

「わたしは、これまでずっとやってきたとおり、自分の好きなようにやるわ」オリンピアは声を張り上げた。背後で図書室の扉が開く音がしたが、無視した。「よーく聞いてちょうだい、ミスター・チルハースト。あなたを家庭教師として雇い入れたのは、このわたしだということを忘れてもらっては困るわ。つまり、あなたがまだわたしの雇い人であることは、明らかだと思うの」

「ばかを言うんじゃない」ジャレッドは言い返した。「あなたは私の妻で、雇い主ではない」

「考え方のちがいね。わたしに言わせれば、もともとの取り決めはなにひとつ変わっていないわ」

「なにもかも変わったのだ」ジャレッドは歯のあいだから絞り出すように言った。「それは、考え方によって変わるようなものではない。法的記録に記載された事実だ」

「なんと、ほう」オリンピアが言い返そうとしていると、聞き慣れない声が割って入った。

「いったいなにごとだね？」扉のほうからまたべつの声がした。「われわれは、夫婦喧嘩の邪魔をしてしまったのだろうか、タデアス？」

「たしかに、そのようだな」最初の声の主がうれしそうに言った。「あなたの息子が怒っているのを初めて見たぞ、マグナス。結婚したのはよかったらしい」

「なんとタイミングの悪い」ジャレッドはつぶやいた。扉のほうに目をやる。「マダム、紹介しよう。父のフレームクレスト伯爵と、叔父のタデアス・ライダーだ。おふたりに紹介します。私の妻です」

オリンピアが振り返ると、颯爽《さっそう》とした年輩の男性がふたり、立っていた。そろってハンサムで、髪は白く、しゃれた服をぱりっと着こなしている。ふたりとも、おおぜいの女性の心を奪ったにちがいない妖しくも危険な魅力を振りまきながら、オリンピアにほほえみかけた。

「フレームクレストです、よろしく」背の高いほうが言い、優雅にお辞儀をした。「お会いできて光栄です、マダム」

「タデアス・ライダーです」もうひとりの男がさわやかにほほえんだ。「ジャレッドが家族を作るという義務をようやく果たしてくれて、私もうれしいのです。ところで、キャプテン・ジャックの財宝につながる手がかりはまだ見つけていないのでしょうな?」

ジャレッドは嫌悪感もあらわに声をあげた。「まったくもう、叔父上。分別というものをお持ちではないのですか?」

タデアスは目を丸くしてジャレッドを見た。「遠慮することはあるまい、坊主。こちらはもう家族の一員なのだ」

「言わせてもらえれば、考えうる最高の状況に落ち着いたというわけだ」マグナスが輝くばかりの笑みを浮かべ、オリンピアに言った。「あなたから秘密を引きだそうと、泥棒のように夜の庭をうろつく必要もない。財宝について知りえたことはすべて、あなたは喜んでわれわれに伝えてくれる、そうでしょう、愛しい人？」

オリンピアは興味津々で年輩のふたりを見つめた。「わたしに知りうることはすべて、喜んでおふたりに伝えますけれど、ほかにも財宝を狙っている人物がいるのです」

「畜生め」マグナスは真顔になり、怒りのあまりうなり声をあげた。「それを恐れていたのだ」マグナスは弟を見た。「いやな予感がすると言っただろう、タデアス？」

タデアスは深刻な顔をして言った。「そうだったよ、マグナス。たしかに、そう言っていた。われわれ一族は、いつでも予感を尊重しなければならない。一族のみんなが知っていることだ」タデアスはオリンピアを見つめた。「われわれの財宝を追っている者の心当たりはあるのかね？」

不安を分かち合い、恐れを茶化したりしない仲間にようやく出会えたのだと気づき、オリンピアは心からほっとした。「あの、だれが狙っているかについて、わたしなりに考えはあるのですけれど、おふたりはそんなことはありえないと思われるかもしれません。チルハーストなど、ばかばかしいと言って相手にもしてくれないのです」

マグナスは鼻に皺を寄せた。「息子はある分野に関してはとても優秀だが、想像力というものに欠けているのです。だから、あれのことは気にしなくてよろしい。あなたの考えを聞かせてほしいのだ、若奥さま」

ちらりと横目を使ったオリンピアは、ジャレッドがきゅっと口を真一文字に結ぶのがわかった。しかし、無視して話を進めた。「ガーディアンという者がキャプテン・ジャックの財宝を狙っているようなのです」

「ガーディアン」マグナスは驚いてオリンピアを見つめた。

タデアスも同じくあっけに取られていたが、やや困惑しているように見えた。「ガーディアン、と?」

オリンピアは勢いこんでうなずいた。「日記にはっきり記されているのです。なんであるのかわかりませんが、ガーディアンに気をつけろ、と」

マグナスとタデアスは顔を見合わせ、そろってオリンピアを見つめた。

「いやいや、そういうことなら、あなたはなにも心配するにはおよばないはずだが、愛しい人」マグナスはどことなくじれったそうだ。

タデアスはにっこりした。「そのとおり」

ジャレッドが棘《とげ》のある声で横から言った。「その話題はいますぐ切り上げてもらいたい」

「どうしてです? ガーディアンについてなにかご存じなのですか?」オリンピアはマグナスに訊いた。

マグナスは、芝居気たっぷりにもじゃもじゃ眉の一方をつり上げた。「ガーディアンはあなたの夫なのだよ、愛しい人。私の息子は十九歳で、このうえなき名誉と責任をともなう、ガーディアンという肩書きをあたえられたのだが、あなたには伝えていなかったのだろうか？」

「私の息子ふたりが密輸入業者といざこざを起こし、ちょっとした窮地におちいったのを救った晩から、家族の者たちは彼をガーディアンと呼んでいるのだ」タデアスが言った。

オリンピアはわが耳を疑った。しばらく口もきけなかった。やがて気を取りなおすと、振り返ってジャレッドと向き合った。「いいえ、たいしたことではないと思ったのか、夫は伝えてくれませんでした」

ジャレッドは椅子の肘掛けに手をかけ、立ち上がろうとした。「さあ、オリンピア、説明をさせて……」

オリンピアは完全に頭に血が上っていた。「ミスター・チルハースト、あなたは初めて会ったときにわたしをだましたわ。それだけじゃ足りなくて、また同じことをするのね。だまされても、あなたの度を越した情熱と感情ゆえと許してきたけれど、こんどということは許せない。自分がガーディアンなのに、よくもわたしに伝えないでいられたわね？」

「やめるんだ、オリンピア、ばかばかしい。あなたは、伝説の幽霊かなにかがいて、日記の秘密を追い求めているのではと気をもんでいたのではないか。わたしは伝説上の人物でもなければ幽霊でもないし、そのくだらない財宝にはこれっぽっちも興味はないのだ」

「ミスター・チルハースト、言わせていただくけれど、あなたはこの問題に関して、なにひとつ、わたしに協力してくれなかったわ。それどころか、ことあるごとに日記の秘密を探ることには興味がないと言って、わたしの作業をやりにくくさせた。不愉快きわまりないわ」

「なるほど」と、ジャレッドはつぶやいた。「しかし、十九歳のときに私が父からガーディアンなどというばかげた肩書きをあたえられたと知って、なにかの役に立つのかね？　そんな情報など、とうていあなたの調査の助けにはならないだろう」

オリンピアはぴんと背筋を伸ばした。「それはわからないわ、ミスター・チルハースト」

「オリンピア、待ちなさい……」

しかし、オリンピアは待つ気などさらさらなかった。謎の手がかりがまたひとつ、見つかったのだ。じっくり考えなければならない。オリンピアは振り返りもせず、図書室から飛び出していった。

16

マグナスはジャレッドを見てにやりとした。「ミスター・チルハーストだと？」

「妻はときどき、私がもう彼女の雇われ人ではないことを忘れてしまうのです」ジャレッドは突き放すように言った。

「雇われ人？」タデアスはくすりと笑った。「おいおい、どういうわけで、そんなふうに思いこんでいるのだ？」

「話せば長くなります」ジャレッドは机の向こうから出てきた。「いま、おふたりに話している時間はありません。さて、失礼して、わたしは妻と話をしに行かなければ。ご覧のとおり、なんというのか、激しやすいたちの女性なのです」

マグナスはぱちんと膝を叩き、轟《とどろ》くような笑い声をあげた。「おまえはなかなかおもしろい女性をめとった。喜ばしいぞ、息子よ。こう言ってはなんだが、結局は平凡で退屈な娘と結婚して、おまえのつまらないところばかりが引き出されるのではと、いささか心配しておったのだ」

タデアスは含み笑いを漏らした。「新妻は、おまえを情熱的な男だと思っているようだな、坊主。いったいぜんたい、どうしてそんなふうに思うようになったのだ？」

「知りません」ジャレッドは扉の把手をぎゅっと握った。「すぐにもどります。少しでも早く、レイディ・チルハーストにはっきりさせておかなければならないことがあるので」

「さっさと行くがいい、息子よ」マグナスはうれしそうに言った。「待っているあいだ、われわれは勝手にブランデーをやっているぞ。キャプテン・ハリーが買い集めたフランス産の上等なのが、まだ残っているのだろう？」

「ええ」ジャレッドは言った。「ありますよ。私がもどるまでに、すべて飲み尽くしたりしないでくださいよ」

「ゆっくりしてこい、坊主、ゆっくりな」タデアスが追い払うように手を振り、ジャレッドは部屋を出た。

図書室を出たジャレッドは大理石のタイルを敷きつめたホールを横切り、階段を上っていった。

オリンピアの寝室の扉は閉じていた。ジャレッドは唇を引き締めた。手を持ち上げて、力まかせにノックする。

「邪魔しないで」オリンピアの、いかにも気のないくぐもった声がした。「とても忙しいの」

「オリンピア、あなたと話がしたい」

「この家の主導権はだれが握っているとかなんとか、あなたとつまらないおしゃべりしている暇はないのよ、ミスター・チルハースト。やらなければならないことがあるの」

「いい加減にしないか。私が使用人のひとりであるかのように、命令するのはやめなさい」

ジャレッドはドアの把手を握った。どうせ錠がかかっているだろうと半分あきらめながら、力をこめてひねる。

驚いたことに、錠はかかっていなかった。

ジャレッドが思いもよらない勢いで扉は開いた。バタンと壁にぶつかり、椅子に坐っていたオリンピアは驚いて跳び上がった。

書き物机に向かったまま、オリンピアはジャレッドをにらみつけた。「忙しいと言ったはずよ」

「夫と話す暇もないほど忙しいのかね？」ジャレッドは扉を閉め、さりげなさを装ってぶらぶらと寝室に入っていった。

オリンピアは眉をひそめ、拒絶するように顔をしかめた。「いまは、あなたを受け入れられるほど寛大な気分にはなれそうもないわ。ご自分についてほんとうのことを言ってくださらなかったことが、わたしには信じられないの」

「やめないか、オリンピア、ガーディアンなどというばかばかしい肩書きをあたえられたという事実を、私はもう何年も前から忘れようとしつづけていたのだ」

オリンピアはジャレッドのベルベットの黒いアイパッチを見て、表情をやわらげた。「その肩書きが悲惨な記憶を呼び起こすのでしょうね。でも、それは謎を解く大事な鍵のひとつなの。財宝の隠し場所につながる、決定的な手がかりかもしれない」

「手がかりではない。どうしてそんなことがありうる？　認めよう。私は家族のあいだではガーディアンとして知られていた。しかし、私としては、日記にも財宝にもこれっぽちも興味はないのだ。私に気をつけろなどという警告は、笑止千万と言わざるをえない。深刻に受けとめるのはどうかしている」

そういうことだったのかと理解して、オリンピアは目を輝かせた。「だから、最初にほんとうのことを言ってくれなかったのね。あなたは、わたしが警告をどう受けとめるか、不安だった。わたしに嫌われるのではないかと思ったのね」

「あなたに恐れられたくなかったのだ。いいかね、マダム、私はキャプテン・ジャックの幽霊ではない」

オリンピアは筆記用紙をとんとんとペンで叩いた。「あなたが幽霊だなんて、言った覚えはないわ。わたし、幽霊なんて信じていませんことよ、子爵さま」

「では、日記の謎と私にどんな関係があるというのだ？」ジャレッドは強い調子で訊いた。

オリンピアは宙を見つめて考えこんだ。「だから、それをいま、突きとめようとしているのよ。警告と、〈サイリーン〉の主と、これまでに読み解いて知ったことのつながりを見つけなければならないの。だから、お願いですから、出ていってください。あなたが謎の解読に興味がないのはわかっているし、そうやって突っ立ってがみがみ怒鳴られていると集中できないの」

「怒鳴ってはいない」

「怒鳴っているわ。ほんとうに、ジャレッド、あなたがそういう人だから、作業がちっとも進まないのよ。もちろん、あなたの気持ちはわかるけれど、どうかお願いだから、わたしの寝室から出ていってちょうだい」

ジャレッドは激しい怒りにとらわれた。「私を寝室から追い出せると思ったら大まちがいだ、マダム」

「どうしてまちがいなの？」オリンピアは恐る恐るジャレッドと視線を合わせた。「ここはわたしの寝室で、いま、わたしはあなたにここにいてほしくないのよ」

「ほんとうに？」ジャレッドはオリンピアに覆いかぶさるようにして体を抱え、椅子から持ち上げた。「そういうことなら、私の寝室へ移動するとしよう」

「ミスター・チルハースト、すぐにわたしを降ろしなさい」オリンピアは髪からずり落ちかけたキャップをつかんだ。「やらなければならないことがあるんだから」

「もちろん、やらなければならないことがある。妻の務めを果たしてもらうには、なかなかおつな時間帯だ」ジャレッドはふたりの寝室を隔てている扉を勢いよく開けた。

自分の寝室に入ると、大きなベッドにまっすぐ近づいていって、その上にふわりとオリンピアを降ろした。キャップがすべり落ち、オリンピアの鮮やかな赤毛が枕にこぼれて、広がった。ドレスの裾が膝の上までまくれ上がり、ストッキングに包まれた脚があらわになり、どきりとする。

「セイレーン」ジャレッドはささやいた。欲望がこみ上げ、その荒々しい波に呑み込まれそうになる。

ジャレッドはオリンピアに覆いかぶさり、上掛けの上に押さえつけた。彼の体はすでにこわばっていた。火のように熱い血潮が全身をめぐり、欲望が股間でたぎっている。

オリンピアは驚いて目を見開いた。「冗談でしょう、ミスター・チルハースト、まだ明るいのに」

「お知らせしましょう、マダム、この世界には明るいうちに愛を交わすのが当たり前の国もあるのです」

「ほんとうに？」驚きに見開かれたオリンピアの目が、妖しく陰《かげ》った。「昼の日中《ひなか》に？」

「退屈で了見の狭い人たちはあきれるにちがいないが、それは広い世界を知らないだけなのだ。しかし、私たちはちがうね、オリンピア」

「ええ」オリンピアはゆっくりと、このうえなく穏やかにほほえんだ。その目はもう期待感にうるんでいる。「わたしたちはちがうわ」

喉元にキスをしながらジャレッドは、オリンピアが溶けていくのを感じた。オリンピアは指先をジャレッドの髪に差し入れ、もっと近づこうと体を弓なりにした。

ジャレッドは熱く脈打つような喜びにとらわれた。オリンピアの刺激的な反応に、情熱の水門が一気に開く。彼女は私のものだ、と思い、ジャレッドは舞い上がるような喜びに満たされた。私に腹を立てているときでさえ、私を拒めないのだ。

私を愛しているにちがいない。愛していないわけがない。

急にそう気づいて、ジャレッドはオリンピアの口から直接、その言葉を聞きたがっている自分を意識した。彼女はどうして、口に出して言ってくれないのだ？

私を愛しているにちがいないのに。

しかし、情欲はますます募り、ジャレッドはそんな疑問を頭の片隅に追いやった。オリンピアはセイレーンの笑みを浮かべ、室内履きをはいたままの脚でジャレッドの脚をたどって、引き上げた。

「わたしたち、たがいに出会えてほんとうに運がよかったと思わない？　この地球上で、あなたほどわたしと波長の合う男性はいないと思うから」

「そう思ってくれてうれしい」ジャレッドはオリンピアのやわらかな乳房の一方を、自分のものだと言いたげに手のひらで包みこんだ。「私も、この地球上であなたほど私の本質を理解してくれる女性はほかにいないと思っているから」

ずいぶん時間がたってから、ジャレッドは気は進まなかったがオリンピアの体の上からごろりと降りて、枕に体をあずけて全身の力を抜いた。一方の腕を頭の下に置いて天井を見上げ、骨の髄にも染みこむような満足感を味わう。

オリンピアはもぞもぞと体を動かしてから、ジャレッドに寄り添うようにして伸びをした。「昼の日中に愛を交わす習慣って、とてもすてきだと思わない？　また近いうちに試したいわ」

「かならず」ジャレッドはオリンピアの体をさらに引き寄せた。「そのときは、私を寝室から追い出すようなことはしないだろうね」

「その場にならなければわからないわ」オリンピアはひどく真面目な顔をして言った。

ジャレッドは眉をひそめた。「さっき、私はほんきで言ったのだ、かわいいセイレーン。視線やほほえみだけで私をうっとりさせるのはしかたがないが、私がまだ雇われ人であるかのように、あれこれ命令をするのはやめてほしい。事業の統率者であるように、私はこの家の主人なのだ。そして、妻の主人にもなる。いいかね？」

「それよ」裸なのもかまわず、オリンピアはベッドに上半身を起こした。うれしそうにきらきら目を輝かせて、ジャレッドを見下ろす。「妻の主人よ」

「聞き入れてくれてうれしいよ、マダム」ジャレッドは、あらわになったオリンピアの乳房の優雅な曲線に見入った。「男とは、ときとして断固たる行動を取らなければならないものだな」

「妻の主人。ジャレッド、あなたはいつもわたしをセイレーンと呼んでいるわ」

「そうだ」ジャレッドはオリンピアの左の乳首の輪郭を親指の先でたどった。「あなたはセイレーンそのものだから」

「わからないの？」オリンピアはジャレッドのそばの、くしゃくしゃのシーツの上にひざまずいた。「あなたはいま、自分をセイレーンの主人と呼んだことになる。キャプテン・ジャックは〈サイリーン〉の主で、あなたは彼の子孫よ。つまり、〈サイリーン〉の新たな主なのよ」

ジャレッドはここまできてようやく、オリンピアがなにを言おうとしているのか理解した。ついうめき声をあげてしまう。「オリンピア、それは論理の飛躍というものだろう」

「いいえ、飛躍なんかしてないわ」オリンピアはぴょんとベッドから飛び降りた。「すぐに仕事にもどらなければ。悪いけれど、引き取ってちょうだい、ジャレッド。気が散るから」

「マダム、ここは私の寝室なんだが」

「あら、そうだったわ。あなたの言うとおり。では、失礼させていただくわ。自分の寝室にもどります」オリンピアはくるりと背中を向けて、開け放たれていた扉のあいだを駆け抜けていった。

ジャレッドは、愛らしい曲線を描くオリンピアの尻が、戸口のへりに吸い込まれて消えるまで見送った。ふーっとため息をついて、のろのろとベッドに体を起こす。

ベッドや絨毯のあちこちに衣服が脱ぎ散らかされている。ジャレッドはオリンピアの小さな白いキャップをつまみ上げ、かすかにほほえんだ。

ふと視線を上げたジャレッドは、時計の針を見てしかめ面をした。もう一時に近く、埠頭で人に会う約束の時間は四十五分後に迫っていた。

「しまった」

しい。

ジャレッドは手を伸ばしてシャツをつかんだ。結婚とは、男の日々の予定を狂わすものら

四十五分後、ジャレッドは地味な貸し馬車から降りて、往来の激しい通りを渡り、小さな居酒屋に入っていった。波止場で聞き込みをするようにジャレッドが雇った男は、先に来て待っていた。

ジャレッドはボックス席についた。ふくよかな店の女がにこにこしながら近づいてきたが、手を振って下がらせた。「さて、フォックス、なにかわかったかね?」

フォックスはシャツの袖で口をぬぐい、げっぷをした。「あなたがにらんでいたとおりだったよ、旦那。六か月前、やつは多額の借金を背負った。かなりの額で、まわりの者はみんな、やつもこれでおしまいだと思ったらしい。ところが、どんな手を使ったのか、やつは借金をすべて返した。同じことが三か月前にも起こったって話です。なにもかも失ったが、あとでちゃんと借金を返している」

「なるほど」ジャレッドはしばらく考え込んだ。「なにが起こっているのかはわかっていたが、とにかく、その理由がわからなかったのだ。これでよくわかった」

ギャンブルか。やれやれ、だれにでも密かに熱中しているものはあるらしい、とジャレッドは思った。

「よくある話さ、旦那」いやな世の中だ、とばかりにフォックスはため息をつき、またげっ

ぷをした。「賭事のとりこになって有り金をすべてむしりとられちまう。悲しい話だが、そんなものは珍しくもなんともない。こんどの話でひとつ、ちがっているのは、やつが手遅れになる前に金を返していることだね。運のいい男だ、ねえ、旦那？」

「そうだな、運のいい男だ」ジャレッドは立ち上がった。「取り決めどおり、手間賃はきょうの午後、グレーヴスから受け取ってくれ。ご苦労だった」

「とんでもないよ、旦那」フォックスはまたエールをごくりと飲んだ。「グレーヴスにも言ったが、俺はいつでもお役に立てるから」

ジャレッドは居酒屋を出て、しばらく歩道にたたずんだ。貸し馬車を止めようとしたが、気が変わった。いま、仕入れた情報をじっくり分析しなければならない。

どこへ行くあてもなく、ゆっくり歩き出した。通り過ぎる居酒屋やコーヒー店をぼんやり意識しながら、先へ進む。まだ昼過ぎだというのに、いつもと変わらず、どの店も港湾労働者や、水夫や、すりや、売春婦や泥棒でにぎわっている。

ふだんからの習慣で、ジャレッドはさりげなくまわりの警戒を怠らなかった。肋骨のあたりにぴたりと吸いつくようにおさまっている短剣の重さが、心強い。

歩きながら、これまでに知りえた情報を整理する。犯人が横領に走った理由がわかったからといって、問題が簡単になるわけではない。

すぐにでも、信頼を裏切った者に立ち向かうべきだが、ジャレッドはその気になれなかった。いずれにしても、数少ない友だちのひとりなのだ。

ナイフを持った男がひとり、ほとんど物音をたてずに横町から姿を現した。ジャレッドが最初に見たのは、男の影だった。煉瓦の塀に黒い影をよぎらせ、男は歩道に飛び出した。瞬時の判断がかろうじて功を奏した。ジャレッドはさっと脇に飛びのいた。襲撃者のナイフは人の肉ではなく、空《くう》を切り裂いた。

男はくるりと体の向きを変えようとしてバランスを崩し、踊るようによろめきながらふたたびナイフを突き出した。

ジャレッドは二度目の攻撃を待ちかまえていた。腕をかかげて突き出されるナイフを阻みながら、胸の鞘から短剣を引き抜いた。日の光を受けて、スペイン製の上質な鋼鉄がぎらりと光った。

襲撃者は歯のあいだから息を吸い込んだ。「短剣を持ってるなんて、話がちがうぞ」

ジャレッドは返事をする気もなかった。男の目が短剣に釘付けになっているのがわかったから、男を中心にして弧を描くように動いた。そして、男の全神経が短剣に向けられたと確信したとたん、ブーツをはいた足で男を蹴り上げた。

つま先は腿に食い込んだ。男は痛みと怒りに大声をあげ、倒れまいと必死になって、よたよたと歩き出した。ジャレッドが短剣で牽制すると、男はあわててあとずさり、勢いあまって舗道に尻餅をついた。

ジャレッドは男が握っていたナイフを蹴り飛ばした。そのまま男にのしかかり、短剣の先を喉元に当てた。

「だれに雇われた？」ジャレッドは訊いた。

「知らない」男は短剣の柄を見つめた。「いつもの仲介役を通した取引なんだ。俺に金を払うやつには一度も会ってない」

ジャレッドはうんざりして立ち上がり、短剣を鞘におさめた。「消えろ」

男は素直にしたがった。よろよろ立ち上がって手を伸ばし、玉石を敷きつめた歩道に落ちているナイフを拾おうとした。

「置いていけ」ジャレッドは静かに命じた。

「へい、旦那。おっしゃるとおりにします」

男は通りを走って逃げていった。しばらくすると、男の姿は大きな倉庫が二つ並んでいるあいだの、細道に吸い込まれていった。

ジャレッドは襲撃者が置いていったナイフを見下ろした。

やれやれ、と彼は思った。避けられない対決をこれ以上先延ばしにしても、なんの意味もない。

一時間後、ジャレッドはフェリックス・ハートウェルが十年近く働いていた建物の正面ステップを上っていた。なんとも言えない悲しみを引きずりながら、扉を開け、小さな控えの間に入る。こんなときにどんな言葉を口にするべきか、まだよくわからなかった。

しかし、適切な言葉を探す必要はないとわかった。奥の事務所に通じる扉を開けたジャレッドは、手遅れだったと気づいた。

フェリックスは姿を消していた。机の上に置き手紙があった。ジャレッドに宛てた手紙で、大急ぎで書き殴ったのは一目瞭然だ。

チルハーストへ

あなたがもうすべてお見通しなのはわかっている。しょせんばれるのは時間の問題だったのだ。あなたはいつも変わらず飛びきり有能だったから。それでも、少しはわからないこともあるだろう。せめて、その答えを明かしておく。

あなたがロンドンにいて、ミス・ウィングフィールドと妙な取り決めをしていることを漏らしたのは私だ。こちらにいることが人に知れたら、あなたは急いで田舎へもどるだろうと期待してのことだった。あなたに近くにいられると、私としては厄介きわまりなかったのだ、チルハースト。

しかし、あなたはロンドンを離れず、私はあなたの生徒のひとりを利用して必要な金が調達できないか試してみることにした。わかってもらいたいのだが、あの子を傷つける気はさらさらなかった。身代金目的で連れ去っただけだ。しかし、あなたはまたしても私の計画をだめにした。なんと頭のいい人なのだ。

私が裁きを受けるべきだと、あなたは思っているにちがいない。それがあなたの考え方だ。しかし、私はあなたに見つかる前にイギリスを離れるつもりだ。この日がくるのはわかっていたから、数か月前から準備はすべてととのえていた。

後悔することばかりだ。なにもかも、ここまで悪化させる気はみじんもなかったというのに。ほかに道がなかった、と弁解するしかない。

敬具
FH

追伸
あなたは信じないだろうが、きょうの午後、あなたが殺されずにこれを読んでいることを、私はむしろ喜んでいる。あれは捨て鉢になった男がやむにやまれずやったことで、指示をあたえた直後にはもう後悔していたのだ。せめて、あなたは死んでいないと信じている。

ジャレッドは置き手紙を握りつぶした。「フェリックス、なぜ私に救いを求めなかったのだ？　友だちではないか」

その場に立ち尽くして、きちんと整理されたフェリックスの机の上を長々と見つめていたジャレッドは、やがてくるりと後ろを向いて、外の通りに向かって歩き出した。

いまはとにかくオリンピアと話がしたかった。彼女ならわかってくれるはずだ。

「ジャレッド、どんなにかつらかったでしょうね」オリンピアはベッドから這い出してきて、真っ暗な窓の外を見つめているジャレッドに近づいた。「その方とあなたが友だちだったのは知らなかったけれど、あなたがどんな気持ちでいるかはわかるわ」

「彼を信じていたのだ、オリンピア。付き合いが長くなるにつれ、より大きな責任をゆだねてもきた。私に劣らず、彼はうちの海運業務に通じていた。無念としか言いようがない。こんな失敗をしたのは初めてだ」

「信用するべきではない人を信じてしまったというだけで、自分を責めてはいけないわ」オリンピアは背後からジャレッドに両腕を回して、きつく抱きしめた。「あなたのように情熱的な方は、頭ではなく気持ちの命じるままに動いてしまうものなんだわ」

ジャレッドは一方の手で窓枠をつかんだ。「私とハートウェルの友情は年月を経て深まった。彼はだれよりも私のことを知っていた。デミトリアと引き合わせてくれたのも、彼だった」

オリンピアは眉をひそめた。「あら、それについては、あなたによいことをしてくれたとは言えないと思うわ」

「あなたにはわかるまい。私たちを引き合わせた結果、あのようなことになり、だれよりも後悔したのはハートウェルなのだ」

「あなたがそうおっしゃるなら、そうなのでしょう、ジャレッド」

その日の午後遅く、邸にもどってきたジャレッドを迎えるなり、オリンピアはなにかよほど悪いことがあったのだとわかった。すぐにいろいろ話しかけてみたが、ジャレッドはなにがあったか言いたがらず、家の者たちが寝静まったいまになってようやく話を始めたのだ。

「いくらか調査をして、こんなことになってしまった原因はわかっている」ジャレッドは手にしていたグラスからブランデーを飲んだ。「フェリックスは賭事の魅力に取りつかれて、どんどん深入りしていったのだ。最初は勝っていたという」

「でも、つきが変わってしまったのね？」

「そうだ」ジャレッドはまたブランデーを飲んだ。「つきが変わってしまった。そういうものなのだ。最初のころの損失は、彼が窓口になっているわが社への投資金の一部で埋め合わせていたようだ。投資金の減った分は、ほかから入ってくる金で補塡《ほてん》していた。金を動かしているかぎり、なにが行われているかは隠していられたのだ」

「とりあえず、そのやり方がうまくいったから、だんだん大胆になったのね」

「そのとおり。賭ける金額が大きくなった。その結果、借金は増えるいっぽうだ。六か月前、私はなにかおかしいと気づいて、調査に乗り出すことにした」ジャレッドはきゅっと口元をこわばらせた。「もちろん、信頼している機関に調査を依頼した」

「横領の証拠をそれだけ長いあいだ、あなたから隠していたのだから、よほど頭の切れる人だったのね」

ジャレッドは肩をすくめた。「ハートウェルはとても頭のいい男だった。だから、雇ったのだ」

「あなたがとうとうごまかしに気づいたことを、彼はいつ知ったのかしら？」

「きょうの午後、私を殺そうとして雇った男が務めをしくじったときにちがいない」

「なんですって？」オリンピアはジャレッドの腕を力まかせに引っぱって自分のほうを向かせ、彼の顔を見た。「だれかがあなたを殺そうとしたということなの、ジャレッド？」

恐怖におののくオリンピアの表情に気づいて、ジャレッドはかすかにほほえんだ。「さあ、落ち着いて。たいした問題じゃない。ご覧のように、襲撃は失敗に終わったのだ」

「わたしにはとても大きな問題です。すぐに手を打たなければ」

「というと？」

「決まっているわ、裁判所に訴えるのよ」オリンピアは部屋のなかをがむしゃらに行ったり来たりしはじめた。「そして、ボウ・ストリート・ランナーを雇う。その頭のどうかした悪者を探し出して、すぐに牢屋に閉じこめてもらうのよ」

「おそらく無理だろう。きょうの午後にわかったのだが、ハートウェルは私に気づかれた場合を予想して、計画を立てていたのだ。残していった置き手紙によると、彼はもうイギリスを離れている」

「ほんとうなの？」オリンピアはくるりと振り返った。「彼はイギリスを離れたと、断言できる？」

「充分考えられることだ」ジャレッドはブランデーの最後のひと口を飲み干した。「やり方として筋が通っているし、ハートウェルは根っから慎重で論理的な男だ」ジャレッドは苦笑いを浮かべた。「私によく似ている。それもあって、私は彼を雇ったのだ」

オリンピアは顔をしかめた。「納得できないわ、ジャレッド。わたしは、あなたを殺そうとした男が報いを受けるところを見たい。きっと血も涙もない怪物なんだわ」

「いいや。私が思うに、彼は最後の最後になって破れかぶれになっただけだ。債権者に追い回されていただろうし、痛い目に遭わせるとか、暴露するとか、いろいろ脅されてもいたのだろう」

「まあ、あなたはやさしすぎるわ、子爵さま。彼はまちがいなく怪物よ。きょう、あなたが殺されていたかもしれないと思うと、わたし、今夜は一睡もできそうにないわ。あなたが無傷で、ほんとうによかった」

ジャレッドは目を輝かせて言った。「お気遣いいただき、ありがとうございます」

オリンピアはジャレッドをにらみつけた。「そんな言い方をされると、わたしが口先だけで心配しているみたい。こんな事件があったと聞いて、わたしが心配するのはごく当然よ」

「たしかに。殺されそうになったがかろうじて助かったと夫に聞かされたら、従順な妻なら少しは心配そうにするものだ」

「ジャレッド、わたしをからかっているの？　それとも、自分をごまかしているの？」

いたずらっぽく輝いていたジャレッドの目が、急に真剣になった。「どちらでもない。あなたはどのくらい心配しているのだろうと思っているだけだ」

オリンピアは唖然としてジャレッドを見つめた。「これほどばかげた質問はないわ、ミスター・チルハースト」

「そうでしたか？　それは失礼いたしました。きょうはあまり調子がよくないもので。まだ気が立っているにちがいありません」

「たとえ一秒でも、わたしが心配しているかどうか疑うなんて、よくもそんなことができるものだわ」オリンピアは怒りにまかせ、嚙みつくように言った。

ジャレッドはほほえんだ。「あなたは雇われ人にたいしてじつに義理堅い方だ、マダム」

「あなたはたんなる雇われ人ではないわ」オリンピアは言い返した。「わたしの夫なのよ」

「ああ、そうだった、もちろんだ」ジャレッドはブランデーグラスを置いて、オリンピアに手を差し出した。

17

ミセス・バードは朝食専用のテーブルにガタンとコーヒーポットを置いて、席についている全員を刺すような目で見渡した。「今夜のお食事は何人さままで召し上がるのか、料理長が知りたがっていますが、旦那さま。わたしと同じで彼女も、なんの予告もなくおおぜいのお客さまをお迎えするのは不慣れなもので」

ジャレッドはコーヒーカップをつまみ上げた。「あなたがたがそれぞれいくらずつ給金をもらっているのか、図らずも私は正確に知っているのだと、料理長に伝えなさい。あなたの場合は、ミセス・バード、新たな職責が加わった分、ずいぶんと昇給したと記憶している。私は、あなたがたにはロンドンでも指折りの高給を払っているつもりだし、その見返りに最高のサービスを期待しているのだよ。料理長には、いまここにいる全員が夕食のテーブルにつくと伝えなさい」

「はい、旦那さま。でも、料理長はご機嫌ななめですからね、彼女が急に思いついてわざとスープを焦がしても、わたしのせいではありませんよ」

ジャレッドは一方の眉をつり上げた。「今夜、彼女が焦げたスープを出したら、あすの朝には新しい働き口を探すことになるぞ。この家で求められる仕事はこなせないと感じている使用人はだれでも、同じことになる」

ミセス・バードはふんと鼻を鳴らし、足早にキッチンへもどっていった。

「犬もいっしょに連れていってくださいませんかね、ミセス・バード」ジャレッドは彼女の背中に声をかけた。

ミセス・バードは立ち止まり、振り返った。「家のなかの面倒を、いまだにぜんぶわたしがみなければならないなら、新たに雇われた優秀な使用人たちはなにをすればいいんでしょうねえ？」ミセス・バードはミノタウロスに向かってパチンと指を鳴らした。「テーブルの下から出るんだよ、この怪物め。おやまあ、もうソーセージはやらないからね」

口いっぱいにソーセージをほおばったまま、ミノタウロスがこそこそテーブルの下から出てきた。

イーサンは邪心のない目でジャレッドを見た。「ぼくがソーセージをやったんじゃないよ。誓ってもいい」

「だれがミノタウロスにソーセージをやったかは、わかっている」ジャレッドはたしなめるような目で父親を見つめた。「家族といっしょに食事をする習慣をやめさせようとしているところなのです、父上。犬を甘やかさないでいてくれると、ありがたいのですが」

「了解した。それにしても、あの家政婦をどこから連れてきたのだ?」マグナスはふっくらしたソーセージにナイフを入れた。「口やかましいにもほどがある。雇い主をあまり尊敬していないようにも見えるぞ」

「ほかの使用人たちとて同じです」ジャレッドはうっかり口をすべらせた。

ロバートが手で口を押さえ、忍び笑いをこらえた。

オリンピアは、卵料理から目を上げて言った。「ミセス・バードのことは気になさらないでください。この先もずっとうちにいてもらわなければ困る人です。彼女がいなければ、わたしはどうしていいのかわかりません」

「べつの家政婦を雇うべきだと思うぞ」タデアスが言った。「朝、顔を合わせるなりお客をにらみつけたりしない家政婦をな」

「まあ、ミセス・バードを手放すなんてできません」オリンピアはあわてて言った。

ジャレッドは両肘をテーブルについて、左右の指先をぴったり突き合わせた。そして、考え深げに父親を見つめた。

「ミセス・バードのことは気になさらなくてけっこうです、父上」ジャレッドはさらりと言った。「彼女と私はさきほど、たがいの立場をはっきりさせて理解し合いましたから。そういえば、彼女は大事なことを思い出させてくれました。ほんとうに、父上とタデアス叔父さまはいつまでここにおられるつもりですか?」

マグナスは悲しげな表情をつくった。「もうわれわれを追い出そうというのかね、息子よ？　まだ着いたばかりじゃないか」

タデアスはにやりとした。「よけいな口出しをするでないぞ、坊主。おまえの父上と私はおまえの奥方を手伝い、ライトボーンの日記の秘密を明らかにするまで、どこへも行かん。しばらくはここにいると思ってもらってかまわんぞ」

「恐れていたとおりだ」ジャレッドはテーブルの下座にいるオリンピアを見つめた。「あなたがすぐに謎を解かなければ、われわれは招かれざる客から無限の迷惑をこうむることになってしまいますよ」

「最善を尽くしますわ、子爵さま」オリンピアはかすかに顔を赤らめた。ジャレッドの失礼な発言に当惑し、自分が正しい反応をしたのかどうかよくわからない。ジャレッドにあれだけのことを言われても、見たところ、フレームクレストもタデアスもまるで腹を立てているようには見えなかった。

「よろしい。では、謎解きの件はあなたにまかせましょう」ジャレッドはポケットに手を入れ、また時計がないことに気づいて唇をゆがめた。「忘れずに、新しい時計を買わなければ」

ジャレッドはちらりと置き時計に目をやってから、イーサンとヒューとロバートを見た。「さあ、勉強の時間だ。今朝は地理と数学の予定だったはず」

タデアスがうめいた。「なんと退屈な」

「それが私の息子なのだ」マグナスが怒ったように言った。「晴れ上がった気持ちのいい夏の朝でも、地理や数学なんぞをひねりまわしてむだにする」

ロバートがうれしそうにジャレッドを見た。「あの、今朝は授業を休ませてほしいんです。伯爵さまが、ぼくたちくらいの年の男の子は、夏は毎朝、魚釣りに行かなければならないって」

「そうそう」イーサンが甲高い声をあげた。「それから、タデアス叔父さまは子供のころ、夏の朝はいつも、紙の船を小川に浮かべていたんだって」

「それで、本物の剣で戦う練習もしたんだって」ヒューが横から言った。

「三人とも、もう食事は済んだようだね」ジャレッドは穏やかに言った。「五分で階上《うえ》の教室に行って、教科書を開いているように」

「はい、わかりました」ロバートははじかれたように立ち上がり、お辞儀をした。

「はい、わかりました」イーサンも勢いよく立ち上がり、なおざりにお辞儀をしてから、扉に向かって駆け出した。

「はい、わかりました」ヒューもあわててふたりを追った。

三人が部屋を出るのを待って、ジャレッドは険しい顔を父親と叔父に向けた。「この家は、わずかだが簡潔で、しかしけっして例外は許されない規則にのっとって動いているのです。まずひとつは、規則を決めるのは私、ということ。そして、私が決めた規則のひとつは、私が休みと決めないかぎり、子供たちは毎朝、授業を受ける、ということです。どうか、邪魔をしないでいただきたい」

オリンピアはぎょっとして言った。「チルハースト、目上の方に失礼だわ」

マグナスは満面に笑みを浮かべた。「そのとおりだ、息子よ。少しは敬意を表してもらえると、うれしいのだがね」

タデアスがいたずらっぽい笑い声をあげた。「その調子だ、若奥さま。この男が目上の者に生意気な口をきくのを許しちゃいかん」

ジャレッドはオリンピアを見ながら立ち上がった。「私がどんな振る舞いをしようと、気にかける必要はないのだ、マダム。私はこの目上のふたりとは長い付き合いだ。最初にはっきり言っておかなければ、たちまちわが家を手のつけられない珍獣の檻《おり》のなかのようにされてしまうのはわかっている」

「とてもそんなふうには思えません」オリンピアはあとに引かなかった。

「私を信じなさい」ジャレッドは言った。「あなたよりはるかにふたりを知っているのだ。では、ご機嫌よう、愛しい人。また正午にここで。それまで、私は教室にいる」ジャレッドは父親と叔父に向かって会釈をした。「失礼します、おふたかた」

「ではな、息子よ」マグナスはさらりと言った。「おまえがもどるまで、われわれはここにいるはずだ」

「恐れていたとおりだ」扉を開けようとして、ジャレッドは言った。

ジャレッドが廊下に出ていき、オリンピアはマグナスとタデアスとともに残された。不安そうにちらりと横目でふたりを見て、まったく腹を立てているようすがないのがわかり、ほっとした。

「チルハーストは、家庭内の秩序が保たれているのが好きなのです」オリンピアは弁解した。

「あなたが申し訳なく思う必要はないのだよ、愛しい人」マグナスはにっこりほほえんだ。「あの子は昔からつれない石頭だった。あの子の母親も私も、何度、さじを投げかけたことか」

「いい人間なのだ」タデアスが慰めるように言った。「しかし、家族のほかの者とはまるでちがう」

「どんなふうに？」オリンピアは訊いた。

「熱い血潮というものがない」マグナスは悲しそうに言った。「こう言ってもわからないかもしれないが、フレームクレストの炎に欠けているのだ。いつも予定にこだわり、時計を引っぱり出して時間ばかり気にしている。つねに仕事のことしか頭にない。激しい感情もなければ、ほとばしるような情熱もない。早い話が、一族の変わり者なのだ」

オリンピアは眉をひそめてふたりを見た。「おふたりとも、あの方をまるで理解されていないと思います」

「おたがいさまだ」タデアスは言った。「あれもわれわれを理解していない」

「とても感受性豊かで、並々ならぬ情熱を秘めた男性ですわ」オリンピアは熱心に言った。

「ふん。まさかと思うだろうが、あれでバカニーアの血を引いているのだ。それでも、いい男にはちがいない」タデアスは眉間に皺を寄せた。「時計と言えば、どうしたんだ、なくしたのか？」

オリンピアはきゅっと唇を引き締めた。「チルハーストはあのすばらしい時計を身代金代わりにして、わたしの甥を取りもどしてくださったのです」

マグナスはまじまじとオリンピアを見た。「まさか。短剣を口にくわえ、両手に握ったピストルをきらめかせて乗り込むのではなく、買収して甥ごさんの身の安全を確保したとは、息子らしいと言えば、息子らしい。根っからの商売人なのだ。それで、誘拐犯に心当たりは？」

「チルハーストは信頼していた知人ではないかと疑っていますが、その人はその後、イギリスを離れてしまったのです」オリンピアは言った。「でも、わたしとしては、確信はしていません」

タデアスは目を細めた。「では、あなたの考えを聞かせていただこう、愛しい人」

オリンピアは扉のほうを見て、前触れなくジャレッドがもどってこないのをたしかめた。「あの、そのことなんですけれど、わたしはロバートを誘拐した人物がライトボーンの日記を狙っていたような気がしてならないのです」

「なるほど」マグナスが手のひらでバシッと強くテーブルを叩き、ナイフやフォークが跳ね上がった。「同感だ。なにもかも、原因はあの日記にちがいない。謎が解かれる日は近いぞ、タデアス。骨の髄に感じるのだ」

タデアスの目はきらきら輝いていた。「これまでになにがわかったのか、ぜひとも聞かせてください、若奥さま。マグナスも私も、きっと力になれるはずです」

オリンピアは天にも昇る気持ちだった。「すばらしい。協力していただけるなんて、涙が出るほどうれしいわ。日記のこととなると、チルハーストはまるでばかにして取り合ってくれないのです」

マグナスは深々とため息をついた。「そういう息子なのだ。うじうじめじめして、まるで魚だ。さて、それはそれとして、本題に取りかかろう。日記はどのくらい読み解けたのだろう？」

「ほとんどすべて」オリンピアは自分の皿を脇へ押しやり、テーブルの上で両手を組み合わせた。新たな協力者ふたりをじっと見つめる。「ところが、謎めいた文章の大半はなんとか読めても、まだ意味をつかめない部分が残っているのです」

「それを聞かせてもらおう」マグナスが言った。

「まず、〈サイリーン〉の主は〈サーパント〉の主と仲直りする、という文章があるのです。一見したところ、キャプテン・ジャックとキャプテン・ヨークについて言っているとしか思えません」

「喧嘩の仲直りをするにはちょっと手遅れだろう」タデアスは言った。「ふたりとも、とっくの昔に墓のなかだ」

「そうです。でも、最近になってわたしは、謎を解くにはふたりの子孫が会う必要があるのでは、と思いはじめているのです」オリンピアは説明した。「わたしは、財宝の隠し場所を示した地図の半分を手に入れました。ひょっとして、ヨークの一族のだれかが残りの半分を持っているかもしれません」

「ほんとうにそうであれば、財宝は決して見つかるまい」マグナスが陰気な顔で言った。

「なんたること」タデアスは拳をにぎり、強くテーブルに打ちつけた。「これだけ近づけたのに、見つけられる可能性はゼロ、とわかっただけじゃないか」

「どうしてそんなふうにおっしゃるんです？」すっかり打ちひしがれた二つの顔を、オリンピアは交互に見つめた。

「キャプテン・エドワード・ヨークの子孫を見つけることはできないのだ」タデアスは悲しげに言った。「彼に息子はいなかった。私の知るかぎり、子孫はすべて亡くなっている」

オリンピアはなにか言おうとしたが、戸口からグレーヴスの声がしたので口をつぐんだ。

「失礼いたします、マダム」グレーヴスは葉書や招待状を山のように積み重ねた銀の盆を掲げた。「午前の郵便が届きました」

オリンピアは、断るように手を振った。「旦那さまがご覧になるわ。そういったものの処理は、旦那さまにおまかせしているの」

「かしこまりました、マダム」グレーヴスは引き上げようとした。

「待ちなさい」マグナスがグレーヴスを見つめた。「それを見せてもらえるかね」

「さまざまな社交の行事への、ただの招待状です」オリンピアは説明したが、話を中断させられてかりかりしていた。「チルハーストがロンドンにいると知られてからというもの、毎日、山のように贈られてくるのです」

「そうなのかね？」タデアスは額に皺を寄せた。「では、毎晩のようにパーティや夜会やその他いろいろで、さぞ忙しいことだろうな？」

「あら、いいえ」オリンピアは驚いて言った。「チルハーストは招待状はすべて、捨ててしまいますから」

マグナスはうめいた。「いかにもやりそうなことだ。あれは楽しみ方というものを知らんのだ。招待状を二、三、開けて、社交界のようすをのぞいてみるとしよう。ロンドンに滞在中、なにかおもしろい思いをする術《すべ》が見つかるかもしれんぞ、タデアス」

「なるほど」盆をオリンピアに渡すよう、タデアスはグレーヴスに身振りで示した。

「でも、それは――」葉書や封書がこぼれそうな盆を目の前に置かれ、オリンピアは言葉に詰まった。

「残りの人生をチルハーストと過ごすつもりなら、ひとりで楽しみを見つけるようにしたほうがいい」マグナスは親愛の情をこめてオリンピアを見つめた。「二、三通、封蠟を切って、今週はだれがなにをしているのか、のぞいてみようではないか」

「わかりました、そこまでおっしゃるなら」オリンピアは小さな白い封筒のひとつをしぶしぶつまみ上げ、封蠟の塊を見て眉をひそめた。「どなたか、これを切るものをお持ちですか？」

かすかに、鋼鉄が革にこすれる音がした。

義父と叔父がそれぞれ短剣を引き抜く姿を、オリンピアは唖然として見つめた。そして、マグナスとタデアスが差し出した短剣の、凝った装飾がほどこされた柄に見入った。

「さあ、これを使いなさい、若奥さま」マグナスが言った。

初めてアッパー・タドウェイにやってきた日、ジャレッドも腿に短剣を下げていた、とオリンピアは思い出した。「フレームクレスト家の方はみなさん、短剣を身につけるのが決まりなのですか？」

「一族の伝統だ」タデアスが説明した。「私の甥さえ、つねに携えている」

「もちろん、チルハーストが身につけている短剣は特別だ」マグナスがちょっと誇らしげに言った。「息子が引き継ぐ前は、私も何年か身につけていた。キャプテン・ジャック本人が持ち歩いていた短剣なのだ」

「ほんとうですか？」オリンピアは、目の前に山積みになっている招待状のことはきれいさっぱり忘れた。「ジャレッドの短剣がかつては曾祖父さまのものだったとは、思いもしませんでした」

「それはすばらしい剣なのだ」マグナスは言った。「一度ならず、キャプテン・ジャックの命を救っている。私の息子も、タデアスの息子たちも一度、あれに救われたのだ。キャプテン・ジャックはあの短剣をガーディアンと呼んでいた」

「ガーディアン」オリンピアははじかれたように立ち上がった。「ジャレッドもガーディアンと呼ばれているはず」

「そのとおり」マグナスは眉をつり上げた。「それも一族の伝統だ。ガーディアンを身につける者が、その肩書きをも引き継ぐのだ」

「なんてこと。そういうことだったのね」オリンピアは素早く考えを整理した。

「どうしたんだ、若奥さま？」タデアスが訊いた。

「たぶん、なんでもないんです。でも、これですべてが解決するかもしれない。日記にある謎めいた文章のひとつに〝鍵を探そうと、その核心をのぞきこむならば、死を招くやもしれぬ、ガーディアンのキスに用心すべし〟というのがあるんです」オリンピアは回れ右をして、テーブルを離れた。「この目で短剣を見なければ」

がたがたと椅子を引く音を背中で聞きながら、オリンピアは扉に向かって駆け出した。

「おいおい」タデアスが声を張り上げた。「行ってしまったぞ、マグナス。なにかひらめいたのだ」

「あとにつづけ」マグナスが叫んだ。

オリンピアはふたりを待ってはいなかった。廊下に飛び出し、一度に二段ずつ階段を上って、一気に三階まで行った。

階段を上りつめると体の向きを変え、教室を目指して一気に廊下を駆け抜けた。肩で息をしながら扉の把手をつかんで、回して、力まかせに押し開ける。扉がバタンと壁に当たった。

イーサンとヒューとロバートが地球儀を取り囲んでいた。三人はいっせいに振り返り、驚いてオリンピアを見つめた。

ジャレッドは顔を上げ、オリンピアの上気した表情に気づいた。「なにかあったのかね？」

「ええ、いいえ、よくわからない」背後から聞こえる物音で、マグナスとタデアスが戸口にたどり着いたのがわかった。「チルハースト、あなたの短剣をじっくり見せていただきたいのだけれど、かまわないかしら？」

ジャレッドがオリンピアの肩越しに見ると、父親と叔父が立っている。「いったいなにごとですか？」

「知るものか」マグナスがうれしそうに言った。「若奥さまが突然、帆に風を受けて走り出したのだ。われわれはただ航跡をたどってきただけだ」

ジャレッドは威圧するような目でオリンピアを見た。「日記の研究に関係することなら、愛しい人、午後まで待ってもらいたい。知ってのとおり、私は授業を邪魔されるのを好まないのだ」

オリンピアはみるみる真っ赤になった。「ええ、知っていますけれど、これはこのうえなく重要なことなんです、子爵さま。短剣を見せていただけないでしょうか？」

ジャレッドは一瞬ためらってから、しかたがないとばかりに肩をすくめた。部屋を横切って、洋服掛けに吊ってある上着に近づいた。懐に手を入れて、鞘から短剣を引き抜く。ジャレッドはなにも言わず、柄を先にして短剣を差し出した。

オリンピアは恐る恐る短剣を受け取り、命さえ奪うその切っ先に触れた。「〝死を招くやもしれぬ、ガーディアンのキスに用心すべし〟」と、オリンピアはつぶやいた。さらに、柄の複雑な装飾に目をこらす。「あなたのお父さまからうかがったわ。この短剣はかつてあなたの曾祖父さまのもので、ガーディアンと呼ばれている、と」

ジャレッドは皮肉をこめた流し目を父親に送った。「それも、わが家の愚にもつかない伝説のひとつだ」

オリンピアは手にした短剣を裏返した。「この柄ははずせるのかしら？」

「はずせるが」ジャレッドはゆっくり言った。「どうしてそんなことを？」

オリンピアは熱い目をしてジャレッドを見上げた。「ガーディアンの核心をのぞきたいからよ」

ジャレッドはオリンピアの顔を見つめたまま、短剣を受け取った。「いいだろう。あなたの好奇心を満たすには、どう考えても、ほかに道はないらしい」

オリンピアはほほえんだ。「ありがとう、子爵さま」

しばらくして、打ち出し模様を施した柄から剣の刃が引き抜かれた。ジャレッドは柄のうつろのなかをのぞき込んだ。「まさか」

「なんなの？」ロバートが勢いこんで訊いた。「なにが見えるの？」

「なにかあるの？」イーサンも訊きながら、ヒューといっしょにジャレッドに近づいた。

ジャレッドはオリンピアを見て苦笑した。「私のレイディのお手柄のようだ」

オリンピアはジャレッドの手から柄をひったくり、なかをのぞいた。きちんとたたまれた古びた紙が入っている。「なかになにかあるわ」

「こいつはたまげた」タデアスがつぶやいた。

「引き出してくれ、若奥さま。このままでは期待感が募りに募り、心臓が破裂しそうだ」マグナスが言った。

感動のあまり指先を震わせながら、オリンピアは折りたたまれた紙を柄から引き出した。そーっと開いて、書かれている文字に目をこらす。「この数字は、財宝が隠されている謎の島の経度と緯度にちがいないわ」

ジャレッドは地球儀に手をかけた。「読んでくれ」

オリンピアは数字を読み上げた。「西インド諸島のあたりよ、まちがいない」

「そのとおり」ジャレッドは地球儀を手で押さえ、ジャマイカのやや北の一点を考え深げに見つめた。「キャプテン・ジャックは卓越した数学者だったと聞いている。経度も緯度も、きわめて正確に計算できたはずだ」

「なんと、まあ、息子よ」マグナスが声を張り上げた。「おまえのレイディはとうとうやったのだ。隠された財宝の手がかりを見つけたのだ」

「そのようですね」ジャレッドはしぶしぶ答えた。

「まだわからないわ」オリンピアは言った。

そこにいた全員が振り返ってオリンピアを見た。

「どういうことだね？」タデアスが強い調子で訊いた。「ほかでもない、キャプテン・ジャックが財宝を隠したという島へ帆走するために必要な、まさにその情報を手に入れたというのに」

「ええ、でも、その島そのものの地図は、まだ半分しか手に入れられていないのです」オリンピアは言った。「半分はまだどこにあるかわかりません。これで、キャプテン・ヨークの子孫が地図のもう半分を持っているという確信がますます深まったわ」

「では、すべては水の泡だ」マグナスは拳を手のひらに叩きつけた。「子孫などどこにもいないのだから」

「島全体を掘り返すという手もあるだろう」じっと考えていたタデアスが言った。

ジャレッドは小ばかにしたようにタデアスを見た。「たとえ島を見つけられたとしても、思いつくままに掘り返したところで、財宝はまず見つからないでしょう」

「ぼくたちが手伝ってあげる」ロバートが助けを買って出た。

「穴掘りは得意なんだ、ぼくたち」ジャレッドを安心させようとヒューが言った。

「ミノタウロスも得意だよ」と、イーサン。

「もうたくさんだ」ジャレッドは片手をあげて子供たちを制した。「オリンピアの言うとおりだ。パズルのピースはまだすべて見つかったわけではない。手がかりはこれからも探しつづけなければならないのだ」

オリンピアは短剣の柄に隠されていた紙切れを見つめた。「ヨークの子孫はほんとうにいないのかどうか、調べるべきだわ」

マグナスは眉を寄せた。「さっきも言ったとおり、家系は絶えてしまったのだ。私の知るかぎり、キャプテン・ヨークには家督を継ぐ息子はいなかった」

「娘さんもいなかったのかしら?」オリンピアは静かに言った。

衝撃につづいて、沈黙が部屋を包みこんだ。

「なんとまあ」タデアスがつぶやいた。「考えもしなかった」

「娘だって息子と同じように、一族の財宝や秘密を子供に伝えられるわ」オリンピアは言った。「じつは、ついきのう、ミスター・シートンから聞いたばかりなんです。あの方のお祖母さまが父上から引き継いだ海運会社を経営していたというお話を」

ジャレッドのやさしげな表情が一瞬のうちにかき消えた。その目が冷ややかな光を帯びる。「シートンの話など持ち出すのはやめなさい。いいかね、オリンピア?」

「ええ、おっしゃるとおりだわ。わたしは失礼させていただきます」オリンピアは扉に向かって歩き出した。「日記を調べにもどらなければ。確認したい点がひとつ二つあるので」

マグナスとタデアスもくるりと体の向きを変え、オリンピアのあとにつづいた。

「お手伝いしましょう」マグナスが声を張り上げた。

「いいえ、お手伝いいただいても、あまり意味はないかと思います」オリンピアは言った。

「調査に人手が必要になれば、お知らせしますから」

「では、われわれはほかのことをして楽しむとしよう」タデアスは言い、探るような目をしてジャレッドを見た。「いままで、子供たちになにを教えていたんだね、坊主?」

「この教室で楽しんでもらっては困ります」ジャレッドは言った。「きょうはもう、これ以上、授業の邪魔をされてはたまりません」

「ほんとうに、いつも変わらず味気ない男だ」マグナスはオリンピアのために扉を支えながら言った。「必要なときは、いつでも声をかけてください、愛しい人」

「わかりました」オリンピアはマグナスを見つめた。「おふたりはきょう、なにをなさるご予定ですか？」

マグナスとタデアスは意味ありげな視線を交わした。マグナスが満面の笑みを浮かべてオリンピアを見る。

「ちょっと前に、あなたが受け取られた招待状からめぼしいのを二、三、選んでみようと思っています。息子はまだ、あなたを社交界に紹介していないのでしょう？」

ジャレッドは小声で毒づいた。「オリンピアは社交界でちゃらちゃらするようなことに興味はないんです」

「どうしてわかる？」マグナスは詰め寄った。「まだ社交界のなんたるかを味わう機会がなかったのは明らかではないか。おまえは、つまらない授業にもどるがいい、息子よ。奥方の社交活動の世話はわれわれにまかせろ」

オリンピアは男たちふたりのこわばった表情を見くらべた。「あの、大事なことが」と、オリンピアは不安そうに言った。「わたし、そのような場所にふさわしい服は持っていないんです」

マグナスは父親のようにやさしくオリンピアの肩を叩いた。「それもタデアスと私にまかせなさい、愛しい人。ふたりとも、若いころはそれはおしゃれで、人目を引いたものなのだ。しかも、われわれの奥方は——神よ、彼女たちの霊を休ませしめたまえ——比類なきダイヤモンドと称されていた。われわれのセンスは抜群なのだ、そうじゃないかね、タデアス?」

「そうだ、マグナス、そのとおり」タデアスは教室の扉を閉じかけた手をいったん止め、なかをのぞきこんで言った。「きょうの午後は仕立屋を呼び寄せるんだ、坊主。奥方に恥をかかせたくないだろう」

「なにを勝手なことを、叔父上——」ジャレッドは抗議を始めた。

タデアスは聞く耳を持たず、そのまま扉を閉めると、オリンピアを見てうれしそうにほほえんだ。「さあ、急いで行って、日記の謎をお解きなさい、愛しい人。私は、センスのいい仕立屋に見本のドレスを何着か持ってくるように言いつけよう。あっというまに、社交の場にふさわしいドレスを二着でも三着でも調達してあげられるだろう」

「おまかせします」オリンピアは上の空で言った。短剣の柄から取り出した紙切れをしっかりと握りしめる。頭のなかでは、新たな情報と考えがぐるぐる渦を巻いていた。「ほんとうに、わたしは失礼させていただきます。仕事にもどらなければならないので」

翌日の夜九時、ジャレッドは不本意ながら玄関でおとなしく待っていた。黒い上着とズボンを身につけ、父親に指示されたクラヴァットをきちんと結んでいる。正面ステップの前では、フレームクレスト一家をハンティントン夫妻の私邸で催される舞踏会へ運ぶため、頑丈そうな古めかしい町用馬車が待ちかまえている。

ジャレッドはハンティントン夫妻を知らなかったが、マグナスに、レイディ・ハンティントンはジャレッドの母親と付き合っていたころからの知り合いだからだいじょうぶだと、言い含められたのだ。

「オリンピアを社交界へ送り込むのに、彼女ほどふさわしい案内役はほかにいないぞ」その夜の予定をジャレッドに告げながら、マグナスはうれしそうに両手をこすり合わせた。「紹介すべき相手をすべて心得ているし、しかも、その相手がすべて会場にいる、というすばらしさだ」

「妻を社交界に送り込む理由が、私にはわかりませんね」ジャレッドは不満そうに言った。「いまの活動範囲を動き回るだけで、充分に満足しているんですから。彼女が社交界で楽しめるとはとても思えません」

「それだから、おまえは女性というものがわかっていないというのだ、息子よ」救いようがない、と言いたげにマグナスは首を振った。「よくもオリンピアのような活発な女性をものにできたものだ」

ジャレッドはちらりと横目で父親を見た。「新しい義理の娘を気に入ってもらえたと考えてよろしいのですね？」

マグナスはまさに高笑いをした。「彼女ほどわが一族にふさわしい女性はいないぞ」

父親とのそんな会話を思い出して、ジャレッドは苦笑いを浮かべ、しばらくして、いらいらと玄関の置き時計を見やった。マグナスもタデアスもまだ降りてこない。オリンピアにいたっては、正午以降、一度も姿を見かけていなかった。

ジャレッドはオリンピアの姿を見て動揺しはしないかと、不安だった。前日、父親と叔父が、呼び寄せた仕立屋と助手たちと何時間も部屋にこもっていたのは知っていた。ドレスはその日の午後五時に、謎めいた数個の箱とともに届けられたが、オリンピアがどんな姿になるのかは想像もつかなかった。

ロンドンの町なかでは流行のファッションをあちこちで見かけたから、いまは襟ぐりの大きく開いた胴着や、薄くてきめの細かい生地がよいとされているのは知っている。オリンピアのドレスがあまりに突飛だったら、彼女が邸を離れるのを禁じよう、とジャレッドは決めていた。男たるもの、必要なときは断固とした態度を貫くべきなのだ。

そのとき、グレーヴスが階段の向こうから近づいてきた。新しい執事の顔つきがいつにも増して陰気なことに気づいて、ジャレッドは眉をひそめた。

「失礼いたします。たったいま、旦那さま宛てのメッセージを勝手口で受け取りました。すぐにお渡しするべきと思って、お持ちいたしましたが」グレーヴスは封をした手紙を差し出した。

ジャレッドは手紙を受け取り、お粗末な筆跡に目を留めた。「いったいこれは？」

「わかりません、旦那さま。持ってきた少年が緊急の手紙だと」

「こういうときにかぎって」ジャレッドは封筒を破り、なかの手紙に目を通した。

子爵さま
残念ながら、例の男が出国していないことを報告します。一時間ほど前、仲間が彼を目撃。以前、仕事をしていた事務所に向かったもよう。できるだけ早く、現場でお会いしたし。事務所の裏の路地で待つ。
フォックス

ジャレッドはふたたび階段の最上段を見ながら、手紙を折りたたんだ。「例の問題にかかわることだ、グレーヴス。そのことは妻には黙っていてくれ。心配させるだけだ。あとでハンティントン邸で会おうと伝えてくれ」

「承知しました、旦那さま」グレーヴスは玄関の扉を開けた。「私もごいっしょいたしましょうか？」

「その必要はない。フォックスが来てくれる」

ジャレッドは扉の外に出て、ステップを降りていった。なんとかフェリックス・ハートウエルをつかまえたとして、私はどうするのだろう、と彼は思った。

18

「こうなるのではと心配していたのだ」タデアスは客で混み合った舞踏場をにらみつけた。「あなたの息子は、現れる気配もないではないか、マグナス」

「なんたること」マグナスは通りがかった給仕の盆からシャンペンのグラスをさっとかすめ取り、一気に飲み干した。「ここへ来るのを快く思っていないのはわかっていたが、せめてオリンピアに恥をかかせないように、姿を見せるだけの分別ある紳士だと思っていたのだ」

「わたし、恥をかかされたとは思っていません」オリンピアはきっぱり言った。「今夜、あの方が出かけられたのは、それだけの理由があってのことに決まっています。グレーヴスも言っていたでしょう？　急を要するメッセージを受け取ったのだと」

「ふん、ジャレッドが急を要するとみなすのは、仕事がらみのメッセージだけだ」タデアスは不満げに言った。それから、オリンピアの頭のてっぺんからつま先まで、値踏みするような視線を走らせた。「あなたのこんな姿を見逃したりして。若いロバートはうまいことを言った。ほんとうに、今夜のあなたはおとぎ話に出てくるお姫さまのようだぞ、若奥さま。なあ、マグナス、お姫さまそのものだな？」

「そうだ、そのとおり」マグナスは海賊の魅力たっぷりの笑みを浮かべた。「比類なきダイヤモンドだ。あすの朝には、どこへ行ってもあなたの噂で持ちきりだろう。それにしても、あなたにエメラルドグリーンを選んで着せた仕立屋はたいしたものだ」

オリンピアはほほえんだ。「ドレスを気に入っていただけて、うれしいです、伯爵さま。でも、今夜はわたし、自分が自分でないみたいに思えてしかたがありません」

実際、オリンピアにはすべてが現実でないように思われた。ハイウエストの足首丈のシルクのスカートに包まれた下半身は、宙に浮いているようだ。胴着はオリンピアがこれまでに着たどんな服よりも襟ぐりが大きく、肩がむき出しになる小さな袖につながっている。

髪はまんなかで分けて、優雅なシニョンに結い上げられていた。グリーンのサテン地の造花と、耳のあたりで躍っている自然なカールが華やかさを添えている。サテンの上履きとキッド革の長い手袋は、ドレスと同じエメラルドグリーンだ。

このうえアクセサリーを付けるとしたらエメラルドのイヤリングしかない、という点で、タデアスとマグナスと仕立屋の意見は一致した。オリンピアは、エメラルドのイヤリングは持っていない、と三人に告げた。

「私にまかせなさい」そう言ったのはタデアスだった。

舞踏会の日の午後、タデアスは目もくらむようなエメラルドとダイヤモンドのイヤリングを取り出した。オリンピアは腰を抜かさんばかりに驚いた。

「いったいどこで手に入れられたのです？」オリンピアは警戒心をむき出しにして訊いた。

タデアスはわざと傷ついた表情を作った。「贈り物です、若奥さま」

「こんな高価な贈り物を受け取れるわけがありません」オリンピアはすかさず言った。

「あなたのために買い求めたのは私ではないのだ」オリンピアをなだめるように、タデアスはいたずらっぽくウインクをした。「あなたの夫だよ」

「チルハーストがわたしのためにこれを？」オリンピアはうっとりとイヤリングを見つめた。ジャレッドが忙しいスケジュールの合間を縫って、わざわざ時間をかけてイヤリングを選んでくれたのは驚きであり、平静を装っても胸はどきどきしていた。「あの方がご自分で選んでくださったの？」

「私が言っているのは、だな」タデアスは言葉を選びながら言った。「なんというかまあ、あの男があなたのために買ったということだ。実際のところ、あなたのために選んだわけではないが、金を払ったのはあの男だから安心するがいい」

「そうですか」とたんに、オリンピアはイヤリングなどどうでもよくなった。

「おいおい、あの男があなたのために自分で選んだのも同然だろう、若奥さま」タデアスはねばり強く言った。「チルハーストはいい男だが洒落っけというものがまるでないのが問題なのだ」

「そのとおりだ、わが娘よ」マグナスはまじめくさって言った。「洒落っけというものが皆無だ。しかし、キャプテン・ジャックの時代からいままで、一族で金儲けの才に恵まれているのはあれだけなのだよ」

タデアスはうれしそうにうなずいた。「マグナスや私や、一族の残りの者たちが使う金はすべて、もとを正せばチルハーストが稼いだものだというのは、まぎれもない事実だ」

オリンピアはむっとして眉を寄せた。「それなら、あなたも伯爵さまも一族のほかの方たちも、もう少しチルハーストに敬意を払うべきだと思います」

「もちろん、われわれはあの坊主が大好きなのだよ」タデアスは言った。「断じて嘘ではない。しかし、あれがわれわれとはまったくちがうタイプの人間なのは疑いようがない」

舞踏会の夜、邸の階段を降りてきたオリンピアを見て、ロバートもヒューもイーサンも驚きのあまり、ぼーっとなった。

「わあ、とってもきれいだよ、オリンピアおばさん」ヒューが声をひそめて言った。

「世界じゅうでいちばんきれいなレディだ」と、イーサンが言い添えた。

「おとぎ話のお姫さまみたい」最後にロバートが言った。

甥たちにほめられ、オリンピアは胸が熱くなった。ジャレッドが玄関ホールに見当たらず、変身した自分を見てもらえずに沈んでいた気持ちが、少し明るくなった。

何時間か前、イヤリングのことで耐えがたいほどの失望を感じたオリンピアは、ジャレッドに華麗な装いを見てもらい、ほめてもらいたがっている自分に初めて気づいたのだ。

「くそ、パーカーヴィルがこっちへ来るぞ」マグナスが告げた。「ほかの連中と同じで、オリンピアを紹介してもらってダンスを申し込もうという魂胆にちがいない」そう言ってオリンピアを見る。「もちろん、あなたは踊りたくはないだろうね、愛しい人？」

「前にもお話ししましたけれど、踊り方を知らないんです」オリンピアは言った。叔母のソフィーもアイダも、ダンスを若い娘にとって大事なたしなみとは考えていなかった。ギリシャ語やラテン語や地理の知識のほうが重要だと考えていた。

「そういう些細な問題なら、私がすぐに解決して進ぜよう」タデアスがささやいていると、頬髭のある初老の男性が近づいてきた。「あしたは、あなたのためにダンス教師を雇うとしましょう」

「では、私は老パーカーヴィルの相手をするとしよう」マグナスは声をひそめて言った。

「昔から好色で有名な男だ」

「こんばんは、パーカーヴィル」マグナスは声を張り上げた。「以前、お会いしてからもう何年になりますかな？　美しい奥方さまはお元気ですか？」

「それが、亡くなりましてな」パーカーヴィルはおもねるような笑みをオリンピアに向けた。「ようやっと、義理の娘さんを得られたと聞きましたぞ、フレームクレスト。ご子息はこれまでずっと、新妻をどこぞへ大事に隠していたというではありませんか。こうして自分の目で拝見して、なるほどと思いましたよ。さあ、ご紹介願いましょうかねえ？」

「もちろんです」マグナスは気のないようすでオリンピアを紹介した。

パーカーヴィル卿はオリンピアの手袋をはめた手を取り、いつまでも離そうとしない。

「お会いできて光栄です、マダム。この曲は、私と踊っていただけましょうか?」

オリンピアは作り笑いをして、握られていた手を引っ込めた。「いいえ、残念ですが」

パーカーヴィルはひどく悲しそうな顔をした。「では、のちほどでは?」

「無理だろう」マグナスは満足そうに言った。「私の義理の娘はパートナーのえり好みが激しいのです」

パーカーヴィルはマグナスをにらみつけた。「冗談ではないのでしょうな?」

「もちろん」マグナスはにっこりほほえんだ。「お気づきではないかもしれませんが、今夜はまだどなたとも踊っていないのですよ」

「気づいていたとも」パーカーヴィルは言った。「舞踏場にいて、気づいていない者はいません」そう言って、探るような笑みをオリンピアに向けた。「あなたがだれの申し込みに応じるのか、ここにいるみんなが知りたがっているのですよ」

オリンピアは気味が悪くなった。「あの、わたしは……」

「レイディ・チルハースト」オールドリッジ卿が人ごみから現れ、オリンピアの前で立ち止まった。「今夜はお会いできて光栄です」

マグナスは険しい顔をしてオリンピアに訊いた。「この方を知っているのかね?」

「え、はい」オリンピアはオールドリッジにほほえみかけた。「お会いできてうれしいですわ。奥さまもごいっしょですか?」

「どこか、そのへんにいるはずです」オールドリッジは期待をこめてほほえんだ。「あの、私と踊っていただけないでしょうか、マダム？　あなたを最初にダンスフロアへご案内できれば、これほど名誉なことはありません」

「いいえ、それはちょっと」オリンピアは言いかけた。「ご存じのように、わたしは……」

「オリンピア。いや、レイディ・チルハースト」人の波をかき分け、ギフォード・シートンがオリンピアに近づいてきた。「今夜、あなたがこちらにいらしていると聞いて、お探ししていました。みんなが噂していますよ」ギフォードは驚きと称賛を隠しもせず、まじまじとオリンピアを見た。「こんなことを言っていいのかどうかわかりませんが、マダム、うっとりするほどきれいですよ」

マグナスはギフォードをにらみつけた。「シートンの弟だな？　姉が私の息子と婚約中、会った覚えがある」

「そうだ、私も覚えている」タデアスが喧嘩腰の口調で言った。「あんたをレイディ・チルハーストに紹介するのを、チルハーストが快く思うはずはないのでね、シートン、紹介する気はさらさらないよ。さあ、あっちへ行ってくれたまえ」

ギフォードはむっとしてタデアスを見た。「レイディ・チルハーストと私はもう顔見知りです。共通の関心事もある」そう言って、オリンピアに顔を向ける。「そうですね、マダム？」

「ええ、おっしゃるとおりよ」オリンピアはあたりの空気が張りつめるのが手に取るようにわかった。「おふたりとも、お願いですから、騒ぎを起こしてわたしやあなたの息子さんにばつの悪い思いをさせないでください。ミスター・シートンとわたしは知り合いなのです」

マグナスとタデアスは不満そうにオリンピアを見た。

「あなたがそうおっしゃるなら」マグナスはぼそっと言った。「失礼ながら、あなたがたが付き合うのをチルハーストが許したとは驚きだ」

「私たちの付き合いとチルハーストはなんの関係もありません」ギフォードはマグナスを見て冷笑を浮かべた。「さっきも言ったとおり、レイディ・チルハーストと私には共通の関心事があるのです。ふたりとも、旅行探検学会の会員ですし」

マグナスはしかめ面をした。タデアスはあいかわらず渋い顔をしている。

オリンピアはふたりをにらみつけた。「おふたりとも、もうたくさんです。今夜、ミスター・シートンがここにいらっしゃるのも、わたしに話しかけられるのも、ほかのみなさんと同様、人にとやかく言われるようなことではないんです」

ギフォードはオリンピアにほほえみかけた。「ありがとう、マダム。それから、もうひとつ、今夜、ここにいるみなさんと同じく、私もあなたにダンスを申し込む権利があるはずです、そうでしょう?」

オリンピアは悲しそうにほほえんだ。「ええ、もちろん。でも、残念ながら、わたしはお断りしなければなりません」いったん言葉を切り、ギフォードの時計の鎖についている手のこんだ飾りに目を留めた。「でも、よろしかったら、少しあなたとお話がしたいのです」

ギフォードの笑みには優越感がにじんでいた。「それはもう喜んで、マダム。では、軽いお食事のできる部屋へ参りましょう」

オリンピアはギフォードが差し出した腕に手をかけた。マグナスが目を細めた。タデアスの表情がますます渋くなる。

「すぐにもどります、伯爵さま」オリンピアは声をかけた。「では、失礼いたします。ミスター・シートンと大事な意見の交換をして参ります」

「おや、おや、おや」去っていくふたりの背中を見ながら、パーカーヴィルがつぶやいた。

「さてと、これは興味をそそられる展開ですな?」

マグナスとタデアスは振り返り、いまにもつかみかからんばかりの凶暴な顔をパーカーヴィルに向けた。

オリンピアはもうだれにもかまわず、ギフォードをうながして歩きつづけた。「行きましょう、あなたとお話がしたくてたまらなかったのです。どうしてもお訊きしたいことがあって」

「どのようなことでしょう?」ギフォードはオリンピアを導き、華々しく着飾った人びとのあいだを縫って進んでいく。

「あなたの時計のことです」

ギフォードは驚いてオリンピアを見た。「私の時計がどうしたとおっしゃるんです?」

「わたしもまだよくわからないのです。でも、なぜあなたは時計にサーパントの飾りを付けられたのか、どうしてもそれが知りたいのです」

「なんてことだ」ギフォードが急に立ち止まったのは、開け放たれたフレンチドアのそばだった。探るような目をしてオリンピアの顔を見つめる。「ご存じなのですね？」

「たぶん」オリンピアは穏やかに言った。「あなたはキャプテン・エドワード・ヨークの曾孫にあたる方ね」

ギフォードはわざとぞんざいにととのえられた髪をかき上げた。「驚いたなんてものじゃない。あなたはそのうち、真実を言い当てるとは思っていましたが。きっと手がかりをすべてつなぎ合わせ、正しい答えを出すだろうと思わせるなにかが、あなたにはありました」

「警戒される理由はなにもないわ、ミスター・シートン。この件に関して、わたしたちが協力できない理由もありません」オリンピアは興味津々という目をしてギフォードを見た。

「あなたが素姓を隠しとおしていた理由をうかがってもかまいませんか？」

「身元を偽っていたわけではないのです」ギフォードは弁解するように言った。「デミトリアも同じです。私たちの姓はシートンです。私たちはチルハーストに曾祖父の名を明かさなかっただけです」

「なぜ明かされなかったのでしょう？」

「キャプテン・ジャック・ライダーは私の曾祖父にとって不倶戴天《ふぐたいてん》の敵だったからです」ギフォードは急に怒りを爆発させ、とげとげしい声で怒鳴りはじめた。「ライダーは、スペインに寝返ったヨークに裏切られたと決めつけていたが、それはほんとうではない。彼を裏切ったのはほかのだれかだ。いずれにしても、ライダーはあのいまいましいスペイン船の攻撃を逃れた。イギリスにもどったときには大金持ちだった」

「ミスター・シートン、お願いよ、大きな声を出さないで」

ギフォードはかすかに顔を赤くして、ほかのだれかに聞かれていなかったかとあたりを見回した。「レイディ・チルハースト、外に出て、庭でお話ししませんか？　この会場には、社交界の主だった人の半数は集まっています。うっかり話が漏れないともかぎりません」

「ええ、もちろんだわ」ギフォードがすぐにカーッとなって声を荒らげるのが心配だったので、オリンピアは彼についてかぐわしい夜気のなかに出ていった。「ミスター・シートン、あなたが失われた財宝に関心をお持ちなのはわかります。でも、どうしてそれをいままで隠しとおしていらしたの？　あなたの曾祖父さまとフレームクレスト家の確執はもうとっくの昔に消えたはずだわ」

「それはちがいます、マダム。反目は決して終わらない」ギフォードの腕の筋肉が盛り上がった。見ると、彼は拳をにぎりしめている。「フレームクレスト伯爵は、われわれ一族への永遠の復讐を誓ったのです。どこだかわからない島にふたりで埋めた財宝の半分は、ぜったいにエドワード・ヨークの子孫の手には渡さないと誓いました。そして、その誓いは伯爵家の名誉にかけて子孫たちに守らせるとも誓った」

「どうしてわかるんです？」

「わたしの祖母が、曾祖父の半分になった地図といっしょに、ことの顚末《てんまつ》の記録を残してくれたからです」

「では、あなたは地図の半分を持ってらっしゃるのね？」オリンピアは勢いこんで訊いた。

「もちろん。地図は、祖母から私の父に受け継がれました」ギフォードは唇をゆがめた。「父が唯一、デミトリアと私に残したのが地図だった。ほかはなにもかも質屋に売り払っているから、財宝の在処《ありか》を示した不完全な地図だけは引き取ってくれるところもなかったのでしょう」

「お祖母さまの記録には、なにが書かれていたの？」

「たいしたことは書かれていません。曾祖父が亡くなってから、祖母はフレームクレスト家に和解を申し出たようです。しかし、拒まれた。祖母は私の父に、いつかまた和解を申し出るようにと望んでいました」ギフォードは冷笑した。「かつてヨークとライダーのあいだに存在した友情に敬意を表して」

その表情を読みとろうと、オリンピアは薄暗がりのなかでギフォードの顔に目をこらした。「お祖母さまは和解しようとされたのね？」

「女性とは、ときにほんとうに無意味なことをする。フレームクレスト家は一度たりとも和睦を望んだことはありません。キャプテン・ジャックの息子のハリーは私の祖母に〝父の誓いに敬意を表するつもりだ〟と伝えたそうです。エドワード・ヨークの子孫にはぜったいに財宝を渡さない、と。それが一族の名誉なのだと、主張したそうです」

「たしかにフレームクレストらしいわ」と、オリンピアは小声で言った。「とにかく感情的な人たちだから」

「不公平なのだ」ギフォードは声をひそめて抗議した。「フレームクレスト伯爵とその一族は金持ちだが、デミトリアと私にはなにもない。なにも」

「いまのフレームクレスト伯爵だって、賢明にも息子に事業を引き継ぐまで、無一文も同然だったのよ」オリンピアは言い返した。「それから、もうひとつ、わからないことがあります。あなたがそれほどまでにわたしの夫の家族を嫌っているのに、いったいなぜ、お姉さまはチルハーストとの結婚に同意されたの？」

「姉は、結婚までこぎつける気はありませんでした」と、ギフォードは言った。「それどころか、最初は婚約するつもりもなかった」

「わからないわ」

ギフォードはいらだたしげにため息をついた。「チルハーストに引き合わせてもらえるように手配してほしいと、私がデミトリアを説得したのです。彼が花嫁を探しているという話を耳にしたので。デミトリアはコネを通じてチルハーストに引き合わせてもらう手はずをととのえました」

「コネというのはフェリックス・ハートウェルね」

「そうです。チルハーストの仕事上の右腕がハートウェルと知り、デミトリアは彼に近づいたのです。デミトリアの美しさは並みたいていではありません」自慢の姉を思い、ギフォードはきらきらと目を輝かせた。「男なら、だれも彼女を拒めません」

「それで、ミスター・ハートウェルはデミトリアがフレーム島へ招待されるようにとりはからった」

「そのとおり。彼女の弟として、もちろん、私もいっしょに招待されました。私は、機会さえあればフレームクレスト家の城を探索して、失われた地図の片割れを見つけられるかもしれないと思っていました」

「それでどうなったの？」

ギフォードはふてくされたような笑い声をあげた。「われわれが城へ行ってわずか二、三日で、チルハーストはデミトリアに結婚を申し込んだ。地図はまだ見つかっていなかったから、デミトリアは申し出を受け入れた。あともうほんの少し時間が必要だと、私が姉に言ったからです」

「驚いた」オリンピアはつぶやいた。「チルハーストがそんな事務的なやり方で結婚を決めたなんて、信じられない。ぜんぜん彼らしくないわ」

「まさか。私の知るかぎりでは、いかにもあの男らしいとしか思えません。血管に血の通っていない男なのだ」

「それはちがうわ。彼はお姉さまに好意を持ったはずです」オリンピアはゆっくりと言った。「そうじゃなければ、結婚を申し込んだりしないはずよ」

頭がどうかしたのではと言いたげに、ギフォードはオリンピアを見たが、反論はしなかった。「いずれにしても、彼は姉に結婚を申し込んだ。それで、私は引きつづき、失われた地図を探すことができたのです」

「でも、見つけられなかった」オリンピアは満足げにぴしゃりと言った。「言わせていただければ、当然の報いです。そんな卑劣な手を使って地図を探したりするからだわ」

「ほかに方法がなかったのだ」ギフォードは静かな怒りをこめて言った。「まったくの恨みから、キャプテン・ジャック・ライダーは私の曾祖父が財宝の自分の取り分を手にできないようにしたうえ、彼の子孫はみんな、祖先に劣らず復讐心に燃えているのだから」

オリンピアは鼻に皺を寄せた。「どちらの家族も、情熱的で感情に振り回されがちなのです。両方よ。どちらか一方じゃない。わたしは、それそろ仲直りをするべきだと思うわ。そうは思われませんか、ミスター・シートン？」

「思うものか」ギフォードの目に怒りの炎がちらついた。「チルハーストは姉にひどい仕打ちをしたのだ。そのことはぜったいに許さないし、忘れもしない」

「そうおっしゃるけれど、ミスター・シートン、お姉さまははじめ、とくに彼と結婚したいとは思っていなかったはずよ。あなたにいたっては、お姉さまとその婚約期間を利用してフレームクレスト家のお城で家探ししていただけじゃないの。腹を立てるなんて、どうかしているわ」

「問題は、チルハーストが姉を侮辱したことだ」とうてい許せない、とばかりにギフォードは言った。「あの男は、姉が相続人ではないと知り、ただそれだけの理由で一方的に婚約を破棄したのだ。やつがあれほど臆病ではなくて、私の決闘に応じていたらと望まずにはいられない」

オリンピアはギフォードの腕に手をかけた。「この問題について、あなたが感情的になるのも無理はないと思うわ。でも、信じてちょうだい。チルハーストはお姉さまが相続人ではないというそれだけの理由で婚約を破棄したわけではないわ」

「あの男が、ふたりの相性が悪かったと言っていたのは知っているが、それは嘘だ。私は知っている。婚約してからの数日間、あの男はそれは満足げだった。それがある午後、なんの前触れもなく、いきなり婚約を破棄したのだ」

「いきなり？」

ますます怒りにかられて、ギフォードは目を細めた。「デミトリアと私とレイディ・カークデールは、すぐに荷物をまとめて一時間以内に城を出ろと言われたのだ」

オリンピアは驚いてギフォードを見つめた。「レイディ・カークデールもあなたがたといっしょにフレーム島にいらしたの？」

「もちろん」ギフォードはいらだたしげに言った。「島にはおおぜい客が招かれていたし、彼女はデミトリアの付き添いとして同行していた。もう何年も前から、デミトリアのいちばんの友だちだったのだ。その後、デミトリアをボーモントに紹介したのもレイディ・カークデールだ」

「そうなの」

ギフォードは拳をにぎりしめ、またその手を開いた。「マダム、あなたの夫への忠誠心は見上げたものだが、悲しいかな、あなたは夫を見誤っている。言いたくはないが、私の知るかぎり、あの男があなたを愛しているという理由で結婚したということは、まずありえない」

「そんな個人的なお話はしたくありません」

ギフォードは哀れむようにオリンピアを見た。「純真さゆえにこんな目に遭われて、気の毒でならない。地方で産まれ育った世間知らずなあなたに、チルハーストのような男を理解しろというほうが無理なのだ」

「ばかばかしい。わたしは、あなたが思っているような無邪気な女ではありません。叔母たちのおかげで多岐にわたって高度な教育を受け、自分なりに研究活動にも力を注いできました。わたしは、世事に通じた大人の女です」

「では、あの男があなたならライトボーンの日記の謎を解けると信じ、ただそれだけの理由で、あなたと結婚したことはわかっているはずだ」

「つまらないことをおっしゃらないで。夫はそんなくだらない理由で結婚するような人ではありません。失われた財宝にはまるで関心もない。必要ないんです。自分で築いた莫大な財産がありますから」

「わからないのですか？　チルハーストは金にしか興味がないのです。そういう男はいくら金があっても満足できないんだ」

「どうしてわかるんです？」

「しばらく、あの男といっしょに暮らしたからだ」怒りがこみ上げ、ギフォードは声を張り上げた。「そのあいだに、あの男についていろいろ知ったが、なによりの問題は、あの男にはものにたいしても人にたいしてもやさしさや思いやりをまったく感じず、仕事にしか興味がない、ということだ。まさに冷血漢そのものなのだ」

「チルハーストは冷血漢ではないし、これ以上、彼を侮辱するのは許せないわ。それから、わたしには、彼が結婚したのは日記の秘密を知るためではないと断言できます。ですから、そんな根も葉もない噂を流さないでいただきたいわ」

「しかし、ほかに理由が考えられないでしょう？　あの男が、それ以外にどんな理由があって、財産もない女性と結婚するというんです？」

「ミスター・シートン、もうなにもおっしゃらないで。きっと後悔されるわ」

ギフォードは両手でオリンピアの上腕をつかみ、心から心配そうに彼女の顔を見下ろした。「レイディ・チルハースト」と、呼びかけて口をつぐんだ。それから、気持ちが高ぶるにつれて声を詰まらせながら、つづけた。「親愛なるオリンピア、不作法ながらこう呼ばずにはいられません。あなたがどんな気持ちでいるか、私にはわかります。無邪気なあなたは気づいていないかもしれないが、あなたは利用されているだけなのです。できることならなんでもして、あなたをお救いしたい」

「私の妻から手を離せ」ジャレッドの声は、ガーディアンの鋼の刃に劣らず冷ややかだった。「離さないなら、有無を言わさず、いま、ここで、おまえを殺す」

「チルハースト」ギフォードはオリンピアから手を離してさっと振り返り、ジャレッドと向き合った。

「ジャレッド、やっと舞踏会に顔を出す気になったのね」オリンピアは言った。「うれしいわ」

ジャレッドはオリンピアを無視して言った。「妻には近づくなと警告したはずだ、シートン」その声は不気味なほど穏やかだ。

「血も涙もないろくでなしめ」ギフォードは吐き捨てるように言った。「今夜はとうとう姿を現すことにしたようだな。やってこないのではないかと、みんなが噂していたぞ。おまえの不在で、かわいそうな奥方がさんざん恥をかかされたのは、気づいているんだろうな？」

「ばかを言わないで」オリンピアはきっぱりと言った。「恥だなんて、少しも思っていませんわ」

男たちはふたりともオリンピアを無視した。ジャレッドはうんざりだと言いたげに冷ややかな視線をギフォードに送った。けれどもオリンピアは、ジャレッドの目に危険ななにかがきらめいたのを見逃さなかった。

「おまえとの片はあとでつけることにするぞ、シートン」ジャレッドはオリンピアの腕を取った。

「楽しみに待つとしよう」ギフォードはからかうように会釈をした。「しかし、おたがい、わかっているはずだ。おまえは予定帳のどこを見ても、私と会うのに都合のいい日は見つけられない。そうだろう？　前回、見つけられなかったようにな」

オリンピアは、ジャレッドの堪忍袋の緒が切れかけているのをひしひしと感じた。「ミスター・シートン、もうやめて。お願いですから、もう口をつぐんでください。夫はめったに怒らない人ですが、今回ばかりは、あなたのせいで我慢の限界を超えてしまいそうです」

ギフォードはさげすむようにオリンピアを見た。「私のことはご心配にはおよびません、レイディ・チルハースト。決闘になるはずはありません。あなたのご主人は、名誉をかけて決闘するような危ないことはよしとしないのです、そうだろう、チルハースト？」

オリンピアはなにをどうしていいのか、わからなくなりはじめた。「ミスター・シートン、あなた、ご自分がなにをなさっているのか、わかってらっしゃらないんだわ」

「自分がなにをしているか、彼はよくわかっているはずだ」ジャレッドは言った。「さあ、行こう、愛しい人。こんなやりとりはもううんざりだ」そう言ってオリンピアの腕を取り、舞踏場へ向かって歩き出す。

「ええ、もちろんです」決闘の申し込みがされなかったことに心底ほっとして、オリンピアはエメラルドグリーンのスカートを持ち上げ、足早に歩き出した。

ジャレッドはおもしろそうにオリンピアを見下ろした。「そんなに急いで、私と早く踊りたくてたまらないのだろうか、マダム？　光栄だ」

「まあ、ジャレッド、あなたがミスター・シートンにあおられてつまらない決闘を申し込むのではないかと、気が気ではなかったわ」オリンピアはおずおずとほほえんだ。「どんなに心配したか」

「心配するにはおよばない、愛しい人」

「よかったわ。それにしても、怒りにたいするあなたの自制心には、感嘆しないではいられません。なによりも感動的だわ」

「ありがとう。必死の努力をしているのだ。ほぼ四六時中」

オリンピアはすまなさそうにジャレッドを見た。「ミスター・シートンがばかげたことばかりまくしたてるから、あなたが怒りを爆発させやしないかとはらはらしたわ」

「あの男と庭でなにをしていたのか、訊いてもかまわないだろうか？」

「いやだ、忘れるところだった」オリンピアのなかで、ほんの少し前に味わった興奮がよみがえった。「お庭に出たのは、ミスター・シートンがふたりきりで話をしたがったからよ」

「そんなことだろうと思った」きらびやかな舞踏場に入る直前に、ジャレッドはオリンピアを引き止めた。「今夜、ここに集まっているお客のほとんどが、あなたとあの男を見ていたらしい。私が舞踏場に入っていくあいだ、あちこちからささやき声が聞こえて途絶えることはなかった」

「あら、まあ」

「ふたりきりでどんな話をしたのか、聞かせてくれるだろうね？」

「ええ、もちろん」オリンピアは一気にまくしたてた。「ジャレッド、わたしがなにを知ったか、あなた、ぜったいに信じてくれないわ。ギフォード・シートンと彼のお姉さまは、キャプテン・エドワード・ヨークの直系の子孫なの。財宝の隠し場所を示した地図の片割れも持っているわ」

「信じられん」まったく想像もおよばない返事だった。ジャレッドは愕然としてオリンピアを見つめた。「たしかなのか？」

「まちがいないわ」オリンピアは誇らしげにほほえんだ。「ミスター・シートンから一族の簡単な歴史を聞いて、そのあと、彼がわたしと同じように西インド諸島の地図に興味を持っていると知って、ひょっとしたらそうではないかとは思っていたのよ。それから、たまたま彼の時計を見たとき、装飾の図柄に気づいたの」

「どんな図柄だ？」

「サーパントよ」どんなに抑えようとしても、得意げな声が出てしまう。「ライトボーンの日記の裏表紙の見返しには船の絵があって、その舳先《へさき》に描かれているサーパントと時計の図柄はそっくりなの」

「ヨークの船の象徴だな？」

「そのとおりよ。今夜、これまでに得た情報を突きつけて訊いたら、彼はヨークの曾孫だと認めたの。お庭では、そんな話をしていたのよ」

「なんということだ」

「彼とデミトリアはヨークの娘の孫だから、姓はヨークではないのよ」

ジャレッドは一瞬考えこんでから言った。「では、やつらも地図の在処を探していたのだな」

「そうよ」オリンピアはジャレッドの腕に手をかけた。「気を悪くしないでほしいのだけれど、ジャレッド、三年前、デミトリアがあなたに紹介してもらうように画策したのは、弟に失われた地図の片割れを探させるためだったの」

「私に引き合わせるようにと彼女がハートウェルを説き伏せたのは、ただたんに愚かな弟に伝説の財宝の地図を探させるためだったと？」嫌悪感もあらわに、ジャレッドは訊いた。

「ミスター・ハートウェルは彼女のほんとうの目的を知らなかったのだと思うわ」オリンピアはあわてて言った。

「いや、おそらく知っていて、それをのちのちなにかに利用しようと思っていたのだろう」ジャレッドは言った。「ほかのたいていの男と同じように、彼もデミトリアの美しさに魅了されていたのかもしれない。しかし、そんなことはどうでもいい」

「そのとおりよ」オリンピアはすかさず同意した。ジャレッドにしみじみとデミトリアの美しさを思い出してほしくなかった。「すべてもう過去のことだわ、子爵さま」

ジャレッドはオリンピアの頭のてっぺんからつま先まで熱い視線を走らせた。「あなたをここへエスコートしてこられなくて、残念だったよ、愛しい人」

ジャレッドに称賛の目で見つめられ、オリンピアは胸が高鳴った。「気になさらないで、ジャレッド。急を要する手紙を受け取られたのは知っていますから。グレーヴスから聞きました」

「ハートウェルがまだロンドンにいるという知らせだったのだ」

オリンピアはぎょっとした。「それで、彼を探しにいらしたの？」

「そうだ。元の仕事場にいるかもしれないと聞いて、行ってみた。しかし、彼の姿はなく、もどってきたようすもなかった。手紙に書いてあったことはなにかのまちがいだったのだろう」

「よかった」オリンピアはほっとした。「それを聞いて安心しました。その卑劣な男性はもう永遠にイギリスへもどってこなければいいのに」

「私もそう思う」ジャレッドはオリンピアの手を取り、フレンチドアへと導いた。「ようやくここへたどり着いたわたしに、いっしょにワルツを踊る栄誉をあたえてくれるだろうね、愛しい人？」

オリンピアは残念そうにため息をついた。「そうできればいいのだけれど。ほんとうに申し訳ないわ、ジャレッド、わたしはワルツが踊れないんです」

「おや、でも私は踊れる」

「ほんとうに？」

「三年前、そろそろ妻を得なければならないと気づいて、わざわざ習ったのだ。結局、その技能を活かす機会はなかったが、まだ完全に忘れてはいないと思う」

「そうですか」彼はデミトリアに求愛しようとワルツを習ったのだ。そう思ってオリンピアはむっとした。「お相手ができなくて残念だわ。ワルツはとても刺激的なダンスのようだし」

「どれだけ刺激的か、ふたりで試してみよう」ジャレッドはオリンピアの手を引き、物見高い客たちをかき分けてダンスフロアに出ていった。

オリンピアは不安のあまりめまいがしそうだった。「ジャレッド、やめましょう、あなたに恥をかかせたくないわ」

「あなたがなにをしようと、私は恥などかかないぞ、オリンピア」ジャレッドは片手を彼女の背中に回した。「さあ、気持ちを集中させて、私の言うとおりにしてごらん。なんと言っても、私は家庭教師なのだよ」

「おっしゃるとおりだわ」あたりで音楽が渦巻きはじめ、オリンピアの顔にゆっくり笑みが広がった。「ほんとうに、あなたは教えることの天才ね、ミスター・チルハースト」

翌朝、オリンピアがライトボーンの日記の解読に取りかかろうとしていると、デミトリアから手紙が届いた。

マダム

火急を要する用件で、いますぐお話ししなければならないことがあります。この手紙を受け取ったことは口外せず、なによりも、私と会うことは決してご主人に知られませんように。命にかかわる問題なのです。

かしこ

レイディ・B

体を悪寒が駆け抜けた。オリンピアははじかれたように立ち上がり、扉に向かって駆け出した。

19

「その情報はたしかなのですか?」青と金色のソファに坐ったオリンピアは、たったいま、デミトリアから聞かされた話にショックを受けていた。ショックではあっても、それほど驚いてはいない。

「わたくしには、いろいろなところに情報提供者がいるの。情報はすべて、重ねて確認しているわ」デミトリアの美しい目が苦悩と恐れに陰っている。「疑う余地はないの。チルハーストはわたくしの弟と決闘するつもりよ」

「なんてこと」オリンピアはつぶやいた。「こうなるのを恐れていたんです」

「あなたが恐れる理由はないでしょう」窓辺に立って庭を見ていたデミトリアが、くるっとこちらに体を向けた。「恐くてたまらないのは、このわたくしよ。あなたの夫は弟を殺すつもりだわ」

「デミトリア、落ち着いて」コンスタンスが銀のポットから紅茶を注ぎ、砂糖に手を伸ばした。デミトリアの応接室にいても、自分の応接室にいるようにくつろいでいる。「取り乱したところで、なんの役にも立たないわ」

「あなたがそう言うのは簡単でしょう、コンスタンス。死にかけているのはあなたの弟じゃないもの」

「そのとおりよ」コンスタンスは困ったものだと言いたげにオリンピアを見た。「でも、まだなにか起こったわけじゃない。レイディ・チルハーストもあなたに劣らず心配されているはずよ。きっと力になってくださるわ」

「あなたがおっしゃることがほんとうなら、決闘をやめさせる方法を考えなければ」オリンピアは言った。気持ちを奮い立たせて、なんとか論理的に考えようとする。

「どうやったら止められるの？」デミトリアは、ずらりと並んだ窓の前を落ち着きなく行ったり来たりしている。豪華な籠《かご》に閉じこめられた、エキゾチックな野鳥のようだ。「決闘が行われる日も、場所も、時間さえ突きとめられなかったのよ。そういうことは、関係者以外にはぜったいに漏らさないものらしいわ」

「場所や日時なら突きとめられるかもしれない」オリンピアは立ち上がり、部屋の奥を行ったり来たりしはじめた。いま耳にした情報の意味とそれにかかわる物事が、頭のなかをぐるぐる回っている。

ジャレッドは決闘で命を失う危険を冒そうとしている。すべてはわたしの責任だ。

「決闘の日時と場所が突きとめられるっていうの？　わたくしの情報源がどんなにがんばっ

ても知りえなかったのに？」デミトリアが詰め寄った。

「むずかしいことではないはずだわ」オリンピアはなだめるように言った。「夫は厳密すぎるほど習慣を守る人だから」

「ええ、まさにそうだわ、そうじゃなくて？」デミトリアは噛みつくように言った。「ウィンズローの機械博物館にあるぜんまい仕掛けのおもちゃそっくり」

「それはちがいます」オリンピアは冷ややかに言った。「でも、予定がきちんと決まった一日の価値を認め、そんな毎日を実践しようとしているのはたしかです。夜明けに決闘をする日が決まったら、ほかの用事といっしょに予定帳に書き込んでいるかもしれないわ」

「そうよ、それよ」コンスタンスが大きく目を見開いた。「彼女の言うとおりよ、デミトリア。だれでも知っているように、チルハーストは習慣と日課の信奉者よ。彼ならきっと、決闘の日時と場所を書き込んでいるわ」

デミトリアはオリンピアを見つめた。「彼の予定帳をこっそりのぞけそう？」

「たぶん。でも、それより厄介な問題があるわ」オリンピアは必死になって気持ちを集中させた。「いちばんの問題はどうやったら決闘をやめさせられるか、ということよ」

「治安判事に通報してしまう、という手もあるわ」コンスタンスが落ち着きはらった口調で言った。「いずれにしても、決闘は違法行為だもの。でも、そんなことをしたらギフォードもチルハーストも逮捕されてしまうかもしれない。逮捕されないまでも、桁外《けたはず》れの醜聞になるのは避けられないわ」

「たいへん」デミトリアはため息をついた。「身内の者がそんな大きな醜聞を引き起こしたら、ボーモントはかんかんになって怒るわ。ギフォードを無一文にして追い出しかねない」

オリンピアはソファの肘掛けを指先でトントンと叩きつづけた。「逮捕されて、チルハーストがわたしに感謝するわけもない。なにかほかの方法を考えて、無意味な決闘をやめさせなければ。ギフォードには、やめるように説得されたのですか?」

「もちろん、説得したわ」デミトリアが窓からつぎの窓へと移動するたび、部屋着の青と白のスカートがシュッ、シュッと強くこすれる音がする。「でも、決闘など計画してないと言い張るばかり。ましてや、チルハーストはほんきであなたの心臓に銃弾を撃ち込むつもりだと言っても、まるで聞く耳を持たないわ」

「夫がほんきで弟さんを殺そうとするなんて、ぜったいにありえないわ」オリンピアは強い口調で言った。「自分の身を守ろうとするだけよ。わたしは、チルハーストが弟さんに殺されはしないかと、そちらのほうがはるかに心配だわ」

「弟はあなたのご主人にはとうていかなわない」デミトリアがささやくように言った。「決闘の場では、より冷静で自制心のある者が勝者となると考えてまずまちがいないと聞いたわ。勝つのは熱血漢ではなく冷血漢。チルハーストは冷血漢そのものだわ」

「それはちがいます」オリンピアはぴしゃりと言った。

「わたくしはチルハーストという人間をよく知っているの。地獄で悪魔と食事をしても、汗ひとつかかない人だと断言できる」デミトリアはあくまでも言い張った。「でも、ギフォードはそんなことはまるでわかっていないわ。それどころか、決闘を待ちかねているのよ」そう言って、ふと目を閉じる。「名誉を汚されたわたくしの、かたきを取るチャンスがほしいのだと言っているわ。三年前の出来事があってから、あの子はチルハーストを恨みつづけているのよ」

オリンピアはふーっと大きく息をついた。「弟さんはとても感情的な方だわ。今回のとんでもない騒動にかかわっている人たちはみんなそう」

「名誉を汚されたわたくしのかたきを打つだけではなく」デミトリアは陰鬱な声でつづけた。「あなたの夫に銃弾を撃ち込めたら、それはあなたのためにもなるのだと、あの子は信じているにちがいないわ、マダム」

「弟さんは感情に支配されてまともにものが考えられなくなっているんじゃないですか?」オリンピアは探るようにデミトリアを見た。「そういう性格は、あなたがた一族の特徴にちがいないわ」

デミトリアはオリンピアをにらみつけた。「ギフォードから聞いたわ。あなたは、あの子とわたくしがエドワード・ヨークの曾孫だとご存じだそうね」

「ええ」

コンスタンスはきれいにととのえられた眉をつり上げた。「それを突きとめたなんて、すばらしく賢くてらっしゃるのね、レイディ・チルハースト」

「ありがとう」オリンピアは小声で礼を言った。「それはそうと、本題にもどりましょう。

まず、決闘の日時と場所は、なんとかしてわたしが突きとめるわ。そのあと、チルハーストに決闘の場へ行かせない方法を考えなくては」

「それがうまくいったとして、意味があるかしら？」コンスタンスが静かに訊いた。「チルハーストとギフォードは、また夜明けの逢瀬《おうせ》の予定を組むに決まっているわ」

「最初の決闘、つまり、明らかに怒りにまかせて取り決めた決闘を阻めれば」と、オリンピアは考え考えゆっくり言った。「しばらくは時間が稼げるから、ギフォードもチルハーストもそのあいだに冷静になるかもしれない。なんとかその時間をうまく利用するのよ」

デミトリアはじれったそうに両手をもみ合わせた。「どうやって？」

「あなたはギフォードとじっくり話し合い、わたしはチルハーストを説得する」

「効果があるとは思えないわ」デミトリアはがっかりして下唇を嚙みしめた。「ギフォードは、三年前に申し込んだ決闘を拒んだチルハーストを臆病者と決めつけているのよ。でも、わたくしはチルハーストがそうしたほんとうの理由を知っているの。臆病者だからだなんて、とんでもない」

オリンピアは悲しげにほほえんだ。「よくわかっているわ」

コンスタンスとデミトリアは顔を見合わせてから、まじまじとオリンピアを見つめた。

「ほんとうの理由をご存じなの？」デミトリアは半信半疑で訊いた。

「もちろんよ」オリンピアは手をつけていない紅茶を見下ろした。「チルハーストが決闘を拒んだ理由はわかりきっているわ。あなたを気遣ったのよ」

「わたくしを？」デミトリアは訳がわからなかった。

コンスタンスは不思議な笑みを浮かべ、ティーカップの縁越しにオリンピアを見た。「ほんとうにそう思ってらっしゃるの、レイディ・チルハースト？」

「ええ。チルハーストが決闘を拒否したのは、あなたがどんなに弟さんを思ってらっしゃるか知っているからだわ。夫は決闘することであなたを苦しめたくなかったのよ」

「ばかばかしい。あの人がわたくしを気遣うなんて、ありえない」デミトリアはつぶやいた。「チルハーストは、仕事の取引を持ちかけるように、わたくしに結婚話を切り出したの。あなたはなにもわかってないのよ」

「わたしはそうは思わない」オリンピアは言った。「この件について、わたしなりに考えに考え抜いて、たどりついた結論よ」

デミトリアはふたたび説明を始めた。「教えてさしあげるわ、マダム。三年前、チルハーストがギフォードの決闘の申し込みを受けなかったのは、醜聞の真実が暴かれて恥をかきたくなかったからよ」

「それは、あなたが愛人といっしょにいるところを彼が見てしまった、という噂のことかしら？」オリンピアは訊いた。

一瞬、応接室の空気が凍りついた。

ようやくコンスタンスがティーカップを置いた。「婚約が破棄されたあと、しばらく流れていた噂のことはご存じのようね」

「ええ、その話は聞きました」オリンピアは言った。「あれはたんなる噂ではなかったのね？　事実だったのね？」

「そうよ」デミトリアは静かに認めた。「でも、わたくしはギフォードも含めてみんなに、チルハーストが婚約を破棄したのはわたくしに相続権がないと知ったからだと言ったわ。チルハーストを含めて全員が、そんなわたくしの話を受け入れたの」

「だれにとっても、それが最善の道だったのよ」コンスタンスはつぶやいた。「真実が知れたら、かかわりのあるみんなが大きな傷を負ったはず」

デミトリアはオリンピアを横目で見た。「ギフォードがチルハーストを臆病者と決めつけたのは、決闘を拒んだだけでなく、わたくしの愛人に決闘を挑まなかったからよ」

「あら、それはとうてい無理な話じゃないかしら？」オリンピアは穏やかに言った。「紳士が、夜明けの決闘でご婦人に相対するわけにはいかないわ」

コンスタンスとデミトリアは言葉もなくオリンピアを見つめた。最初に立ちなおったのはコンスタンスだった。

「では、そのこともご存じなのね？」皮肉な笑いをたたえて、コンスタンスの目がきらりと輝いた。「チルハーストから聞いたの？　彼があなたに真実を伝えたとは、驚きだわ。結婚するつもりの相手がべつの男性といっしょにいるのを見ても、充分につらいはずよ。ましてや、女性といっしょにいるのを見てしまった戸惑いは筆舌に尽くしがたいと思うわ」

「チルハーストからはなにも聞いていないわ」オリンピアは言った。「彼は紳士だもの。かって婚約していた女性について、あれこれ言うものですか」

コンスタンスは眉を寄せた。「わたしも、彼はだれにもほんとうのことは話さないと思ったわ。でも、それなら、なぜあなたはわかったの？　あの日、チルハーストが見てしまったデミトリアの相手がわたしだとわかったの？」

「たいしてむずかしい推理ではないわ」オリンピアは小さく肩をすくめた。「まず、三年前にあなたがデミトリアといっしょにフレーム島へ来たと聞いたこと。それから、最初からわたしには、あなたとデミトリアは特別な関係にあるにちがいないと思えたの。わたしの叔母たちと同じように。その二つの事実を結びつけただけよ」

「あなたの叔母さまたちって」デミトリアは驚いてぽかんと口を開けた。

「ソフィー叔母さまは、実際にわたしと血のつながりのある親戚よ」オリンピアは説明した。「彼女の親友で伴侶でもあったのは、アイダという名の女性よ。わたしはいつも彼女をほんとうの叔母のように思っていて、実際、アイダおばさまと呼んでいたわ」

「あなたは、その叔母さまたちと親しかったの？」コンスタンスが興味津々になって訊いた。

「ええ、とても。ソフィー叔母さまとアイダおばさまは、一文無しで玄関先に放っておかれていたわたしを、十歳のときから育ててくれたの」オリンピアは言った。「一族のみんなに厄介者扱いされたわたしを引き取ってくれた。ふたりとも、とてもわたしによくしてくれたわ」

「そうだったの」コンスタンスはちらりとデミトリアを見た。「こちらの子爵夫人は、あなたが信じていたような田舎育ちのうぶな娘さんではなさそうよ、愛しい人」

「そのようね」デミトリアは悲しげにほほえんだ。「ごめんなさい、マダム。あなたは、わたくしが最初に思っていたよりよほど、世事に通じた大人の女性だわ」

「それよ。まさにそのことを、わたしは繰り返し、チルハーストに伝えているのに」オリンピアは言った。


ジャレッドの予定帳にはそれがはっきりと記されていて、オリンピアは背筋が寒くなった。一方の手でろうそくの炎を守りながら、その不吉な単語に目をこらす。

木曜日。朝。五時。チョークファーム。


決闘の場はチョークファームだと、すぐにわかった。オリンピアは不安におののきながら予定帳を閉じ、ろうそくの火を吹き消した。

木曜日の朝。五時。

ギフォードに会いに行かないようにジャレッドを説得する時間は、一日しかない。だれかに手伝ってもらわないことには、どうしようもない。

「オリンピア？」ベッドにもどってもぐりこむと、ジャレッドがもぞもぞと体を動かした。

「どうかしたのかい?」

「いいえ。お水を飲みにいっただけよ」

「なんて冷たいんだ」ジャレッドはオリンピアを引き寄せ、きつく抱いた。

「今夜はことのほか冷え込むわ」オリンピアはささやいた。

「たがいを温め合ういい方法がある」

ジャレッドはオリンピアの口に口を重ねて、むさぼるような熱いキスをした。さらに、手のひらをオリンピアのみぞおちに押しつける。オリンピアはジャレッドの硬い筋肉質の体に両腕を巻きつけ、ぎゅっと力をこめた。そうやって命がけでしがみついてさえいれば、彼が無事でいられるかのように。

あなたはわたしをセイレーンを呼ぶけれど、とオリンピアは思った。あなたを乗せた船が岩に激突するようなことはぜったいにさせない。なんとかして、あなたを救う道を見つけてみせるわ。


「私の息子を救うのに、われわれに力を貸してほしいって?」マグナスは驚きと戸惑いの表情を浮かべ、オリンピアを見つめた。それから、書斎に集められてオリンピアの机の前に坐っている身内たちの顔を見た。

「どうしても手を貸していただきたいのです」オリンピアは伯爵から視線をはずし、揺るぎない表情で、タデアスと、ロバートと、ヒューと、イーサンの顔を見た。「みんなにも手伝ってほしいの。あなたがたに協力してもらわないと、わたしの計画は決してうまくいかないわ」

「手伝うよ、オリンピアおばさん」ヒューがすぐに言った。

「ぼくも」イーサンがつづく。

ロバートは椅子に坐ったまま、ぴんと背筋を伸ばした。「ぼくはなんだってするよ、オリンピアおばさん」

「よかった」オリンピアは言った。

「ちょっと待ってくれ」タデアスがもじゃもじゃの眉をしかめた。「坊主に助けが必要だと、だれが言っているのだね？」

「タデアスの言うとおりだ。私の息子は自分のことは自分でできる男だ」マグナスは誇らしげにほほえんだ。「あれに銃の使い方を教えたのは、この私だ。決闘のようなちっぽけなことで、気をもむにはおよばないよ、愛しい人。ジャレッドが負けるわけがない」

「そう、そのとおりだ」タデアスは腹の上で両手を組み合わせた。「目もいいし腕もたしかだ。危機に際して、あれほど冷静な男はまずいない。うまくやるとも」

オリンピアはカーッと頭に血が上った。「なにもわかっていらっしゃらないようですね。わたしは夫に、わたしの名誉を守るとかなんとか、そんな愚かな決闘で命を危険にさらすようなことはしてほしくないのです」

マグナスはしかめ面をした。「愚かなことはひとつもないぞ。ご婦人の名誉ははかり知れないほど大事なものなのだよ、愛しい人。私もジャレッドの年のころは、妻の名誉をめぐって二、三度、決闘をしたものだ」

「わたしは、そんなことはさせません」オリンピアは言った。マグナスがけろりとしているのが腹立たしかった。

「止められはしないだろう」顎をなでながらマグナスは言った。「それにしても、息子がそんな男意気を見せるとは驚きだ。なんだかんだ言って、あれにもフレームクレストの炎があったのだな」

「結局のところ、坊主は一家の誉れなのだ」タデアスはうれしそうに言った。「誇りに思うがいい、マグナス」

「ばかばかしくて聞いていられないわ」オリンピアは勢いよく立ち上がり、両方の手のひらをバシッと机に叩きつけた。「あなたは」と、マグナスを見つめて言う。「ご自分の息子のことをなにもわかってらっしゃらないわ」さらに、タデアスに顔を向けて言った。「あなただって、彼のことをろくに知らないのよ。ふたりとも、彼のありがたさにも気づかず勝手なことばかり言って」

タデアスは髭をぴくつかせた。「おいおい、それは……」

「フレームクレスト家の炎が欠けているとか、いや、ちゃんとあっただとか、そんな話はもうたくさん。ほんとうは、チルハーストはあなたがたが思っているよりはるかに熱い炎の持ち主よ。でも、その炎を抑え込み、隠しとおしてきた。背負いきれないほどの責任を果たさなければならなかったからよ」

「なんの話だね？」マグナスが強い口調で訊いた。

「チルハーストは、自分以外の家族の面倒をみるという仕事に追われて、あなたがたのようには情熱や感情を思いのままに吐き出せずにいたのよ。ひっきりなしにあなたがたを救っていなければならなかったからだわ」

「おいおい、それは言い過ぎだろう」マグナスが不満そうに言った。

「そうでしょうか？」オリンピアは目を細めた。「彼が弱冠十九歳ではかり知れない責任を押しつけられたという事実を否定できますか？」

「まあ、そう言えなくもないが」マグナスはしぶしぶ認めた。「私もそばにいて、重要な問題には対処していたのだ。そうだろう、タデアス？」

「そのとおり。あなたも私もそばにはいた」タデアスが言った。「しかし、われわれはふたりとも、仕事となると頭が回るほうじゃないな、マグナス。認めないわけにはいくまい。金だの経済だのがわかるのは、あなたの息子だけだった」

「そして、あなたがたは彼の才能に頼りきってのほほんとしていた」オリンピアは挑むような目をしてふたりを代わるがわる見た。

「それはだな」マグナスが口を開いた。

「もうけっこうです」オリンピアはそれ以上言わせるつもりはなかった。「あなたがたや家族のほかの方たちは、彼が作るお金は好きなだけ使いながら、そのお金を作るのに必要な気性を非難しているのよ」

「そういうわけではないのだが」マグナスは椅子に坐ったまま、居心地悪そうに体を揺すった。「金を作るのはむろんよいことだが、フレームクレスト家の者の血は冷たくてはならんのだ。熱くたぎっていて当たり前なのだ」

タデアスはため息をついた。「ジャレッドはわれわれとはちがうのだ、オリンピア。少なくともごく最近まで、情熱家の片鱗はまるで見せなかった。だから、彼がフレームクレスト家の炎を見せてくれたいま、それを抑えつけるようなことは断じてしたくないのだ」

「彼を救うんです。抑えつけるわけじゃありません」オリンピアはきっぱりと言った。「そして、みなさんにはその手伝いをしていただきます」

「われわれが？」マグナスは不満そうだ。

「ではこうします」オリンピアは氷のように冷たい声で言った。「この件でわたしを手伝ってくださらないなら、あなたがたにはフレームクレスト家の失われた財宝のありかはぜったいに教えません。わたしがこの手で、隠された秘密ごとライトボーンの日記を始末します」

「なんということを」タデアスはささやいた。

マグナスとタデアスはおびえた目をして顔を見合わせた。

やがて、マグナスは魅力たっぷりの笑顔をオリンピアに向けた。「あなたがそこまでおっしゃるなら、われわれもお手伝いしましょう」

「微力ながら、喜んで」タデアスがうれしそうに言った。

ロバートが声をあげた。「ぼくたちはなにをすればいいの、オリンピアおばさん？」

オリンピアはゆっくりと椅子の背に体をあずけ、腕組みをした。「ある計画を立てたの。きっとうまくいくにちがいないわ。チルハーストは快く思わないでしょうけれど、いったん気持ちが落ち着けば、聞く耳を持って納得してくれるはずよ」

「ちがいない」マグナスが悲しそうに言った。「息子は道理に耳を傾けてしまうたちなのだ。最悪の短所のひとつだな」

階段を上りきったジャレッドはろうそくを高く掲げ、荷物が所狭しと置いてある物置部屋のなかに目をこらした。「ここにある、いったいなにを私に見せたいのだ、オリンピア？」

「肖像画よ」部屋着にエプロンをつけたオリンピアは大きな重いトランクに手をかけ、なんとか動かそうと力をこめた。「このすぐうしろにあるの」

「あしたではだめなのかい？　もう九時近い」

「どうしても見たい絵があるのよ、ジャレッド」オリンピアは真鍮《しんちゅう》の把手をつかんで引き上げようとしたが、トランクはびくともしない。「ひょっとしたら、あなたの曾祖父さまの肖像画かもしれないと思って」

「わかった。ちょっと脇によけなさい。トランクを動かしてあげよう」ジャレッドは思わずほほえんだ。オリンピアのかれんな白いキャラコのキャップから巻き毛がはみ出して、ふわふわと揺れている。「どうしてそれがキャプテン・ジャックの肖像画かもしれないと？」

オリンピアは肩で息をしながら背筋を伸ばし、手の埃《ほこり》をエプロンで払った。「その絵をちらりと見かけたとき、描かれている男性があなたにそっくりだと思ったの。アイパッチだとか、ほかにもいろいろと」

「思いこみだろう。しかし、あなたがそう言うなら、取り出してあげよう。さあ、ろうそくで照らしてくれ」

「ええ、もちろん」オリンピアはジャレッドからろうそくを受け取り、満面に笑みを浮かべた。「手伝ってくださって、ほんとうにありがとう」

ジャレッドはまじまじとオリンピアの笑顔を見つめた。「どうかしたのか、オリンピア？」

「いいえ、ぜんぜん、なにもないわ」オリンピアがろうそくを握る手がかすかに震えた。

「その絵を見たいのは、キャプテン・ジャックの肖像画であれば、失われた財宝につながる手がかりが見つかるかもしれないと思ったからなの」

「ああ、なるほど。またあの忌まわしい財宝の話か」ジャレッドは重いトランクに近づき、ぐいと押しのけた。その先は覆いをかけられた椅子に阻まれて進めない。ジャレッドが椅子を持ち上げると、ろうそくの頼りない明かりがさらに弱まった。「オリンピア、ろうそくをもっと近づけてくれ」

「ほんとうにごめんなさい」オリンピアは戸口から言った。その声は奇妙なほどか細い。

「でも、それはできないわ」

ジャレッドが椅子を床に置いて振り返ったとたん、オリンピアが力まかせに扉を閉めるのが見えた。バタンというものすごい音が部屋じゅうに響いた。一瞬遅れて、風が押し寄せ、オリンピアが床に置いたろうそくがかき消えた。

ジャレッドは漆黒の闇に取り残された。扉の向こうから重い鉄の鍵が差し込まれ、ガチャリと錠が下りる音がした。

「しばらくは腹が立ってしかたがないと思うわ、ジャレッド」分厚い木の扉に阻まれ、オリンピアの声はほとんど聞き取れないほど小さい。「ほんとうに申し訳ないと思う。でも、あなたのためなの」

ジャレッドは扉に向かって一歩足を踏み出した。ブーツのつま先がトランクに突き当たる。ジャレッドは顔をしかめ、そっと手を伸ばして邪魔ものはないかと探った。「扉を開けるんだ、オリンピア」

「朝になったら開けます。約束するわ」

「あすの朝の何時に開ける？」

「六時か七時ごろだと思うわ」

「なんということだ」賢い妻はときとして困りものだ、とジャレッドは思った。「どうやら、私の夜明けの約束を知ってしまったようだな、マダム」

「そうよ、ジャレッド、知っているわ」オリンピアは気を取りなおしてきっぱり言った。「そして、激情にとらわれているあなたを説得して、行くのをやめてもらうのはとても無理だと思ったから、思いきった方法を取ることにしたの」

「オリンピア、こんなことをする必要はまったくないんだ、ほんとうに」ジャレッドはさらにもう一歩足を踏み出し、布に覆われた椅子のシートに向こうずねをぶつけた。「くそ」

「だいじょうぶ、ジャレッド？」オリンピアは心配そうに訊いた。

「ここは真夜中のように真っ暗なんだ、オリンピア」

「でも、ろうそくを置いてきたわ」

「あなたが扉を閉めたはずみで、かき消えてしまった」

「まあ」オリンピアは口ごもった。「でも、扉のそばにまだろうそくとマッチ箱があるわ、ジャレッド。わたしがさっき置いたの。それを使ってちょうだい。食べ物も用意したわ。冷たいものばかりだけれど、部屋の隅にある大きな箱のそばよ。お盆に並べて、覆いをかけてあるわ」

「ありがとう」ジャレッドはむこうずねをなでた。

「ミセス・バードがラムと子牛肉のパイを作ってくれたの。パンは、今朝焼いたばかりよ。チーズもあるわ」

「準備は万端、という感じだな、愛しい人」ジャレッドはすり足で少しずつ扉に近づいていった。

「そうだといいのだけれど」オリンピアは言った。「おまるは椅子の下よ。それも置いたほうがいいと気づいたのは、ロバートなの」

「ロバートは賢い子だ」ジャレッドの手がようやく扉に触れた。その場にしゃがんで、ろうそくを探す。

「ジャレッド、ほかにも伝えなければならないことがあるの。使用人はひとり残らず、外泊してもらいました。夜が明けてからもどるように、と伝えたから、大きな声を出して召使いやメイドを呼んでもむだです」

「大声で助けを求めるつもりはない」ジャレッドは三本目のマッチでようやく、ろうそくに火をつけた。「この部屋で叫んだところで、外に聞こえるとも思えない」

「そのとおりよ」オリンピアはほっとして言った。「それから、あなたのお父さまと叔父さまは、子供たちを連れてアストレー劇場へいらっしゃったわ。帰りはかなり遅くなるはずよ。みんな、ここの扉は開けないと誓ってくれたわ」

「わかった」ジャレッドはろうそくを手にして、部屋の壁に目をこらした。

「ジャレッド？」

「なんだい、オリンピア？」

「あとでわたしを許す気になってもらえたら、と願っているわ。きっといまははらわたが煮えくり返るような思いでしょうね。でも、わかってちょうだい。あなたを、夜明けに命を落とすかもしれないような危険にさらすわけにはいかなかった」

「もう休みなさい、オリンピア。そのことは、あすの朝にでも話し合おう」

「さぞかし腹を立てているでしょうね、子爵さま」声にはあきらめがにじんでいたが、オリンピアの気持ちは少しも揺らいでいなかった。「でも、ほんとうに、ほかに道がなかったの。

あなたには、気持ちを静める時間が必要だわ。自分の行動を考えなおす時間が。いまのあなたはまちがいなく、激情と感情にとらわれています」

「たしかに」

「おやすみなさい、ジャレッド」

「おやすみ、愛しい人」

ジャレッドは、遠ざかっていく足音に耳を澄ました。彼が最後にこの部屋を探索したのは、十歳のときだった。真下のギャラリーの階段に通じる、秘密の戸口を見つけるのは簡単ではないだろう、とジャレッドは思った。

壁に到達するだけでも、箱やトランクをいくつも動かさなければならない。壁に近づけたとしても、隠された戸口と、それを開けるのに操作するバネを探すのは至難の業だ。かつての目印はすべて、埃に埋もれているだろう。

決闘で私の命を危険にさらさせないように、オリンピアはさんざん骨を折り、考えに考えて計画を練ったのだ。そう思うとジャレッドの口元はゆるんだ。

私のことはだれが助けてくれるのだ、といつも考えていたが、その答えがようやく見つかった。

一時間以上かけて、ジャレッドはやっと秘密の戸口を見つけた。その後、鏡板をたどる指先にはっきりくぼみを感じたときには、安堵のあまり、つい罰当たりな言葉が口をついて出た。ジャレッドは鞘からガーディアンを引き抜き、刃先を小さなくぼみに差し込んだ。

壁の奥から、古い装置のさびついた摩擦音が聞こえたが、鏡板は開いた。ジャレッドは短剣を鞘におさめ、ろうそくを手にして、キャプテン・ハリーが作らせた階段を降りていった。

フレームクレスト伯爵が代々派手好きなのはたしかだが、愚か者と呼ばれた者はひとりもいなかった、とジャレッドは思い出した。彼らがやることにはかならず理由があったのだ。ただし、その理由がいつも、他人にきちんと理解されるとはかぎらない。

邸を訪ねた者が、どこにも通じないギャラリーの階段を見て、フレームクレスト家が変わり者揃いだという証拠のひとつだと思うのは勝手だ、とジャレッドは思った。祖父のハリーはどの部屋にも脱出口を作るべきだと考え、それを実行したまでだ。

邸の三階が真っ暗だと気づいて、ジャレッドは眉をひそめた。二階へ降りていくと、ここも闇に包まれている。おそらくオリンピアは、伯爵たちがもどるまで書斎で仕事をするつもりなのだろう。

そういえば、オリンピアとは何度も書斎で愛を交わした。一階へ降りていきながら、ジャレッドはふと思い出した。今夜、もう一度そうするのも悪くないかもしれない。

階段を降りきると、邸のほかの部屋と同じように、廊下も真っ暗だった。しかし、書斎の扉の下からかすかに明かりが漏れているのが見えて、ジャレッドは笑みを漏らした。

大きく足を一歩踏み出したジャレッドは、なにか大きくてやわらかく、ずっしりと重いものにつまずいて、危うくころびそうになった。オリンピアが真っ暗な階段を転げ落ちる姿が浮かんで、全身を硬くこわばらせる。

しかし、視線を落とすなり、横たわっているのはオリンピアではないとわかった。グレーヴスだ。

ジャレッドはすぐにひざまずき、グレーヴスの首筋に触れた。力強い脈がある。階段から転げ落ちて首の骨を折ったわけではなさそうだ。やがてジャレッドは、大理石の床に小さな血だまりと、うつぶせに倒れているグレーヴスのかたわらに、銀の燭台を見つけた。階段から落ちたのではない。頭を殴られたのだ。

ジャレッドは閉じられた書斎の扉を見た。胸の奥にわき上がる悪寒が全身に広がっていく。立ち上がり、足音を忍ばせてホールを横切った。扉の把手を握る。

ジャレッドはふたたび短剣を鞘から引き出し、シャツの袖に隠して柄を握った。ろうそくの火を吹き消して、扉を開ける。

机の上に一本だけともされたろうそくが、ぼんやりとオリンピアの姿を照らしていた。窓辺に立っている。その目は恐怖に見開かれている。

フェリックス・ハートウェルは一方の腕をオリンピアの首に巻きつけていた。もう一方の手にピストルを握っている。

「こんばんは、フェリックス」ジャレッドは穏やかに言った。「残念ながら、ロンドンを離れる分別は持ち合わせていなかったようだな」

「それ以上近づくな、チルハースト、さもないと彼女を殺す、ほんきだ」かすれた声でフェリックスが言った。声の震えに、なにをしでかすかわからない狂気がにじんでいる。

オリンピアは大きな目をきらめかせてジャレッドを見つめた。「邸を見張っていたんですって。人がいなくなったら入りこもうと、機会をうかがっていたそうよ」オリンピアの声は落ち着いていた。「あなたを物置部屋に閉じこめて、使用人を外泊させるというわたしの計画が、彼にきっかけをあたえてしまったの。邸にはだれもいないと思いこんでいたそうよ」

「忠告を求めてくれたら、愛しい人、あなたの計画にはひとつ二つ、欠点があると教えてあげられただろうに」ジャレッドはやさしい声で言った。その目はフェリックスをとらえて離さない。

「黙れ」フェリックスは命じた。「チルハースト、一万ポンド調達しなければならないのだ。いますぐ」

「ほんとうに追い込まれているそうよ」オリンピアはささやいた。「もう伝えたのよ。この家には、それほどの価値があるものはないだろう、って」

「あなたの言うとおりだ」ジャレッドは言った。「そんなものはない。少なくとも、それだけの価値があって、持ち運べるほど小さいものはない。家具をいくつか運び出すというなら、話はべつだ、フェリックス」

「からかうのはやめろ、チルハースト、私はほんきだ。あなたが望んでいる以上に、私はイギリスを離れたいと思っている。しかし、借金の額はあまりに多く、債権者はたちの悪い連中ばかりなのだ。私がロンドンを離れようとしているという噂を聞きつけ、殺すと言って私を脅した。金を返さないかぎり、私はどこへも行けない」

「そういえば、いくらか銀があった」しばらく考えてから、ジャレッドは言った。「しかし、一万ポンド分となれば、運ぶのに大きな手押し車が必要だ。急いで国を逃れたいと思っている者には、ちょっと扱いにくかろう」

「宝石があるだろう」フェリックスは死にものぐるいだった。「もう妻がいるのだ。高価な宝石を贈ったにちがいない。あなたほどの地位にある男は、なにかというと新妻のために宝飾品を買うものだ」

「宝石？」ジャレッドは一歩フェリックスに近づいた。チャンスさえあれば、と心のなかでつぶやく。「ないだろう」

オリンピアは咳払いをした。「あら、エメラルドとダイヤモンドのイヤリングがあるわ、子爵さま。わたしがハンティントン夫妻の舞踏会でつけていたイヤリングよ」

「ああ、そうだった」ジャレッドは言った。「イヤリングがある。もちろんだ」

「それみろ」喜びと安堵感に、フェリックスは目を細めた。「どこにあるんだ、レイディ・チルハースト？」

「階上の、わたしの化粧台の上よ。箱にしまってあるわ」オリンピアは声をひそめて言った。

「よし」フェリックスはオリンピアから手を離し、突き飛ばした。ピストルはジャレッドに狙いをつけたままだ。「階上へ行って、取ってくるんだ、マダム。五分以内にやれ。遅れたら、夫を殺す。わかったか？」

「ええ」オリンピアは駆け出した。「心配しないで、子爵さま。イヤリングを持って、すぐにもどります」

「私のために急ぐことはない」オリンピアが扉に向かうのを見て、ジャレッドは言った。「ろうそくが必要だろう、愛しい人。机にもどって、ひとつ、火をともして持っていきなさい」

「ああ、そうだわ、ええ、もちろんよ。ろうそくを持っていかなければ」オリンピアは振り返り、足早に机に近づいた。

「急ぐんだ」フェリックスが命じた。

「これでも急いでるつもりです」オリンピアは火のともっていないろうそくを手に取り、すでに火のともっているろうそくに手を伸ばした。そのとき、ジャレッドと目が合った。

ジャレッドはかすかにほほえんだ。

オリンピアはろうそくの芯をつまんで火を消した。部屋が闇に染まる。

「ちくしょう」フェリックスが叫んだ。銃声が響いて、閃光がひらめいた。

ジャレッドはガーディアンの柄をしっかり握った。フェリックスが立っていた場所めがけて短剣を投げつける。

苦痛と怒りのすさまじい悲鳴につづいて、ドスンとなにかが倒れる音がした。

「ジャレッド？」暗闇でなにかをこする音がした。オリンピアが持っていたろうそくに火をともした。「ジャレッド、だいじょうぶなの？」

「無事だ、愛しい人。こんどは、私をひと晩じゅう、物置部屋に閉じこめようとする前に、自由にさせておいたほうが役に立つことを思い出してほしいものだね」

床に横たわっていたフェリックスがうめき声をあげた。目を開けて、ジャレッドを見上げる。「いつも、桁外れに頭がよかったよ、あなたは」

「私は、きみも頭がいいと思っていた、フェリックス」

「信じてもらえないだろうが、こんなことになってほんとうに残念だと思っている」

「私もだ」ジャレッドは部屋を横切り、フェリックスのかたわらにひざまずいた。短剣の柄が、フェリックスの肩から突き出ているのを確認する。「死にはしないぞ、ハートウェル」

「それは残念」フェリックスは小声で言った。「縛り首になるのはいやだ。あなたに殺されたかった」

「きみを刑務所へやりはしない」ジャレッドは言った。「借金は私が肩代わりする。その代わり、イギリスを離れて二度ともどってくるな」

「ほんきですか？」フェリックスは探るような目でジャレッドを見た。「私にはあなたという人がわからない、チルハースト。しかし、これまでも、ほんとうの意味で理解したことはないのかもしれない」

「わかっている」ジャレッドは、そばで立ち尽くしているオリンピアを見上げた。「この地球上で、私を理解している人はひとりしかいないのだ」

グレーヴスがよろよろと書斎に入ってきた。片手でそっと後頭部を押さえているが、体の動きはさほど悪くない。「旦那さま。駆けつけるのが遅れて申し訳ありません」

「なにも心配いらない、グレーヴス。気分はどうだ？」

「だいじょうぶです、お気遣いをありがとうございます」

心配になり、オリンピアは振り返った。「グレーヴス。けがをしているじゃないの」

「心配はご無用です、マダム。以前の仕事柄、頭を殴られたのは一度や二度ではありませんから。恐れながら、たいしてこたえないのです」グレーヴスはいつもどおり、骸骨を思わせる笑みを浮かべた。「どうか、私がこんなに頑丈だということは、ミセス・バードには内緒にしてください。彼女の思いやりにちょっと甘えてみようと思っていまして」

「あなたがけがをしたと知ったら、彼女、取り乱してたいへんなことになるわ」オリンピアは請け合った。

グレーヴスはジャレッドを見て、真顔にもどった。「こんなことになって、申し訳ありません。ほかの使用人といっしょに、私も外泊するように言われたので、いったん出かけて、あとでこっそりもどってきたのです。しかし、もどるのが遅すぎました。この男はもう邸のなかにいました。背後から近づいてきたようで、私には姿が見えませんでした」

「いいんだ、グレーヴス。われわれはたいへんな夜を乗りきったのだ」

正面玄関を力まかせにノックする音がして、ジャレッドは口をつぐんだ。

「出てみてくれ、グレーヴス」

「わたしが行くわ」オリンピアはすかさず言った。「今夜、グレーヴスにいつもの仕事をさせるのは気の毒よ」オリンピアは二本目のろうそくに火をともして、玄関の間へ向かった。

それはいけません、と何度も繰り返しながら、グレーヴスはオリンピアを追って扉の前まで行った。

ジャレッドはフェリックスの傷ついた肩に触れた。

「くそ」フェリックスは鋭く息を吸い込み、そのまま気を失った。

「デミトリア。コンスタンス」玄関の間にオリンピアの声が響き渡った。「おふたりとも、どうなさったの？　それから、どうしてこんな時間にあなたがここへ、ミスター・シートン？　そうだわ、決闘の件で話し合いにいらしたなら、どうか決闘そのものを中止にしてちょうだい。いいこと？」

「チルハーストを解放してかまわないわ」コンスタンスがさらりと言った。「デミトリアは弟にすべて話したの。ギフォードは、謝罪して決闘の申し込みを取り消したいそうよ。これでよかったかしら、ギフォード？」

「はい」信じられないほどしおらしい声で、ギフォードは言った。「ご主人にお話があるとお伝えください」

ジャレッドは書斎の扉のほうを見て、声を張り上げた。「私はここだ、シートン。謝罪する前に、悪いが医者を呼んでくれないか？」

ギフォードは玄関の間を横切り、書斎の戸口に立った。「どうして医者が必要なんです？」そう言ってから、フェリックスに気づいた。「なんてことだ。これはだれです？　どういうわけでこんなに血が？」

オリンピアは背伸びをして、ギフォードの肩越しに書斎のなかをのぞいた。「ミスター・ハートウェルよ。ついさっき、わたしのイヤリングを盗もうとしたの。あそこの床にころがっているのが、彼のピストル。あれを突きつけてジャレッドを脅したの」

「でも、彼はどうしたんです？」ギフォードは身をすくませ、倒れている男を見つめた。

「チルハーストは短剣でわたしたちを救ってくれたんです」妻としての誇りがこみ上げ、オリンピアは目を輝かせた。「ミスター・ハートウェルが銃を撃った瞬間、彼をめがけて短剣を投げたの」

「チルハーストがこの男を短剣で倒したと？」ギフォードはこわごわ訊いた。

「ええ、そうよ。チルハーストはいつも短剣を持ち歩いているんです。なにが驚くと言って、すべて漆黒の闇のなかで起こったということです。わたしがろうそくを消して、そうしたら――」

ジャレッドが短剣の柄をつかみ、フェリックスの肩から素早く引き抜くのを見て、ギフォードは声にならない声をあげた。すぐにまた血があふれ出し、ジャレッドはフェリックスのクラヴァットをほどいて、傷を覆ってきつく縛った。

「ああ」ギフォードは見るからに具合が悪そうだった。「短剣に刺された人を見るのは初めてだ」

「短剣だからこのくらいですんでいるが」ジャレッドはさらりと言った。「胸に銃弾をぶちこまれた人間はもっと悲惨だぞ。決闘の場に忘れずに医者を呼んでおくようにと言づてしたのは、そういうわけだ」

「やはり、あなたは根っからの海賊なのですね？」ギフォードの顔色がみるみる紙のように白くなった。ギフォードはそのまま気を失い、優雅に床に倒れこんだ。

20

「物置部屋から抜け出してしまうなんて、お見事としか言いようがないわ」オリンピアはジャレッドの温かい体に身をすり寄せた。「あなたにはいつも驚かされどおしよ、子爵さま」

「たいしたことはできないが、これからもあなたを感心させられたらうれしいと思う」ジャレッドはオリンピアの髪に指先を差し入れ、かき上げた。

もう午前三時近かった。家のなかはふたたび静寂に包まれ、ようやく全員が眠りについたようだ。しかし、体は疲れ果てているものの、オリンピアはとても寝つけそうになかった。その夜のさまざまな出来事がまだぐるぐると頭のなかをめぐっている。

「あなたの能力にはいつも感心させられどおしです、子爵さま」オリンピアはジャレッドの肩に唇を押しつけた。「物置部屋に閉じこめられたのに、わたしに腹を立てなかったのもうれしいわ」

「私のかわいいセイレーン」ジャレッドはささやいた。「どうしてあなたに腹を立てられるだろう？　カチャリと錠が下りた瞬間、私はあなたに愛されていると気づいたのだ」

オリンピアは驚いて体の動きを止めた。「なにがどうなると、そんなふうに思えるのかしら？」

「これまで、あなた以外のだれも、私を救おうとはしてくれなかった」暗がりのなか、ジャレッドはオリンピアの表情を探った。「私はまちがっていないだろうね？　あなたは私を愛しているだろう？」

「ジャレッド、初めてうちの図書室に入ってきて、ミスター・ドレイコットから救ってくれたときからずっと、あなたを愛しているわ」

「どうしてそう言ってくれなかった？」

「お返しに愛さなければならないと思われるのがいやだったの」オリンピアは言った。「それでなくても、あなたはもう信じられないほど多くをあたえていてくれたから。愛されたいと思ったけれど、無理強いはしたくなかった。正直なところ、自分を抑えて我慢するのはたいへんだったわ。わたしは、世の中のどんなものよりあなたの愛を求めていたのよ」

「私の愛は、初めて出会ったときからあなたのものだった」ジャレッドはそっと敬意をこめて、オリンピアの唇を唇でたどった。「しかし、最初は恋をしていると気づかなかったのも事実だ。あなたにひどく情熱をかき立てられ、それを抑えるのに、とにかく必死だったから」

「そうね、情熱ね」オリンピアはにっこりした。「それはいまも健在でしょう？」

「もちろん、健在だ」ジャレッドはオリンピアの鼻の頭にキスをした。「しかし、あのころもちゃんと愛はあったのだよ。それにしても、こんな気持ちはあなた以外のだれにも感じたことはない、オリンピア」

「うれしいわ、子爵さま」

「私は、失われた財宝を見つけるために、あなたを探し出した」ジャレッドはオリンピアの唇に軽く唇を合わせたまま言った。「しかし、すぐに気づいた。私が求めていた宝はただひとつ、あなただったと」

「子爵さま、うれしくて息ができないわ」オリンピアは両腕をジャレッドの首にからめ、引き寄せた。「もっとぴったりくっついて、すてきなほら話を聞かせてちょうだい。見知らぬ遠い島の話が聞きたいわ。大粒の真珠だらけの浜辺で、恋人たちが愛を交わす話」

ジャレッドはもうなにも聞いていなかった。オリンピアの上にのしかかって、むさぼるようなキスをする。

オリンピアはジャレッドの重さそのものに官能と強引さを感じて、身を震わせた。欲情したジャレッドの体はもう硬く張りつめている。熱情がオリンピアの体に伝わってきて、すでになじみになった反応を引き出す。オリンピアはジャレッドの肩に爪を食い込ませた。

やがて、そのときがきてオリンピアの準備がととのい、寝室の扉の外の世界がもうどうでもよくなったとき、ジャレッドは彼女のぬくもりのなかへと突き進み、息をはずませながら耳元でささやいた。

「歌ってくれ、私のかわいいセイレーン」

「歌うわ、あなただけのために」オリンピアは誓った。

「シートンを殺すつもりはなかったのだ」ずいぶん時間がたってから、ジャレッドが言った。

「もちろん、そうでしょう。あなたは意図して人を殺すような人じゃないわ。でも、実際に決闘、ということになったら、はずみでなにが起こってもおかしくない」オリンピアはジャレッドの腕をぎゅっとにぎった。「あなたが殺されていたかもしれないのよ」

「それはありえないだろう」ジャレッドは暗がりでほほえんだ。「私は、そろそろだれかがシートンに思い知らせる時期だと思ったのだ。なんというのか、厄介者になりかけていたからね」

「それで、どうしようと思ったの？」

「シートンが私を臆病者と決めつけ、夜明けの約束に現れないだろうと思っているのはわかっていた。実際に私がチョークファームに現れたら、彼はひどく当惑するとも思っていた」

「それで、どうなると思ったの？」

「彼は初めて決闘に挑むことになっただろう。初めて、ほんものの暴力を目の当たりにするというわけだ。彼の手がどうしようもないほど震えて、狙いが大きくはずれるのはわかりきっていた。だから、最初に彼に撃たせるつもりだった。それから、一、二分、たっぷり恐怖を味わわせてから、私のピストルを空に向けて撃つ」

「面目は保たれ、ギフォードは充分に思い知る、というわけね」オリンピアはゆっくりと言った。

「そのとおり。だから、苦労して私を物置部屋に閉じこめる必要はなかったのだ」ジャレッドはオリンピアをかき抱いて、胸に引き寄せた。「でも、閉じこめられて、私はとてもうれしかったのだ」

「だって、あなたがどうするつもりでいるかなんて、わかるわけがないでしょう？」ジャレッドの首に顔を押し当てたまま、オリンピアはくぐもった声で言った。「それに、思っていたとおりにならなかったら？　この先、またこんなことがあったら、ぜったいにわたしに相談しなければだめよ、ミスター・チルハースト」

ジャレッドの笑い声が寝室に響きわたった。

二日後、図書室ではたいへんな騒ぎが繰り広げられていた。オリンピアの書斎に閉じこもり、新たな実務係の面接をしているジャレッド以外の全員が顔をそろえていた。

だれもが自分の話を聞いてもらおうと必死なので、図書室はがやがやとにぎやかなこと、このうえない。部屋の一方の隅で、マグナスとタデアスがギフォードの地図の片割れを見て、感嘆の声をあげた。ギフォードも、フレームクレスト家に引き継がれてきた地図について、矢継ぎ早に質問を繰り出している。

ロバートとヒューとイーサンは興奮状態だ。完全になった地図をのぞきこんで、どこに財宝がありそうだとか、どこから掘るべきだとか、口々に自分の意見を言いつづけている。

ミノタウロスはしっぽを振りながら、つぎつぎと手当たり次第にだれかに飛びかかっては、ブーツや靴の匂いをかいで情報を集めている。

部屋の反対側では、デミトリアがオリンピアに、三年前になにがあったのか、ほんとうのことを弟に話さなければならないと気づいたいきさつを語っていた。

「母が亡くなってから、わたくしは全身全霊であの子を守ってきたわ。だから、わたくしのせいであの子が死ぬようなことは、ぜったいにやめさせなければと思ったのよ」デミトリアは言った。

「わかります」オリンピアは言った。「あなたのようなお姉さまを持って、彼は運がいいわ」

「でも、チルハーストの言うとおりだわ」コンスタンスが言った。「いい加減、デミトリアは弟を守るのをやめるべきだった。だいたい、これまでの甘やかし方だって常軌を逸していたもの」

「この何年ものあいだ、あなたのご主人の一家にたいしてギフォードが恨みを募らせていたのは、それがあの子の心のよりどころだったからよ」デミトリアは言った。「恨みをためこみ、怒りを募らせても、それがあの子の目標や自尊心につながるならと、わたくしは黙って見ていた。財宝を探すというこだわりがなくなったらあの子がどうなってしまうか、わたくしにはわからなかった。賭事で身をもちくずしてしまうのではないかと、恐れてもいたわ」

「わたしたちはもちろん、彼が失われた地図の片割れを探し当てるとは思ってもいなかったわ」コンスタンスが言った。「でも、三年前、彼に地図を探すための名案があると言われ、デミトリアは言われたとおりに試す以外、どうしようもなかったの」

「そうしたら、あれよあれよというまに話が進んでしまって」と、デミトリアは打ち明けた。「気がついたら、わたくしはチルハーストに結婚を申し込まれていたわ。最初はびっくりしたけれど、そのうち、彼と結婚するのも悪くないかもしれないと思えたの」

「結婚すれば、ギフォードがなによりも求めていた経済的安定は得られるし、肩書きも手に入ると彼女は思ったのよ」

デミトリアは苦々しげにほほえんだ。「それに、チルハーストは妻に多くを求めるようなタイプにも見えなかった。わたくしは、彼には情熱のかけらもないと思っていた。たった一度だけ、積極的に迫られたことがあったの。わたくしは応じなかったけれど、彼は腹を立てたようにも見えなかった。だから、なにがあってもみじんも心を動かされない人なのだと思ったの」

「わたしは、ふたりの結婚はぜったいにうまくいかないと思っていたわ」コンスタンスが小声で言った。「チルハーストがめったにロンドンへ行かないつもりなのはわかっていた。彼は都会暮らしに興味がないのよ。わたしは、愛する人と何か月も離ればなれにはなりたくなかった」

「そして、ある日の午後、わたくしたちがいっしょにいるところをチルハーストが見てしまって、すべては終わったの」デミトリアは静かに言った。

かすかに官能の心地よいうずきを感じて、オリンピアはジャレッドがそばにいるのだと感じた。振り向くと、図書室の戸口にジャレッドが立っていた。オリンピアの胸は躍った。彼の姿を見ただけで、とにかくうれしくなるのはいつものことだ。

アッパー・タドウェイの家の図書室で初めて会ったときとまるで同じだ、とジャレッドを見ながらオリンピアは思った。なにをしでかすかわからない危険な雰囲気を漂わせた刺激的な姿は、伝説から抜け出てきた英雄そのものだ。

ジャレッドはオリンピアと目を合わせ、いたずらっぽく口元をほころばせた。それから、部屋にいる全員に向かって言った。

「みなさん、ご機嫌よう」大きな声を出したわけでもないのに、図書室に響いていた話し声がぴたりとやんだ。期待に満ちた顔がいっせいにジャレッドのほうを向く。

全員の注目を集めたジャレッドは図書室を横切り、机の向こうに回って椅子に腰かけた。予定帳を開いて、書き込みに視線を走らせる。図書室内の期待と興奮は一気に高まった。

「で、どうなんだ、息子よ?」マグナスが待ちきれずに訊いた。「手はずはととのったのか?」

「みなさんが関心をお持ちであろう案件について、結論を出しました」ジャレッドは予定帳のページをめくった。「二週間後に、わがフレームクレスト海運籍の船を一隻、西インド諸島へ向かわせます」

「なるほど」タデアスは期待をこめてにんまりした。

「船の全権は、私がもっとも信頼している経験豊かな男、キャプテン・リチャーズが担います。財宝を探したい方はみなさん、この船で島へ向かってください」ジャレッドは言った。

「シートンと、私の従兄弟《いとこ》たち、それから、おそらく私の父と叔父が参加するのでは、というのが私の予測です」

「もちろんだ」マグナスが満足げに声を張り上げた。

「当然、私も行くぞ」タデアスはきっぱり告げた。「大海原がもう目に見えるようだ、なあ、マグナス？」

ギフォードは満面に笑みを浮かべた。オリンピアの見たところ、ギフォードの目にくすぶっていた怒りはこの二日間ですっかり消えてしまった。

「ありがとう、チルハースト」ギフォードは心から言った。「ここまでしてくださるとは、ほんとうに心の広い方だ」

「礼を言うにはおよばない」ジャレッドは言った。「私としては、あなたがたをまとめて西インド諸島へ送り込めれば万々歳なのだ。そのあいだに、日々の生活に規律と秩序を少しでも取りもどせれば、と待ちかねている」

「じゃあ、あなたは、失われた財宝を探しに島へ行かないってことですか？」ロバートがすかさず訊いた。

「そのとおりだ、ロバート。私はこの家に残って仕事に精を出し、夫と家庭教師としての務めを果たすつもりだ」

ロバートはほっとした顔をした。

ヒューとイーサンは笑みを交わした。

「それでは」ジャレッドは予定帳を閉じた。「今朝、私から伝えるべきことはこれだけです。新しい実務係が廊下で待っています。こんどの航海についてくわしい説明をしてくれるでしょう」

マグナスとタデアスとギフォードがさっそく、足早に扉へ向かった。

三人が部屋を出ていくと、デミトリアはジャレッドを見て言った。「ありがとう、チルハースト」

「どういたしまして」ジャレッドは背の高い置き時計を見た。「さて、よろしければこれで失礼いたします。午前中に片づけなければならない約束が、まだいくつかあるので」

「もちろんです」デミトリアはかすかにほほえんで立ち上がった。「お忙しいあなたを、これ以上、お引き留めするわけにはいきませんわ、子爵さま」

「そのとおりだわ」コンスタンスは見るからに上機嫌だ。オリンピアに向かって優雅にお辞儀をした。「ご機嫌よう、マダム」

「ご機嫌よう」デミトリアとコンスタンスが部屋を出ていくのを待って、オリンピアはロバートを見てうなずいた。

ロバートは頬を上気させ、ジャレッドを見た。「もしよかったら、子爵さま、弟たちとぼくから贈り物をお渡ししたいんです」

「贈り物？」ジャレッドは驚いて眉を上げた。「というと？」

ロバートはポケットから小箱を出して、二歩、机に近づいてから、ジャレッドに手渡した。「ぼくの身代金代わりにしてくださった時計みたいにすばらしいものではぜんぜんないんですけれど、気に入っていただけるとうれしいです」

「内側に字が彫ってあるんだ」ヒューが勢いこんで横から言った。「オリンピアおばさんが時計の職人さんにたのんでくれたんだよ」

イーサンはヒューの脇腹を肘でつついた。「黙ってろよ、ばかだなあ。子爵さまはまだ箱も開けてないのに」

ジャレッドはそろそろと箱を開け、なかの時計を見つめた。不安と期待の入り交じった沈黙が部屋を包みこんだ。

ジャレッドは長いあいだ、なにも言わずに新しい時計を見下ろしていた。

それから、そろそろと箱から時計を出して、刻銘文に目をこらした。「〝だれよりもすばらしい家庭教師さんへ〟」顔を上げたジャレッドの目はいつになくきらきら輝いていた。「きみはまちがっているよ、ロバート。きみを誘拐した連中に渡した時計よりはるかに美しい時計だ。心からみんなにお礼を言いたい」

「ほんとうに気に入った？」イーサンが訊いた。

「物心ついてから、こんなにうれしい贈り物をもらったのは初めてだ」ジャレッドは静かに言った。「それどころか、十七歳になってからこれまで、だれかに贈り物をされるのは初めてかもしれない」

ロバートとイーサンとヒューはにこにこ顔を見合わせた。オリンピアもほほえみ、いまにもわっと泣き出しそうな自分を必死で抑えた。

オリンピアの気持ちを察したジャレッドは、その場の雰囲気を変えようと新しい時計をポケットにしまった。子供たちを見て、てきぱきと言う。「さて、きみたちはそろそろつぎの予定に取りかかる時間だ」

「つぎの予定ってなんですか？」ロバートが不安そうに訊いた。「ラテン語じゃないといいんだけど」

「ラテン語ではない」ジャレッドはほほえんだ。「ミセス・バードがお茶とケーキの用意をして、きみたちを待っている」

「すごいや」ロバートが叫んだ。

ヒューがうれしそうな笑い声をあげた。ぴょこんと頭を下げて言う。「すっごくお腹がすいてたんだ。ジンジャーブレッドケーキがあるといいな」

「ぼくは干しぶどうのケーキがいい」イーサンも言いながらお辞儀をした。

「ぼくはぜったいプラムケーキが食べたい」ロバートは考え考え言った。それから、オリンピアに向かって優雅にお辞儀をして、弟たちを追って部屋から出ていった。

ジャレッドはオリンピアを見た。「午前中はもう、ふたりきりになるのは無理かもしれないとあきらめかけていた」

「ほんとうに、あれやこれやでにぎやかだったこと」オリンピアはジャレッドの表情をうかがった。「あなたはほんとうに、みなさんと財宝を探しにいらっしゃりたくはないの？」

「もちろんだ、マダム」ジャレッドは上着を脱いで、椅子の背にかけた。扉に近づきながら、言う。「必要もない財宝を探しに駆けつけるより、もっとやりたいことがあるのだ」

「どんなことでしょう、子爵さま？」オリンピアは、ジャレッドが扉に鍵をかけるのを見つめた。

ジャレッドはゆっくりもどってきてオリンピアに近づいた。その目は欲望に陰っている。

「妻と愛を交わす、というのが最優先事項だ」

ジャレッドはさっとオリンピアを抱き上げてソファに向かった。

オリンピアはジャレッドの首に両腕をからめ、まつ毛の下から彼を見上げた。「でも、ミスター・チルハースト、きょうはまだいろいろと約束があるのでしょう？　こんなことをしていては、予定が狂ってしまいます」

「約束などどうでもいいのだ、マダム。私のような性格の男は、やらなければならないことをちまちま片づけるのは向いていないのだよ」オリンピアのやわらかな笑い声は、海賊の荒々しいキスに呑み込まれた。

訳者あとがき

その海賊の口は熱く、やさしく語りかけるようでいながら、強引だった。なだめすかし、征服し、おだてて、奪う。唇の上で動く彼の唇に応えるように、オリンピアは体を震わせた
——

ロマンス小説界屈指の人気作家、アマンダ・クイック著『隻眼《せきがん》のガーディアン』(原題は"Deception")をお届けします。

舞台は十九世紀初頭のイギリス。傷ついた目を黒いアイパッチで覆ったチルハースト子爵、ジャレッド・ライダーは、海賊の血を引く貴族です。肩に届きそうな黒髪、妖しくきらめく灰色の目、たくましい体から危険なオーラを放ち、腿には短剣まで下げています。ところが、そんな野性的な風貌とは裏腹に、性格は几帳面そのもの。予定帳と懐中時計を手放さず、あらかじめ決めたことを時間どおりにこなさなければ気が済みません。

熱血漢や変わり者ぞろいの家族は、そんな彼を「面白みに欠ける実務家」と揶揄《やゆ》します。けれども、一族の家業〈フレームクレスト海運〉を破綻寸前から建て直し、世界的な信用を得るまでに発展させたのは、ジャレッドです。そんなことはおかまいなしに、海賊だった先祖、キャプテン・ジャックが隠したという財宝探しにうつつを抜かす家族たち。業を煮やしたジャレッドは、自ら宝探しに乗り出します。

そして、財宝のありかが記されているという日記を追ううち、青緑色の目に赤い髪の運命の人、オリンピア・ウィングフィールドと出会います。オリンピアは、古い伝説やまだ見ぬ外国の習慣について調べ、研究しているときがなにより幸せ、という、当時の感覚からするとちょっと変わった女性です(アマンダ・クイックのヒストリカル・ロマンスには、彼女のように独立心にあふれたユニークな女性がよく登場します)。数か月前に甥っこ三人を引き取ったばかりのオリンピアは、やんちゃな男の子たちに振り回され、研究もままならず、途方に暮れていました。ジャレッドは、一目で心惹かれたオリンピアのそばにいたい一心で、甥たちの家庭教師になりすまし、家に入りこみます。そんな突拍子もないなりゆきにだれよりも驚いたのが、ジャレッド本人でした。冷徹なリアリストを自認していたのに、こんな大胆なことをしでかしたりして、家族のほかの連中と同じではないか。それにしても、いったん情熱の海に身を投げ出してみると、危うさゆえの甘美な刺激のなんと心地よいことか……。

オリンピアも同じように戸惑います。幼いころ両親を失い、親戚のあいだをたらい回しにされた末に、進歩的な叔母とその親友に育てられた彼女は、ダンスの楽しみも恋の駆け引きも知りません。叔母たちが残してくれた立派な図書室で知的好奇心を満たし、研究論文の執筆に没頭しながら、自分さえしっかりしていればなにも恐いものはない、と独自の生き方を押しとおしてきました。古い伝説から抜け出てきたような男性と突然に出会い、自分を見失うほど心を奪われようとは、夢にも思っていなかったのです。

熱情を抑えきれず、図書室で逢瀬を重ねるふたり……。チルハースト子爵という肩書きをオリンピアに隠していることで罪悪感にさいなまれるジャレッドですが、もう一つ、心にのしかかる悩みがありました。〈フレームクレスト海運〉の内部の者が、どうやら社内の金を横領しているようなのです。やがて、オリンピアの自宅に何者かが侵入した形跡が見つかります。犯人は、宝のありかが記されている日記を狙う人物なのか？　三年前、ジャレッドが婚約を破棄した美女デミトリアとのあいだに、ほんとうはなにがあったのか？　つぎつぎと事件や問題が起こりますが、オリンピアはけっしてめげません。自分で考え、結論を出して、その道を貫きます。ジャレッドに腹が立てば、真剣に食ってかかりもします。刃向かわれてじりじりしながらも、生まれて初めて心底愛してしまった女性には、つい甘くなってしまうジャレッドです。

ヒストリカル・ロマンスのなかでも、とりわけ明るさの際だつ本書には、愉快な脇役がおおぜい登場します。三人の甥っこたちが、「オリンピアおばさん」とジャレッドを結婚させようと躍起になる姿はほほえましく、ジャレッドの父親、フレームクレスト伯爵マグナスと、その弟タデアスの飄々《ひょうひょう》とした老海賊っぷり（本人たちはバカニーアと呼ばれるほうを好むようですが）には、つい笑いを誘われます。

海賊といえば、最近では、映画『パイレーツ・オブ・カリビアン』のジョニー・デップがステキでした。「海賊はいまでいうロックスターのようなもの！」と、ローリング・ストーンズのキース・リチャーズをモデルに役作りをしたと聞きます。古いところでは、一九三〇年代に活劇映画で人気を博したエロール・フリンの華麗な海賊スタイルはいまも色あせません。そうそう、『ピーターパン』のフック船長も海賊ですね。ディズニーランドの人気アトラクション「カリブの海賊」では、陽気な海賊たちが大暴れしています。お気に入りの海賊の姿を思い浮かべながら、ジャレッドとオリンピアのロマンスを、はらはらどきどき、お楽しみいただければ幸いです。〈フレームクレスト海運〉を経営し、見た目は海賊そのものでも、ジャレッドは完全な〝陸《おか》パイレーツ〟ですが……。

さて、ヴィレッジブックスからは、今後もアマンダ・クイックのヒストリカル・ロマンスが順次、出版される予定です。はるか昔の遠い国で繰り広げられる夢物語が、これからも読者のみなさんの、元気の素でありつづけますように！

二〇〇四年六月

隻眼のガーディアン

著者　アマンダ・クイック

訳者　中谷《なかたに》ハルナ

2004年7月20日 初版第1刷発行

発行人　三浦圭一

発行所　株式会社ソニー・マガジンズ
〒102-8679 東京都千代田区五番町5-1
電話03-3234-5811 http://www.villagebooks.jp

印刷所　中央精版印刷株式会社

ブックデザイン　鈴木成一デザイン室

 ISBN4-7897-2314-3 Printed in Japan

ヴィレッジブックス好評既刊

「雨の影」
バリー・アイスラー　池田真紀子［訳］　798円（税込）ISBN4-7897-2182-5

孤高の暗殺者が東京に帰ってきた時、死と密謀と愛が錯綜する！
『雨の牙』に続き、日米ハーフの殺し屋ジョン・レインが活躍するサスペンスの白眉！

「ネプチューンの剣」
ウィルバー・スミス　上野元美［訳］　840円（税込）ISBN4-7897-2178-7

ときは17世紀。若き海の騎士ハルが目指すはアフリカの財宝、父の仇、そして家宝の剣——。血湧き肉躍る幾多の冒険。波瀾万丈の物語がいま、はじまる！

「ジェイミーの墓標 II アウトランダー5」
ダイアナ・ガバルドン　加藤洋子［訳］　819円（税込）ISBN4-7897-2179-5

18世紀のパリ。クレアとジェイミーは、やがて吹き荒れる殺戮の嵐を未然に防ごうとするが、前途にはあまりにも苛酷な運命が……！ 話題沸騰の第二弾。

「豚が飛んだら」
レイ・ロビンソン　鹿田昌美［訳］　777円（税込）ISBN4-7897-2180-9

フレイア35歳、ジャック32歳。出逢ったときはお互いに20代だった——「友達以上、恋人未満」なふたりに奇跡は起こるのか？　NYを舞台にしたラブ・ストーリー。

「オアシス」
イ・チャンドン　百瀬しのぶ［訳］　714円（税込）ISBN4-7897-2181-7

ひき逃げ犯ジョンドゥと重度脳性マヒの女性コンジュ。ふたつの孤独な魂が出会い、限りなく純粋な愛の奇跡が生まれた！ 韓国発、話題映画の完全ノベライズ。

「きれいなカラダ メディカルバイブル」
池下育子　620円（税込）ISBN4-7897-2184-1

不安だけれど人には訊けない生理の悩み、セックスの悩みなど、もっと知ってほしいカラダのことがすべてわかる必携ハンドブック。症状チェックリスト付き！

「自分でも気づいていない、あなただけの魅力を見つける54のヒント」
中山庸子　630円（税込）ISBN4-7897-2185-X

その人にしかない素晴らしい魅力に自分で気がつくのはなかなか難しいもの。毎日をハッピーに暮らすための、おしゃれ＆人づきあい＆会話の秘訣を教えます。

ヴィレッジブックス好評既刊

「秘めやかな約束」
ローリ・フォスター　石原未奈子［訳］　819円（税込）ISBN4-7897-2245-7
3年越しの片思いが招いた彼との官能的な契約とは？ あまりにも熱く甘いロマンスの世界。

「疑惑のサンクチュアリ　上・下」
アンドレア・ケイン　藤田佳澄［訳］　各714円（税込）
〈上〉ISBN4-7897-2247-3　〈下〉ISBN4-7897-2248-1
忽然と消えた妹の行方は……？ I・ジョハンセン絶賛のロマンティック・サスペンス！

三毛猫ウィンキー＆ジェーン 1「迷子のマーリーン」
エヴァン・マーシャル　高橋恭美子［訳］　882円（税込）ISBN4-7897-2243-0
著作権エージェントとその飼い猫があざやかに事件を解決！ かわいいミステリー第一弾！

「黒十字の騎士」
ジェイムズ・パタースン　大西央士［訳］　987円（税込）ISBN4-7897-2244-9
さらわれた妻を捜す男の行手には聖遺物をめぐる密謀が！ 全米ベストセラーの話題作。

「私のしたことまちがってる？ 良心がとがめた時の相談室」
ランディ・コーエン　小川敏子［訳］　798円（税込）ISBN4-7897-2246-0
法律では解決できない難問・奇問を「道徳」で解く！ あなたの“いい人度”がわかる!?

「冬のソナタ　完全版1」
キム・ウニ/ユン・ウンギョン　根本理恵［訳］　798円（税込）ISBN4-7897-2249-X
日本放映時にカットされた重要シーンを完全収録。韓国オリジナル脚本全訳！
第1～5話篇。

「ミッシング」
トーマス・イードソン　石川順子［訳］　882円（税込）ISBN4-7897-2242-2
アパッチにさらわれた娘を取り戻すため、家族はメキシコ国境へと向かった！ 映画原作。

「恋愛ストレスにさようなら」
中村理恵子　588円（税込）ISBN4-7897-2237-6
心と身体に影響を与える恋愛の悩み。産婦人科医が贈る、恋愛ストレスへの処方箋。
